O PROJETO ASCENDANT

DREW CHAPMAN

O PROJETO ASCENDANT

Tradução de
ALICE XAVIER

EDITORA RECORD
RIO DE JANEIRO • SÃO PAULO

2015

CIP-BRASIL. CATALOGAÇÃO NA FONTE
SINDICATO NACIONAL DOS EDITORES DE LIVROS, RJ

C432p   Chapman, Drew
         O Projeto Ascendant / Drew Chapman; tradução de Alice Xavier. –
         1. ed. – Rio de Janeiro: Record, 2015.

         Tradução de: The Ascendant
         ISBN 978-85-01-10525-7

         1. Ficção americana. I. Xavier, Alice. II. Título.

15-22916   CDD: 813
                                CDU: 821.111(73)-3

Título original: The Ascendant

Copyright da tradução © 2015 por Editora Record Ltda.

The Ascendant
Copyright © 2013 by Andrew Chapman

Publicação mediante acordo com a editora original, Simon & Schuster, Inc.

Texto revisado segundo o novo Acordo Ortográfico da Língua Portuguesa.

Todos os direitos reservados. Proibida a reprodução, no todo ou em parte, através de quaisquer meios. Os direitos morais do autor foram assegurados.

Editoração eletrônica: FA Studio

Direitos exclusivos de publicação em língua portuguesa somente para o Brasil adquiridos pela
EDITORA RECORD LTDA.
Rua Argentina, 171 — Rio de Janeiro, RJ — 20921-380 — Tel.: 2585-2000, que se reserva a propriedade literária desta tradução.

Impresso no Brasil

ISBN 978-85-01-10525-7

Seja um leitor preferencial Record.
Cadastre-se e receba informações sobre nossos lançamentos e nossas promoções.

Atendimento e venda direta ao leitor:
mdireto@record.com.br ou (21) 2585-2002.

EDITORA AFILIADA

ÀS TRES MULHERES EXTRAORDINÁRIAS DA MINHA VIDA:
LISA, AUGUSTA E NORA

AS TRÊS MULHERES DA ACRGINARIAS DA MINHA VIDA,
D.ª AUGUSTA E MORA.

PRÓLOGO

HUAXI, PROVÍNCIA DE SHANXI, CHINA, 16 DE NOVEMBRO, 6h42

Hu Mei acordou com o barulho dos fogos de artifício. Duas séries de explosões fortes e rápidas atravessaram a sossegada noite do interior, ecoando e depois silenciando abruptamente. Esse era o sinal combinado — todos os fogos que as sentinelas conseguissem acender no menor tempo possível —, o que significava que a polícia avançava pela estrada que percorria o desfiladeiro estreito e tortuoso até a aldeia de Huaxi, provavelmente em vários ônibus, seguidos por alguns jipes que transportavam funcionários do Partido. Eles sempre ficavam na retaguarda, fora da linha de fogo, mas perto suficiente para serem fotografados e levarem os créditos depois que a polícia fazia o trabalho sujo.

Esses funcionários deviam ser do município, pensou Mei, enquanto enrolava a esteira de espuma acolchoada em que dormia, estendida em sua tenda improvisada; funcionários públicos de pouca influência vindos de Taiyuan, cidade de incontáveis siderúrgicas, ou talvez até mais importantes, magistrados da prefeitura de Jinan. Mei não se importava. Independentemente do que fossem ou de onde viessem, ela os odiava com todo o seu ser: mente, coração e alma.

Hu Mei se sentou com os joelhos dobrados e enrolou o cobertor com cuidado — orgulhava-se da própria atenção aos detalhes, da tranquilidade sem pressa diante do caos iminente —, guardando-o na mochila em seguida. Tinha 32 anos. Fechando os olhos castanhos, reservou um momento para contemplar a memória do marido, Yi, as rugas do sorriso torto, os lábios delicados, a divertida franja de cabelos pretos que caía em sua testa e que ele costumava ajeitar de lado. A mera lembrança do marido, falecido havia seis meses, trazia conforto à viúva. O dia seria conturbado, ela sabia, e exatamente por isso começou com uma meditação sobre o rosto de Yi. Afinal, para começo de conversa, ele era a razão pela qual Hu Mei estava ali.

Os rangidos e os gemidos de um motor de ônibus a trouxeram de volta ao presente. Agora estavam próximos, provavelmente já teriam saído do desfiladeiro, passando pelos charcos pantanosos nos arredores da cidade. Ela rastejou para fora de sua tenda improvisada — um pedaço de plástico azul estendido entre varas tortas — e foi atingida pela primeira rajada de vento gelado do amanhecer de novembro. O frio não a incomodava; fora criada numa fazenda, levantando-se antes do nascer do sol em quase todas as manhãs de sua infância para dar comida a porcos, frangos e cabras. Era uma camponesa e estava consciente disso, e, tal qual o frio, tampouco se importava com aquele fato. Pelo contrário: sentia-se orgulhosa dele.

Hu Mei pôs as mãos em concha junto à boca e bradou o mais alto possível:

— *Qi lai! Qi lai! Jǐngchá lai le!* — *Acordem, acordem! A polícia está chegando!*

Na escuridão, ela viu homens e mulheres se arrastarem para fora das tendas que formavam a cidade de manifestantes na pisoteada plantação de cevada, no limite da cerca que rodeava a fábrica de pesticida. Naturalmente, naquele campo não se cultivava nada. Estava tão morto quanto o marido dela, envenenado e inútil. Em Huaxi, tudo estava envenenado e inútil, exceto o dinheiro que saía da fábrica.

— *Kuài, kuài* — disse ela, batendo palmas. *Depressa, depressa!*

A maioria dos participantes do protesto — eram 87 no total — já estava de pé, com as varas e os cartazes a postos. Mei sabia que nenhum deles tinha comido nem tomado chá, e que todos sentiam frio. Também sabia que estavam dispostos a arriscar a vida pela causa. O Partido havia confiscado, à força e em segredo, sem aviso prévio, os direitos de cada um deles de posse da terra, e os transferira aos proprietários da fábrica — um consórcio de investidores de Xangai —, que haviam construído aquela monstruosidade. Todos sofreram por causa disso. Suas plantações murcharam, seus porcos morreram e, agora, o pior de tudo, eles e seus entes queridos estavam adoecendo: problemas respiratórios, de estômago, de pele. Mei não sabia o nome das doenças, mas sabia que os estavam matando. A fábrica acabaria com todos eles, e ninguém os ajudaria. Nem o líder partidário do povoado, que era completamente *fǔ bài* — corrupto —, nem a liderança do município, nem o juiz da comarca, nem mesmo o secretário-geral do Partido Comunista da China, o próprio Xi Jinping. Todos eles sofriam de *dào dé dún luò* — decadência moral. Todos ficaram surdos aos apelos dos aldeões.

Mas não permaneceriam indiferentes por muito mais tempo. Não se dependesse de Hu Mei.

Os faróis dos ônibus percorreram as tendas esfarrapadas dos manifestantes. Os freios de ar comprimido sibilaram quando os veículos pararam e suas portas se abriram. Policiais da tropa de choque com uniformes pretos desceram e entraram no campo, formando rapidamente duas linhas, uma atrás da outra. Mei avaliou que havia cerca de duzentos policiais; dava para ver seus cassetetes e escudos brilhando ao tom rosado da aurora, mas seus rostos estavam cobertos por lenços pretos. Mesmo do lado oposto do campo, era possível sentir que os policiais estavam confiantes. Eles atravessariam a aldeia atropelando os manifestantes, esmagando as barracas, espancando todos os moradores que ficassem no caminho, e então prenderiam os remanescentes e os arrastariam para o presídio regional em Taiyuan. Uma operação de rotina — os manifestantes não eram nada além de camponeses. Usavam fogos de artifício como sinal de advertência. Fogos de artifício? Eram atrasados a esse ponto.

Hu Mei reprimiu um sorriso. Se a polícia e o Partido achavam que eles eram ingênuos, tanto melhor.

Mei puxou um celular do bolso. Era novo e reluzente, nunca tinha sido usado; não era o velho aparelho dela, aquele que a polícia

9

estava rastreando e havia bloqueado. Este era um presente de um primo que trabalhava em Chengdu como gerente de controle de qualidade de uma fábrica de celulares. Ele roubara dois caixotes de aparelhos, além de chips e de uma lista de números anônimos, e entregara tudo a Mei, que os distribuíra a cada conhecido que apoiava a mesma causa no vale de Huaxi. Eram quinhentos telefones. Quinhentos números impossíveis de rastrear. Quinhentas famílias e seus amigos, todos à espera de um sinal de Mei. Segundo seu cálculo, seriam umas duas mil pessoas. O que os lacaios do Partido não entendiam era que todos esses aldeões, de Huaxi e de cada cidade vizinha, compartilhavam o sentimento de Mei. Seus corações estavam amargurados. Eles haviam sido injustiçados, enganados, ignorados.

E havia outra coisa que o Partido não compreendia. Os aldeões — esses camponeses — confiavam nela. Ela e o marido, Yi, tinham passado a vida inteira fazendo bem a eles, levando sopa a seus avós doentes, ajudando no meio da noite quando uma porca paria, removendo as ervas daninhas de suas cisternas para que pudessem ter água potável. Hu Mei adorava ajudar os vizinhos — tinha isso no sangue —, e eles a amavam por causa disso.

Os dedos digitaram rapidamente no aparelhinho.

— *Tóng zhì men. Shí jiān daò le.* — *Camaradas. A hora é agora.*

Ela olhou para o lado oposto do campo, para os olhos dos policiais, agora visíveis à fria luz matinal. Arrogantes. Caso lhe fosse perguntado, era assim mesmo que os descreveria: arrogantes. Mas não permaneceriam assim por muito mais tempo, porque dois mil camponeses furiosos os aguardavam, despertos, escondidos na escuridão, agarrados a um arsenal de afiadas ferramentas agrícolas.

Hu Mei sorriu ao pensar nisso. E enviou a mensagem.

1

NOVA YORK, 24 DE MARÇO, 9h53

Naquela manhã, Garrett Reilly *não* fumou um baseado, o que era estranho. Ele não havia recorrido ao saquinho de Hindu Skunk porque era terça, dia em que novas emissões de títulos eram precificadas no mercado, normalmente às oito da manhã, e se estivesse chapado na hora das novas cotações ia dar mole, e se desse mole cometeria erros, e se cometesse erros perderia dinheiro.

Garrett Reilly detestava perder dinheiro.

Portanto, estava limpo e feliz com isso, o que era duas vezes mais estranho. Na maioria das vezes em que estava sóbrio, estava irritado: com os pais, com o irmão, com o governo, com as empresas, com o chefe. Com tudo e com todos. Considerava a raiva uma constante — seu estado de equilíbrio. Mas, quando Garrett estava entorpecido, uma paz difusa e satisfeita se instalava em seu cérebro enquanto ele observava os números referentes a compras e vendas flutuarem em seu terminal Bloomberg. Chapado, conseguia ignorar os vinte telefones que tocavam ao seu lado e vagar para a única janela que havia na sala enorme e barulhenta, observando as gaivotas voarem em círculos sobre o Rockefeller Park e planarem por cima do rio Hudson, ou ficar trocando dicas de videogame e histórias de azaração que não deram certo com seus colegas de trabalho dos outros cubículos. Todos eram jovens, com os hormônios à flor da pele, indiferentes a tudo que não envolvesse dinheiro. Ou sexo.

Mas hoje foi diferente. Ele havia encaminhado todas as opções de compra, feito lances pouco arriscados nos leilões de títulos e, ainda assim, ganhara dinheiro suficiente para a firma — Jenkins & Altshuler —, o que justificava seu salário cada vez mais generoso.

Isso era rotina. Garrett Diego Reilly, com o rosto sardento e os cabelos pretos, meio irlandês, meio mexicano, e o sotaque arrastado de alguém criado nas áreas mais pobres de Long Beach, Califórnia, duas semanas depois de completar 26 anos, era uma estrela em ascensão na empresa, um operador de mercado, provavelmente o melhor jovem talento dali, e talvez o melhor de todos os operadores de Lower Manhattan. Logo, era normal ele ter um dia lucrativo. O que fugia à normalidade eram os números do código CUSIP dos títulos de longo prazo da dívida pública do governo dos Estados Unidos que passaram rolando na sua tela. Estes títulos, chamados T-bonds, tinham o respaldo da fé e do crédito do Tesouro americano. Havia em profusão no mercado — trilhões de dólares. Eles financiaram, em geral, os gastos orçamentários dos dois últimos mandatos presidenciais e respondiam por uma vasta parcela do déficit financeiro do país. O código CUSIP — batizado com a sigla em inglês do Comitê de Procedimentos Uniformes para a Identificação de Títulos — era uma forma de rastrear todos os títulos e ações vendidos nos Estados Unidos e no Canadá. Cada título do Tesouro tinha um código alfanumérico de nove dígitos.

Com sua memória fotográfica para números, Garrett conhecia de cor os códigos CUSIP. Era capaz de passar os olhos por uma página de novas emissões de letras de câmbio e repeti-las, número por número, com exatidão, uma semana depois. Essa era, em parte, a razão pela qual ele, filho de um zelador, tinha ido estudar na Universidade de Yale. Isso e um empurrão de seu obstinado irmão mais velho. Também era, de certa forma, a razão de ter conseguido o emprego na Jenkins & Altshuler e de então ter chegado ao topo de seu departamento. Mas havia outro motivo, referente a mais um talento, relacionado à memória: o reconhecimento de padrões.

Garrett não se limitava a decorar os números. Ele os selecionava, hierarquizava, distribuía em categorias discretas até um padrão emergir. Um fluxo. Até os números adquirirem um sentido. Não era algo intencional — era apenas algo que ele fazia. Obsessivamente, todas as horas do dia, todos os dias do ano. Era simplesmente sua forma de ver o mundo, seu modo de interpretar a informação. Também não se tratava de *descobrir* padrões.

Ele os sentia.

Bastava o menor indício da existência de um padrão — em números, cores, sons, cheiros — para dar início a um formigamento na base da coluna, o mais sutil choque elétrico, um misto de prazer e tensão. À medida que o padrão, fosse qual fosse, se tornava mais claro, o formigamento se dissipava, dissolvendo-se rapidamente em fatos. Era sempre nesse ponto que ele sabia que tinha à sua frente algo reconhecível, quantificável — uma curva senoidal do preço de ações, uma razão matemática de três para um numa escala musical descendente, uma fusão de tonalidade do roxo ao verde nos bilhetes dos ônibus —, e tomava notas mentais ou descartava as informações e passava ao padrão seguinte. Não importava se havia ou não um propósito ou uma intenção por trás dos padrões; Garrett simplesmente os enxergava, ou os sentia, *por todo lado*, e depois os registrava no cérebro. Sem nenhum esforço. A cada minuto de cada hora de cada dia.

E *esse* era o outro motivo pelo qual ele fumava maconha: quando estava chapado, o formigamento desaparecia e os padrões se fundiam no caótico ruído da vida cotidiana — ao menos por um tempo, ele se tornava igual a todos. A informação não era selecionada. Apenas *existia*. E aquilo lhe trazia alívio. Ficar chapado era como tirar férias de sua habilidade especial.

Mas hoje ele não estava chapado. Estava limpo. E conseguiu sentir o padrão que emergia do código CUSIP dos títulos da dívida que tinham sido negociados no mundo inteiro desde uma e quatro da manhã do dia anterior, hora de Greenwich. A comichão familiar havia começado logo após o segundo cafezinho. Dessa vez, foi uma pulsação quase sensual enquanto lia o que devia ter sido o quadringentésimo código no lote de ações vendido do Oriente Médio. Garrett leu o número cinco vezes. Depois deixou a lembrança de todos os outros números CUSIP que conhecia o inundar como um tsunami de dígitos. E, sem nenhum aviso, o padrão emergiu.

As seis primeiras posições do código eram simples — identificavam o emitente do título ou da ação. O sétimo e o oitavo dígitos identificavam a emissão — o que estava sendo vendido; geralmente, números para valores mobiliários, letras para renda fixa ou títulos. O nono e, às vezes, o décimo dígitos eram conhecidos como verificadores, números gerados automaticamente para garantir que o restante do código fora enviado sem erros de transmissão.

Garrett conhecia os quatro primeiros dígitos dos Títulos do Tesouro dos Estados Unidos: 9128. Em seguida, os números variavam de acordo com o tipo de emissão: títulos protegidos contra a inflação eram 10; obrigações de curto prazo, 08.

Mas esse padrão não se referia a títulos protegidos contra inflação nem a obrigações de curto prazo. Ele envolvia títulos do Tesouro com vencimento em vinte a trinta anos, as emissões com o prazo mais longo da dívida pública. Em algum lugar, alguém estava vendendo esses papéis em pequenos lotes, em diversos mercados diferentes ao redor do mundo. Por si só, não havia nada de estranho nisso. O mercado de títulos do Tesouro era enorme, e a compra e venda deles era um jogo ininterrupto.

Mas duas coisas *eram* estranhas, e ambas atraíram a atenção de Garrett.

A primeira era que todos os títulos que estavam à venda foram comprados em um leilão 12 anos antes e por um mesmo comprador não especificado.

A segunda era que, somando-se o valor líquido de todos os títulos adquiridos 12 anos atrás por esse comprador, o total obtido seria de 200 bilhões de dólares. E até mesmo para Garrett isso era dinheiro pra caralho.

2

JENKINS & ALTSHULER, NOVA YORK, 24 DE MARÇO, 11h02

—Alguém está vendendo títulos da dívida do Tesouro secretamente? — perguntou Avery Bernstein, 55 anos, afastando da testa os cabelos ralos, com uma nota de irritação se infiltrando na voz rouca com sotaque do Brooklyn.

— Duzentos bilhões de dólares de títulos — respondeu Garrett. — Metade dessa quantia está no mercado hoje de manhã.

— E isso é um palpite ou você tem provas?

Avery girou os ombros, exasperado, dentro do paletó de tweed que vestia habitualmente, embora não fosse mais um professor universitário e pudesse se dar ao luxo de usar qualquer terno italiano que lhe agradasse. Para ele, usar tweed equivalia a dar uma banana aos figurões de Wall Street: eu uso a roupa que me der vontade e mesmo assim ganho mais dinheiro que vocês.

Garrett colocou uma pilha de números seriados impressos sobre a mesa do chefe.

— Eu sei porque conferi os dados — afirmou ele. — Tenho certeza absoluta.

— Você examinou a procedência de cada um dos códigos CUSIP? — perguntou Avery enquanto folheava a resma de papel.

Havia, no mínimo, umas cem páginas; pelo menos alguns milhões de números de identificação individuais. Ele não tinha tempo para isso.

— Examinei, sim. Humm, não. Quero dizer, não precisei fazer isso. Eu leio os códigos CUSIP quando os títulos são lançados. E, se eles voltarem a aparecer, eu só... eu consigo ver a procedência. Não aqui, no papel, mas na minha cabeça. Duzentos bilhões de dólares despejados no mercado desde ontem à meia-noite, todos eles do mesmo leilão realizado há mais de dez anos.

Garrett foi baixando a voz aos poucos quando percebeu o olhar de Avery, demorado e repreensivo, cheio de descrença.

— Você lê os números do CUSIP quando os Títulos do Tesouro são lançados? Para quê? Para se divertir?

— Não exatamente para me divertir. — Garrett deu de ombros. — Faço isso de vez em quando. Principalmente quando os servidores do *World of Warcraft* estão lentos...

Avery o encarou com um olhar irritado. Ele ainda se lembrava da primeira vez que vira o jovem sardento de 18 anos, esparramado na cadeira no fundo do auditório de conferências do laboratório Dunham, em Yale, sem se preocupar em tomar notas da aula, no curso avançado de teoria dos números ministrado por Avery. Nada o deixava mais furioso que um estudante que se achava esperto demais para o conteúdo do curso. Como uma advertência não muito sutil, ele mandou seu assistente dar a Garrett — e somente a Garrett — um teste de agrupamento de dados no fim da semana, e as notas dele foram tão altas que chegaram a causar incredulidade. Ninguém era capaz de detectar uma sequência em tantos conjuntos numéricos. Avery mandou Garrett refazer o teste, dessa vez monitorado e numa sala trancada, mas as notas foram ainda mais altas na segunda prova.

Humilhado, o assistente pediu transferência no dia seguinte para o curso de história da arte. E, a partir daí, em vez de tentar aterrorizar o aluno para fazê-lo prestar atenção, Avery o tomou sob sua proteção.

Durante o restante do ano ele atuou como mentor de Garrett, incentivando-o a frequentar aulas do nível de pós-graduação quando ele parecia entediado ou distraído, obrigando-o a fazer pesquisas sobre a previsibilidade do retorno financeiro do mercado de capitais e flutuações da taxa de juros, e até mesmo o convidando para esporádicos jantares de domingo. Avery tinha visto uma boa cota de genialidade em Yale, mas passou a sentir um carinho especial por Garrett. Sim, o rapaz era arrogante, com frequência detestável, e às vezes totalmente indiferente aos sentimentos alheios, mas era honesto. Implacavelmente honesto. E, quando se esquecia de se fingir de durão, Garrett podia ser franco e até vulnerável. Diante de pratos de *lo mein* com carne e brócolis, eles conversavam sobre família, expectativas, desilusões. O jovem fazia Avery se lembrar de si mesmo naquela idade.

E então o irmão de Garrett morreu.

Avery ainda se retraía ao se lembrar da ensolarada manhã de junho, da fúria gelada impressa no rosto do aluno quando ele, parado diante do professor no gabinete deste, anunciou que estava abandonando a universidade. Avery tentou dissuadi-lo, mas Garrett não estava sendo racional. Na mesma tarde o rapaz fez as malas e voltou para casa em Long Beach, desperdiçando toda aquela inteligência. De vez em quando, Avery procurava saber por onde ele andava. Soube que Garrett acabou se formando em informática pela Universidade do Estado da Califórnia, em Long Beach, e foi, posteriormente, contratado como programador de uma produtora de jogos de videogame em Los Angeles. Mesmo assim, parecia-lhe um desperdício de talento.

Portanto, quando, quatro anos depois, Avery trocou a universidade por um emprego no alto escalão da Jenkins & Altshuler, uma das suas primeiras ligações foi para o ex-aluno. Conhecedor do potencial de Garrett, Avery queria talentos como o dele em sua equipe. E acertou ao contratá-lo: era o melhor entre os jovens operadores da empresa. Mas reconhecer um monte de CUSIPs e alegar que estava vendo uma liquidação de títulos do Tesouro, numa escala como aquela, era absurdo. Era, digamos...

— E você acha que sabe quem está fazendo isso?

Garrett fez que sim, confiante, esticando preguiçosamente as costas e depois colocando os pés sobre a mesinha de centro diante do sofá. Ele era tão seguro de si, pensou Avery, admirado com o fato de tanta arrogância irradiar de alguém que tivesse feito tão pouco — até agora — para justificá-la. Isso ainda era o que mais irritava Avery em Garrett. Mas, por outro lado, pensou, era o que mais irritava a todos no jovem. Nos últimos seis meses, em duas ocasiões, o chefe havia sido obrigado a convencer um operador mais velho a não se transferir para a firma Stern, Ferguson porque Garrett ficava se gabando dos lucros que tinha conseguido.

Se ao menos ele não estivesse tão certo na maioria das vezes!

— Você quer me contar?

— Você não quer adivinhar? — perguntou Garrett com um sorriso.

— Porra, cara, eu sou presidente de uma corretora internacional multibilionária e...

— Os chineses — cortou Garrett, de súbito.

Avery freou num rompante. Respirou fundo.

— Explique isso.

— Os títulos foram comprados há 12 anos, em leilão, por um intermediário terceirizado de Dubai. A corretora se chamava Al Samir. O Banco Popular da China usa os serviços deles...

— Muita gente usa a Al Samir — interrompeu Avery.

— Sem dúvida — continuou Garrett —, mas que outro investidor tem 200 bilhões de dólares em espécie para jogar em títulos americanos? De uma tacada só? Há talvez três fundos soberanos no mundo inteiro.

— Isso é especulação. Não quer dizer nada.

— Eu chego lá — disse Garrett sorrindo; era óbvio que estava saboreando o fato de saber algo que o chefe não fazia ideia. — Sou que nem um advogado elaborando uma defesa.

— Sei. Continue — resmungou Avery.

— A operação seguiu um padrão. Dezesseis corretoras diferentes. Mas nenhuma delas localizada na China; aliás, nem em parte alguma da Ásia. Se você fosse chinês e quisesse fazer dumping de títulos mobiliários, mas precisasse afastar as suspeitas...

— Usaria firmas de qualquer lugar, menos de seu território — disse Avery, terminando a frase de Garrett. — É interessante, mas ainda especulativo.

— As transações começaram à uma e quatro da manhã, pela hora de Greenwich. O que corresponde às nove da manhã em Pequim. É o começo das operações na bolsa local. Quer dizer que alguém de lá acordou, apertou o botão e passou o resto do dia rastreando.

Avery concordou, acenando a cabeça, ouvindo com atenção; uma preocupação começou a atacar seu estômago. Inquieto, ele esfregou o polegar ao longo do friso de madeira do braço curvo de sua velha cadeira da universidade.

— Você tem mais alguma coisa?

— Tenho, sim — assegurou Garrett. — O que entregou o jogo foi o horário da venda. Além do código CUSIP, foi isso que me chamou atenção. Os horários de venda de cada uma das corretoras formavam um padrão. Com até os segundos programados. A princípio não reparei nisso, mas depois bastou acompanhar os horários por algum tempo e pronto, ficou óbvio.

— E qual foi o padrão?

— Quatro, catorze, quatro, catorze, um circuito.

— Isso não quer dizer nada — retrucou Avery, estranhamente decepcionado. Em algum lugar remoto de sua imaginação, ele desejava que Garrett tivesse descoberto algo.

— Para você. Para mim. Mas, se fôssemos chineses..

Avery semicerrou os olhos, e a terrível verdade sobre o que o ex-aluno estava dizendo se tornou subitamente clara. Ele tinha passado cinco anos ensinando matemática na Universidade de Hong Kong, cinco anos de imersão na cultura chinesa. Disse baixinho:

— Quatro significa morte.

— E catorze significa acidente. Os dois números mais azarados na China. Se você fosse atacar o inimigo por meio de números e se fosse muito supersticioso, venderia os títulos dele a cada quatro e a cada quatorze minutos. E os chineses são muito supersticiosos. — Garrett sorriu, depois deu de ombros, com um toque de humildade se insinuando. — Essa última informação eu precisei procurar no Google. Na verdade, não sei nada sobre a China.

Avery tentou assimilar a enormidade do que estava ouvindo. As implicações da especulação de Garrett eram muito vastas.

— Se isso for verdade....— começou em tom contrariado.

— É verdade — interrompeu Garrett, enrolando as mangas da camisa branca como para sinalizar a intensidade do exercício mental que havia feito. — Eu garanto.

— Então você sabe o que significa?

Garrett concordou com a cabeça, entusiasmado.

— Se o mercado foi inundado por títulos da dívida norte-americana, as taxas de juros vão subir vertiginosamente. Vai haver pânico financeiro. E o dólar vai chegar ao fundo do poço.

Avery franziu a testa.

— Você parece feliz com isso.

— Feliz? Infeliz? Estou me lixando. Mas sei que é um jeito de ganhar dinheiro. E é isso que nós fazemos, certo? Ganhar dinheiro?

— Você quer apostar na queda do dólar? — perguntou Avery devagar, com cautela. A sensação de angústia em seu estômago tinha explodido; uma onda de náusea subia para a garganta.

— *Claro* que quero! — disse Garrett, saltando da cadeira empolgado, balançando os braços. — Quero vender essa merda a descoberto. Se os chineses estão desovando os títulos em segredo agora, significa que depois vão desovar abertamente. É provável que seja muito em breve. Então, claro, quero apostar na queda do dólar. Apostar tudo.

Avery voltou-se para a janela, olhando para o oeste. Um avião fazia seu procedimento final de aterrissagem no Aeroporto Internacional de Newark.

— Garrett, você entende que isso tem o potencial de destruir a economia dos Estados Unidos?

— Mas nós vamos ficar podres de ricos — objetou Garrett. — Então, quem se importa?

Avery se virou para olhar o rapaz, a quem, aos 18 anos, ele havia ensinado, educado e cuidado, e, de repente, se sentiu dominado pelo desejo de fazer as malas e voltar para Yale, de dar outra oportunidade ao magistério, porque ficou evidente que, em seus vinte anos à frente da cátedra, ele tinha fracassado em imbuir na juventude o mais básico senso de moralidade.

3

WASHINGTON, D.C., 24 DE MARÇO, 16h14

O general de divisão Hadley Kline mal conseguia ficar parado. O corpo largo, que geralmente se contraía e estremecia ao ritmo do fluxo contínuo de pensamentos hiperativos, era agora um borrão em movimento. Seus braços giravam como as pás de um moinho e a cabeça balançava, com os espessos cabelos pretos subindo e descendo, enquanto ele circundava a comprida mesa no centro da ordinária sala de reuniões no subsolo do edifício do Setor de Análises da Agência de Informação da Defesa — a DIA. Localizado no subúrbio de Washington, na Base da Força Aérea de Bolling, o edifício da DIA, com sua estrutura ampla, branca e sem características excepcionais, abrigava o setor militar responsável por todas as atividades de espionagem, planejamento e reconhecimento, e o general Kline era o chefe da Diretoria de Análise. A tarefa de seu grupo era rastrear todo o volumoso conjunto de informações proveniente das atividades de inteligência militar e dar um sentido a ele. Resumindo, o general Kline estava ali para entender as coisas. E adorava fazer isso.

— Primeira pergunta — esbravejou energicamente com seu forte sotaque da zona sul de Boston. — Isso é verdade?

A mesa estava apinhada com mais de vinte assessores, homens e mulheres jovens das mais variadas patentes, todos de uniforme, escrutinando computadores e pastas de arquivos. Howell, um jovem texano, capitão da Força Aérea, respondeu de pronto:

— Alta probabilidade, general.

— Alta? Quão alta? — Kline se concentrou em Howell. — Alta a ponto de se ter *certeza*?

— Noventa por cento, general.

— Como descobrimos?

— A NSA interceptou uma ligação para o Departamento do Tesouro, general — respondeu uma jovem tenente sentada no fundo da mesa. — O telefonema foi feito de um celular sem segurança.

— E o telefonema veio de... — Kline parou para digitar num notebook posicionado na ponta da mesa — ... Avery Bernstein? Eu o conheço, não? De onde o conheço?

Os integrantes da equipe de análise conheciam o ritual. Kline usava sua própria forma do método socrático, mantendo uma discussão prolongada, interessada e combativa — consigo mesmo — diante de todos que tivessem qualquer possibilidade de acrescentar alguma informação à Pilha. Era como o general chamava a caixa imaginária dentro da qual sua equipe despejava informações úteis: a Pilha.

Um jovem negro, capitão do Exército, Caulk, projetou numa tela uma foto de Avery Bernstein fornecida pelo relações-públicas da empresa.

— É o diretor da Jenkins & Altshuler, uma corretora de Nova York, general. Antes disso, foi professor de matemática avançada em Yale. Serviu no Conselho de Assessores Econômicos do ex-presidente...

— Sim, é isso mesmo; foi por isso que eu o conheci. Produzimos um relatório extenso sobre os antecedentes dele, não foi?

A conversa agora se tornou mais acelerada.

— Sim, general.

— Ele estava limpo?

— Sim, general.

Kline se virou de novo, as mãos coçando o pescoço, como se tivesse descoberto uma picada de mosquito invisível.

— Como eles reagiram lá no Tesouro?

Um capitão de ombros largos gritou lá de trás:

— Nenhuma declaração oficial...

Kline interrompeu com irritação:

— Declaração oficial só serve para a mer...

O capitão não deixou o chefe terminar.

— ... mas minha fonte privilegiada disse que o aviso vai permitir que o Tesouro compre o excesso de oferta no mercado antes que a notícia vaze, general.

Kline deu um sorriso. Não se incomodava em ser interrompido. Desprezava a arregimentação arrogante do serviço militar. Títulos, continências, planos salariais — em sua opinião, tudo isso impedia o pensamento produtivo e criativo. Ele estava na profissão por um só motivo: a emoção da caçada.

— Tudo bem — resmungou o general, fazendo uma pausa para observar sua equipe reunida. — A grande dúvida é: por quê? Por que os chineses desovaram em segredo uma porrada dos nossos papéis?

O primeiro a falar foi o capitão Howell.

— Porque a conta anual dos armamentos de Taiwan vai para o congresso dentro de duas semanas. Isso foi um tiro de advertência. Para pararmos de vender caças F-16 para o inimigo deles.

— Não é impossível, mas é uma ideia banal — retrucou Kline. — Alguém tem algum palpite mais ousado?

O capitão Howell enrubesceu quando risos abafados ecoaram pela sala.

Uma tenente-coronel se levantou.

— General, pode ser um atentado ao patrimônio. Para nos manter desestabilizados enquanto eles fazem negócios com o resto do mundo.

Kline deu de ombros.

— Melhorou, mas 200 bilhões é dinheiro demais para um atentado.

O capitão de ombros largos interveio:

— General, será que não estamos ignorando a explicação mais razoável? Os chineses já não acham que os títulos do Tesouro sejam um bom investimento, por isso estão se livrando deles. Querem fazer isso em segredo para não convulsionar os mercados mundiais. Ou para não nos irritar. Já faz um tempo que esperamos os chineses desovarem nossos papéis.

Kline parou de andar de um lado para o outro e concordou com a cabeça, pensativo.

— É, capitão Mackenzie, essa é a explicação mais provável. — Percorreu a sala com o olhar. — Então, temos um consenso?

Houve um movimento geral de cabeças concordando. O general esperou. Logo um sorriso travesso surgiu à direita de seu vigoroso rosto. Uma jovem capitã do Exército, de cabelos pretos, ergueu-se de trás da mesa de reunião. Empertigada como uma lança, graciosa e naturalmente atlética, ela fixou os olhos de um azul intenso em Kline. Meu Deus, como era bonita, pensou o general, lembrando-se depressa de que tinha um bom casamento e de que o assédio a subordinados militares era punido com prisão e capaz de arruinar uma carreira.

— Sim, capitã Truffant? Tem uma teoria alternativa?

— Tenho, sim, senhor — respondeu Alexis Truffant em voz baixa, porém firme. — É só uma teoria.

— Até esse momento, tudo o que dissemos é teórico. Pode falar.

— General, acho que... — Ela hesitou. — Acho que a China acaba de declarar guerra contra nós.

O som das pessoas respirando fundo foi audível na sala. Assim como o silêncio que se seguiu. Kline balançou a cabeça sem dizer nada, ainda encarando os brilhantes olhos azuis de Alexis Truffant. Ela era fisicamente bela, mas também possuía a habilidade de pensar de forma lógica e independente, qualquer que fosse a situação ou a intensidade da pressão. Para Kline, essa era a *verdadeira* beleza. E era por isso que ela estava ali.

A capitã continuou:

— Só me parece que é uma guerra como nunca vimos antes.

Kline alcançou Alexis enquanto ela esperava o elevador para voltar ao escritório, no terceiro andar.

— Capitã Truffant, queira me acompanhar.

— Sim, senhor.

Alexis se voltou e logo acompanhou a passada do superior.

— O senhor quer discutir minha tese da guerra? Tenho argumentos que acho...

— Não, concordo com você — interrompeu Kline. — Vender nossos papéis no mercado paralelo é o que, atualmente, chega mais perto de uma declaração de guerra. Mesmo que já estivéssemos esperando por isso. Também concordo que vai ser uma batalha que realmente não entendemos.

— Ah, eu... eu... — gaguejou Alexis, surpresa, e em seguida se arrependeu, esperando a repreensão do chefe.

Já trabalhava com ele há tempo suficiente — dois anos agora — para saber que Kline não aprovava hesitação nem indecisão. Queria que seus colaboradores fossem confiantes, decididos e contundentes, ainda que estivessem enganados. Mas, em vez de repreendê-la, ele balançou a cabeça depressa.

— Foi Bernstein quem reconheceu isso?

— Não, senhor, foi um funcionário do escritório dele.

— Temos um nome?

— Garrett Reilly. Vinte e seis anos. Operador de mercado.

— Vinte e seis? Ele realizou uma façanha espetacular de investigação matemática intuitiva.

— É verdade, general.

— Sabemos algo mais a respeito dele?

— O nome consta no aluguel de um apartamento de dois quartos de Lower Manhattan. Para um rapaz de 26 anos, está numa faixa salarial impressionante. Abandonou a Universidade de Yale. Formou-se na Universidade do Estado da Califórnia, em Long Beach, com graduação em informática e matemática.

— Abandonou Yale para se formar em Long Beach? Não parece ter muito bom senso.

— Cancelou a matrícula em Yale dois dias depois que o irmão foi morto... no Afeganistão.

Kline parou de repente e ficou olhando para Alexis. Ela continuou:

— Cabo fuzileiro naval Brandon Reilly. Morto em ação em Camp Salerno, em 2 de junho de 2008. Atingido no pescoço por um atirador de elite.

Kline não disse nada e, de maneira atípica, não se mexeu. Alexis o observava, sabendo muito bem o que passava pela cabeça do superior. Após dez longos segundos, o general balançou a cabeça vagarosamente, de forma quase imperceptível.

— Garrett Reilly? Acha que ele pode ser a pessoa certa? — A pergunta pendia no ar. — *Para o Projeto Ascendant?*

Alexis Truffant havia se perguntado o mesmo no momento em que vira o dossiê de Garrett Reilly pela primeira vez, duas horas antes. Tinha estudado a foto do rapaz, seu rosto bonito e infantil, os olhos azuis, o sorriso ressentido — quase arrogante — em seus lábios. Analisara o breve histórico escolar e profissional de Reilly com o processamento lógico de seu cérebro extremamente organizado. Havia mais de um ano que procuravam uma pessoa, em vão, e o tempo estava passando; o prazo da verba do projeto estava quase expirando. Ela respondeu ao chefe elaborando a resposta com toda a cautela possível, porque, no fundo, Alexis Truffant era muito avessa a correr riscos.

— É bem provável, general.

Kline ficou olhando para a subordinada, e Alexis sabia que buscava algum sinal de dúvida em seu rosto, algum indício de reserva. O Exército era um campo minado de linguagem ambígua e declarações dúbias. Portanto, ela respirou fundo e voltou a dizer:

— Uma alternativa relevante.

Kline consentiu com a cabeça, virou-se e começou a se afastar. Em voz alta, disse:

— Você sabe o que fazer, capitã. Pode agir.

— Agora mesmo, general — respondeu, já correndo na direção do elevador.

4

NOVA YORK, 24 DE MARÇO, 21h27

Garrett se sentou a uma mesa no fundo do McSorley's, perto dos banheiros, onde o fedor de urina rançosa predominava sobre o da cerveja igualmente rançosa. Mas não se incomodou porque estava com amigos, e os três já tinham dado conta de quatro jarras de cerveja e seis shots de tequila; além disso, os fundos do local lhe proporcionavam a melhor visão de todos os outros imbecis naquele bar lotado do East Village, e ele adorava falar mal das pessoas. Como os quatro jovens operadores de fundos de hedge vestidos com ternos cinzentos, que cantavam uma versão desafinada daquela música idiota do Journey tocada no final de *Os Sopranos*. Ele realmente os odiava.

— Esses operadores são mesmo uns merdas — resmungava Garrett entre goles de cerveja. — Vejam só que babacas! Fundo de hedge é uma pirâmide financeira. Como é que ninguém percebe?

Mitty Rodriguez, a atarracada programadora de jogos porto-riquenha com um 1,63m e 90 quilos — e melhor amiga de Garret —, levantou o copo em aprovação.

— Por que você não levanta a bunda daí e vai dar porrada em algum deles? Quebra os dentes do cara.

— Talvez eu faça isso — respondeu Garret, avaliando o maior dos operadores: 1,80m, musculoso, com jeito de ter sido jogador de lacrosse.

Shane Michelson balançou a cabeça em discordância. O esquálido analista júnior de mercado cambial não era de forma alguma um lutador.

— Será que dava para a gente não ser expulso de mais um bar, Gare? Por favor. Já quase não tenho aonde ir na happy hour.

— Claro, com certeza. Que se fodam. Vou ganhar mais dinheiro essa semana do que eles na vida inteira.

Shane balançou a cabeça, descrente.

— E como vai fazer isso?

Garrett examinou as moças que estavam junto ao balcão do bar. Uma delas lhe chamou a atenção: deslumbrante, alta, pele morena.

— O dólar vai despencar. E eu vou pegar uma carona com ele até o fundo do poço.

Shane deu uma risada.

— Garrett, eu sou analista cambial. O dólar não está dando o menor sinal de que vá despencar.

— Talvez você não seja um analista cambial tão bom.

Mitty soltou um guincho de prazer.

— Iiiih... Que tapa na cara. Porrada! Porrada!

— Vai se foder, Garrett.

Shane desviou os olhos, irritado. Então a curiosidade o venceu. Os amigos de Garrett sabiam que era melhor não descartar inteiramente as afirmações presunçosas dele, que tinham o péssimo hábito de se mostrar verdadeiras.

— O que você está sabendo? Me conta.

— Desova de Títulos do Tesouro. Está para acontecer. Fundos soberanos. Inundação do mercado. Chacina à vista.

— Eu não estou vendo excesso de títulos da dívida no pregão.

— O Banco Central provavelmente está comprando o excesso, para ninguém entrar em pânico. Está vendo aquela garota lá no bar? — Garrett a apontou com um gesto de cabeça. — Acho que ela está me dando mole.

— Quem iria querer matar o dólar? É a zona do euro? Eles são nossos amigos.

— Ela é muito gostosa.

— A Rússia? Ela não tem títulos suficientes da nossa dívida. Um país árabe? A gente jogaria uma bomba nele. São os japoneses? Isso afundaria a economia deles.

— Será que, para variar, a gente podia não ficar falando de dinheiro? — reclamou Mitty. — Hoje fiz um raide de quarenta pessoas contra Kel'Thuzad. Quase tomei a Cidadela, mas aquele Nefarian asqueroso me ferrou...

Garrett sorriu. Ele e Mitty eram almas gêmeas — jogadores de videogame obcecados por tecnologia que viviam tanto no mundo virtual quanto no real. Os dois se conheceram numa sala de bate-papo de um FPS e se tornaram grandes amigos, muito antes de sequer terem se encontrado ao vivo. O que estabeleceu um vínculo entre eles foi a vida virtual. E o amor por se meter em confusão. Mitty era a única pessoa que Garrett conhecia que era capaz de sacanear tanta gente quanto ele, e era ainda mais rápida. Em certas noites, tinham a impressão de que havia bairros inteiros de Nova York onde os dois já não eram mais bem-vindos.

Shane fechou os olhos por um momento, depois os abriu, surpreso.

— China?

Garrett ficou em pé, ajeitou a gravata frouxa e sorriu.

— Hoje eu volto para casa com ela.

Shane balançou a cabeça.

— Mas de jeito nenhum. O iuane está amarrado no dólar. Se nós afundarmos, a China afunda junto. Suas exportações para nós vão pelo ralo. Por que fariam isso?

Garrett olhou para Shane. Mesmo bêbado e trôpego como estava, irradiava uma autoconfiança arrogante.

— Essa parte ainda não decifrei. Mas, como os chineses estão sentados em cima de 2,7 trilhões de dólares em espécie, acho que vão se dar bem de qualquer forma. Pessoal, a gente se vê amanhã.

Ele saiu arrastando os pés pelo bar abarrotado, oscilando entre as mesas. Parou de repente quando alcançou a moça no balcão. Um dos operadores estava conversando com ela. Garrett fez uma cara mal-humorada — malditos operadores de fundos — e abriu passagem entre os dois com os cotovelos.

— Cara, desculpe aí, mas eu já estava falando com ela. Você vai ter que voltar para cantar um pouco mais com seus amigos.

O operador de fundos — era o jogador de lacrosse, e sem dúvida bem grandão — lançou um olhar furioso a Garrett.

— Você ficou maluco? Eu já estava conversando com ela. Vai se foder, parceiro.

Garrett sorriu para a moça. Ela não parecia muito impressionada com nenhum dos dois. Garrett se inclinou para mais perto.

— O que eu quis dizer é que, na minha cabeça, eu passei a última hora batendo papo com você. Estávamos tendo uma conversa maravilhosa. Mas então esse idiota nos interrompeu e eu soube que precisava vir em seu socorro.

A moça deu uma risadinha abafada. O jogador de lacrosse agarrou o ombro de Garrett.

— Vou quebrar sua cara, babaca.

Garrett deixou que o sujeito o virasse de frente e o examinou de cima a baixo.

— Deixa eu adivinhar: Universidade Duke. Graduação em economia. Jogador da equipe de lacrosse. Terceiro ano como empregado do Apogee Capital Group?

O jogador de lacrosse ficou boquiaberto.

— Como você sabe isso? Andou me espionando, porra?

Garrett sorriu.

— Por que eu iria me dar ao trabalho de espionar *você*? Não, essa foi fácil. O Apogee Capital fica a quatro quadras daqui. Mas a firma está com um prejuízo de setenta por cento no ano. O terno que você está vestindo é uma cópia feita em Hong Kong, não um Kiton italiano legítimo, e seus sapatos têm pelo menos dois anos, o que, para um operador de fundos, é muito tempo de uso. A empresa esteve contratando três anos atrás, logo, você é funcionário de baixo escalão e não subiu na hierarquia, mas conseguiu o emprego porque o CEO jogava lacrosse na Duke, que é de onde vem o seu sotaque. E só um operador de fundos de hedge idiota cantaria a plenos pulmões uma música do Journey num bar cheio de gente.

Os trinta segundos seguintes foram um borrão para Garrett. Sua única certeza é que o sujeito se lançou em cima dele, que também estava alerta. Então, Garrett se desviou para a esquerda e deu um soco com a mão direita no plexo solar do operador. Ele tinha usado esse golpe nas ruas de Long Beach em mais ocasiões do que conseguiria contar. Mesmo não sendo uma pessoa muito forte, Garrett era rápido e tinha experiência em briga. Deu um chute forte no oponente, que estava curvado, e depois partiu para cima dos três colegas dele, que atravessaram o salão para entrar na luta. Deu um chute no joelho do primeiro, o que o colocou fora de combate. Em seguida empurrou o segundo sobre o terceiro, e os dois caíram em cima de uma mesa, derrubando jarras de cerveja e copos que foram se despedaçar no chão. A esta altura, o bar inteiro estava em polvorosa, com gente correndo para as saídas e outros tentando ver melhor a briga. Algumas garotas ficaram gritando enquanto Mitty atravessava o recinto correndo para dar umas porradas. Ela nunca perdia a chance de dar uns socos, mas chegou atrasada porque os operadores estavam caídos no chão e Garrett já tinha saído porta afora e chegado à rua, procurando um beco por onde fugir e se resignando com o fato de que ia dormir sozinho aquela noite.

Ele correu três quadras no sentido leste, imaginando que os operadores nunca iriam encontrá-lo, então reduziu a velocidade por meia quadra, indo vomitar numa lata de lixo. Passou a mão na boca para limpá-la, ainda com o gosto do cachorro-quente que tinha comido no almoço, mas se sentindo melhor. Estava atravessando o Tompkins Square Park quando viu pelo canto do olho que alguém o seguia a cerca de cem metros de distância. Garrett se apressou em cruzar o parque sem olhar para trás, depois se escondeu rente à parede de um edifício na esquina da Avenue B com a 10. Esperou trinta segundos no máximo e saltou do esconderijo no momento em que a pessoa que o seguia virava a esquina. Garrett escancarou um sorriso.

— Você não conseguiu ficar longe, não foi?

Era a garota do bar.

5

LOWER EAST SIDE, MANHATTAN, 24 DE MARÇO, 23h01

G arrett pediu dois cafés, uma porção de fritas e uma tigela de *avgolemono*.

— Duas colheres — pediu ele à garçonete do restaurante grego. — A senhorita provavelmente vai querer dividir.

A garçonete deu de ombros e foi até a cozinha, passando por uma fileira de cartazes de agências de viagem, com imagens de casas caiadas em ilhas áridas do mar Egeu. O outro freguês solitário sentado ao balcão do restaurante bebia seu café enquanto lia um romance.

A garota do bar balançou a cabeça, incrédula.

— Isso é o seu jantar?

— Já vomitei o almoço — respondeu Garrett. — Então, é, sim.

— Estou começando a me preocupar com suas condições de saúde a longo prazo.

— Estamos planejando nos conhecer a longo prazo?

A garota ficou olhando para ele.

— Você sempre se mete em brigas de bar?

— Já estive em algumas.

— Você é muito bom nisso. Quero dizer, em brigar.

— Vou tomar como um elogio. Por que me seguiu?

— Para ver se estava bem.

— Se não estivesse, ia me ajudar como, exatamente? Chamando a ambulância?

— Como descobriu onde aquele cara trabalha? O cara do bar?

Garrett deu de ombros.

— Você ouviu minha explicação. As pistas estão à mostra, se estiver prestando atenção.

— Mas a maioria não presta atenção?

— Isso mesmo, a maioria, não. Mas vamos falar de você, não de mim. Por exemplo, acho que não queria que eu a notasse. Acho que estava me espionando.

— Por que eu faria isso?

A garçonete trouxe dois cafés. Garrett despejou açúcar e creme no dele. Mexeu enquanto pensava na pergunta. Ele estudou a moça, o rosto dela, suas roupas, e continuou mexendo o café. Após uns trinta segundos de reflexão, disse:

— Há duas possibilidades. A primeira é que está desesperada para fazer sexo comigo. Mas, mesmo eu sendo muito convencido, diria que é remota. Não estou sentindo esse clima da sua parte, o que é uma pena, porque eu poderia deixar você doida se me desse a oportunidade.

— E a segunda?

— Hoje de manhã meu chefe ligou para o Ministério da Fazenda e contou que eu descobri que os chineses estão desovando, em grande escala, papéis da dívida pública dos Estados Unidos. O ministério contou à CIA ou à NSA ou a outra agência de espionagem. Não, espere aí, tem que ser militar, você tem jeito de militar: a forma de se sentar, seu corte de cabelo extremamente sem graça... e mandaram você aqui para descobrir se eu era louco ou se sabia de fato do que estava falando.

A capitã Alexis Truffant tentou não deixar a surpresa evidente em seu rosto. Garrett levara menos de cinco minutos para adivinhar quem ela era. E com uma exatidão impressionante.

Garrett sorriu.

— Vou fazer uma proposta. Que tal esquecermos que mencionei a hipótese número dois? Vamos fingir que a número um é a correta e ir para o meu apartamento, que fica aqui do lado?

Alexis bebericava seu café.

— Como você soube?

Ele se recostou e deu de ombros.

— Como você disse, eu presto atenção. É a única possibilidade lógica. O dólar não caiu hoje, portanto, Avery deve ter ligado para o Ministério da Fazenda. O Banco Central comprou os Títulos do Tesouro. Você e seja lá qual for a agência para a qual trabalha ficaram sabendo disso. Ou talvez você tenha ouvido por algum grampo. O telefone de Avery não é protegido. E aquilo a deixou assustada, porque a atitude da China podia ser vista como uma declaração de guerra, não é? Quero dizer, é muito agressivo. Talvez haja um milhão de soldados da infantaria chinesa desembarcando nesse exato momento na praia de Zuma. Todos eles praticando kung fu na areia, como num filme do Tarantino. Isso seria o máximo, não é? De qualquer forma, eu não teria sacado tudo isso se você não tivesse me seguido, mas devia ter adivinhado, já que você estava prestando muita atenção em mim no McSorley's, e, sinceramente, nunca me dei bem naquele bar. As garotas que frequentam o lugar só querem beber. E nenhuma delas é tão bonita quanto você.

Alexis se inclinou para a frente.

— A ideia da declaração de guerra. Você acabou de pensar nisso? Agora mesmo?

A garçonete trouxe a porção de fritas e a tigela de *avgolemono*, que colocou sobre a mesa. Garrett espetou uma batata frita com o garfo, mergulhou-a no ketchup e depois olhou para Alexis.

— Você tem um nome?

— Alexis Truffant.

— Do Exército, certo? Primeiro-tenente? Talvez capitã?

— A última opção.

— Impressionante. Subindo rápido na hierarquia. Salvou a vida de alguém? Capturou um bando de marginais em Fallujah?

Alexis meneou a cabeça.

— Só chego ao trabalho na hora certa.

— Sim, é claro. — Garrett riu desdenhoso, com um ar cético. — Então é na declaração de guerra que você está interessada? Trabalha para alguma divisão da inteligência militar?

— Não tenho permissão para dizer.

— Ah, dá um tempo, *capitã* Truffant! — disse Garrett, mencionando a patente dela com rispidez. — Está achando que me importo com alguma coisa do bando de palhaços para quem trabalha?

— Tenho certeza de que não, mas, mesmo assim, não posso revelar.

Garrett deu uma risada.

— Os militares são todos iguais. Regras. Normas. Só seguindo ordens. Só matando gente. Lançando drones Predator. Puxa, foi mal! Fogo amigo. E lembre-se de que foi você que me seguiu. Eu não espionei você. Não fui bater à sua porta.

Alexis observou Garrett resmungar, espetar mais fritas e mastigá-las com raiva. O rosto dele estava vermelho.

— Isso tem a ver com o seu irmão?

Agora foi a vez de Garrett ficar em silêncio. O homem permaneceu olhando fixamente para a comida sobre a mesa à sua frente, com o queixo tenso, os lábios tremendo. De repente, se levantou, fazendo a mesa balançar e derramando a xícara de café. Lançou um olhar furioso para Alexis, que continuava sentada.

— Você não sabe nada sobre mim. Sobre o meu irmão. Sobre a minha vida. Nada.

Jogou uma nota de 20 dólares em cima da mesa e saiu do restaurante.

6

BETHESDA, MARYLAND, 24 DE MARÇO, 23h55

O monitor do computador do general Kline em sua casa mostrava que a ligação que recebia naquele momento partia de um celular desprotegido. Faltavam cinco minutos para a meia-noite. Ele estivera lendo uma série de informes secretos sobre as intenções dos chineses em relação a Taiwan, e agora não conseguia dormir. No litoral da China continental havia 250 mil soldados do Exército de Libertação Popular, prontos para fazer em barco a viagem de cento e quarenta e cinco quilômetros para reunir as duas Chinas. E a frota americana do Pacífico não estava longe dali. Ele respondeu no segundo toque.

— Aqui é Kline.

— Estou ligando do meu celular. É uma linha pessoal.

Era Alexis. Kline ouviu ao fundo os ruídos das ruas de Nova York. Conforme fora instruída a fazer quando estivesse em serviço de campo, ela não estava usando as formalidades das forças armadas — nada de *sim, senhor, não, senhor*.

— Entendido.

— Eu o encontrei.

— Falou com ele? — perguntou, surpreso, o general. — Sua instrução era não fazer contato...

— Não tive escolha. Ele adivinhou rapidinho quem eu era.

— Tudo bem. Faça um resumo.

— Zangado. Muito. Agressivo. Confrontador. Destemido.

Kline puxou um caderno e foi anotando o que ela lhe dizia. Alexis Truffant era perspicaz — tinha a capacidade de ler as pessoas. E isso era parte do que a fazia valiosa para o general.

— Destemido de que jeito?

— Entrou numa briga de bar com quatro caras. Todos maiores que ele.

— Quem ganhou?

— Ele. Com facilidade.

— Muito bem, acho que gosto disso.

— Ele também é sagaz. Observador. Adivinhou quase imediatamente quem eu era. E para quem trabalhava. E de que jeito fiquei sabendo a respeito dele. Com um mínimo de indícios.

— Sério mesmo? — perguntou o general, com um sorriso franzindo seu rosto. — Ele sabia o nome da nossa empresa?

— Não, só informações gerais. Mas chegou perto. Muito perto. Sobre mim. Sobre como a informação foi passada. E por quê. Ele até adivinhou sobre a tese de que você e eu falamos no corredor. Sobre a razão de isso estar acontecendo.

— Sabia o país e por que eles podem estar fazendo isso?

— Sabia. E era óbvio que a ideia surgiu naquele momento. A habilidade dele para detectar padrões subjacentes ultrapassa qualquer expectativa.

— E o que mais?

— Arrogante. Temperamental. Instável. Gosta de beber. E gosta de mulheres. Gosta muito.

Kline deu uma risadinha. Podia apenas imaginar como Garrett Reilly tinha dado em cima de Alexis. Teria pagado para ver.

— Eu gosto de beber. E gosto de mulheres.

— Então vocês dois vão se dar muito bem.

Kline ouviu a irritação na voz dela. Fingiu não ter notado — havia merecido aquilo.

— Ótimo, ele poderia ser compatível. Alguma desvantagem?

Fez-se um breve silêncio na linha. Kline escutou uma ambulância passar em algum lugar da noite de Nova York.

— Sim, e das grandes — respondeu Alexis.

— Diga.

— Ele odeia as Forças Armadas dos Estados Unidos. Com fervor.

7

CONDADO DE MOFFAT, COLORADO, 25 DE MARÇO, 8h55

Matt Sawyer engatou a segunda marcha da sua caminhonete Ford F-150 para subir o último trecho da Colorado County Road 55, uma estrada íngreme e sinuosa, antes de se aproximar da mina. À direita havia um precipício de trinta metros de altura, que descia o Henderson Canyon, coberto de pinheiros. À esquerda estava o flanco escarpado do Tanks Peak, ainda coberto de neve, as nuvens se partindo de encontro ao pico, em sua viagem rumo ao leste para atravessar o país. Era lindo, mas Sawyer não se importava. Respirou fundo, acelerou e ultrapassou a última fila de árvores antes do estacionamento cercado.

A primeira coisa que viu foi alguns homens que seguravam cartazes feitos em casa e se aglomeravam nos limites do terreno. Eles estavam ali três semanas antes, quando Sawyer começara o trabalho, e permaneciam no local até hoje. Usavam capacetes de proteção e jaquetas de brim forradas. Voltaram-se na direção da caminhonete quando ela passou roncando, e Sawyer viu em seus olhos o desespero estéril. Embora estivessem protestando, seus corações já não estavam empenhados naquilo. Um homem sacudiu um cartaz, e Sawyer leu de relance: "Salve nossa mina. Salve nossos empregos." Certo, pensou Sawyer, boa sorte com isso.

O que ele viu em seguida, enquanto estacionava perto da cerca anticiclone da mina, foi um grupo de guardas armados que vigiava os manifestantes. Havia uns quarenta seguranças, alguns empunhando espingardas, outros com revólveres enfiados no coldre, todos vestidos com coletes à prova de bala. Usavam óculos escuros e boné de beisebol, e eram todos musculosos e inidentificáveis. Um pouco de exagero na truculência, pensou Sawyer. Quem mexeria com *sequer um* daqueles sujeitos? E ainda mais com *quarenta*? Santo Deus.

Ele pegou a carteira e a caixa de ferramentas e saltou da caminhonete. Mostrou a identidade de empreiteiro ao segurança de expressão especialmente hostil que estava no portão. Já estava a meio caminho do edifício principal da mina quando McAfee, em seu terno cinza bem-acabado, saiu do local e foi a seu encontro. O empreiteiro não conseguia se lembrar se o homem algum dia revelara o primeiro nome — era provável que não —, mas, de qualquer forma, ele não se importava.

— Bom dia, Sawyer, como vai? — saudou McAfee, apertando a mão do empreiteiro.

Como de hábito, não estava usando nada por cima do paletó, apesar do frio na grande altitude. Sawyer achava que, na verdade, ele podia ser um robô.

— Vou bem — respondeu Sawyer, mentindo.

Ele abriu a boca para dizer mais alguma coisa, porém foi interrompido pelo outro.

— Ótimo, vamos acabar logo com isso.

McAfee caminhou depressa para a entrada do elevador da mina, uma casinha de blocos de concreto com uma porta de ferro oxidada. Sawyer franziu a testa, depois o seguiu. Dispunha talvez de dois minutos para uma última tentativa de convencê-lo a não seguir adiante com aquilo — por algum motivo, havia planejado fazer isso na superfície. A porta estava aberta, e o elevador esperava por Sawyer. Ele entrou, seguido por McAfee.

— Vou inspecionar com você. Não se importa, não é?

Aquilo não era realmente uma pergunta, pensou o empreiteiro, que respondeu:

— Não, por favor, fique à vontade.

Sawyer fechou a grade do elevador, ligou o motor do guincho e deu início à descida para o interior da mina. Quando a cabine deixou a superfície, os dois homens se viram cercados de escuridão e sons: o chiado mecânico dos cabos esticados acima de suas cabeças e o vento sendo deslocado abaixo deles, enquanto mergulhavam 915 metros nas profundezas da Terra. A fraca luz amarela iluminava pouco além de seus rostos.

Depois de cinco minutos, o elevador parou com um ruído abafado quando eles alcançaram o poço principal da mina. Sawyer abriu a grade e saiu. Adorava estar no interior de minas. Para ele era uma emoção, da qual provavelmente nunca se cansaria: um lugar escuro e estranho, o cheiro da terra, o calor que aumentava à medida que se descia. Outros achavam claustrofóbico, mas não ele. Sawyer parou, respirou fundo e se virou para McAfee. Era agora ou nunca

— Ainda tem muito molibdênio nessas jazidas — disse ele.

— Tenho certeza de que sim, Sr. Sawyer.

— Vale muito dinheiro. Talvez 1 bilhão de dólares.

McAfee semicerrou os olhos na fraca luminosidade do lampião. O empreiteiro percebeu que ele não gostava de estar embaixo da terra — tentava controlar a respiração, controlar o pânico.

— Não tenho como saber — comentou McAfee.

— Os Estados Unidos costumavam produzir um quarto do suprimento mundial de molibdênio. Agora, produz talvez dez por cento. Sem essa mina, vai cair para cinco por cento. Vamos virar importadores do insumo.

McAfee lançou a Sawyer seu olhar de advogado. O empreiteiro mordeu o lábio e prosseguiu:

— É um elemento raro. É vital. Usamos nas ligas resistentes ao calor. Sabe como é, para aviões de caça, reatores de foguetes. Todo tipo de coisa de alta tecnologia. É valioso demais.

— Sr. Sawyer, faça o favor de conferir os detonadores agora — pediu o advogado sumariamente.

Ele se encolheu e fez um gesto concordando. A conversa estava oficialmente encerrada. Percorreu a extensão do poço da mina. Havia cinco ramos separados, jazidas secundárias que partiam da principal. Sawyer verificou os detonadores, os explosivos e os fios de cada ponto da mina. Tudo estava seguro. Como sempre, ele havia feito um trabalho excelente, ainda que aquilo lhe partisse o coração.

Vinte minutos depois, Sawyer retornou para onde McAfee estava, parado junto ao elevador.

— Está tudo pronto — declarou o empreiteiro.

— Então vamos dar o fora dessa merda — propôs McAfee. Foi a primeira vez que Sawyer o ouviu dizer um palavrão.

Subiram em silêncio. O empreiteiro parou o elevador na metade do caminho e armou o explosivo que tinha instalado ali. Quando fosse detonado, o único acesso à mina seria destruído. Um novo proprietário precisaria de vários anos e muitos milhões de dólares para conseguir entrar ali. De fato, talvez fosse simplesmente impossível. Segundo McAfee, era isso que os novos donos queriam quando contrataram os serviços de Sawyer: que ele tornasse impossível descer. O empreiteiro balançou a cabeça, incrédulo, diante da lembrança. Por que havia concordado em fazer isso?

No momento em que o elevador alcançou a superfície, McAfee saiu em disparada. O empreiteiro ainda se deixou ficar para trás por um momento, então fechou a grade e caminhou para o limite externo do prédio mais afastado da mina, um edifício baixo de tijolos, onde, no dia anterior, ele havia montado o painel de controle da explosão. McAfee veio se juntar a ele, desta vez acompanhado por dois seguranças corpulentos que empunhavam armas. Sawyer pediu a um dos guardas que transmitisse o primeiro aviso. O homem falou com rispidez num walkie-talkie. O empreiteiro armou o painel de controle.

— Dê o segundo aviso, por favor — instruiu ele ao guarda, que o transmitiu no aparelho.

Sawyer olhou por cima do ombro. Sabendo o que estava para acontecer, os manifestantes foram se aproximando lentamente da cerca em torno da mina. Uma falange de seguranças se moveu no lado interno para bloquear a vista. Pela última vez, o empreiteiro se dirigiu a McAfee.

— Não consigo entender — comentou, deixando a emoção transparecer na voz. — Por que alguém compraria uma mina por 100 milhões de dólares e a destruiria? Será que alguém, em algum lugar, poderia me explicar isso?

McAfee pareceu sereno, despreocupado.

— Sr. Sawyer, nós dois somos empregados. Somos contratados uma vez e, se quisermos ser chamados de novo, fazemos nosso trabalho sem discutir. Os donos dessa mina têm suas razões. Não me importo com quais são, e o senhor também não deveria. Meus registros indicam que estão lhe pagando 213 mil dólares por seu serviço de demolição. É o dobro do seu orçamento inicial. Se o senhor quer receber o restante dos honorários, então deve apertar o botão. E deve apertá-lo agora. Não posso perder meu voo.

Sawyer apoiou o polegar no botão vermelho que enviaria uma corrente elétrica pelo fio do rastilho até a cápsula detonadora, aquecendo o explosivo ao nível da carga e destruindo a Mina de Molibdênio de Henderson Canyon. Ele pensou ter ouvido alguém gritar do pátio do estacionamento: "Não faça isso!" Mas talvez ninguém tenha dito coisa alguma. Apertou o botão do detonador. Houve um estrondo surdo, como um trovão distante. O solo tremeu sob seus pés, o cascalho dançou sobre a terra. Acima dele, os pinheiros balançaram e depois ficaram imóveis.

E isso foi tudo. A mina havia sido destruída.

No estacionamento, os manifestantes se afastaram da cerca, desanimados, e entraram em seus carros. Sawyer ficou observando enquanto eles partiam.

McAfee entregou um papel ao empreiteiro e sorriu.

— Então, Sr. Sawyer, acredito que nos veremos na próxima. Se houver uma próxima.

O empreiteiro olhou para o papel. Era um cheque em nome de Matt Sawyer, no valor de 58.500 dólares.

Ele fez uma careta e pensou: *O que foi que eu fiz?*

8

NOVA YORK, 25 DE MARÇO, 5h48

Na quarta-feira de manhã, Garrett acordou sozinho em seu espaçoso e arejado apartamento no quarto andar de um prédio sem elevador; estava de ressaca e irritado, em especial com Avery, por não ter ficado de bico fechado e ter ligado para o Ministério da Fazenda em relação aos títulos. Na opinião dele, seu chefe tinha transgredido a primeira regra do jogo financeiro: não desperdice a oportunidade de lucrar. Mas Garrett o conhecia bem, sabia que ele era conservador, e, nesse episódio, podia perdoar seu antigo professor pela fraqueza. Afinal, raciocinava Garrett enquanto preparava uma xícara de café instantâneo, vestia uma calça limpa e dava umas tragadas rápidas e satisfatórias num narguilé, se ele quisesse mesmo ganhar muita grana, devia ter guardado a informação para si e vendido dólares a descoberto por conta própria. Com o impulso de um novo derivativo cambial com que estivera brincando, Garrett poderia, em menos de uma semana, ter convertido seu palpite sobre os chineses num lucro de 40 milhões de dólares para a empresa com facilidade.

Mas não o fizera, e sabia que em parte fora por vaidade. No fundo quisera contar a alguém — alguém importante — que havia percebido a manobra antes de todos, que tinha apanhado um fundo soberano manipulando os mercados globais. Sentia orgulho de si e queria que o mundo soubesse, que o celebrasse. O que o levou de volta à segunda pessoa com quem estava irritado: a capitã Alexis Truffant.

Ele também se sentia dividido nessa questão. Por um lado, estava furioso porque ela mencionara o irmão dele, usando um truque psicológico barato para lhe provocar uma reação emocional.

Garrett ainda não conseguia entender o objetivo dela. Mas entenderia. E como aquela mulher se atrevia — ela e sua burocrática e misteriosa agência de espionagem — a fuxicar o passado dele? A sua vida? O que eles tinham a ver com isso? A babaquice de não lhe dizer as coisas, o sigilo arrogante, o ar de importância que se davam, tudo isso o deixava transtornado. Era esse o problema com as Forças Armadas do país. A mesma cortina de fumaça em que esbarrara quando havia tentado descobrir detalhes sobre a morte do irmão no Afeganistão. As mesmas evasivas, a mesma utilização desprezível do trunfo da segurança nacional. A lembrança das horas que havia passado ao telefone com o Departamento de Registros das Forças Armadas, tentando obter o relato preciso sobre quem de fato disparara o tiro que atravessara o pescoço do irmão, fazia seu estômago revirar. Por que não fizeram uma análise do projétil? Seria, por acaso, fogo amigo? Na ocasião do tiroteio havia Rangers nas imediações.

Garrett sentia uma queimação no estômago. Ele os odiava, todos eles, até mesmo as bonitinhas e jovens como Truffant.

E, no entanto, também sentia um orgulho secreto. Orgulho de que eles — seja lá quem realmente fossem — tivessem dado valor o bastante à sua análise para investigá-lo. O todo-poderoso governo federal viera atrás dele, Garrett Reilly, um operador júnior do mercado de valores, que trabalhava num cubículo em Lower Manhattan. Aquilo lhe agradou — gostou do fato de ser capaz de lançar pedras que abalassem o gigantesco lago representado pela burocracia coletora de informações estratégicas da nação.

Garrett caminhou os vinte quarteirões para o sul e para o oeste até a Jenkins & Altshuler e chegou ao destino às seis e trinta da manhã, meia hora antes de qualquer outra pessoa da empresa. Ele conferiu a London Interbank Offered Rate (a LIBOR, usada pelos bancos quando emprestavam dinheiro um ao outro) e os valores do euro, do iene e do iuane. Depois examinou os preços das obrigações ao portador de grau intermediário que tinham sido lançadas no *overnight*. Acima de tudo, ficou de olho no preço do dólar, mantendo aberta uma janela de rastreamento em seu terminal Bloomberg, observando até o menor sinal de movimento. Mas nada aconteceu.

O dólar se manteve estável em toda a linha, contra todas as outras moedas. Garrett tomou mais café. Às sete e meia, subiu um lance de escadas até o 23º andar e se sentou numa cadeira do lado de fora da sala de Avery. Liz, a secretária ruiva de meia-idade do chefe, já estava lá, atendendo ao telefone. Ele sorriu para ela, que fez pouco-caso. Após conferir a hora no celular, Garrett ficou esperando. Dois minutos depois, Avery Bernstein entrou, o paletó de tweed jogado sobre o ombro e um exemplar do *Wall Street Journal* enfiado embaixo do braço. Garrett se levantou.

— Não entendo por que você ligou para o Ministério da Fazenda...

— Garrett...

— Você destruiu qualquer possibilidade nossa de aproveitar uma tendência de baixa. Se o dólar...

— Garrett!

— ... despencar agora, não vamos ter nenhum aviso antecipado e ficaremos...

— Cale a boca!

Garrett ficou em silêncio. Via de regra, quando alguém lhe mandava calar a boca, ele agredia o interlocutor. Mas não podia atacar o chefe. Além disso, gostava de Avery. Gostava muito. Pensava nele — às vezes — como o pai que nunca tivera.

— Entre na minha sala — pediu o chefe, e entrou no escritório.

Garrett o seguiu, Avery fechou a porta atrás dele, e depois se sentou à sua mesa. Pela janela, Reilly via Lower Manhattan, uma paisagem fervilhante de miniaturas: pessoas, carros e helicópteros. Todos não passavam de pontinhos distantes.

— Sente-se e não diga nada.

Ficaram sentados em silêncio por um intervalo que para Garrett pareceu ter cinco minutos, mas que na verdade foi mais como trinta segundos. Avery ligou o computador e guardou a pasta.

— Você caiu de paraquedas numa coisa muito séria...

— Eu não caí em nada. Fiz a pesqu...

— Cale. *A merda*. Da boca!

A tensão na voz do chefe fez as palavras crepitarem. Garrett trincou os dentes. O olhar de Avery percorreu as paredes e os computadores do escritório, como se buscasse hóspedes indesejados. Ou, Garrett entendeu de repente, dispositivos de escuta. Um arrepio desceu por seu pescoço.

Por fim, o chefe olhou para ele.

— Isso é tudo o que tenho a dizer. É *tudo* o que posso dizer. — Avery encarou Garrett com um olhar infeliz e demorado. — Você está me entendendo?

— Estou.

— Não é como comprar um título municipal de uma cidade do Texas abaixo do custo. Ou como eu tentar convencê-lo a não abandonar Yale. Isso é importante. *É maior e mais assustador do que você poderia imaginar.*

Fez-se um silêncio na sala. Então o chefe perguntou:

— O que foi mesmo que acabei de dizer?

— Que isso é importante. E assustador. É maior e mais apavorante do que eu poderia imaginar.

— Você aprendeu a ouvir. Muito bem! Então. Fui contatado por pessoas cujos nomes não posso revelar. Elas me disseram, sem rodeios, que você tem que manter para si a informação que descobriu. Não pode dizer nada. A ninguém. Nesse momento. E para sempre. Isso também está claro?

Garrett começou a retrucar, querendo argumentar que estava se lixando para o que os militares ou o governo queriam que ele fizesse, mas, ao ver de relance a expressão de desânimo e preocupação no rosto de Avery, mudou de ideia. Assentiu com a cabeça.

— Sim, está claro.

— Pois muito bem, volte ao trabalho.

Garrett se levantou e caminhou até a porta. O chefe o chamou:

— Ah, Garrett, mais uma coisa.

O subordinado se virou e o observou.

Avery estava levemente contraído, como se uma dor de súbito se irradiasse pelo seu corpo. Fazia oito anos que Garrett o conhecia, e sabia que o homem se preocupava demais com tudo, mas nunca vira seu velho professor parecer tão amedrontado.

— Por favor, tenha cuidado — recomendou Avery, engolindo em seco.

9

JENKINS & ALTSHULER, NOVA YORK, 25 DE MARÇO, 8h32

A sala do mercado de títulos vibrava com todas as conversas e telefones tocando. Garrett se sentou à mesa e tentou se concentrar no trabalho. O telefone tocou, ele atendeu, tentou dar respostas coerentes, mas a cabeça estava longe dali.

Tenha cuidado. Não diga nada.

Por que aquilo era tão importante? Será que os chineses estavam mesmo em guerra contra os Estados Unidos? Ele havia afirmado isso para a capitã Truffant, quase como um desafio. Conferiu os sites do *New York Times*, da Associated Press e o Google News. Depois, sites ingleses: BBC e o *Times* de Londres. Não havia menção a hostilidades entre os Estados Unidos e a China. Em lugar nenhum. Nem mesmo algum incidente diplomático menor, uma disputa comercial ou a captura de algum prisioneiro político que ameaçasse se transformar em algo mais sério.

Obrigou-se a não pensar no assunto. Passou as quatro horas seguintes comprando e vendendo títulos no mercado de futuros, mas sem ânimo. Estava um pouco de ressaca, um pouco chapado e, agora, tenso e desorientado. Terminou a sessão da manhã com um prejuízo de 43 mil dólares.

Ao meio-dia e meia, fez seu habitual intervalo de almoço e saiu para comprar um falafel na barraquinha de Abu Hasheem, sempre instalada a um quarteirão de distância ao norte do escritório. Garrett gostava de Hasheem. O vendedor de falafel havia nascido no Líbano, mas estava se convertendo depressa à cultura norte-americana. Era fã incondicional dos Knicks. Garrett sempre o provocava por causa do time: ele, garoto de Long Beach, tinha passado a vida inteira torcendo pelos Lakers.

Garrett saiu do saguão do edifício, na esquina da John com a William Street, e ficou parado um momento para absorver os sons e os cheiros de Lower Manhattan. Um táxi buzinou. Um caminhão passou fazendo muito barulho. A luz do sol de março não conseguia chegar a este trecho da rua, bloqueada pelos arranha-céus do distrito financeiro. Ele ficou observando os operadores do mercado e os corretores financeiros passarem rapidamente para o almoço, apertando os paletós para se protegerem do vento. Abandonou o abrigo do edifício e se juntou ao fluxo de pedestres que se movia para leste pela John Street.

Foi então que sentiu. Aquela comichão de inquietude na base da coluna. Quase causava um arrepio, como uma gota solitária de água gelada escorrendo muito depressa, da nuca para o meio da coluna, e depois irradiando como um leque, um choque de frio percorrendo os braços e as pernas. Garrett conhecia bem a sensação, que tinha quando descobria um padrão num redemoinho de caos. No entanto, desta vez era ligeiramente diferente. Era uma ruptura na rotina. Em algum lugar perto dele algo estava errado, desviando-se da norma. A adrenalina percorreu seu corpo. Ele caminhava apressadamente, assustado, com a advertência de Avery — *tenha cuidado* — ecoando em seus pensamentos.

Pelo canto do olho viu um rapaz de agasalho cinza que o observava do outro lado da rua, preguiçosamente encostado numa maltratada van Chevy branca sem janelas. Então notou outro homem a meia distância na quadra, de jaqueta de couro e celular ao ouvido, também o observando, os olhos cravados nele. O homem de jaqueta de couro logo se desviou, ainda falando ao telefone. Garrett sentiu outra descarga de adrenalina percorrer seu corpo. Será que eles o estavam vigiando? Ou só observando a rua, como o próprio Garrett estava fazendo? Estava ficando paranoico? Será que Avery havia desequilibrado sua noção do que era normal e do que era uma movimentação normal?

Garrett continuou a caminhar, xingando entre os dentes. Aqueles militares idiotas, disseminando medo e paranoia. Eles faziam seus jogos imbecis, e agora Garrett estava caindo na deles. Mas estava na hora de parar com aquilo. Homens de agasalho eram apenas isso, nada mais, e Nova York estava repleta de pessoas assim, quer estivessem olhando para ele ou para as garotas bonitas que caminhavam na direção oposta. Garrett deu mais uns vinte passos para o leste e então parou de maneira abrupta, sem nenhuma razão que pudesse discernir com clareza, exceto que cada nervo de seu corpo parecia lhe ordenar a fazer exatamente isto: parar.

Uma mulher jovem que carregava uma salada esbarrou nele, murmurou "Desculpe" e seguiu adiante. Os olhos de Garrett se moviam depressa entre os dois homens nos quais havia reparado, um à sua frente, o outro caminhando em paralelo com ele. Observando com atenção, viu que um era asiático, mas o outro tinha se afastado. Garrett girou 180 graus, como se obedecesse a um piloto automático interno, e começou a caminhar de volta rumo ao escritório. Sua mente estava súbita e inexplicavelmente vazia. Parecia ter uma única certeza: *volte para o seu edifício*.

Ouviu um grito áspero e entrecortado atrás de si e depois um motor acelerando. Olhou para trás e viu o rapaz de cinza correndo pela rua na direção oposta, afastando-se, enquanto a van na qual estivera encostado entrava na rua e avançava na direção de Garrett, que acompanhou enquanto a velocidade do furgão aumentava. De repente, a porta do motorista se abriu e um homem moreno e baixo, usando camiseta e jeans, saltou e saiu correndo pela calçada no sentido oposto, deixando a van descer a rua sozinha, sem ninguém ao volante. O homem moreno correu para leste pela John Street enquanto Garrett observava, paralisado. A van bateu na lateral de um Hyundai estacionado, e disparou rua afora, descontrolada. Um taxista buzinou, irritado. Os outros pedestres — comerciantes e entregadores de mercadorias, secretárias e turistas — começaram a correr. Agora, parecia que todos tinham percebido o problema que Garrett pressentira. Ele se forçou a sair de seu devaneio, se virou e saiu correndo. Já havia conseguido se afastar cinco passos quando de repente foi jogado no chão por alguém que saíra de um prédio.

Caiu pesadamente em cima do ombro, chocando-se com a calçada. Depois rolou e viu de relance o rosto da capitã Alexis Truffant.

Ela berrava:

— Abaixe a cabeça! Abaixe a cabeça!

Foram as últimas palavras que ouviu, porque milésimos de segundo depois houve um clarão de luz branca, uma onda de barulho que atingiu seus ouvidos e uma nuvem de poeira e escombros que passou voando a toda velocidade por seu campo de visão. Garrett sentiu o impacto de uma explosão. A detonação lançou o corpo dele pela calçada, jogando-o em cima de Alexis, e os fez rolar um sobre o outro três vezes, ou talvez quatro ou cinco — ele perdeu a conta —, antes de finalmente deixá-los junto à base de mármore do edifício.

Garrett ficou deitado ali por um momento. Piscou. Apalpou os braços e o peito, e, por fim, o rosto. Parecia inteiro. A seu redor, havia fumaça e caos. Os transeuntes passavam cambaleando, cobertos de poeira. Havia uma senhora idosa com sangue no rosto. Garrett ficou de joelhos, mas se sentiu tonto. Estendeu a mão procurando apoio, e sua mão tocou o ombro de Alexis, que estava agachada a seu lado. A capitã parecia falar com ele — movia os lábios, mas o rapaz não conseguiu ouvir nada e entendeu que a explosão o deixara surdo. Ela o agarrou pela mão. Gritava com ele, que só conseguiu entender o que dizia pela leitura labial.

— Você está bem?

Ele fez que sim e depois tentou dizer as palavras "Não consigo ouvir", mas teve a estranha sensação de falar sem ouvir a própria voz, como se estivesse usando fones antirruído. Tentou gritar, mas o efeito era o mesmo, e até pior, porque sua garganta estava rouca e cheia de poeira e fumaça. Teve vontade de vomitar.

Alexis tocou nos próprios ouvidos e balançou a cabeça, indicando que não, ela também não conseguia ouvir.

— Venha comigo — chamou a capitã, ou pelo menos Garrett supôs que tivesse dito isso, pelo movimento dos lábios.

Os dois se levantaram, trêmulos. Alexis segurava a mão dele e o conduziu rapidamente pela rua, saindo do saguão do edifício. Painéis de vidro estavam despedaçados e espalhados em pequenos fragmentos pelo piso de mármore. Garrett reconheceu o segurança do prédio saindo da cabine. Ele parecia perplexo, perdido.

Os dois viraram a esquina. Na William Street, estacionado diante de um hidrante, havia um utilitário cinza. A porta traseira estava aberta e um homem robusto de terno preto e cabelos curtos a segurava, sinalizando para entrarem. Garrett hesitou por um minuto, mas foi vencido pela tontura e pela confusão. Ele e Alexis se sentaram no banco traseiro, a porta se fechou, o veículo manobrou depressa, e Garrett teve a poderosa e instantânea impressão de que sua vida, naquele breve clarão, havia mudado para sempre.

10

NOVA YORK, 25 DE MARÇO, 12h47

O utilitário atravessou em alta velocidade as ruas estreitas de Lower Manhattan, dirigindo-se para o sul. Viaturas policiais passavam por eles a toda velocidade na direção oposta, tocando a sirene enquanto trafegavam na contramão pelas ruas de sentido único e subiam no meio-fio. Garrett se esforçou para respirar mais devagar. Fechou os olhos e, ao ser lançado de um lado para o outro no banco traseiro, tentou se concentrar na audição. Já conseguia distinguir os sons da rua por onde passavam, e também o ronco do motor do carro. Aquilo o deixou mais calmo: pelo menos não estava surdo para sempre.

Procurou Alexis. O rosto dela estava coberto de poeira. Tinha vestígios de sangue nas bochechas e no queixo. Vestia uma jaqueta marrom de camurça, que agora estava esfolada e rasgada na altura dos ombros. Sua boca se movia — parecia estar falando consigo mesma, e ele desconfiou de que também estivesse testando a própria audição.

— Você está conseguindo ouvir? — perguntou.

Alexis fez que sim.

— Um pouco. E você?

— Está voltando — respondeu ele.

— Você se machucou?

Garrett mexeu o ombro direito. Estava tenso, mas não muito machucado. Nada mais sério do que já sofrera jogando futebol americano no ensino médio.

— Estou bem. E você?

— Também.

— O que aconteceu?

— Um carro-bomba.

— Quem fez isso?

— Sei lá.

O utilitário entrou na East River Drive e seguiu para uma rua lateral que margeava a água. Estacionaram no fim de um embarcadouro que se projetava rio adentro. A viagem completa tinha levado menos de cinco minutos.

Alexis abriu a porta.

— Venha, vamos embora.

Garrett examinou a doca, a rua ao redor.

— Estamos no heliporto.

— É isso mesmo. Precisamos embarcar. Você precisa ir ao médico.

— Existem médicos em Nova York. Um monte deles.

— Alguém acaba de tentar explodir você. Quer mesmo ficar por aqui?

Agora o homem robusto que tinha segurado a porta estava parado ao lado da garota, e Garrett viu um revólver preto pela fenda nas costas do blazer dele.

— Como sabe que eu era o alvo?

— Se não era você, por que saiu correndo? Sabia que eles estavam à sua caça, e foi por isso que fugiu.

— Você estava me espionando?

— Estávamos mantendo você sob vigilância.

— Por quê?

— Agora não é hora para isso. Você está correndo perigo.

Garrett balançou a cabeça e se sentou no banco de novo.

— Não vou sair daqui enquanto não me disser que merda está acontecendo.

Alexis limpou do rosto a poeira e o sangue, respirando fundo.

— Tem algumas pessoas que gostariam de conversar com você. Elas o estavam vigiando. E ficaram impressionadas. Se vier comigo agora, vou apresentá-las a você e elas explicarão tudo.

Garrett olhou para a capitã, que acenou com a cabeça.

— Aquele helicóptero está esperando para nos levar a Washington.

11

EM TRÂNSITO — DISTRITO DE COLÚMBIA, 25 DE MARÇO, 13h15

O helicóptero Sikorsky Executive azul-claro subiu na vertical saindo do heliporto da South Street, deu uma ligeira guinada para a esquerda e, depois de alcançar trezentos metros, tomou o rumo sudoeste. Minutos depois, eles voavam baixo e rápido sobre o litoral de Nova Jersey.

Garrett se recostou na luxuosa poltrona forrada de couro. Alexis fez uma série de ligações no celular, falando em voz baixa porém enérgica no fone sem fio conectado ao aparelho via Bluetooth. Ela parecia alternar entre a raiva e a surpresa. Garrett tentou ouvir o que estava dizendo por cima do ruído do rotor e do motor, esforçando-se o tempo todo para recuperar o controle da capacidade auditiva, mas desistiu após alguns minutos. Pegando o próprio celular, tentou falar com Avery Bernstein, só para avisar ao chefe que estava bem, mas não conseguiu sinal — era evidente que a tecnologia militar de Alexis Truffant era bem melhor que a dele. Fechou os olhos, exausto; o choque da explosão havia se dissipado, deixando-o esgotado. Suas mãos tremiam. Quando estava quase caindo no sono, Alexis bateu em seu ombro.

— Você não deve dormir. Pode ter sofrido uma concussão.

Garrett manteve os olhos abertos depois disso. Ficou observando o litoral passar, a vegetação rasteira do interior da parte sul de Jersey, seguido do azul intenso da baía de Delaware. Era lindo — ondas formando espuma, barcos a vela, cargueiros enferrujados, tudo espalhado bem abaixo dele. Nunca tinha viajado de helicóptero. Enquanto sobrevoavam a península de Delaware e depois cruzavam a baía de Chesapeake e a conurbação entre Baltimore e

Washington, ele repassou mentalmente o que havia acontecido na rua. Tentou se concentrar no rosto do homem que estava encostado no carro e depois no do outro, que falava ao celular. Aquela bomba fora preparada para matá-lo? A memória de Garrett dizia que os homens o observavam. Tudo bem, pensou, nesse caso, então, a capitã Truffant estava certa, e a bomba se destinava a ele. Mas por que o explodir? Tudo isso tinha a ver com os títulos da dívida? E a advertência feita por Avery? Mas Garrett já havia passado adiante o que sabia. Nada daquilo era lógico. Por se tratar de uma ocorrência única, não se encaixava em nenhum padrão, e ele não tinha habilidade em decifrar casos isolados. Como sua cabeça ainda estava doendo por causa da explosão, decidiu parar de pensar no assunto.

Virou-se para Alexis quando ela fez uma pausa nos telefonemas.

— Aonde estamos indo? Exatamente? — perguntou ele.

— Para a base Aérea de Bolling. É lá que fica a matriz da minha agência. A DIA, a Agência de Informação da Defesa. — E acrescentou com um sorriso: — Agora você sabe para quem eu trabalho.

— Uhul! — respondeu ele, balançando o dedo no ar como se estivesse comemorando.

O helicóptero deu uma volta para o sul, evitando o espaço aéreo restrito acima da capital do país, e depois se aproximou de Bolling seguindo o rio Potomac. Vista do alto, a base não parecia muito diferente de qualquer outro conjunto empresarial ou bairro planejado, com loteamentos de casas, campos de beisebol e uma pequena marina junto ao rio. Nem mesmo tinha pista de pouso para aviões. O helicóptero pousou num heliporto ao lado de um estacionamento aberto, e Garrett e Alexis entraram num sedã preto que os esperava. Foram levados para o extremo leste da base, onde ficava um pequeno hospital.

Garrett foi levado para a sala de admissão, passou por uma enfermeira da triagem e depois foi conduzido a uma sala de exames com paredes verdes. Uma jovem médica o aguardava. Ela limpou os cortes no rosto e no ombro dele, então o submeteu a uma série de testes para detectar uma possível concussão, nos quais se saiu bem. A médica lhe entregou um cartão, pedindo que ligasse para ela se sentisse tontura ou náusea. Alexis parecia ter desaparecido — a médica disse que a examinaria em seguida — e, em vez de ser acompanhado pela capitã, ele foi escoltado por dois militares que o levaram do hospital para o edifício de um complexo comercial de um só andar, sem janelas. Os policiais o deixaram numa sala de reuniões com lâmpadas fluorescentes, perguntaram se ele queria um sanduíche — pediu peru com queijo suíço — e voltaram dez minutos depois trazendo a comida e um refrigerante.

Garrett comeu apressado e ficou imaginando para quem podia ligar. Na verdade, pouca gente se importava com seu bem-estar, e no topo da lista constavam Mitty e Avery. Ocorreu-lhe que talvez tivesse finalmente conseguido irritar todos os seus conhecidos. Aquilo o levou a fazer uma careta involuntária, e logo largou o telefone.

Assim que acabou de comer, dois homens de terno preto entraram no recinto, e o rapaz percebeu que eles o estavam vigiando o tempo todo. Notou a presença de uma câmera de vigilância no canto do teto, e lembrou a si mesmo a necessidade de conferir aquele tipo de coisa a partir de agora. Os homens se apresentaram como os agentes Cannel e Stoddard. Disseram que trabalhavam para o Departamento de Segurança Interna. Garrett pediu para ver as identidades, e eles obedientemente o deixaram inspecionar os crachás.

— Só queremos fazer algumas perguntas — declarou Stoddard, o mais velho e maior dos dois.

Garrett imaginou que fariam perguntas sobre a explosão e o que ele tinha visto, mas, em vez disso, começaram a perguntar sobre sua família. Por quanto tempo seu pai havia trabalhado para o Distrito Escolar Unificado de Long Beach? Que idade tinha quando o pai morreu? Algum dia a mãe trabalhara fora? O que ela fazia agora? Garrett tinha sido preso alguma vez?

Em dois minutos, já estava irritado.

— Por que vocês se importam se já fui preso?

— São apenas perguntas-padrão, Sr. Reilly.

— Vocês já foram presos? — perguntou Garrett a eles.

— Eu, não — respondeu o agente Stoddard.

— Por quê? Você nunca vai a festas? Nunca se diverte?

— Eu me divirto, sim. Mas dentro dos limites da lei.

Garrett resmungou:

— Ah, lembrei. Fui preso uma vez, por assassinatos em série. Mas tenho um bom advogado e fui absolvido.

Os agentes de segurança se limitaram a continuar fazendo perguntas.

— E quanto à sua mãe...

— E quanto à *sua* mãe?

— ... ela algum dia foi presa?

Em algum momento do quinto minuto, Garrett simplesmente parou de responder. Os agentes fizeram mais algumas perguntas, depois questionaram se ele lhes daria alguma resposta. Como ele não disse nada, agradeceram, fecharam seus cadernos e foram embora.

Os dois agentes esticaram a cabeça para dentro de uma salinha de observação adjacente à sala de reuniões e cumprimentaram Alexis Truffant e o general Kline, que estavam observando Garrett por um monitor em cores.

— Uma coisa nós conseguimos apurar, general — disse o agente Stoddard apontando para o vídeo de Garrett. — O cara é realmente um babaca.

— Nesse ponto ele é excepcional — acrescentou Alexis com um sorriso forçado.

O general Kline fez uma careta enquanto os homens da Segurança Interna iam embora. Não era fã daquela instituição; seus agentes não tinham realmente jurisdição numa base aérea, no entanto, andavam se pavoneando por ali como se fossem donos do pedaço. Faziam parte de um corpo burocrático que só crescia, e seu assédio constante incomodava o general. Ele respirou fundo e se virou para Alexis.

— Capitã, se eu o levar a quem eu gostaria...

— ... ele iria fazer o senhor parecer um idiota?

— Um idiota de marca maior?

— Segundo pude observar, general, se houver a menor possibilidade de causar problemas, ele com certeza fará isso.

Kline estudou Garrett no vídeo de circuito fechado. O rapaz era bonito, não havia como negar isso, mas o general achou que ele tinha um ar perigoso, quase ferino, como se fosse um menino criado por lobos que tivesse acabado de ser resgatado de alguma imensa floresta do norte. Ficava tamborilando sobre a mesa com os dedos sem parar. Parecia impaciente, inquieto, irritado.

Kline massageou as têmporas devagar, tentando combater uma crescente enxaqueca causada pela tensão.

— Vou dar uns telefonemas. Arranje umas roupas para ele e faça com que se arrume para o jantar.

12

BASE DA FORÇA AÉREA DE BOLLING, WASHINGTON, D.C.,
25 DE MARÇO, 16h49

O apartamento de um quarto ficava no centro da base aérea. Militares patrulhavam a frente e os fundos do edifício. No quarto, uma calça escura e uma camisa social limpa, do tamanho de Garrett, tinham sido deixadas sobre a cama; e um blazer estava pendurado na porta.

— Foi você que escolheu as roupas? — perguntou Garrett a Alexis.

— Se eu disser que sim, você vai se recusar a usá-las?

Garrett começou a rir.

— Estou ficando previsível.

Tirou a camisa na frente de Alexis. Ela saiu do quarto e fechou a porta, mas Garrett a deixou entreaberta para que pudesse ouvi-lo. E vê-lo. Queria que Alexis o visse nu. Qualquer coisa para deixá-la constrangida. Também tirou a calça.

— Por que o pessoal da segurança não me perguntou sobre a bomba?

— Não sei — respondeu Alexis, evitando cuidadosamente olhar para a porta aberta. — Olhe, hoje à noite iremos a um jantar. Vai ter muita gente importante lá. Gente que é responsável pelo futuro desse país.

— Quero dizer, eu fui testemunha e talvez o alvo. Deve ser a notícia mais sensacional do país nesse momento. Isso está muito esquisito.

— Se você ao menos escutar o que eles têm a dizer, seria ótimo. O que eles têm a dizer é muito mais importante que a bomba.

59

— Mais importante que eu viver ou morrer?

— Muito mais importante que isso.

— Para mim, viver ou morrer é surpreendentemente importante.

— Tenho certeza de que sim — retrucou Alexis com indisfarçado desdém.

Garrett empurrou a porta do quarto para fechá-la e foi tomar banho. Quando terminou, viu que a capitã tinha ido embora e que a porta da frente estava trancada pelo lado de fora. Deu um chute nela e constatou que, com pouco esforço, poderia arrebentar sua estrutura de madeira compensada fina, porém achou melhor não fazer isso. De que serviria? Não tinha nenhum lugar específico aonde ir. Procurou uma televisão no apartamento, mas não havia nenhuma, portanto, foi ler as notícias pelo celular. A CNN e o *New York Times* estavam cobrindo o episódio como um ataque terrorista, um carro-bomba, com diversos feridos, mas sem mortos; nenhum grupo ou indivíduo havia reivindicado a responsabilidade, e as autoridades não tinham suspeitos. Garrett não era mencionado em nenhuma das matérias, mas pensou bem na questão e não encontrou motivo por que devessem mencioná-lo. Ninguém sabia que ele estivera no térreo, nem em qualquer lugar próximo da explosão. Mas então percebeu que Avery Bernstein não telefonara. Ninguém da empresa tinha telefonado, o que era estranho, dado que poderia ser considerado desaparecido. Talvez Alexis Truffant tivesse entrado em contato com o chefe dele. A mulher dava a impressão de ser do tipo que fazia o serviço completo.

Garrett ligou para o escritório de Avery, mas a chamada caiu direto na caixa postal. A empresa estava fechada naquele dia. Na verdade, ele não tinha nada a dizer ao chefe, a não ser talvez que estava bem, que havia sobrevivido à bomba, mas algo lhe dizia que Bernstein já sabia disso. Avery estava mais conectado ao episódio inteiro do que Garrett tinha percebido. Ele era o centro a partir do qual todas as ações haviam se irradiado. Avery, concluiu o rapaz, sabia de tudo.

Em seguida, Garrett ligou para Mitty Rodriguez, mas ela também não atendeu. Deixou uma mensagem, para o caso de estar preocupada, coisa de que duvidava; era provável que estivesse absorta nas entranhas de algum jogo on-line e não tinha sequer notado a explosão. Às vezes, Mitty passava dias inteiros jogando e não saía nem para tomar um ar. Ou para ter notícias do mundo. Eles tinham um entendimento mútuo de que qualquer um dos dois podia desaparecer por intervalos prolongados e o outro não ia perder a cabeça.

Alexis voltou às seis e meia da tarde, quando o sol já estava se pondo sobre o leste da Virgínia. Ela bateu à porta, destrancou-a e entrou. Garrett a olhou demoradamente, ali parada no vestíbulo, usando um vestido preto curto e meias-calças transparentes, com os cabelos soltos caindo sobre os ombros e os lábios pintados de batom vermelho-vivo. A capitã estava deslumbrante.

— Pelo visto, vamos mesmo encontrar gente muito importante — observou Garrett, fazendo um gesto de cabeça em direção a ela —, porque você está espetacular.

— Nós vamos mesmo. E obrigada pelo elogio.

Garrett desceu as escadas do edifício atrás dela e os dois entraram num Ford sem identificação que os esperava. O carro era dirigido por um tenente uniformizado da Força Aérea, e os dois passageiros se sentaram no banco traseiro. Garrett tinha a ligeira impressão de que estava a caminho de seu baile de formatura do ensino médio — ao qual não comparecera porque preferiu ficar chapado na praia e surfar à noite — e gostou da sensação. Pelo menos sua acompanhante era linda. Eles cruzaram a ponte Frederick Douglass no sentido Washington, D.C. Era a primeira vez que Garrett visitava a capital. Ficou olhando pela janela e, mesmo sem conhecer a geografia da cidade, achou que o motorista os estava fazendo passar por todas as paisagens patrióticas que conseguia encontrar. Eles deram a volta no Capitólio, iluminado por holofotes, cruzaram o Mall, onde ele avistou o museu Smithsonian e o Arquivo Nacional, e depois pegaram uma série de rotatórias que os levou a passar em frente à Casa Branca. Talvez aquilo fosse um estratagema, mas, de qualquer forma, Garrett curtiu bastante.

Passaram pelo bairro de Foggy Bottom e pelo Departamento de Estado, depois cruzaram para Georgetown e manobraram por

61

uma sequência de ruas estreitas e arborizadas, cheias de sobrados sofisticados. Estacionaram em fila dupla diante de uma casa de três andares e fachada de arenito pardo na Dumbarton Street. Duplas de policiais uniformizados montavam guarda até metade da rua, em ambos os lados, e dois homens de terno escuro, que Garrett supôs serem agentes do serviço secreto, controlavam o acesso ao prédio. Os agentes abriram passagem para Alexis, e Garrett foi em seu encalço.

O vestíbulo da casa estava banhado por uma suave luz amarela. Móveis da era colonial decoravam o corredor, e havia duas exuberantes pinturas a óleo da escola de Hudson River penduradas em paredes opostas. O piso de tábua corrida era de madeira envernizada cheia de veios, coberto por um tapete de trama intricada. Para Garrett, o lugar fedia a dinheiro. E poder.

— Beleza. — Garrett riu, examinando um antigo bule de estanho em cima de uma mesa de mogno.

Uma jovem negra bem-vestida entrou no corredor e sorriu, amistosa, para Alexis.

— Capitã Truffant, que prazer em vê-la.

A jovem se virou para Garrett e o analisou por um momento.

— E você deve ser Garrett Reilly.

— Isso mesmo.

— Muito prazer. Ouvi muito a seu respeito. Eu sou Mackenzie Fox, assessora do secretário. Venham comigo, todos já estão aqui. Estão esperando por vocês.

No fim do corredor, a moça abriu uma porta e a segurou para eles. Alexis entrou, desaparecendo da vista de Garrett, mas ele parou um instante diante da Srta. Fox.

— Secretário do quê? — perguntou baixinho.

— Da Defesa.

— Puta que pariu! — exclamou Garrett surpreso, sem conseguir se controlar.

— Puta que pariu mesmo — concordou ela com um sorriso.

13

GEORGETOWN, WASHINGTON, D.C., 25 DE MARÇO, 20h02

O secretário da Defesa, Duke Frye, Jr., falou primeiro, e Garrett o reconheceu na hora. Um homem grandão, de fartos cabelos brancos, ombros largos e olhos azuis. Seu sotaque texano era pouco perceptível; era evidente que Frye havia se esforçado para se livrar dele e agora falava mais como o empresário global bem-educado que fora antes de ser nomeado secretário.

— Aceita uma bebida, Sr. Reilly? Hoje estamos tomando uísque escocês. É um Highland Park de 18 anos. O senhor conhece?

— Com certeza — respondeu Garrett, intimidado, deixando o anfitrião confuso quanto à resposta ser "com certeza", ele conhecia o uísque, ou "com certeza", ele aceitava um pouco.

De todo modo, o secretário Frye serviu uma dose ao convidado. Depois de entregá-lo ao rapaz, deu-lhe um aperto de mão.

— Duke Frye. Sou o secretário da Defesa.

Fixou os olhos em Garrett, que sentiu um inusitado lampejo de medo e ansiedade. Frye era o homem mais poderoso que ele já havia encontrado pessoalmente, e o deixou apavorado. Não muito, mas o suficiente para que se sentisse um pouco desajeitado.

— Prazer em conhecê-lo — respondeu Garrett, e acrescentou depressa: —, senhor.

Mas logo se odiou por ter feito isso. Deu uma olhada nas dez ou mais pessoas reunidas no amplo e suntuoso salão. Alguns estavam de pé, dois dos quais diante de uma pintura a óleo, escura, representando George Washington montado a cavalo no meio de uma ventania, tela que o rapaz jurava ter visto antes num livro de história da arte. Os convidados restantes estavam sentados. Garrett contou rapidamente cinco ou seis homens e mulheres de farda — ao que tudo indicava, generais. Pensou ter visto quatro estrelas na lapela do mais velho, um homem negro, magro e musculoso de 60 e poucos anos. Os demais eram uma mistura, homens e mulheres, a maioria na casa dos 40, todos vestidos de terno escuro. Garrett conseguia sentir o poder vibrando no ambiente. E todos estavam olhando para ele.

— Tenho certeza de que está se perguntando por que está aqui, Sr. Reilly — disse o secretário. — Portanto, acho que vou deixar esse cavalheiro dar início aos trabalhos. General Kline, o senhor pode fazer as honras?

O general Kline se adiantou. Era um dos poucos ali que não estava segurando uma bebida. Estendeu a mão para apertar a de Garrett e falou rapidamente, com seu sotaque de Boston.

— Eu sou Hadley Kline. Chefe da Diretoria de Análise da Agência de Informação da Defesa, a DIA. Também sou chefe de Alexis.

Fez um movimento de cabeça em direção à capitã, que tinha se afastado de Garrett para permanecer, sem chamar muita atenção, num canto. Na ordem hierárquica daquele salão, era visível que não havia lugar para ela.

Kline pigarreou.

— Então, como eu começo? — Agitou-se, como costumava fazer, e depois abordou a questão. — Tenho certeza de que você já ouviu aquele velho clichê: os generais estão sempre se preparando para lutar a última guerra. Pois é, infelizmente, isso tem um fundo de verdade. As Forças Armadas gastam muito tempo e dinheiro preparando a próxima geração de líderes: West Point, Annapolis, a Academia da Força Aérea. Homens e mulheres brilhantes. Explicamos a eles como foi travada a última guerra. Depois lhes pedimos que pensem em como lutar a próxima. Mas, no processo, fazemos com que se igualem a nós. Nós os transformamos em militares. E aí está o problema: queremos que eles sejam soldados. Mas essa...

O general hesitou, escolhendo com cuidado as palavras, não para causar impacto, mas sim, adivinhou Garrett, para não ofender nenhum dos presentes.

— Essa abordagem pode ter seus percalços — concluiu ele. Kline lançou um rápido olhar pelo recinto, em busca de objeções. Não encontrou nenhuma. — Somos suscetíveis a uma tendência à conformidade, por mais que tentemos permanecer independentes. É da natureza humana se deixar influenciar por terceiros. Foi essa habilidade que permitiu aos homens evoluir de caçadores solitários da savana africana a um grupo tomando uísque escocês na casa de 1 milhão de dólares em Georgetown.

— Paguei 2 milhões de dólares — interrompeu o secretário. — Só Deus sabe quanto está valendo agora. Maldito mercado imobiliário!

Ouviram-se risos abafados no outro lado do salão.

— A tendência à conformidade prevalece em especial em grandes organizações — continuou Kline. — E a classe militar é a maior de todas. Acho que posso dizer, sem atacar a credibilidade de nenhum dos presentes, que os militares não são o grupo mais inovador do mundo. Valorizamos disciplina, bravura, integridade. Poetas e empreendedores não precisam se candidatar.

Mais risos.

— Pelo menos não até agora.

Kline se voltou para uma jovem que estava sentada num canto. Ela se levantou, sorrindo de maneira polida. Era de ascendência latina, 30 anos no máximo, vestida com um tailleur preto bem-cortado. Ofereceu a mão a Garrett, que a apertou.

— Garrett, meu nome é Julia Hernandez. Trabalho no Departamento do Tesouro. Sou subsecretária para assuntos de terrorismo e informação financeira. Sou a pessoa para quem Avery Bernstein ligou outro dia. Com a informação que você descobriu.

— É mesmo? — Ele a examinou de cima a baixo. Era bonita, para quem gostava do estilo bibliotecária/dominatrix, gênero que Garrett apreciava de vez em quando. — Então foi você que me custou 40 milhões de dólares.

— Você quer dizer, por ter feito o dólar subir?

— Foi isso mesmo que eu quis dizer.

— Você estava planejando lucrar com o derrame de títulos da dívida?

— Com certeza.

— Você não ficou perturbado com isso? Moralmente?

— Não mesmo. Esse é o meu trabalho — respondeu ele, olhando para os generais reunidos. — Todos nós temos um. Vocês são os caras que matam gente. Eu sou o que vende a descoberto títulos de baixa qualidade.

Pelo canto do olho, Garrett viu Alexis Truffant se encolher. Ela parecia a ponto de dar um soco nele. Sentiu que a mulher tinha muito a perder com aquele jogo, mas nenhum dos generais sequer piscou diante do comentário dele. Ou eram muito mais durões que ela, ou não se importavam nem um pouco com o que ele dizia. Provavelmente as duas opções.

Julia Hernandez continuou:

— Acreditamos que se trate de mais do que simples papéis de baixa qualidade. Acreditamos que os chineses estejam vendendo títulos do Tesouro como forma de enfraquecer a economia dos Estados Unidos. Para minar o dólar e destruir nossa posição no mercado mundial. Acreditamos...

Uma voz mais velha e mais grave a interrompeu:

— Acreditamos que seja uma declaração de guerra.

Garrett se virou para a voz. Ela viera do general com quatro estrelas. Seus cabelos crespos e curtos estavam salpicados de fios grisalhos, e o rosto cheio de rugas quase parecia uma escultura.

— Um novo tipo de guerra — continuou o general. — Um tipo que nunca foi visto até hoje.

Garrett não conseguia precisar de onde era o sotaque dele, mas imaginou que fosse de Chicago. Do sul. O general se levantou e o secretário da Defesa fez um gesto de cabeça em sua direção.

— Sr. Reilly, esse é o general Aldous Wilkerson. Veterano condecorado da Guerra do Vietnã e chefe do Estado-Maior Conjunto.

O general Wilkerson acenou como se dissesse que se tratava de uma questão menor, de mera titulação, depois caminhou lentamente até Garrett.

— O ataque mais perigoso, aquele que um general mais teme, é o que ele não entende, o que não vê de onde partiu ou que nem era considerado uma possibilidade. O ataque que o pega completamente de surpresa: os elefantes de Aníbal cruzando os Alpes, a *blitzkrieg* nazista, dois aviões colidindo com o World Trade Center. Esses momentos mudam o curso da história e podem destruir nações inteiras.

As palavras dele ficaram pairando no ar. Garrett olhou para o homem idoso, para as rugas profundas de seu rosto.

— E estamos em um desses momentos?

O velho deu de ombros, como se não tivesse certeza. Garrett gostou do gesto: apreciou o fato de que esse general de quatro estrelas não fosse tão arrogante a ponto de lhe fazer uma preleção sobre a incerteza. A incerteza era uma das especialidades de Garrett.

— Minha neta de 9 anos entende mais de computadores e internet do que eu jamais consegui — continuou Wilkerson. — Enviar. Deletar. Twitter. Facebook. Santo Deus! Sinto falta de escrever uma carta à moda antiga. Mas as pessoas que conhecem essas coisas estão me dizendo que nossos inimigos poderiam nos subjugar num milésimo de segundo, se quisessem. Se não estivéssemos prestando atenção. — O general se aproximou mais do rapaz. — Você concorda com essa avaliação?

— Não é isso que a Agência Nacional de Segurança faz? Proteger o país de ataques desse tipo?

— Temos agências que nos protegem de ameaças por todo lado — concordou o general. — Mas nenhuma delas detectou a venda maciça e coordenada dos títulos da dívida. Só você fez isso.

Garrett sorriu quando entendeu a questão. Estava surpreso consigo mesmo por não ter percebido antes.

— Então vocês querem que, no futuro, eu os ajude a encontrar mais coisas assim? Porque eu sou ótimo em localizar padrões? E estou imune à tendência à conformidade dos militares?

O general Kline se intrometeu:

— Há tempos estamos à procura de alguém como você, Garrett, e gente assim não é fácil de encontrar. Alguém de uma nova geração.

Criado nos computadores e na internet. Com facilidade para a matemática. De uma família de patriotas como seu irmão, mas que estivesse fora da esfera de influência dos militares. Inteligente, sem medo de se arriscar, agressivo, confiante. Arrogante.

Garrett deu uma risada de deboche.

— Ah, eu me sinto tão amado.

— Nós falamos sem rodeios, Garrett — declarou o general Wilkerson. — Você talvez ache isso estimulante.

Kline prosseguiu:

— Eu poderia fazer uma lista de todas as características que você possui, mas levaria algum tempo e, francamente, acho que já as conhece. Sabe o que é capaz de fazer, e como consegue fazê-lo. Portanto, eis o que estamos propondo: nos deixe treiná-lo em nossas capacidades defensivas e ofensivas, mas mantendo-o física e mentalmente separado de nossa máquina de guerra. A capitã Truffant será sua guia. Ela vai lhe contar sobre o que podemos ou não fazer. Enquanto isso, você terá liberdade de rastrear aquelas coisas que lhe permitiram prever o que estava acontecendo no mercado financeiro.

— Vocês querem que eu seja seu sistema de alarme?

— De certo modo, sim.

Garrett considerou por um momento.

— E quanto ao meu emprego?

— Você entrará de licença. Ele ainda estará lá quando quiser voltar. Alexis já acertou tudo com seu chefe, Sr. Bernstein.

Garrett deu um risinho — ele também havia acertado em relação a Avery. O coroa estava a par do segredo. Ou pelo menos de parte dele.

— Vou ser pago para isso?

— Você terá um salário-base. Não vai ser muito alto, mas já é alguma coisa. Suas responsabilidades irão muito além de sua faixa salarial.

O general Wilkerson interrompeu:

— A questão não é dinheiro, Garrett. Isso faz parte de uma responsabilidade cívica. E você estará protegendo sua nação. Então, o que diz?

O salão estava em silêncio. Novamente Garrett sentiu todos os olhares voltados para ele. Esperou um pouco, como se estivesse pensando, mas já sabia sua resposta. Fez que não com a cabeça.

— Eu passo.

Houve cochichos entre os presentes. O secretário da Defesa Frye se levantou com um ar de raiva e preocupação no rosto.

— O que estamos lhe pedindo para fazer é uma grande honra, Garrett. Você não ama seu país?

— Amo, sim, com certeza — respondeu o rapaz com um sorriso. — Eu adoro o meu país. Só odeio os babacas filhos da puta que o governam.

A capitã Alexis Truffant lançou um olhar ao chefe dela, o general Kline, e fez uma careta. Ele se limitou a balançar a cabeça e dar de ombros, como quem diz "Fazer o quê?". A tensão silenciosa que havia se acumulado no ambiente desapareceu, substituída por pessoas irritadas conversando baixo. Garrett ficou parado no meio do salão, sorrindo com prazer.

— Alguém pode me dizer onde fica o banheiro? — perguntou. — Preciso dar uma mijada.

Mackenzie Fox, a assessora do secretário da Defesa, conduziu o rapaz para fora da sala, irritada e calada, enquanto Alexis e o general Kline se reuniram num canto.

— Você previu isso, capitã — comentou o general com uma nota de resignação na voz. — Ele tem uma forte antipatia pelas Forças Armadas.

— É mais que isso, general — disse Alexis. — Ele odeia todo mundo. É parte do que o transforma num bom candidato.

— E agora, general Kline? — perguntou o secretário, quando ele e o general Wilkerson se aproximaram dos dois. — Porque essa situação foi meio desastrosa, e ainda temos um problema nas mãos. E, para ser franco, seu programa não está ajudando muito.

Alexis percebeu que o general Kline se retesou. Sabia que o secretário e o chefe dela não eram bons amigos — pelo contrário, Frye trabalhava constantemente para criticar qualquer nova iniciativa da

DIA. Alexis sentiu que ele era um homem que gostava de mandar em tudo.

— Podemos insistir com Reilly — opinou Kline. — Mas não tenho certeza se vale nosso tempo ou esforço. Há outros candidatos por aí. Vamos continuar procurando. Vamos encontrar alguém.

— General — intrometeu-se Alexis —, espero não estar sendo muito ousada, mas acredito que ainda podemos recrutar o Sr. Reilly. Trazê-lo para a equipe.

— Isso parece extremamente otimista — observou o general Wilkerson.

— Concordo com o senhor, general. É otimista, sim — continuou Alexis —, mas acho que no íntimo dele há uma parte que quer nos ajudar. Só precisamos nos conectar com isso.

— Você vai se conectar com isso, capitã? Com o íntimo dele? — perguntou o secretário com um sorriso safado, quase lascivo, no rosto.

Alexis começou a responder, mas foi interrompida pelo chamado urgente de Mackenzie Fox.

— Ele pulou pela janela do banheiro.

— Merda! — exclamou o general Kline. — Não temos agentes do serviço secreto em torno da casa?

— Estão na frente. Não o viram — respondeu Fox. — Acham que ele pulou a cerca do vizinho e fugiu pela O Street. Estão ligando para a polícia de Washington agora mesmo.

O secretário da Defesa riu.

— Ele é livre para ir embora, Mackenzie. Não está em prisão domiciliar. Não é um prisioneiro.

— Poderíamos acusá-lo de algo — sugeriu Alexis.

— De quê? — perguntou Frye. — De ter nos sacaneado? — O secretário deu uma risada de desprezo enquanto se afastava. — Em todo caso, não gostei dele. O cara é um babaca.

Depois de subir numa grade de ferro forjado, Garrett atravessou com cuidado um jardim de fundos cultivado com capricho, correu para o leste pela O Street, foi para o sul e caminhou até encontrar um táxi. Não conhecia a cidade, mas disse ao motorista — um sique de turbante bege — que o levasse à rodoviária Greyhound mais próxima. O sique, cujo rádio tocava uma música indiana dançante no volume máximo, chegou lá em dez minutos. Garrett comprou uma passagem para o próximo ônibus que saía de Washington, que por acaso era o expresso das dez e trinta e cinco para Greensboro, Carolina do Norte. Entrou no ônibus dois minutos antes da partida, e escolheu duas poltronas juntas no fundo. Removeu a bateria e o cartão de memória do celular e se acomodou para dormir até chegarem ao estado produtor de tabaco. Seu último pensamento antes de mergulhar no sono foi uma imagem, que persistia em seu cérebro, do rosto do secretário da Defesa Frye quando dissera que os babacas dos militares podiam ir se foder. Puxa, como adorava sacanear as pessoas.

Principalmente pessoas que mereciam ser sacaneadas.

14

LUOXIATOU, CHINA, 26 DE MARÇO, 8h07

Hu Mei caminhou depressa pelo beco deserto, atravessando o portão de ripas de madeira e entrando no pequeno jardim circular que ficava escondido atrás de um barraco de blocos de concreto. Fechou o portão que dava para o beco e o trancou por dentro com uma tábua de madeira, parando finalmente para recobrar o fôlego e deixar o sol do fim de inverno aquecer seu rosto por um momento. Havia passado as últimas 14 horas fugindo, caminhando durante a noite, ingerindo apenas um punhado de pãezinhos dormidos e uma garrafa de água. Lá fora, fizera um frio cortante — temperatura de quase zero graus —, mas agora o sol havia nascido e seus raios fracos aqueciam suas mãos e seu rosto.

Hu Mei fez movimentos circulares com os ombros tensos para o sangue circular pelo corpo. Ao redor, subindo o morro, havia fila após fila de casinhas de alvenaria, cada uma de um quarto, as melhores com a fumaça de lenha se elevando de suas chaminés rudimentares, as piores com camadas de folhas de plástico presas do lado de dentro da janela. A vida era difícil ali em Luoxiatou, na China central. Muitos haviam partido em busca de empregos melhores nas cidades litorâneas: os jovens foram embora; os capacitados de meia-idade trabalhavam nas minas; os idosos apenas ganhavam a vida a duras penas, fazendo o que podiam.

Ela verificou o pedaço de papel que recebera de um senhor na cidade anterior. Havia um endereço e um nome, Bao. Era uma mulher idosa, conforme lhe informaram, porém simpatizante da causa, e havia prometido uma refeição e uma cama a Hu Mei por algumas horas. Era tudo de que ela precisava. Algumas horas de descanso, um pouco de comida e a oportunidade de conhecer outra pessoa que acreditava em seu ideal.

Era esse o lugar?, perguntava-se Mei em silêncio enquanto observava o quintal. Se estivesse errada, seria capturada. Caso isso acontecesse, seria posta na prisão, espancada e executada. Provavelmente em poucos dias.

Portanto, errar estava fora de cogitação.

Mas por onde andava a senhora idosa dona da casa? Por que não tinha vindo encontrá-la? O coração de Hu Mei disparou. Obrigou-se a manter a calma, porém, uma dose prudente de angústia a manteria alerta. E alerta significava livre. Alerta significava viva.

Ela sentia que as autoridades, à semelhança do inverno chinês, vinham-na pressionando desde a rebelião na comarca de Huaxi, quatro meses atrás. Rebelião. Era assim que Mei a chamava. O governo a chamara de provocação criminosa. Mas tudo que desagradasse às autoridades era denominado dessa maneira. Não gostaram do que aconteceu: a humilhação de duzentos de seus funcionários, desarmados, forçados a fugir, oitenta deles espancados, e vinte e cinco tão feridos que precisaram ser levados ao hospital da região. A notícia se espalhara pelo vale como fogo de palha, saltando de um povoado para o outro. O melhor aliado de Hu Mei ainda era o boca a boca. Houve notícias postadas na internet, mas foram deletadas pelos agentes governamentais da censura quase na mesma velocidade em que surgiam. Contudo, o governo não conseguia monitorar as conversas informais entre aldeões, homens que viajavam de ônibus, mulheres no mercado ou estudantes voltando para casa depois da aula. Essas pessoas estavam espalhando a notícia, e a notícia era poderosa: Hu Mei era a ponta de uma espada muito afiada, e essa espada estava balançando perto do pescoço do governo.

Ela riu sem alegria diante da própria metáfora improvável. Espadas? Pescoços? Que ridículo. O Partido Comunista era gigantesco e extremamente poderoso. A minúscula rebelião criada por ela era só um contratempo irritante, não um potencial golpe mortal. No entanto, a reação que sentia à sua volta — os esquadrões de agentes de polícia que passavam dia e noite buscando por ela e por seus seguidores, os cartazes de procura-se com o nome de Mei em destaque, as histórias mirabolantes de seus numerosos amantes e sua vasta riqueza — eram todos sinais de um governo que a temia. Ou que pelo menos temia o que ela representava. E aquilo, junto ao débil sol de março, a aquecia.

Uma idosa saiu de outra casa e entrou no jardim arrastando os pés. Hu Mei respirou fundo — devia ser Bao. Ela não tinha errado. Estaria em segurança pelo menos por mais 12 horas. O rosto da senhora tinha rugas fundas e seus cabelos brancos estavam puxados para trás e cobertos com um lenço. Os olhos cinzentos eram só duas fendas ao sol da manhã. A mulher se inclinou diante dela, como quem se aproxima de um dignitário. Mei detestava isso. Submissão. Essa atitude não ficava bem em ninguém, ainda mais numa mulher idosa e sábia.

— *Shīfu* — disse a idosa. *Mestra.*

— Não me chame assim — retrucou Mei rapidamente. — Por favor, não faça isso.

A idosa se endireitou, com um leve aceno de cabeça. Seus olhos vagaram pelo jardim, e na mesma hora a angústia voltou à superfície. O que a senhora estava procurando?

— O que foi? — perguntou.

A mulher hesitava. Apertou por um momento as mãos nodosas.

— Eu tentei mandá-lo embora...

— Mandar quem embora?

— Eu disse que nunca tinha ouvido falar de Hu Mei. Mas ele não acreditou em mim.

Mei examinou o jardim. Tentou ver o que havia atrás de si no beco, mas a cerca de madeira era alta demais.

— Quem não acreditou na senhora? Quem?

— O homem — respondeu a mulher. — Do Partido.

Bao olhou para a terra batida.

— Ele passou a manhã toda esperando na minha casa.

O sangue de Hu Mei congelou. Como isso podia ter acontecido? Ela tinha seguidores em cada comarca local. Tinha uma rede de simpatizantes e de espiões. Eles rastreavam os policiais e os burocratas em toda parte aonde ela fosse, mantendo-a em segurança, mantendo vivo o movimento. Mas agora esta senhora estava dizendo que, de alguma forma, tudo havia saído errado? Ali, naquela aldeia pequena e remota?

Ela respirou fundo e conseguiu dizer, ofegante:

— Ele está sozinho?

Sentiu um aperto no peito.

— Estou, camarada.

Um homem barrigudo de terno surrado saiu do barraco e entrou no jardim coberto de geada. Piscava com os pés separados como um pato, e a cabeça, grande e calva, brilhava ao sol anêmico. Ele passou com imponência ao lado de Bao, empurrando a senhora de lado com o cotovelo.

— Estou sozinho, mas não estou sozinho. Um militante do Partido nunca está sozinho na China. Eu tenho policiais, cinquenta deles, espalhados por toda a cidade. Logo, não estou exatamente sozinho.

Hu Mei se virou, buscando, com a mão nas costas, as dobras do casaco. Tinha uma faca de lâmina curta enfiada no cinto, pouco acima do quadril. Agora seria o momento de esfaquear esse homem e sair correndo, pensou. Poderia dominá-lo antes que ele entendesse o que estava fazendo — enfiar a faca rapidamente no peito dele e depois fugir do povoado. Tinha certeza de que o gordo e flácido lacaio do Partido não seria ligeiro ou forte suficiente para detê-la. Ele passava o tempo todo atrás de uma mesa, comendo doces e assinando proclamações sem sentido. Ela daria cabo da sua deplorável vida na hora.

Entretanto, não o fez. Hesitou. Talvez ele não estivesse ali para prendê-la. Talvez sequer soubesse quem ela era. Não parecia prestes a agarrá-la, apesar do ar de presunção que pairava em torno dele, como o cheiro de carne estragada. E, se o esfaqueasse, quem levaria a culpa seria Bao, a idosa. Hu Mei não podia fazer isso com ela. Essa não era sua natureza.

— Você é quem eu acredito que seja, não é? — indagou o funcionário do Partido.

— Quem é o senhor? — retrucou ela, tentando conseguir alguns minutos para refletir, para cogitar as alternativas.

— Sou Chen Fei, presidente do Diretório Municipal do Partido. Humilde e obscuro funcionário provinciano com pouco poder. Ao meu redor e acima de mim estão os poderosos e os abastados. Mas o que eu tenho?

Hu Mei franziu a testa. Esse era o habitual prelúdio burocrático: depois de protestos de impotência e pobreza vinha o sutil — ou não tão sutil — pedido de suborno. Talvez ele estivesse agindo por conta própria, em busca de um trocado? Se fosse assim, seria um alívio. Tinha alguns iuanes. Poderia subornar o homem e depois seguir em frente.

Ela soltou a faca escondida no cinto e mentalmente começou a contar o dinheiro que tinha no bolso. Também estava a ponto de alegar pobreza — a resposta costumeira —, mas esperou. Havia algo diferente nesse Chen Fei. Sua abordagem não tinha lógica. Ele podia ganhar muito mais dinheiro entregando Hu Mei que extorquindo dela uns trocados.

— Pela expressão de seu rosto, vejo que está confusa. Posso me sentar?

Sem esperar a resposta, ele se agachou num pedaço de madeira que cobria um trecho de lama gelada no jardim.

— Sim, eu sei que você é Hu Mei, a criminosa. Sei que você roubou dinheiro de comerciantes pobres, cortou a garganta de muitos policiais e tem muitos maridos, dos quais exige constante satisfação sexual.

Ela tentou responder, mas o representante do Partido a interrompeu.

— E sei também que todas essas coisas são mentiras. — Sorriu para Mei, que agora estava parada acima dele, e ficou tamborilando com os dedos sobre a terra gelada. — Mas mesmo assim é divertido repeti-las.

Hu Mei forçou um sorriso aborrecido.

— Sr. Chen, presidente do Diretório Municipal do Partido, se o senhor sabe que são mentiras, por que está aqui?

O homem ergueu o olhar para ela. Seus parcos cabelos pretos estavam colados sobre a careca. Os olhos eram rasos e baços; Hu Mei já encontrara muitos homens como ele — mortos por dentro devido aos anos de submissão a outros mortos-vivos acima deles, que agora só buscavam o prazer de causar sofrimento aos subalternos. Mas então, enquanto o observava, algo inesperado aconteceu. Os olhos do presidente do diretório se encheram de lágrimas que escorreram por seu rosto, pequenas gotas de água que fumegavam no ar invernal. Aquele rosto outrora impassível e sem vida de repente se quebrou numa imagem estilhaçada de sofrimento.

— Eu também... — começou ele, gaguejando, então recobrou o fôlego. — Eu também perdi alguém que amava muito. Meu filho, nas minas, há dois anos. Uma explosão que nunca deveria ter acontecido. Tantos rapazes mortos. Entre eles estava o meu Yao. Não havia medidas de segurança nem rotas de fuga. Era só cavar, cavar, cavar e ganhar dinheiro para outra pessoa.

Ergueu o olhar para ela.

— Desde então o mundo significa muito pouco para mim.

Agora as lágrimas escorriam livremente.

— E então ouvi a sua história. Ouvi falar da sua luta. Do que aconteceu em Huaxi.

Ele se engasgou, a emoção borbulhando. Interrompeu-se, limpando o catarro congelado do nariz; respirou fundo e continuou:

— Eles querem que nós a encontremos. Nós, os servidores do município. Querem que a gente a cace. Para matá-la. Hoje de manhã, quando desconfiei de que era você que os moradores da minha aldeia estavam escondendo, cheguei a pensar nisso. Sabia que receberia uma recompensa. Além de ganhar influência. No entanto...

De novo irrompeu em lágrimas.

— Perdoe-me.

Chen Fei se levantou com esforço e virou o rosto para o outro lado, escondendo de Hu Mei sua aflição. Então, num gesto súbito, voltou-se mais uma vez para ela com uma caixinha de madeira laqueada nas mãos. As arestas eram pintadas de preto e na tampa estava inscrito o símbolo chinês de paz, *Hé*.

— Leve com você.

Hu Mei pegou a caixa, confusa. Abriu-a lentamente, com cautela. Dentro, havia folhas de papel dobradas. Ela abriu a primeira, as bordas estalando no ar frio e revigorante. Numa caligrafia condensada e deselegante havia uma lista de nomes. Ela folheou os papéis. Ao lado de cada nome havia um endereço. Em alguns havia números de telefone. Em poucos havia um e-mail. Eram centenas de nomes, talvez até milhares.

O dirigente do Partido sorriu em meio às lágrimas.

— Eles estão sob suspeita. De serem inimigos do Partido. Mas não são. Sei que não são. São apenas cidadãos. Cidadãos insatisfeitos

— Mas por que me entregar isso? — perguntou ela.

— Para que você possa falar com eles. Para que eles possam se transformar em seguidores.

O dirigente caiu de joelhos e fez uma profunda reverência, tocando com o rosto o solo duro e gelado aos pés dela, a alguns centímetros de seus sapatos surrados e maltrapilhos.

— Seguidores da grande Hu Mei.

15

BASE DA FORÇA AÉREA DE BOLLING, WASHINGTON, D.C., 26 DE MARÇO, 3h11

E ram três da madrugada e Alexis Truffant estava cansada. As três xícaras de café não estavam adiantando. Só contribuíram para deixá-la apreensiva e mal-humorada. Não que não tivesse o hábito de passar noites sem dormir — podia afirmar por experiência que as noites em claro eram uma das condições que definiam a vida militar. Isso e a comida horrorosa.

Ora, pensou ela enquanto fazia ligações da sua mesa, na sala sem janelas da base da Força Aérea, pelo menos tinha advertido o general Kline sobre Garrett, dizendo ao chefe que o rapaz era programado para ser agressivo, arrogante e opor resistência e certamente causaria problemas. Ela não havia escondido nada do superior — muito pelo contrário.

Mesmo assim, sentiu raiva de si mesma por permitir que a situação chegasse tão longe, por ter possibilitado que uma centelha de esperança e expectativa afetasse seu discernimento. Não podia deixar de assumir alguma responsabilidade pelo que acontecera na residência do secretário da Defesa. Isso demonstrava só uma parte do que era Alexis Truffant: uma líder. E os líderes assumem a responsabilidade.

De certa forma, era o que fazia dela uma excelente oficial do Exército. Era a razão pela qual havia se formado em terceiro lugar na turma da Academia Militar de West Point, alcançado a patente de capitã aos 28 anos, e em breve seria promovida a major. Quando lhe designavam uma tarefa, ela a considerava uma questão pessoal; levava a empreitada até o fim, e se orgulhava não só de seu trabalho, como também da missão mais ampla. Havia conduzido 42 comboios consecutivos de reabastecimento pelas estradas mais perigosas da região central do Iraque sem perder nenhum soldado. Sua primeira razão para querer se alistar no Exército fora um desejo profundo de ser responsável pela segurança do país — por mais louco e exagerado que isso parecesse. Alexis gostava de cuidar das coisas. Para ela, parecia completamente natural a vontade de proteger outras pessoas, quer fossem parentes — ou até mesmo conhecidos — ou não. Era uma forma indireta de alcançar o ideal de patriotismo, mas para Alexis aquilo tinha lógica. Era real.

Mas desconfiava de que não fosse esse o motivo pelo qual o general Kline a recrutara para a Agência de Informação da Defesa. As Forças Armadas estavam cheias de jovens com potencial de liderança. Não, o motivo havia sido outro. Ela desconfiava de que fosse porque não se enquadrava muito bem. Era mulher num setor em sua maioria dominado por homens, uma pensadora num mundo cheio de guerreiros, uma cética numa organização em que os seguidores fervorosos muitas vezes chegavam rapidamente ao topo. Essas características faziam com que ela permanecesse um pouco instável, fazendo-a desconfiar dos pensamentos convencionais e, pelo visto, o general Kline queria algo assim. Ele até declarara isso quando a entrevistara pela primeira vez, dois anos antes, na cantina da base aérea.

— Gente que acha que sabe exatamente o que está acontecendo é perigosa — dissera ele enquanto tomavam refrigerante. — Ninguém nunca sabe exatamente o que está acontecendo. Ninguém.

Alexis tinha anotado a frase num bloco de notas naquela mesma noite, e, a partir de então, lembrava-se dela todos os dias. *Ninguém nunca sabe exatamente o que está acontecendo. Ninguém.*

Logo, pensou ela, olhando para o relógio de parede que marcava três e vinte da madrugada, a única certeza razoável que tinha era de que Garrett Reilly havia fugido e que precisava encontrá-lo. Ele havia sido sem sombra de dúvidas o alvo de uma tentativa de assassinato e agora estava em campo aberto e vulnerável. Mas, além disso, Alexis sentia que devia lhe dar mais uma chance, porque, apesar do que tinha acontecido, e de tudo indicar o contrário, ela achava que havia algo nele que desejava mudar de caminho. Alexis era capaz de perceber quem necessitava de ajuda e quem era uma causa perdida, e uma coisa estava clara: Garrett Reilly não se enquadrava na segunda opção.

Horas antes naquela noite, ela tentara convencer a polícia de Washington a levar a sério a fuga do rapaz, mas, como foi incapaz de apresentar acusações específicas contra ele, os policiais prometeram emitir um aviso de alerta no começo do próximo plantão, embora ela duvidasse de que o tivessem feito. Em todo caso, não chegou nenhum comunicado de localização por parte dos policiais que estavam em serviço. Em seguida, Alexis ligou para os chefes da TSA, a Administração de Segurança dos Transportes, alocados nos aeroportos Reagan e Dulles, mas Garrett não havia embarcado em nenhum avião que decolou deles. Também tentou algumas locadoras de automóveis, mas, como os escritórios estavam fechados, concluiu que o rapaz não tinha fugido dirigindo. Só lhe restavam trens e ônibus, e ela sabia que rastreá-los seria um pesadelo. Depois de conferir na internet os horários da rodoviária, reduziu para 17 o número de ônibus que ele poderia ter tomado naquela noite. A Amtrak foi um pouco melhor: só quatro trens haviam partido da Union Station no mesmo período. Mas, no total, aqueles trens tinham parado 14 vezes depois de saírem da zona metropolitana da cidade.

Havia uma outra opção, que parecia razoável a Alexis: Garrett simplesmente havia ficado em Washington, talvez se hospedando num hotel ou dormindo numa praça pública. De uma forma ou de outra, ela por fim decidiu que não havia muito sentido em ficar procurando o fugitivo enquanto ele se movia. Se não conseguia encontrá-lo, então era provável que quem tivesse tentado explodi-lo em Nova York talvez não conseguisse também. Em vez de procurá-lo, pensou, tentaria localizá-lo depois que ele chegasse. Às quatro ela foi para casa, num condomínio de Arlington, e dormiu por cinco horas. Acordou às nove da manhã, telefonou para o general Kline, ao qual revelou seus planos, e pegou um avião da US Airways para Nova York às onze e meia.

Ela jamais gostara de Nova York. No fundo, Alexis era uma garota do interior; passara a infância inteira numa fazenda no meio da Virgínia, cercada de morros suaves, cobertos de cornisos em flor. Já sabia montar a cavalo praticamente antes de aprender a andar; aprendera a pescar, caçar e distinguir cada espécie de passarinho que gorjeava nas matas perto de sua casa. Ela vivia feliz na Virgínia. Era mais que um lar, era o lugar onde sua alma vivia. Contudo, respeitava a energia e a vida de Nova York, mesmo detestando o vidro e o concreto. Para Alexis, aquela cidade era um animal que se tratava com cautela: seria perigoso se baixasse a guarda, mas a recompensa seria generosa se conseguisse domá-lo.

Alugou um carro no aeroporto LaGuardia e se dirigiu a Manhattan. Estacionou perto de Wall Street para fazer uma visita a Jenkins & Altshuler. A tarefa não a empolgava. No dia anterior, a bordo do helicóptero, ela ligou para Avery Bernstein para lhe dizer que Garrett estava bem, porém não podia informar mais nada.

A resposta de Avery havia estalado em seus ouvidos durante o precário telefonema.

— Se acontecer alguma coisa com Garrett Reilly vou usar todas as minhas conexões e todo o meu dinheiro para despejar uma tempestade de merda em cima de vocês. E eu tenho dinheiro pra caralho.

Agora, um dia depois, atravessando a sala de mercados, Alexis reparou que todos na firma estavam muito nervosos — a entrada do edifício ainda era uma cena de crime e um monte de entulhos cobertos de poeira. Só metade dos operadores havia comparecido ao trabalho. E Avery Bernstein estava furioso.

Espumava de raiva ao falar com ela, os dois se encarando de perto no escritório dele, com as persianas fechadas para que ninguém pudesse assistir ao bate-boca.

— Que merda você quer dizer com "não sei onde Garrett está"? — A saliva voava da boca do homem enquanto ele brandia um dedo gordo na cara de Alexis. — Ontem você me disse que ele estava em sua companhia na merda de um helicóptero. E agora ele desapareceu? O que aconteceu?

Alexis manteve a calma. Conservar a frieza quando estava sob pressão era outra de suas qualidades de liderança. Com a voz pouco mais alta que um sussurro, ela respondeu que uma busca por Garrett estava em andamento e, caso ele telefonasse para Avery, será que poderia por favor alertá-la de pronto? O homem continuou a xingar a ela e ao Exército enquanto Alexis saía da sala. Não que o condenasse; ele havia feito o que julgou uma boa ação quando ligou para o Ministério da Fazenda. Mas os acontecimentos o afetaram, assim como a sua firma e a um de seus melhores funcionários.

Fazer o bem nem sempre compensa.

Alexis pegou uma salada numa delicatéssen no centro da cidade, depois dirigiu trinta quarteirões até o apartamento de Garrett, na esquina da 12 com a Avenue B. Encontrou uma vaga na porta de uma sorveteria e foi até o prédio tocar a campainha. Não obteve resposta. Tentou ligar para o celular dele, mas caiu direto na caixa postal; então, voltou para o carro alugado e esperou o retorno do rapaz, observando os turistas e os transeuntes, as mães fabulosas vestidas com roupas que ela jamais poderia sequer sonhar em comprar, os imigrantes que gritavam em seus celulares numa dezena de idiomas diferentes, os executivos que se dirigiam em passos firmes para os compromissos seguintes. Ela contou a si mesma histórias sobre a vida de alguns dos indivíduos mais excêntricos; ficou ouvindo rádio AM; reservou um quarto no hotel a duas quadras dali e dormiu quatro horas naquela noite antes de voltar ao carro para continuar a vigília.

Esperou e observou durante dois dias, de forma intermitente, e, por fim, decidiu que seria mais proveitoso procurar em outro lugar.

Garrett concluiu que Greensboro, Carolina do Norte, era um lugar pitoresco. Ele só ficara ali por quatro horas, entre meia-noite e quatro da madrugada, portanto, não fazia ideia do quanto isso era verdade, mas resolveu conceder ao lugar o benefício da dúvida. Dali pegou o primeiro ônibus que saiu da cidade, e foi parar em Nashville. Ao chegar, exausto, entrou num hotel na beira da estrada, pagou em dinheiro e dormiu por 12 horas. Mais tarde, pegou outro ônibus, para Oklahoma City. Foi lá que percebeu que estava se dirigindo para o oeste, na direção de casa, embora não o tivesse planejado. Ele não havia planejado nada, não conscientemente, de qualquer forma — só queria continuar andando. Em Oklahoma City, resolveu terminar o que tinha começado e comprou uma passagem para o centro de Los Angeles. A esta altura já haviam se passado mais de 72 horas desde o momento em que saltara a janela do banheiro da casa do secretário da Defesa em Georgetown. Estava esgotado, faminto e suas roupas fediam. Usou o restante do dinheiro que tinha — achou que, se usasse um cartão de crédito, poderia ser rastreado — para comprar um jeans e uma camiseta numa loja mexicana de roupas perto de Pershing Square e um sanduíche do Subway sem refrigerante, e então pegou a Linha Azul para Long Beach. Sentado no vagão do VLT com um bando de imigrantes mexicanos e estudantes bagunceiros, Garrett sentiu um aperto no estômago. Fazia quatro anos que não aparecia em casa.

Caminhou da estação de Long Beach até a casa da mãe. Levou uma hora, mas gostou de poder fazer exercício e pôr os pensamentos em ordem. Ficou parado dez minutos à porta da casa em que havia sido criado, no bairro simples de operários chamado Drake Park, deixando o vento do sul da Califórnia aquecer sua pele. Alguns membros de gangues de rua passaram em seus conversíveis rebaixados, com música ribombando nas caixas de som instaladas no porta-malas. Ninguém olhou para ele. Ninguém se importava. Garrett bateu à porta com golpes fortes e repetidos, até ouvir a mãe desligar a televisão. Ela espiou pela porta de metal gradeada. Ele examinou o rosto dela. Havia ficado com mais rugas no tempo que ele passara longe: a bochecha tinha marcas de cicatrizes vermelhas, como se um gato a tivesse arranhado, e seus cabelos pretos estavam salpicados de fios grisalhos. Sem nunca ter sido uma mulher alta, Inez Reilly agora parecia ao filho ainda mais baixa. Um cigarro Newport apagado pendia em sua boca. Garrett sabia que a mulher só tinha 45 anos, mas parecia 65.

— Garrett? — perguntou Inez piscando várias vezes. — Que merda você está fazendo aqui?

16

LONG BEACH, CALIFÓRNIA, 30 DE MARÇO, 13h28

Garrett ficou bebericando a Budweiser que a mãe lhe trouxera. Estava gelada, como já esperava. Se havia uma coisa que a mãe sabia fazer era deixar a bebida no ponto. Ela se sentou diante dele no sofá roxo surrado. Tinha voltado a ligar a televisão no outro cômodo, no volume máximo. Um comercial retumbava no ar. Inez Reilly ficou olhando para o filho, deu uma tragada no cigarro e depois tomou um golinho da própria cerveja.

— Você está morando em Nova York agora?

Seu sotaque tinha os vestígios cantantes do México, aquela linhagem mais leve do eixo Califórnia-Sinaloa, o estranho ponto intermediário do mexicano-americano que nascera na Califórnia e fora criado falando espanhol. Garrett precisava admitir que adorava ouvir aquele sotaque, que lhe recordava as boas coisas da infância: tortilhas artesanais de farinha de milho, canções *rancheras* em festas de casamento no quintal, seu cachorro da infância, Ponzo. Entretanto, era praticamente só isso. De seus tempos de menino, todo o restante era horrível.

Ele assentiu com a cabeça para a mãe.

— É uma cidade bacana, não é? Nunca estive lá.

— É legal. Sabe como é: muita gente, muitas coisas.

O silêncio dominou o ambiente.

— Seu irmão foi para lá. Foi trabalhar. Alguma coisa a ver com dinheiro. Mas faz um tempo que não tenho notícias dele.

Ele suspirou.

— Não, mãe, fui eu. Garrett.

A mulher o encarou.

— É mesmo, tem razão.

Inez acendeu o cigarro de novo e deu uma tragada profunda. O rapaz farejou o ar. Não cheirava apenas a tabaco, mas Garrett não conseguia especificar o odor: era um pouco químico, quase como plástico queimado.

— E aí, está gostando?

— De Nova York? É ok. Gosto do meu emprego.

— É um negócio de dinheiro, não é? Tipo finanças?

Ele fez que sim, e a mãe passou um minuto olhando para o vazio. Os olhos dela estavam desfocados. Garrett sabia que estava bêbada, mas lhe ocorreu que também estava drogada, e então reconheceu o cheiro: estava fumando metanfetamina, que estava cheia de aditivos. Isso explicava os arranhões no rosto. A mãe havia se transformado num daqueles viciados que não conseguiam parar de se coçar. Ele fez uma careta diante da constatação. Ficou decepcionado. No passado, ela fora tão alegre, tão inteligente. Tinha sido a melhor aluna de sua turma, na Long Beach Poly High School, e podia ter conseguido uma bolsa de estudos para a Universidade da Califórnia, mas em vez disso se casou. Teve filhos. E começou a beber. O desperdício de tudo aquilo provocava nele uma vontade de sair correndo dali. Daquela casa.

A mãe olhou para Garrett sorrindo.

— Que bom ter você em casa.

— Obrigado, mãe.

— Sinto falta de você. Estou completamente sozinha aqui. Ninguém vem me visitar. Ninguém da família. Nada. — Acenou em direção à parede em péssimo estado. — Você tirou uma semana de licença? Pode dormir no seu antigo quarto.

— Não, mãe, eu estou...

— Sinto orgulho de você, lutando pelo país, sabia? Dá uma sensação boa. Você é um herói. Meu filho. Um herói.

Garrett estava cansado demais para corrigir a mãe; só estar em casa já era complicado o bastante. Afundou-se mais na poltrona reclinável, querendo desaparecer na mobília. Era um sentimento familiar. As lembranças voltaram numa enxurrada: a mãe o menosprezando por ser preguiçoso e egoísta, por fumar maconha e se meter em brigas. Brandon se colocando entre os dois em defesa do irmão mais novo, em vão; a mãe por fim entregava os pontos, depois saía com passos pesados para fumar mais um cigarro no quintal. O tempo todo ele sentia vontade de estar morto.

As molas estalaram. Ele ainda estava ali. Assim como sua mãe.

— Ao contrário do seu irmão. Ele só pensa em si mesmo. Não sei onde foi que errei.

Garrett se encolheu. A bile se juntou em seu estômago. A mãe deu mais uma tragada no cigarro. Balançou a cabeça, desanimada.

— Qual é o problema dele, hein?

— Mãe, eu sou Garrett. Brandon morreu.

Inez encarou o filho, a confusão estampada no rosto. Para Garrett, ela parecia estar tentando processar com dificuldade o que ele havia acabado de dizer, uma centelha do mundo real que ela acabara de vislumbrar, mas que desaparecia depressa. A mulher fechou os olhos e ficou sentada sem se mexer por um minuto. Garrett a observou, depois se levantou e agitou a mão na frente do rosto dela.

— Mãe? — chamou ele baixinho.

Nada. Ela não se mexeu.

Garrett observou superficialmente a casa de sua infância, deu uma rápida olhada no quartinho apertado que tinha dividido com o irmão por 17 anos, e saiu pela porta da frente, prometendo a si mesmo que nunca mais voltaria.

17

LONG BEACH, CALIFÓRNIA, 30 DE MARÇO, 16h37

S e alguém quer me matar, tudo bem, pensou Garrett enquanto observava os surfistas em Long Beach droparem as ondas e virem deslizando sobre elas bem no momento em que quebravam, até relaxarem na água rasa. Que me explodam. Acabem logo com isso, e logo.

Mas ninguém veio matá-lo. Ele apenas ficou sentado na areia.

As ondas não estavam perfeitas. As praias da região não eram boas para surfar durante o inverno, pois ficavam viradas para o lado errado, e o quebra-mar do porto piorava as condições. Mas Garrett tinha passado a vida surfando naquelas ondas. Ele e o irmão haviam reinado neste trecho de praia por uns bons cinco anos. Ou melhor, Brandon havia. O irmão era maior, mais rápido e três anos mais velho que ele, e estava pronto para brigar com qualquer haole que viesse se meter com eles. Ali só era permitido a galera de L. B. — esse era o grito de guerra deles. Brandon ensinara a Garrett todos os golpes que conhecia. Eles perderam algumas brigas, é claro, mas saíram vitoriosos da maioria.

Em sua memória, viu o rosto queimado de sol do irmão, sua longa cabeleira preta emaranhada, seus braços musculosos girando enquanto ele pegava uma onda e dropava até a praia.

Garrett sentiu um vazio por dentro. Detestava voltar ali, odiava ver a mãe, a casa deles, as fotos de bebê, as garrafas de cerveja vazias, a miséria, tudo aquilo. Além disso, a forma como ela o confundia com Brandon. Confundia mesmo? Nunca dizia o nome do irmão, só o dele. Talvez fizesse aquilo de propósito. Não importava: era uma viciada, e tentar entender as razões de um viciado era entrar numa estrada diretamente para a loucura. No entanto, as queixas da mãe sobre o egoísmo dele, suas provocações casuais sobre o heroísmo de Brandon — tudo isso ainda o magoava. De forma coerente ou não, ela conseguia dar nos nervos do filho. A comparação com o irmão era uma antiga ferida que voltava a se abrir com facilidade. E o devorava por dentro. Garrett não queria se importar, mas o fazia.

Por duas horas ficou sentado na praia daquele jeito, com os pés e as mãos enterrados na areia, observando os surfistas enquanto eles, um a um, foram encerrando o dia. O sol se deitou sobre o Pacífico. O crepúsculo brilhou alaranjado, depois roxo, e foi só pouco antes do cair da noite que Garrett viu o homem que o observava do estacionamento da praia. Ele estava sentado dentro de um sedã grande e escuro, com as luzes apagadas. Ele o notara quando chegara à praia, e não pensara mais naquilo. Mas agora que era quase noite, e ele e seu observador eram os únicos presentes, soube quem era o homem. Garrett calçou de novo os sapatos e caminhou pela areia até o estacionamento. Foi até o carro e bateu no vidro do lado do motorista.

O homem — cabelos escuros, ombros largos, sem barba e sem bigode, usando um terno escuro e neutro — abaixou o vidro da janela.

Garrett falou:

— Diga à capitã Truffant que eu topo.

O homem não disse nada, levantou o vidro da janela e fez uma ligação. Depois baixou o vidro de novo e disse:

— Ela mandou esperar aqui.

Garrett deu de ombros e ficou encostado no carro, observando a luz do dia terminar de sumir. O crepúsculo chegava depressa no sul da Califórnia, e desaparecia com a mesma pressa. Cinco minutos depois, outro carro estacionou, e Alexis desceu do banco do carona.

— Você está tomando a decisão correta — declarou ela.

— Estou cansado.

— Vou arranjar um quarto de hotel para você. Tire uma boa noite de sono. Amanhã vamos recomeçar.

18

ORANGE COUNTY, CALIFÓRNIA, 31 DE MARÇO, 7h45

G arrett passou a noite no Hilton junto à rodovia I-5, ao sul de Long Beach, em Orange County. Ele se deitou às nove da noite, totalmente vestido, só para descansar um pouco antes de ir jantar. No instante seguinte, Alexis Truffant estava batendo à sua porta, e eram seis e meia da manhã. Ele tomou um banho, comeu, apressado, no restaurante do hotel e entrou de novo no carro sem identificação, com o homem de terno escuro ao volante. Alexis estava sentada ao lado dele com uma pasta no colo, cheia de documentos. Parecia mais animada e totalmente profissional. Garrett teve a impressão de que sua concordância em colaborar havia sido um troféu de que a capitã se orgulhava — qualquer que fosse a batalha em que estivesse empenhada, obviamente a tinha vencido.

— Pode ser o Exército? — perguntou ela.

— Desculpe, não entendi.

— Você tem que ser membro de uma das Forças Armadas. Por causa de todas as permissões e informações que vou lhe passar. Por isso, pensei no Exército. Sei que seu irmão era fuzileiro naval. Imaginei que talvez você quisesse algo diferente.

Ele teve que rir. Garrett Reilly no Exército? Como isso era ridículo!

— Não vou usar farda. Mas nem fodendo.

— Pense nisso como uma rotina administrativa. Como um documento que você precisa assinar.

— Exército serve, tudo bem.

Pararam num posto de recrutamento do Exército, num pequeno centro comercial à beira da estrada, caindo aos pedaços, na divisa entre Long Beach e Lakewood. Um tenente robusto de origem latina bateu continência para Alexis quando ela entrou. Era evidente que já a estava esperando. O tenente anotou algumas informações pessoais e depois pediu a Garrett que, com a mão direita erguida, repetisse o juramento à bandeira.

— Eu, Garrett Reilly, juro solenemente que apoiarei e defenderei a Constituição dos Estados Unidos contra todos os inimigos, nacionais ou estrangeiros, que serei fiel e leal à mesma e que obedecerei às ordens do presidente dos Estados Unidos e de meus oficiais superiores, conforme os regulamentos e o Código Uniforme da Justiça Militar. Que Deus me ajude.

Garrett sentiu uma onda de sentimentos contraditórios enquanto dizia essas palavras. Nunca havia jurado lealdade a nenhum grupo, nem jurara proteger alguém ou alguma coisa, e não se sentia à vontade em fazê-lo agora. Por outro lado, acabou pensando no irmão, o que o fez sorrir. Brandon teria rido ao ver o caçula no serviço militar. Teria rido muito. E depois provavelmente teria lhe dado um leve soco.

— Parabéns — disse o tenente, dando um aperto de mão em Garrett.

— Sei, muito obrigado.

— Eu o lembraria de que agora precisa se dirigir a mim como senhor — declarou o tenente —, mas a capitã aqui diz que para você a coisa não vai ser bem assim, fato que eu gostaria que alguém me explicasse em algum momento — completou, dando a Garrett um olhar ambíguo.

— Talvez na próxima, tenente — interrompeu Alexis. — E ele também não precisa de exame médico.

De volta ao carro, Garrett perguntou sobre sua patente, e Alexis revelou que ele era um soldado de primeira classe, mas que isso tampouco importava.

— Tudo que pedimos é que em algum momento do mês que vem você passe no exame de urina. Acha que consegue?

— Depende da quantidade de maconha que eu fumar — respondeu ele, dando de ombros.

19

LAS VEGAS, NEVADA, 31 DE MARÇO, 11h57

D enny Constantine andava de um lado para o outro nos cômodos vazios de seu apartamento de dois quartos. O sol do meio-dia em Las Vegas entrava ofuscante pelas janelas. A luz solar já havia desbotado metade do piso, um tapete de fios longos que Constantine mandara instalar há apenas seis meses. Os elementos do deserto eram cruéis para um apartamento moderno. Por outro lado, atualmente, tudo em Las Vegas era cruel para os apartamentos modernos.

Constantine se considerava um corretor de imóveis esperto e prudente. Contudo, até os profissionais mais sagazes do mercado imobiliário andavam mal nos últimos tempos. Constantine possuía dez propriedades. Foi o que sobrara de um total de 23 imóveis de dois anos antes. Dois deles tinham sido vendidos sem ganho nem perda, sete com prejuízo e quatro foram apenas abandonadas. Mas os dez restantes estavam acabando com ele: os empréstimos, as despesas de conservação e manutenção, as taxas de condomínio. Estava esgotado. Arruinado por completo. E *destruído*. Fisicamente. Mentalmente.

Passou o polegar na lateral do celular, esfregando o aparelho para dar sorte, como se fosse um amuleto. Se massageasse por bastante tempo, com bastante vigor, talvez o telefone lhe trouxesse a notícia que esperava: uma oferta. No dia anterior, havia recebido a visita de um casal, e os dois pareceram gostar do imóvel. O homem trabalhava como gerente do salão de jogos no Mirage; a esposa era cabeleireira. O preço era bom — 195 mil dólares —, o prédio ficava em uma ótima localização, adjacente à Las Vegas Strip, e o apartamento estava em excelentes condições. Sim, esta seria mais uma venda com lucro zero para Constantine, mas lhe renderia o fluxo de capital necessário para cobrir suas despesas por mais um mês. O dinheiro lhe daria uma folga para respirar, coisa que andava em falta. No entanto, o telefone não tocava.

O corretor foi para a varanda, a fim de melhorar a recepção do sinal. Talvez o agente do comprador estivesse tentando se comunicar com ele, sem sucesso. O calor da primavera no deserto atingiu Constantine como um golpe. Começou a transpirar no terno preto. Mas não se importou. Ficaria esperando ali, dez andares acima das calçadas de Las Vegas, até o telefone tocar, nem que seu terno acabasse virando um farrapo molhado. E então, bem quando teve esse pensamento decidido, um milagre aconteceu: o aparelho tocou. Era o agente do comprador. Ele abriu a aba do celular e disse num sussurro fluido e bem-treinado:

— Aqui é o Denny.

— Olá, amigão, como está?

— Estou bem, estou bem. — Tentou manter o nervosismo sob controle. Respire fundo. Fale devagar. — Tentando ficar longe do calor.

— É, está meio quente. Mas, para mim, sol nunca é demais.

— Pois é. — Ele sentia filetes de suor escorrerem pela face. — Então, me diga. Quero uma boa notícia.

— Bem, na verdade...

Constantine se encolheu. Merda. Merda. Merda. O sangue fugiu do rosto.

— ... meus clientes não vão fazer uma proposta de compra.

O corretor se agarrou na grade para não cair. Teve a sensação de que ia desmaiar.

— Posso baixar um pouco nesse imóvel. Quero dizer, sei que gostaram da propriedade. É um ótimo edifício. Mandei a foto da piscina nos fundos? E da sala de ginástica?

— Mandou, sim. E essas duas coisas eram ótimas, eles estiveram mesmo cogitando fazer uma proposta. Mas aí, você sabe, apareceram todos os outros imóveis.

— Outros imóveis? Quais?

— Você não ouviu falar?

— Não. De quê?

— Cara, hoje de manhã setecentos apartamentos em condomínios entraram no mercado.

Constantine balançou a cabeça.

— *O quê?* Isso não é possível! Setecentas unidades?

— Na verdade, foram setecentas e quatro. Pela cidade toda. Prédios diferentes, diversos bairros. Mas teve uma coisa que realmente ferrou tudo. Todos foram oferecidos pela metade do valor da avaliação. Tipo liquidação, pela metade do preço. Ou até menos.

Constantine sentiu a cabeça rodando.

— Todos tinham o mesmo proprietário?

— Ninguém sabe. Há todo tipo de especulação. Alguma empresa em dificuldades. Ou talvez um fundo de hedge que esteja afundando. O pessoal está examinando os títulos como loucos, mas é muito complicado. Que zona, hein, essa confusão das hipotecas, não é mesmo?

Constantine piscou no calor. O suor pingou de seus olhos.

— Eu... Você tem certeza de que seus clientes não vão... Quero dizer, eu poderia abrir mão de...

— Não quero estragar o seu dia, mas meus clientes podem comprar dois imóveis no seu prédio, com a mesma planta, por menos de 100 mil. Pela metade do que está pedindo. Sinto muito, parceiro. Mas é assim que o mercado funciona, certo?

— Acho que sim.

— Preciso desligar. Força aí, cara. Até mais tarde.

E o agente desligou.

Constantine estava perplexo. Setecentas unidades, todas postas no mercado para venda, todas ao mesmo tempo, pela metade do preço? Ou até menos. O mercado, já em forte declínio, ia morrer. Os preços despencariam como uma pedra jogada de um edifício. Las Vegas inteira iria desabar naquela tarde, se isso já não tivesse acontecido. Talvez o estado de Nevada inteiro.

Tentou entender a enormidade do que tinha acabado de acontecer. Quem diabos faria aquilo? Eles estavam se preparando para sofrer perdas gigantescas. A única explicação que lhe ocorria era a de que esses vendedores estavam tão completamente desesperados quanto ele. Ora, esperava que estivessem contentes, pois agora todo mundo na cidade inteira de Las Vegas ia ficar na mesma situação. Iam todos descer juntos pelo ralo. Não seria engraçado? A merda de uma privada enorme.

Não, pensou Denny Constantine, ainda passando entre o polegar e o indicador seu celular já sem magia. Ele não iria descer pelo sifão da privada com os outros. Iria percorrer o próprio caminho. Ninguém, e nenhum mercado, iria pressioná-lo.

Que se danem, eu ainda sou um homem livre, com livre-arbítrio, e tomo minhas próprias decisões. E essa é a minha decisão...

Endireitou a gravata, ajeitou a camisa para dentro da calça e num gesto ligeiro se atirou por cima do corrimão da varanda do apartamento. Seu último pensamento, enquanto girava em direção à calçada em brasa, foi de que talvez estivesse errado. Talvez os proprietários das setecentas unidades não estivessem desesperados.

Talvez tivessem feito aquilo de propósito.

20

CAMP PENDLETON, CALIFÓRNIA, 31 DE MARÇO,14h31

Garrett estava sentado numa sala espaçosa e arejada em uma caserna dos fuzileiros navais, uma construção baixa feita de madeira na extremidade sul da base de Camp Pendleton, perto do Vandergrift Boulevard. A sala era malcuidada, com a pintura descascada, as tábuas do teto bambas. Havia seis computadores e monitores instalados em carteiras escolares e espalhados pelo cômodo, e uma enorme tela de projeção presa a uma das paredes. As outras três paredes estavam forradas com gráficos e mapas-múndi, e estremeciam quando helicópteros militares decolavam ou aterrissavam numa pista de pouso a seiscentos metros dali, ou quando Humvees passavam roncando sobre trilhas de terra cheias de sulcos que cortavam os morros áridos que rodeavam a base em todas as direções.

Garrett estava ligeiramente decepcionado. Os computadores eram relativamente novos, mas não havia nenhuma tecnologia sofisticada — ao estilo James Bond ou *Missão: Impossível* —, nenhum holograma ou atualização ao vivo de satélites clandestinos da NSA. Em vez disso, havia muitas pastas de artigos e livros surrados e empilhados pelos cantos. Ele mal havia começado a inspecionar um mapa do sul da China quando Alexis entrou na sala acompanhada de três pessoas: dois homens e uma mulher, todos jovens, no máximo beirando os 30. Um dos homens usava uniforme de combate do Exército, verde e camuflado; os outros dois eram civis — pelo menos pareciam ser, a julgar pelas roupas.

— Belo alojamento — comentou Garrett, mostrando com um gesto as rachaduras nas paredes.

— Não atrai muita atenção — justificou Alexis. — O objetivo é sermos discretos.

— Por que Camp Pendleton? Não era dos fuzileiros? Pensei que agora eu fosse um soldado do Exército.

— É do Corpo de Fuzileiros Navais, mas todas as Forças Armadas usam a base de vez em quando. É um local seguro. Não vamos precisar gastar recursos a mais para proteger você. E, para ser bem franca, não temos todo o dinheiro do mundo para isso nesse momento. É pouco sofisticado, mas funciona.

— Pouco sofisticado é um elogio.

Alexis ignorou a provocação de Garrett e mostrou com um gesto o grupo que havia trazido.

— Reunimos uma equipe para ajudá-lo. Juntos, vão colocá-lo a par de tudo que precisa saber. Sobre a situação do mundo, sobre as Forças Armadas, sobre as informações que nossos serviços reunirem em curto ou longo prazo.

— *Todas* as informações que seus serviços reunirem?

— Toda informação que se considere vital para você.

Garrett riu — as retratações já tinham começado. No entanto, não importava, ele já havia tomado sua decisão. Ia seguir em frente. Ao menos por um tempo.

Alexis apontou para o rapaz em farda de combate. Tinha mais ou menos a mesma altura de Garrett — 1,82m — e era magro, cabelos pretos com corte militar e óculos com armação de tartaruga que evidentemente não faziam parte do uniforme.

— Esse é o tenente Jimmy Lefebvre.

Lefebvre deu um passo à frente e trocou um aperto de mão com Garrett.

— Muito prazer em conhecê-lo. — Tinha um ligeiro sotaque sulista, e seu olhar era frio e firme.

Garrett pensou ter sentido no tenente uma atitude reservada, como se lhe desagradasse estar ali. Também teve a impressão de que ele era podre de rico.

— O tenente Lefebvre é professor assistente da Escola Superior de Guerra do Exército dos Estados Unidos na Pensilvânia —

esclareceu Alexis. — Sua especialidade é política dos países em desenvolvimento. Relações internacionais e disseminação de propaganda pelos meios de comunicação. Tem doutorado em filosofia política e vasto conhecimento do cenário mundial. Pode considerá-lo sua Wikipédia política.

Lefebvre baixou a cabeça e sorriu constrangido, quase como se a apresentação feita por ela o irritasse.

— A capitã está exagerando — disse Lefebvre. — Mas, apesar disso, espero ser útil à equipe.

Alexis apontou para a moça em seguida.

— Essa é Celeste Chan.

Celeste era magra, de cabelos pretos e curtos e lábios muito vermelhos. Usava uma camiseta preta apertada do Decemberists, jeans rasgados e era muito bonita. Pelo menos Garrett achou. Viu de relance uma tatuagem de cobra enrolada ao redor do bíceps da garota, pouco abaixo da manga da camiseta. Ele adorava uma tatuagem bem-localizada — para ele, era a essência da sensualidade.

Celeste acenou de modo frio com a cabeça para Garrett.

— Olá.

— Deixe-me adivinhar — disse ele. — Você é especialista em indie rock? Em festivais, datas de shows, biografia de membros de banda?

— Nossa, você é mesmo competente. — Olhou de cara feia para Garrett e se sentou.

— A Srta. Chen é analista de idiomas — explicou Alexis. — É fluente em chinês, nos três principais dialetos: o mandarim, o cantonês e o wu, assim como em japonês e tagalo. Também presta consultoria em criptologia para as Forças Armadas e para o Departamento de Estado. Foi cedida pela Universidade da Califórnia, e estamos muito felizes em tê-la conosco. Ela tem bastante experiência em decifrar códigos.

— Beleza! — exclamou Garrett. — Eu não sei fazer nada disso.

Gostou de cara de Celeste: tinha atitude pra dar e vender, e no coração dele havia um lugar especial para mulheres com atitude.

Alexis se virou para o último integrante do trio, que, dos três, era o com aparência mais estranha. Jovem, não teria mais que 25 anos, negro e grandalhão — no mínimo 1,90m e uns 25 quilos de excesso em torno da cintura. Usava calça de gabardina cáqui e uma camisa social azul de tamanho menor que o seu, o que o fazia parecer ainda maior.

— Esse é Bingo Clemens — disse Alexis. — Nosso consultor em todos os assuntos de Forças Armadas e de equipamento bélico.

Garrett piscou, surpreso. De todos os presentes na sala, Bingo parecia o menos indicado para as Forças Armadas — ou para qualquer assunto relacionado a elas. Se ele fosse capaz de fazer cinco flexões sem desmaiar, Garrett teria ficado atônito. O fato de terem deixado Bingo entrar na base o surpreendia.

— Prazer em conhecê-lo, Bingo — saudou Garrett, estendendo a mão.

— Prazer — resmungou Bingo, dando um rápido aperto de mão.

Seus dedos engolfaram os de Garrett; sua mão era do tamanho de uma luva de beisebol.

— Ele é tímido — comentou Alexis, quase de forma maternal. — Mas possui um conhecimento enciclopédico das Forças Armadas. Das nossas, das russas, das chinesas. Das de todo o mundo. E está atualizado quanto ao potencial, o posicionamento estratégico e os recursos materiais.

— Mas não faz parte das Forças Armadas, portanto, não tem preconceitos e não recairá na temida identidade de grupo — completou Garrett.

— Isso mesmo — replicou Alexis.

— Eu não sou tímido — resmungou o homem, olhando para o chão.

— Tudo bem, peço desculpas por ter dito isso, Bingo — falou Alexis. — Ele faz pesquisa para a Rand Corporation no escritório da empresa em Santa Monica. Eles são especializados em questões de defesa nacional. Na verdade, entre todos nós, Bingo tem o nível mais alto de autorização de acesso.

Garrett deu uma olhada em Bingo. Se essa era a pessoa a quem os militares estavam confiando segredos de alto nível, então o país estava condenado.

— Eu realmente não sou tímido — murmurou Bingo, evidentemente com dificuldades em deixar o assunto de lado.

— Tudo bem, eu acredito em você — disse Garrett com um sorriso.

Ele achou Bingo divertido, mesmo sendo pouco convencional.

— Bem, prazer em conhecer todos vocês — disse Garrett, sentando-se numa cadeira com rodinhas. — Quando a gente começa?

— Agora mesmo — respondeu Alexis, ligando um computador e abrindo uma planilha do Excel. — Porque imagino que vamos ter uma semana.

— Uma semana até o quê? — indagou Garrett.

— Até a guerra estourar.

21

PEQUIM, 2 DE ABRIL, 15h08

X u Jin, diretor do Ministério de Segurança do Estado, atravessava com passos firmes e ligeiros por meio da multidão que entupia as ruas de Dashengzhuang, uma ocupação urbana ao sul de Pequim. Novos imigrantes na capital chinesa — agricultores e camponeses que acabavam de desembarcar do ônibus, mães com bebês enrolados em roupas sujas — se acotovelavam com o diretor como se ele fosse apenas mais um cidadão procurando uma liquidação nas lojas e barracas ao ar livre dessa comunidade densa e tumultuada. Não tinham como saber que ele era um membro do Comitê Permanente do Politburo do Partido Comunista, o mais poderoso dos órgãos dirigentes de toda a República Popular da China. Mas não havia motivo para eles o conhecerem, pensou Xu Jin enquanto se desviava de um homem corpulento que carregava nas costas um fardo de papelões do tamanho de um sofá. Praticamente ninguém na China conhecia os rostos dos líderes. Do primeiro-ministro, do presidente e do vice-presidente, sim, é claro. Porém, abaixo desses governantes proeminentes? Burocratas sem rosto. E era disso que ele gostava.

Não era que Xu Jin estivesse sozinho. Alguns passos à sua retaguarda havia dois guarda-costas — soldados da guarnição de Pequim — vestidos à paisana. E, atrás deles, mais quatro soldados, também trajados de calças largas e casacos pretos, mas com revólver no cinto, à procura de subversivos, anarquistas e extremistas muçulmanos provenientes do noroeste. Ou talvez seguidores daquela criminosa insurgente que percorria as aldeias da China central. Mas ele não queria ficar pensando nela. Havia uma quantidade incerta de inimigos do Estado vagando pelas ruas das comunidades de imigrantes de Pequim; misturavam-se às hordas que procuravam trabalho, escondidos do vasto aparato de segurança do governo enquanto recrutavam delinquentes e criminosos para seus atos de subversão e destruição. Eram niilistas, fanáticos desencaminhados que semeavam o caos, na crença de assim obterem o que desejavam. Pelo menos era desse jeito que Xu Jin analisava a questão. Mas estavam enganados: todos os atos de resistência às forças de segurança do Estado seriam enfrentados com força inabalável.

Eles seriam esmagados.

Xu Jin entrou num beco, com os guarda-costas seguindo-o a uma distância discreta, e abriu com um gesto brusco a porta de vidro de uma lan house. Foi recebido pelo zumbido baixo de uma centena de computadores e dos cliques incessantes de uma centena de conjuntos de dedos digitando em uma centena de teclados. Havia pouca conversa, ou nenhuma, a não ser o tagarelar entediado das adolescentes atrás do balcão. Ninguém levantou a cabeça quando Xu Jin entrou no recinto longo e estreito, repleto de fumaça de cigarro. Ninguém o notou passar pelas mesas amontoadas com monitores e PCs. Garotos, pensou o burocrata com desprezo, crianças jogando seus jogos idiotas, enviando mensagens com suas opiniões sobre times ou meninas — ou seja lá o que fosse que essas pessoas faziam pela internet. Desprezava todas elas.

Xu Jin, 56 anos, elegante e meticuloso, oriundo de uma família sofisticada da cidade, quase não tinha experiência no uso de computadores. Nem precisava ter. Havia gente do comitê — secretárias, assistentes e numerosos funcionários — que fazia isso por ele. Mas o fato de as pessoas desperdiçarem tempo e atenção na internet o incomodava. Será que não entendiam que a vida real estava em outra parte, nas ruas, à espera delas, e não ali, naquelas lan houses sujas e fedorentas? Eles usavam cabelos longos, não tomavam banho nem se barbeavam — passavam o dia todo jogando e nada mais. *Com que objetivo?* Mas não importava: ele sabia o que queria, e sabia quem transformaria seu desejo em realidade.

Xu Jin passou entre os cubículos com computadores, ainda mais apinhados nos fundos do estabelecimento. Ali, na última fileira, diante de uma porta de saída fechada com corrente, sentava-se o homem que ele estava procurando. Ou melhor, o menino. O diretor puxou uma cadeira para junto do programador magro e cheio de espinhas que se debruçava sobre o teclado. Meu Deus, ele era horrível, pálido e com ar de viciado, os olhos vazios concentrados fixamente em algum jogo imbecil. Eram dragões no monitor dele? Era isso que ele fazia? Desperdiçava seu tempo com jogos com dragões?

— Gong Zhen — sibilou o diretor em voz baixa. — Sou eu, Xu Jin. Olhe para mim. Gong Zhen! — Ele deixou sua voz se elevar acima do zumbido dos HDs e das ventoinhas que giravam.

Gong Zhen, 23 anos, afastou dos olhos com uma das mãos a franja de cabelos pretos e oleosos e se virou devagar para olhar o burocrata. Piscou duas vezes, como se para reorientar o pensamento, depois franziu um pouco a testa.

— Que horas são?

— "Diretor Xu, o senhor poderia me dizer as horas, por favor?" É assim que deve falar comigo, Gong Zhen. É assim que uma pessoa se dirige aos mais velhos. Aos seus superiores.

Gong Zhen não disse nada; em vez de responder, coçou o nariz, indolente.

O corpo inteiro do diretor se retesou diante da petulância do homem-menino. Xu Jin mandaria arrastá-lo daquele lugar horroroso e matá-lo a tiros. Era isso que deveria fazer, pensou, e o faria agora mesmo. Começou a se levantar, mas depois se controlou e voltou a sentar. Não podia mandar executar o garoto; essa era uma ideia absurda. Na China já não se fazia mais esse tipo de coisa. E a que pretexto? Por não se dirigir com o devido respeito a uma autoridade? Ele se acalmou e encarou o rapaz, olho no olho.

— Nós conversamos antes, você lembra?

— Sim.

— Sobre um trabalho que você faria para mim.

— Eu lembro.

— Que você reuniria uma equipe de técnicos em computação. Como você. Amigos da universidade. Gente leal e confiável. Com alguns que tivessem trabalhado nos Estados Unidos, talvez como estagiários da Microsoft ou da Apple, e tivessem voltado para casa.

— Sim.

— E eu dei dinheiro a você para isso. Dinheiro suficiente para contratar vinte auxiliares, até mais.

— Sim.

— Para vocês escreverem uma coisa e depois colocá-la em movimento. Essa coisa que pedi... como um trem... um grande trem desgovernado.

— Sim. Sei.

Xu Jin se controlou. Todas aquelas respostas monossilábicas iam novamente fazê-lo perder as estribeiras. Esfregou as pontas dos dedos, um movimento que nunca falhava em lhe trazer um momento de paz interior.

— Vocês fizeram o que pedi? Você e sua equipe?

Desta vez, Gong Zhen não respondeu. Em vez disso, voltou-se para o teclado e digitou em ritmo acelerado uma série de comandos. Virou o monitor para que o diretor de Segurança do Estado pudesse ler o que estava escrito na tela. Milhares de linhas de código-fonte rolaram pela tela, caracteres em preto, vermelho e azul dançando sobre fundo branco. Xu Jin ficou olhando para aquilo por um momento, mas nada fazia sentido. Era uma língua estrangeira que não entendia nem tinha o menor interesse em compreender.

— Você está dizendo que isso é o trabalho?

Gong Zhen fez que sim, depois tomou um gole de uma lata de energético.

— Você está pronto para enviá-lo para o mundo?

Gong Zhen deu de ombros em atitude descomprometida. Xu Jin suspirou; o programador era uma criança irritante e idiota.

— E ninguém conseguirá rastreá-lo para chegar a nós? À China?

— À Finlândia. E à Ucrânia — esclareceu o rapaz. — Múltiplos servidores intermediários anônimos.

— Sim, naturalmente — disse o diretor, espantado com tudo aquilo. — E ao escrever o código. Ao escrever esse código que você criou... colocou nele as coisas que pedi que tivesse?

Mais uma vez, Gong Zhen deu de ombros.

Argh! Xu Jin sentiu vontade de esganar o garoto. Será que ele não entendia que vidas dependiam daquilo? Mais que isso, que o destino de nações seria afetado? Não, Xu Jin pensou consigo, ele não entende. Ninguém entende. A não ser eu, alguns integrantes do Conselho Permanente e alguns inimigos dos Estados Unidos, igualmente bem-situados na hierarquia. E essa era toda a questão, não era? Atacar e defender de modo que ninguém nunca percebesse o que estava acontecendo.

— E então, de quanto tempo você precisa para colocar nosso plano em prática? Para colocar o processo em andamento. Se quiséssemos começar logo, hoje, por exemplo. Será que seu pessoal consegue?

Gong Zhen voltou a olhar para o monitor e digitou algumas teclas. A tela piscou e o rapaz, sem dizer mais nada, voltou para aquele maldito jogo de matar dragões. O diretor Xu Jin observou, atônito. Será que ele não tinha um pingo de bom senso? Agarrou Gong Zhen pelo ombro e o sacudiu com grosseria.

— Eu fiz uma pergunta!

Sua voz se elevou acima do barulho dos teclados e do ruído de pessoas tragando a fumaça de dezenas de cigarros.

— Quando você pode fazer isso?

Gong Zhen piscou rapidamente, como se estivesse em outro planeta, com seus dragões e guerreiros.

— Quando? — voltou a perguntar Xu Jin, irritado. — Quando você pode fazer isso?

Gong Zhen olhou de cara amarrada para o diretor.

— Eu acabei de fazer.

22

CAMP PENDLETON, 3 DE ABRIL, 19h12

G arrett se sentia zonzo.

Estava exausto, faminto, com as pernas doendo e tinha dificuldade em manter os olhos focados. Passaram três dias fazendo aquilo — não que ainda conseguisse separar muito bem os dias das noites. A faixa de luz solar avermelhada que se derramava através das janelas abertas do alojamento, e de um lado ao outro do monitor, também não estava ajudando. Era a aurora ou o crepúsculo? Havia perdido a noção.

A atividade tinha começado três dias antes, no momento em que Alexis ligou o computador dela. Ela havia explicado a Garrett que ele trabalharia com cada integrante da equipe individualmente, em turnos de quatro horas. Depois de cada período, fariam uma pausa para comer, e então ele seria encaminhado ao seguinte. Mais um turno, mais comida e depois o próximo integrante da equipe. Alexis determinara que eles deveriam trabalhar pelo tempo que Garrett conseguisse suportar. Então todos iriam dormir — nunca mais que algumas horas —, e daí recomeçariam.

O tenente Lefebvre foi o primeiro instrutor de Garrett. Alexis colocou os dois sentados num canto da sala principal do alojamento e, abrindo a janela para permitir a entrada de ar, trouxe café e os deixou trabalhando.

Não era de forma alguma o que Garrett havia esperado: o tenente não fez uma palestra, e sim o envolveu num diálogo acelerado e cuidadosamente estruturado. O tempo todo se tratava de política — na maior parte referente à China.

Lefebvre exibia JPEGs num monitor. Aqueles eram os membros mais graduados do Politburo do Partido Comunista chinês, explicou ele. Aqui estão os seus nomes e os lugares de onde vieram. Este era o ponto de vista filosófico de cada um. Lefebvre incitou Garrett a fazer perguntas, e ele as fez. Por que todos eram homens? (A hierarquia partidária era esmagadoramente masculina e extremamente sexista.) Por que eram todos velhos? (Era uma burocracia conservadora e vagarosa.) Por que os estudantes chineses de intercâmbio tinham tanta acne quando vinham para os Estados Unidos?

Diante da última pergunta, o tenente cerrou os lábios num sorriso tenso e constrangido. Olhou para Garrett como se mal pudesse aguentar sua companhia... e prosseguiu.

Estas eram as ilhas Spratly, reivindicadas pela China, pelo Japão e pelo Vietnã. Em suas águas territoriais havia grandes reservas de petróleo. Era uma área explosiva de tensão. Pois bem, esta era a diferença entre um principezinho — o filho de um membro de alto escalão do Partido — e um burocrata chinês que tivesse ascendido na instituição graças ao trabalho. Este era o PIB mais recente da China, suas principais importações e exportações; um breve histórico de seu conflito com a Coreia, com a Índia e com a Rússia. Estas eram as principais rotas comerciais do mundo; este era o estreito de Malaca. A Marinha dos Estados Unidos patrulhava aqui. E aqui. E aqui.

Garrett duvidava de que fosse conseguir se lembrar de alguma coisa da aula. Quando ficou olhando pela janela, observando os helicópteros se inclinarem para a esquerda sobre a praia e seguirem para o sul em direção a San Diego, o tenente o advertiu com rispidez:

— Concentre-se, por favor, Sr. Reilly. Não temos muito tempo.

Garrett começou a dizer foda-se, mas se controlou. O outro o estava provocando, sem dúvida, mas ele não conseguia entender por quê. Na escala Garrett Reilly de Avaliação de Quão Babaca Eu Posso Ser, ele nem tinha começado com Lefebvre. Ainda assim, o tenente não gostava dele. Quando Garrett perguntou a Alexis o motivo disso, ela deu de ombros.

— Talvez você o tenha ofendido. Nesse quesito você parece eficiente.

Durante um intervalo de cinco minutos, Garrett acessou a internet para fazer uma pesquisa básica sobre Lefebvre. Tinha razão quanto ao dinheiro — o tenente era o herdeiro de uma fortuna antiga, e minguante, de madeireiras da Geórgia. Ah, interessante, pensou ele, porque agora o homem era um pesquisador de baixo escalão da Escola Superior de Guerra. Ele gostou daquele pequeno traço de rebeldia. Garrett tentara acessar o histórico dele no Exército, mas os documentos estavam em segurança no servidor do RH, e ele não tinha tempo de invadi-lo. Faria isso mais tarde.

Lefebvre terminou a sessão entregando a Garrett uma pilha de livros — de quase um metro de altura — sobre Mao, o Partido e o estado atual da economia chinesa.

— Espera mesmo que eu leia tudo isso?

— De você, eu não espero nada — respondeu o tenente com o mesmo olhar de desagrado.

Em seguida foi a vez de Celeste Chen. Para grande alívio de Garrett, ela não lhe fez uma palestra. Em vez disso, ficaram lendo juntos jornais asiáticos. Ela os baixou da internet e depois traduziu o sentido geral de qualquer artigo que ele apontasse, fazendo-o desviar de matérias que tratassem de assuntos triviais. Leram o *Gōngrén Rìbào* (o Diário dos Trabalhadores), o *Guangming Rìbào* (a publicação do Partido Comunista), o *Nongmin Rìbào* (informativo agrícola) e o *Jiefangjun Bao* (o porta-voz do Exército de Libertação Popular). Degustaram jornais do Japão (*Asahi Shimbun* e *Mainichi Shimbun*), da Malásia (o *Star*) e de Hong Kong (*Sing Tao Daily*). Leram notícias econômicas, culturais e políticas, mas procuraram em especial menções aos Estados Unidos por qualquer motivo: diplomacia, comércio, cinema, conflito, crítica... *guerra*.

No começo, Garrett não tinha muita certeza sobre o que ela estava tentando lhe ensinar, mas se sentiu relaxar na leitura dos jornais. Fechando os olhos, começou a imaginar que a voz de Celeste fosse de fato a voz dos cidadãos chineses, que estavam falando com ele. Dizendo-lhe os próprios sentimentos em relação ao mundo. Deixou as opiniões deles o envolverem, e as absorveu.

Foi quando entendeu que eles — Alexis, a DIA e quem mais estivesse por trás de tudo isso — o estavam tratando como se fosse um computador. Despejavam nele uma quantidade enorme de dados na expectativa de que os selecionasse, filtrasse, processasse e cuspisse fora as respostas — respostas que viessem na forma de reconhecimento de padrões. Essa revelação o deixou bastante animado: ele era capaz de fazer isso, e muito bem. Ora, era capaz de garimpar padrões no caos enquanto dormia.

Celeste permaneceu indiferente em relação a Garrett. Era evidente que não tinha se interessado por ele de nenhuma forma sexual ou romântica, o que o deixou decepcionado, pois enxergava qualquer mulher bonita como um alvo potencial. Perguntou se ela tinha namorado.

— Nem toque nesse assunto — advertiu ela, mal fazendo uma pausa enquanto liam um artigo sobre hackers no *China Public Security Daily*. — Arranco seus dentes com um chute.

Garrett riu. Achava que talvez fosse lésbica, o que para ele não importava, ainda mais porque ela era muito gostosa. Mas Celeste sabia o que estava fazendo, isso era evidente, e ela o deixou maravilhado com o conhecimento de idiomas que possuía. Era capaz de, em rápida sucessão, passar do mandarim (que seus pais imigrantes falavam em casa) ao japonês (aprendido na escola), e deste, ao cantonês (estudado em seu tempo livre), e todos eles com a mesma fluência. Até falava árabe razoavelmente bem. Suas habilidades linguísticas pareciam comparáveis à habilidade dele em selecionar dados. Celeste dominava idiomas num nível inconsciente e isso, ao menos para ele, parecia muito legal.

À tardinha, Alexis mandou que trouxessem comida para eles. Era um rango típico de caserna — feijão, alface murcha e uma carne indefinida —, e devia ter vindo do refeitório dos fuzileiros, que ficava perto, mas Garrett estava morto de fome e não se importou. Tomou três xícaras de café e uma Diet Coke. No momento em que acabou de comer, foi mandado para a próxima sessão, na companhia de Bingo Clemens.

Bingo falava num sussurro constante, que mal se escutava, com o rosto inclinado sobre o teclado do computador. Garrett era obrigado a se curvar para perto dele, e também a enxergar o monitor por trás da cabeça grande e gorda do parceiro. As imagens passavam num lampejo — mísseis e navios de guerra, aviões e mais mísseis, e mapas e soldados — enquanto a voz de Bingo ronronava sem interrupção.

— ... o alcance tático de um míssil antinavio AGM-84 Harpoon é de 278 quilômetros... Os chineses possuem seis fragatas Jianghu classe V em serviço no mar da China meridional... A Federação Russa tem quatro exércitos aquartelados no Comando Militar do Leste guardando suas fronteiras com a China...

Garrett interrompia de vez em quando, pedindo-lhe que diminuísse o ritmo ou explicasse alguma sigla, e Bingo, parando na mesma hora, esmiuçava detalhes ainda mais torturantes.

Depois, ansiando por um baseado, Garrett perguntou a Bingo se ele sabia onde poderia conseguir maconha. O homem ficou mudo por quase um minuto e depois disse, de forma seca:

— Você não devia fumar maconha. Faz mal.

A conversa se resumiu a essas palavras.

Para Garrett, estava claro que Bingo era um sujeito extremamente esquisito, mas de um jeito que agradou bastante. Ele parecia incapaz de fazer mal a qualquer ser vivo — apanhava aranhas perdidas numa xícara de café para soltá-las no mato lá fora —, mas, quando Garrett o pegou jogando *Call of Duty* naquela mesma noite, viu nos olhos do outro a ardente intensidade de um assassino. Ele estava matando agentes soviéticos sem contemplação, grunhindo de prazer cada vez que um soldado tombava. Foi então que percebeu que eles estavam conectados, ainda que de forma superficial. Como Garrett, Bingo era viciado em computadores. Como Garrett, ele tinha dificuldade para lidar com a raiva. Também tinha péssimo traquejo social, problema em que Garrett podia ser solidário.

Às três da madrugada, esgotado, Garrett pediu licença para dormir. Acomodou-se num quartinho de beliches com colchonetes e uma janela que não abria por causa da tinta da última pintura. Uma bandeira dos Estados Unidos pendia de uma parede, juntamente com o cartaz de recrutamento do Corpo de Fuzileiros Navais.

Um fuzileiro de queixo quadrado e quepe branco segurava na frente do rosto uma espada cintilante. Após ter se alistado na corporação, Brandon tinha trazido para casa um cartaz exatamente como aquele. Os poucos, os orgulhosos, os fuzileiros, tinha dito ele muitas vezes, meio para provocar o irmão caçula, meio para catequizar a si próprio.

Garrett arrancou o cartaz da parede e o enfiou no lixo, depois se acomodou na cama e desmaiou sem sequer trocar de roupa.

O segundo dia começou às seis da manhã, com Alexis esmurrando a porta dele.

— Levante-se, nós vamos dar uma corrida — disse ela.

— *Nós* não vamos dar merda de corrida nenhuma — respondeu Garrett, cobrindo a cabeça com o travesseiro. — Você vai dar uma corrida.

Alexis abriu a porta mesmo assim e sacudiu Garrett sem a menor delicadeza.

— Você precisa fazer exercício. É bom para o cérebro.

— Meu cérebro está legal — retrucou ele. — Vai se ferrar.

Ela colocou um rádio portátil ao lado da cama e o ligou. Kesha esgoelava no minúsculo alto-falante. Alexis acendeu as luzes e abriu a cortina da janela, inundando o quarto com a luz da manhã.

— Ai, *merda*, tenha dó! — exclamou Garrett.

O rapaz saiu vacilantemente da cama e vestiu uma calça de moletom e uma camiseta que ela havia deixado em cima de uma cadeira. Cambaleou pelo alojamento até a luminosidade do dia e, ofuscado, foi colocando um pé diante do outro, seguindo Alexis pela trilha de terra, começando a correr de maneira relutante, porém contínua.

Foi horrível: a poeira, as pedras, o vento seco, o suor, a sede, a dor nos músculos. Jamais tinha gostado de exercícios de nenhuma espécie. Sempre os havia considerado perda de tempo — afinal, estava numa forma perfeitamente boa e conseguia apertar o botão do elevador com a mesma eficiência de qualquer um. Dar uma corrida lhe parecia o máximo da inutilidade. O fato de Alexis conseguir correr sem esforço, subindo e descendo os morros como uma espécie de antílope africano, só aumentava sua humilhação. Quando, a cada quatrocentos metros, a capitã parava para que ele a alcançasse, Garrett precisava se controlar para não esmagar os joelhos dela com uma pedra.

Vinte minutos depois, caiu de joelhos e começou a sentir ânsia de vômito. Alexis reduziu a velocidade e caminhou ao lado dele, de volta ao alojamento, para a próxima sequência de sessões.

O resto do segundo dia foi mais do mesmo: política com Lefebvre, cultura chinesa com Celeste, atualização militar com Bingo. Quatro horas depois, comida; mais quatro horas, comida; e assim por diante, ao longo do dia e noite adentro.

Alexis supervisionava cada sessão, sentando-se perto, tomando notas e fazendo perguntas. Parecia não se cansar nunca, nem se distrair quando seu celular tocava, o que acontecia com grande frequência. Até onde Garrett conseguia entender, geralmente era o general Kline atazanando a capitã com pedidos de relatório do progresso realizado. Se ela estivesse sentada perto o bastante, Garrett ouvia o general reclamar de cronogramas e orçamentos e, às vezes, das Forças Armadas. Uma vez, até do presidente. Alexis respondia em voz monótona — sim, general, não, general —, nunca se deixando perturbar pelas emoções exageradas dele. Sua conduta impressionou Garrett, porque manter a calma era uma das coisas em que ele era um fracasso.

Outra característica que o impressionou foi a flexibilidade. Não havia dúvida de que estava no comando da operação, mas Garrett teve que admitir que ela fazia isso sem nunca pressionar os outros nem restringir a conversa a assuntos considerados pertinentes. Aquilo o surpreendeu. A primeira impressão que tivera dela era de que fosse alguém impassível, e ele desprezava pessoas sem mente aberta. A fluidez e a mudança eram os mares intelectuais em que nadava. Mas a capitã não era tão fácil de definir. Deixava o fluxo de informação vagar de um lugar para o outro, de arena em arena, e não mostrava irritação quando ele queria explorar com Celeste — em termos de diálogo, é claro — as diferenças entre masturbação masculina e feminina, ou quando, exausto e mal-humorado, por fim declarava a Lefebvre que a diplomacia era perda de tempo e que os Estados Unidos deveriam varrer a China da face da Terra com um bombardeio nuclear.

No fim do segundo dia, Garrett parou de estudar o comportamento de Alexis e começou a pensar nela como outro membro da equipe. Bem, quase. Ele teve que admitir que ainda a achava muito atraente. Até descobriu, em momentos de distração, que havia começado a sentir algo por ela, sentimentos que iam além de querer levá-la para a cama. Mesmo sem ter muita certeza do que eram esses tais sentimentos, sabia que eram um território novo para ele. Muito novo.

Na manhã do terceiro dia, Garrett e Alexis tinham corrido de novo, de manhã cedinho. Os músculos ainda estavam doloridos, mas o rapaz só sentiu náusea duas vezes e conseguiu correr quase cinco quilômetros pela trilha de terra, embora muito devagar. Alexis sequer transpirou, o que o deixou arrasado.

Quando voltaram ao alojamento, dez caixas de pastas suspensas cheias de relatórios de informação — como os nomes das agências e dos funcionários que os redigiram — tinham sido entregues com o café da manhã. A equipe — e Alexis havia começado a chamá-los assim em algum momento da metade do segundo dia — interrompeu as sessões de instruções e mergulhou na análise dos documentos, cada participante se encarregando de duas caixas. Era uma fascinante coletânea de informações globais, com frequência corriqueiras (a safra brasileira de trigo tinha aumentado sete por cento no primeiro trimestre, levando ao aumento de 20 mil hectares no plantio do grão para o ano seguinte), às vezes provocantes (o primeiro-ministro de Camarões estava tendo um caso com uma jovem prostituta tailandesa, o que não era incomum, mas achavam que a prostituta tinha feito uma operação para mudar de sexo, o que poderia ser constrangedor) e ocasionalmente perigosas (acreditava-se que a Ucrânia estivesse enviando duzentos mísseis antiaéreos norte-coreanos para o Irã, e os israelenses estavam cogitando interceptar o cargueiro, o que funcionários do governo norte-americano temiam que fosse provocar uma nova conflagração no Oriente Médio).

Na metade da verificação de uma de suas caixas, Garrett, ainda coberto por uma fina camada de poeira por causa da corrida e com os olhos irritados pela falta de sono, teve outra revelação. Percebeu que gostava daquilo. Sempre se divertia ao compreender coisas misteriosas, em especial as relacionadas a números e economia, mas não podia adivinhar que reunir toda aquela informação de uma vez seria tão... — ele procurou a palavra enquanto tomava café e estudava o mapa do mar do Japão — ... *emocionante*. Aquilo o deixava totalmente empolgado. Fazia lembrar os tempos da faculdade, quando Avery o pressionava não só para achar a solução de um problema, mas também para deduzir por que o problema existia, para começar. Porém, agora ia além disso: ele se sentiu como se pela primeira vez estivesse fazendo algo importante. E útil. E esses dois conceitos formavam uma estranha combinação para Garrett Reilly.

Parecia que toda aquela informação privilegiada estava sendo canalizada *somente para ele*, porque alguém acreditava que poderia extrair sentido daquilo tudo. Podia selecionar a informação, reconhecer os padrões latentes, perceber o verdadeiro significado da natureza aleatória das ações dos chineses e trazer coerência a elas.

Mesmo com vergonha de admitir, Garrett adorou a sensação de que necessitassem dele. Sabia, de forma consciente, que Alexis e seus coleguinhas da DIA tinham planejado tudo assim — esperavam que se empolgasse com um sentido de propósito, mas de fato aqueles eram dados que já tinham sido verificados por algum analista júnior em Washington. Ele sabia que não era *tão* especial assim. No entanto, o truque havia funcionado. Garrett sentiu dentro de si um fogo juvenil, ainda que se detestasse por se sentir daquele jeito.

Ao fim do terceiro dia — com a cabeça rodando, exausto, semimorto de fome, à espera de que chegasse ao alojamento mais comida intragável vinda da cantina —, ele entendeu que realmente se sentia... *orgulhoso*.

23

QUEENS, NOVA YORK, 4 DE ABRIL, 1h42

M itty Rodriguez estava contente por ninguém poder ouvi-la. Tinha rido com tanto gosto que até espirrou Mountain Dew pelo nariz. Se alguém tivesse visto aquilo, a humilhação teria sido maior. Mas eram quase duas da madrugada e ela estava num beco, atrás da Trigésima Quinta Avenida em Astoria, Queens, garimpando numa caçamba de lixo que pertencia a uma loja de autopeças. Portanto, ninguém estava ouvindo e absolutamente ninguém estava observando.

Mitty procurava servomotores. Um dos grandes, não aquelas porcarias que a gente compra em lojas de artigos para hobbies. Ela precisava dos motores para controlar um par de braços de movimento dianteiro para o robô de batalha que estava inscrevendo na competição Destroy All Robots, em Yonkers, na semana seguinte. O plano era prender no robô um pequeno tubo de alumínio afiado no braço direito e um escudo circular de acrílico no esquerdo, o que transformaria Morloc — esse era o nome que ela dera ao homem mecânico de 60 centímetros — numa máquina fodástica. Morloc iria enfiar aquela lança de alumínio no meio da placa-mãe de todos os desafiantes, fritando seus circuitos e os levando a uma morte cerebral eletrônica.

Em sua imaginação, Mitty via a dancinha que faria quando Morloc vencesse, e se via derramando cerveja na cabeça daqueles gêmeos Orenstein meio autistas que a derrotaram no ano anterior. Mas isso estava reservado ao futuro. Primeiro, precisava encontrar os servomotores, mas estava escuro e a sorte não parecia estar ao seu lado.

115

A caçamba estava cheia de plástico bolha e de latas vazias de óleo 10W-40, que deixavam o recipiente fedendo como um velho motor de carro. Além disso, Garrett ficava ligando, razão pela qual ela estava rindo, para começo de conversa. Dizia umas maluquices hilárias. Ela ouvia um pouco, com o telefone preso na orelha, a lanterna na mão esquerda e a mão direita remexendo no lixo, e aí desligava na cara dele quando o papo começava a dar a impressão de que Garrett estava cheirado.

O amigo lhe contava que se encontrava em uma base militar do outro lado do país. Que estava trabalhando numa parada muito secreta do Departamento da Defesa. Não podia revelar o que era, pois seria ilegal e provavelmente eles estariam ouvindo esse telefonema. Que eles o recrutaram depois do atentado a bomba na empresa onde trabalhava.

Foi então que Mitty começou a rir.

— Você é um mentiroso safado — disse ela, e desligou.

Trinta segundos depois ele voltou a ligar e continuou com aquela história. Estava lendo relatórios supersecretos de espionagem e sendo instruído por especialistas a respeito de toda essa informação confidencial.

É claro! Risada na cara, fim da ligação.

Tudo bem, talvez ele não estivesse viajando tanto. Sim, dois dias antes ela recebera uma mensagem dele na caixa postal: houvera um atentado a bomba no centro da cidade, ele estivera por perto, mas estava bem e ia sair da cidade. Quando ouvira esse recado, ela não sabia nada do atentado. Estava lutando contra a Horda para conquistar Azeroth nas Brumas de Pandaria e não tomara conhecimento das notícias por alguns dias, portanto, não sentira tanto alívio quanto deveria ao descobrir que seu amigo estava bem. Aquilo não a tornava uma pessoa insensível. Era como se alguém contasse que sobrevivera a um acidente de automóvel quando você nem mesmo sabia que a pessoa tinha estado num carro. Certo, talvez ela fosse um pouco esquecida. E daí? Tinha suas prioridades, e Garrett entendia. Por isso eram amigos.

116

No entanto, parecia um pouco estranho ele ter saído da cidade sem lhe dizer a razão. E, quando ela escutara a mensagem de novo, percebera a tensão na voz dele. Mas Garrett sempre estava se metendo em situações tensas — comprando títulos mobiliários com dinheiro emprestado, vendendo à vista ações emprestadas ou negociando contratos futuros. Ela não entendia metade do que ele fazia, nem se importava.

Mas uma coisa, sim, compreendia: não havia nada neste mundo que o fizesse trabalhar para as Forças Armadas dos Estados Unidos. Por uma série de motivos.

Para começar, o amigo odiava os militares. Os babacas tinham matado o irmão dele. Depois mentiram sobre isso. Porra, ela estava com Garrett na noite em que ele, embriagado, dera uma porrada num sargento dos fuzileiros no posto de recrutamento na Times Square, o que, aliás, tinha sido muito engraçado.

Em segundo lugar, que tipo de militares iam querer Garrett Reilly na equipe deles? O cara era um brigão incorrigível. Mitty gostava muito dele e coisa e tal, ele era seu melhor amigo, mas é preciso dar nome aos bois. Tratando-se de Garrett Reilly, era tão provável ele dar um soco na cara de um colega quanto eliminar um inimigo do país. O cara era uma bomba-relógio.

Mitty tomou um gole de Mountain Dew (ela carregava uma lata para onde fosse) quando o telefone voltou a tocar. Era Garrett.

— Você precisa parar com isso, sou uma mulher ocupada — reclamou ela. — Se está falando sério, trate de provar. *Muéstrame.*

Ela desligou de novo. Era hora de desistir das caçambas da AutoZone. Ali não havia servomotores, o que era decepcionante, mas não a surpreendia. Era difícil construir um robô assassino com pouco dinheiro, mas era algo que amava, tarefa da qual não se privaria. Mitty pulou para fora da caçamba e caminhou dez quadras para voltar ao prédio onde morava, na Trigésima Primeira Avenida, tentando limpar a terra e a graxa das calças enquanto caminhava. Depois subiu os três lances de escada até o apartamento e ficou sentada no sofá, olhando desanimada para os pedaços do robô espalhados no chão da sala. Tinha feito grandes planos para ele...

O telefone tocou de novo. Era uma mensagem de texto de Garrett que dizia: *Preguntas*. Perguntas. Era o código dos dois. Significava que ele tinha algo para compartilhar com ela, mas que era um segredo, e o estava enviando pela rede privada deles. Os dois usavam a VPN principalmente para passar dicas de jogos e filmes piratas.

Ela suspirou, cansada das charadas de Garrett, mas em todo caso ligou um de seus laptops. Era o computador que mantinha 99 por cento do tempo off-line, e só conectava à internet por acesso discado, usando uma linha que tinha hackeado da companhia telefônica. Ninguém estaria espionando *aquela* linha. Na conta, havia um e-mail não lido, e era de Garrett; era óbvio que estava criptografado, e ela possuía a chave. Puxa, tinha até anotado!

Mitty abriu a mensagem. Havia um link e uma senha. Cansada e fedendo a óleo de carro, clicou no link e esperou, pronta para ir dormir. Mas o que surgiu no monitor fez seu coração disparar... e esquecer tudo a respeito dos braços lamentáveis, patéticos e inanimados de Morloc.

A competição podia esperar, pensou ela, enquanto examinava os registros de alistamento militar, porque seu parceiro Garrett havia acabado de encontrar o caminho das pedras.

24

CAMP PENDLETON, 4 DE ABRIL, 0h39

G arrett estava deitado em seu beliche de estrado de madeira e sorriu, porque sabia que do outro lado do país, Mitty, com a respiração entrecortada, estava encarando o e-mail enviado por ele.

Não tinha mandado nada importante — apenas um backdoor para a conta do RH de Camp Pendleton. Ele próprio havia hackeado a conta, depois de Alexis dispensar o grupo para dormir e ele ter alguns minutos para espionar a intranet segura da base. Era evidente que ela era protegida de invasões vindas de fora de Pendleton, mas não de um analisador de protocolo no *interior* do sistema de segurança militar. Não tinha causado nenhum dano; o servidor do Departamento de Recursos Humanos era um beco sem saída, e Mitty logo descobriria isso. Mas atestava o local onde se encontrava, e o fato de que não a estava enganando.

A invasão também permitiu a Garrett ver a ficha de Jimmy Lefebvre. A leitura havia sido reveladora. O tenente tinha se graduado com mérito na Escola de Treinamento de Oficiais e estava a ponto de ser mandado para o Iraque quando os médicos descobriram que sofria de arritmia cardíaca. O quadro clínico justificava uma imediata baixa por motivo de saúde, mas alguém, em algum lugar, mexera os pauzinhos e, em vez de baixa, ofereceram a ele uma função administrativa: pesquisa em ciências políticas na Escola de Guerra. Aquilo salvara sua carreira, mas Garrett imaginava que não participar de combates havia sido devastador para um orgulhoso aristocrata do sul como Lefebvre. E em parte explicava sua atitude: era bem provável que considerasse Garrett um aproveitador fisicamente apto. Isso devia deixá-lo revoltado.

Resolveu dar uma chance a ele.

Olhou para o monte de livros que recebera do tenente — estavam começando a formar pilhas em todos os cantos de seu quartinho. Talvez a primeira parte da chance que daria a ele fosse de fato fazer o que tinha pedido.

Garrett folheou os livros. Todos versavam sobre a China: biografias de seus líderes, a história de suas culturas, a revolução, as guerras, artigos sobre pintura, poesia e literatura. Estava certo de que poderia encontrar todos os aspectos da vida moderna na China mencionados em livros publicados a respeito nos últimos cinco anos. Provavelmente dois. Ou doze.

Alguns eram mais interessantes que outros, porém ele não se importava com isso. Tinha se reconciliado com seu papel na equipe, o de base de dados humana. Por definição, uma base de dados precisava ter tantas informações quanto as que fosse capaz de conter. E Garrett era capaz de armazenar muitas.

Uma obra chamou sua atenção: uma biografia de Mao Tsé-tung. Filho de um camponês que enriqueceu vendendo cereais, Mao não foi uma criança pobre — como supusera Garrett —, mas sim relativamente abastada. Havia sido bem-instruído, cursando a escola secundária — uma raridade naquela época na China — e mais tarde frequentou a Universidade de Pequim, onde conheceu a filha de um professor e com ela se casou. Foi lá, na universidade, que ele descobriu o marxismo e logo entrou para o Partido Comunista da China. E foi no Partido que descobriu sua verdadeira vocação.

Em relação a Mao, o que mais impressionou Garrett foi o intelecto. Era brilhante. Foi um visionário da melhor estirpe. Entendia a logística da organização política, que incrementou colocando comissários leais em todas as células locais do Partido. Também entendeu melhor que qualquer um de seus contemporâneos o futuro do conflito armado; sabia que os exércitos modernos que enfrentassem seus revolucionários maltrapilhos só poderiam ser derrotados pelo que agora se denomina guerra assimétrica — ataques guerrilheiros esporádicos e de surpresa, com o objetivo de perturbar e desmoralizar. Essa foi exatamente a estratégia militar que ele empregou. Sabia de maneira instintiva que precisava conquistar os corações e as mentes dos camponeses locais para mudar um país tão vasto e populoso quanto a China, e que, uma vez alcançada essa meta, eles precisariam ser mantidos na linha por meio de um controle ferrenho.

Mao havia infundido terror em seus opositores, quer na classe dirigente do governo corrupto da China, quer nos lacaios que trabalharam para ele depois que os comunistas tomaram o poder. Foi valente quando precisou ser, e depois, brutal, quando teria bastado ser apenas humano. Era um militante devotado e nunca demonstrou fraqueza. Foi ele que modelou, sem ajuda, o que era hoje a China moderna, e, apesar de todas as reformas implementadas desde sua morte, independentemente do nível de crescimento do capitalismo a que o país foi autorizado, era a sombra de Mao que cobria o país inteiro. Era sua férrea personalidade que governava o Partido Comunista. E era o Partido que governava a China.

Garrett só não tinha muita certeza de que Mao, se estivesse vivo hoje, ficaria muito feliz com o estado da China moderna: a enorme disparidade entre ricos e pobres, a evasão da população das fazendas, do interior para cidades costeiras, o poder cada vez maior do Partido e a negação dos direitos dos camponeses. Tudo aquilo contra o que ele tanto lutou era agora a norma. Hoje, os burocratas e os principezinhos do Partido lembravam mais os aristocratas corruptos da China pré-revolucionária que os reformadores do apogeu de Mao. E era evidente que as coisas estavam piorando — a locomotiva que era a modernização da China corria disparada pelos trilhos, sem freios.

Tudo o que eles estudaram na semana anterior pintava a imagem de um país mergulhado nas tempestades da mudança, uma mudança tão profunda e abrangente que era capaz de tornar irreconhecível a nação, mesmo para quem a tivesse visitado há dez anos. Se a última vez que se visitou a China foi em 1976, quando Mao morreu, então se sentiria como um viajante espacial em visita a um país inteiramente novo. A China havia se repaginado por completo.

Tudo isso acabou levando Garrett, deitado em seu beliche às três e meia da madrugada, à percepção de que os líderes da China moderna podiam reverenciar Mao, mas, se amanhã de manhã, milagrosamente, ele entrasse por acaso numa reunião do Politburo... *era bem provável que mandasse fuzilar todos eles.*

121

25

CAMP PENDLETON, 4 DE ABRIL, 6h17

Na manhã do quarto dia, Garrett começou a recobrar o fôlego. Ele se levantou antes de Alexis e saiu para correr sozinho. Alguma coisa no fato de estar numa base militar e ver todos os outros rapazes e moças malhando para ficar em forma lhe deu vontade de tentar. Correu muito, transpirando, gemendo, e até subindo e descendo alguns morros. Considerou aquilo não apenas um progresso, mas também um milagre em pequena escala. As pernas ainda doíam a cada passo, mas a ânsia de vômito havia diminuído, e o dedão de cada pé já não ficava esfolado pelo atrito com o bico dos tênis. Chegou a constatar que não estava sentindo um desejo tão desesperado de fumar maconha.

— Boa velocidade naqueles morros — comentou Alexis quando o alcançou, no sopé da última subida antes do alojamento. Ela respirava normalmente. — Não imaginei que você fosse capaz.

— Devo me sentir melhor ou pior com seu comentário?

Alexis deu de ombros, depois passou correndo por ele e subiu a ladeira de terra batida. Garrett não se preocupou em tentar acompanhar a velocidade dela na subida; já estava satisfeito em conseguir terminar sem se arquear de dor.

Parou no alto do morro e observou os fuzileiros, que praticavam e manobravam na extensão aparentemente infinita de matagais e praias de Camp Pendleton. Todos os dias de manhã observava os soldados passando por ali — via os carros de assalto motorizados descerem das balsas e avançarem pelas longas praias, ouvia os tenentes incentivarem seus pelotões a escalarem muros de concreto semidestruídos, e fitava calado os enxames de novos recrutas atirarem, se abaixarem, avançarem e atirarem de novo contra os milhares de alvos espalhados pela base inteira.

Foi nessa encosta que Garrett começou a perceber a horrível mentalidade conformista que o general tinha mencionado; a bravura, a boa forma física, mas também a obediência automática e a repetição opressiva. Começou a achar que ser um soldado era ser explorado, destituído dos próprios pensamentos individuais e originais, e depois ser reconstruído como uma máquina de matar, um autômato que faz o que lhe ordenam.

Havia algo claramente errado em relação a isso — todos esses homens e mulheres, fazendo sem contestar o que lhes ordenavam, jamais parando para analisar a eficácia das ordens ditadas com rispidez. Garrett não precisou nem chegar a pensar nas vidas colocadas em risco, nas famílias em luto deixadas para trás — sabia tudo a respeito. Não, o que havia de errado em relação ao que estava observando era muito mais simples: parecia um desperdício de poder cerebral.

E isso, para Garrett, era imperdoável.

Quando voltou ao alojamento, Alexis, Bingo, Celeste e Lefebvre estavam peneirando uma nova leva de relatórios de informação estratégica. Garrett pegou uma pilha deles e começou a folheá-la. Meia hora depois, uma pequena informação enterrada no meio de um documento sobre recursos naturais lhe chamou atenção. Um especialista em demolição chamado Sawyer tinha ligado para uma divisão do FBI sediada em Denver para comunicar sobre um serviço feito para um cliente não identificado: a destruição da Mina de Molibdênio de Henderson Canyon. O FBI havia tentado entrar em contato com a DIA, mas a mensagem se perdera em desvios no interior da burocracia entre as agências. De toda forma, era tarde demais — a mina já havia sido implodida; não era possível recuperar o minério em seu interior.

— Bingo, a gente usa molibdênio na indústria militar, não usa? — perguntou Garrett, ainda de moletom e camiseta.

— É um metal de transição — respondeu Bingo. — Usado em ligas metálicas na fabricação de caças, tanques, satélites e mísseis.

123

Garrett procurou os dados do proprietário da mina na internet. Um consórcio internacional a comprara, e o comitê de Energia e Comércio do Senado aprovara automaticamente a transação. A extração de metais de terras-raras era uma empreitada de alto custo e pequenas margens de lucro. Um empresário australiano tinha sido o testa de ferro da transação e prometera manter a mineradora aberta, mas renunciara duas semanas depois da compra e não fora mais encontrado.

— Precisamos fazer uma pesquisa retroativa dos proprietários — recomendou Garrett a Alexis. — Acho que é importante.

A capitã ligou para a DIA e uma hora depois o analista retornou o telefonema. Tinha elaborado um levantamento documentado do consórcio comprador — empréstimos, garantias de ações e certificados de direito de voto —, um estudo que apontava para o leste, atravessando o Pacífico e indo parar nas praias de Victoria Harbour, nos cintilantes edifícios comerciais do centro de Hong Kong. Eram provas circunstanciais, mas Garrett as considerou condenatórias.

— O governo chinês estava por trás disso — declarou.

— Aquele dinheiro todo só para destruir uma mina? Parece um desperdício — opinou Celeste.

— Não necessariamente — replicou Garrett —, pois agora estamos à mercê deles. Monopolizaram o mercado de metais de terras-raras. Eles vão recuperar o investimento fazendo os preços das próprias minas chinesas subirem dentro de um ano. Talvez até menos, e estamos fodidos.

— Se foram de fato os chineses que fizeram isso — objetou Lefebvre.

— Foram eles, sim. Sem dúvida alguma.

Lefebvre lançou a Garrett um olhar de ceticismo.

— E por que tem tanta certeza, Sr. Reilly? Talvez fossem apenas empresários internacionais tomando uma decisão sobre custo-benefício.

Garrett se encostou na cadeira e pensou sobre a questão. Por que estava tão certo? Não era um padrão completamente desenvolvido, mas alguma coisa lhe provocou um arrepio familiar na base da coluna. Minas. Dinheiro. Destruição. Metais de terras-raras. Eles estavam ligados, isso era óbvio, mas ali também estava agindo um princípio organizador. Qual era?

— Mao — disse Garrett. A resposta surgiu como um lampejo.

— Desculpe, não entendi — disse o tenente.

— Mao teria destruído aquela mina. Guerra assimétrica. Desestabilize um inimigo mais poderoso por meio de ataques de surpresa à sua infraestrutura e a seus suprimentos militares. Mao fazia isso o tempo todo durante a revolução. O Partido venera Mao. Eles só estão fazendo o que Mao teria feito.

Garrett olhou para Lefebvre.

— Tenho certeza... *porque se encaixa.*

Lefebvre ficou olhando, atônito, para Garrett.

— Você leu os livros que te dei?

— Li, sim — respondeu Garrett. — Ainda mais os livros de Mao. *On Guerrilla Warface. Political Democracy.* Também duas biografias. — Ele deu de ombros. — Essas, na verdade, dei só uma folheada.

Garrett pensou ter visto o esboço de um sorriso nos cantos da boca do tenente.

— Bem, já que você expõe isso assim — disse Lefebvre, ajustando os óculos e se reclinando na cadeira —, sou obrigado a concordar com o Sr. Reilly. Foi o governo chinês.

Garrett sorriu, feliz. Achou que tinha acabado de quebrar o gelo com o tenente.

Alexis olhou, surpresa, para Lefebvre, mas, antes que pudesse dizer qualquer coisa, Celeste balançou a cabeça vigorosamente em concordância, do outro lado da mesa.

— Fecho com eles. É a China.

Garrett deu um sorriso malicioso quando a capitã bufou de leve, empurrou a cadeira para trás e se levantou. Ainda estava usando o short de corrida e um top de Lycra justinho.

— Tudo bem, vou ligar para Washington — aceitou ela.

Parou e dirigiu um rápido olhar a cada um dos quatro, quase como se desse a eles, pensou Garrett, uma última chance de dizer que o consideravam louco. Mas ninguém falou nada, e Alexis saiu depressa do recinto, pegando o celular enquanto se afastava.

125

Quando voltou um minuto depois, olhou para Garrett com uma expressão que, para ele, só poderia ser descrita como de satisfação, como se estivesse pensando "Seu filho da mãe, acho que encontramos alguma coisa aqui". Mas ela não falou isso. O que disse foi:

— Vá tomar um banho, precisamos continuar trabalhando.

— Sim, senhora — respondeu o rapaz, e foi embora para o quarto.

Mais tarde naquela manhã, Bingo Clemens detectou a liquidação de imóveis em Las Vegas. Celeste estava expondo a Garrett uma cartilha sobre a ética confucionista, do outro lado da sala, e Bingo usava seu tempo livre para ler blogs militares. Alguém havia postado um comentário num blog da Base da Força Aérea de Nellis, perto de Las Vegas, sobre todos os apartamentos que entraram no mercado e que ninguém sabia quem havia feito aquilo.

Circulavam boatos sobre uma queda precipitada dos preços, e dois corretores imobiliários já haviam cometido suicídio. Outra pessoa escreveu que tinha ouvido dizer que o *New York Times* andava investigando, mas que os jornalistas não tinham conseguido encontrar os proprietários originais de setecentos imóveis. Eles foram vendidos por intermédio de múltiplas companhias limitadas, sediadas país afora, com nomes fantasia e endereços falsos. Em Nevada, para criar sua própria empresa virtual, só eram precisos dez minutos e 75 dólares. Em outros estados era ainda mais fácil.

Bingo levou a notícia a Alexis.

— Interessante — comentou ela. — Como você descobriu?

— Ah, eu estava tentando pensar em padrões. Como Garrett. — Ele coçou o pescoço, depois deu um sorriso torto. — O cara é fodão!

Alexis quase cuspiu o café que estava tomando.

— Tudo bem — disse ela, se recuperando —, vá contar ao grupo.

Bingo reuniu a equipe e comunicou o mistério que havia descoberto.

— Não é nenhum mistério — retificou Garrett. — Sabemos exatamente quem fez isso. Cai como uma luva com a destruição da mina e a desova de títulos da dívida. Um ativo muito valorizado é vendido de repente e sem aviso, com prejuízo significativo. Proprietários que se esforçam muito para continuarem anônimos. E sem haver nenhum motivo óbvio para as transações, a não ser que queiram enlouquecer as pessoas. Eles estão semeando o caos na economia norte-americana.

— É, mas vamos precisar de provas — objetou Alexis. — Alguém aí tem alguma ideia?

Fez-se um silêncio momentâneo até que, lá do canto, Bingo ergueu o braço.

— A DIA tem supercomputadores, não tem?

Alexis fez que sim com a cabeça.

— Podemos pedir a eles que vasculhem os registros de incorporação na internet. Deve haver uma base de dados do governo, e os computadores poderiam fazer essa análise bem rápido.

— Vale a pena tentar — disse ela, entregando o celular a Bingo. — Ligue para Kline. Peça a ele que o ponha em contato com o pessoal da análise.

— Na verdade, não sou muito bom em pedir coisas às pessoas por telefone... — começou a dizer Bingo.

— Um cara fodão sabe como falar ao telefone — cortou Alexis.

Bingo fechou a cara e pegou o aparelho. Ligou para Kline e, com Garrett a seu lado lhe dizendo o que fazer, disse ao general o que eles queriam, sem mencionar nada específico, e Kline o colocou em contato com um oficial de informação. Bingo deu alguns parâmetros de busca — Las Vegas, apartamentos modernos, hipotecas de trinta anos de prazo, companhias limitadas, empresas imobiliárias, entre outras coisas — e um intervalo de cinco anos, e pediu, com a maior educação, que fizesse a pesquisa com urgência.

Os resultados chegaram em meia hora. A maior parte da informação era irrelevante, mas um nome surgiu com frequência demasiada para ser totalmente aleatório: uma empresa fantasma sediada num paraíso fiscal das Bahamas chamada MT Cinquenta e Quatro. Os proprietários estavam registrados como habitantes locais, mas, quando Alexis ligou, não sabiam nada sobre a empresa e alegaram ter recebido 500 dólares em troca da assinatura nos documentos de propriedade. Davam a impressão de estarem muito bêbados.

Parecia um beco sem saída. Não podiam condenar os donos. Mas Garrett não deixou por isso mesmo.

— O nome da firma é uma pista — disse ele, de cara amarrada. — Alguém quer que a gente adivinhe.

Essa foi toda a provocação necessária para Celeste reagir.

— Não é uma pista, é um código — afirmou. — MT Cinquenta e Quatro? MT quer dizer o quê? Monte? Montanha? Montana? A quinquagésima quarta montanha em Montana?

Falava consigo mesma, em voz baixa e tom urgente, andando de um lado para o outro, enquanto todos a observavam; pouco depois, veio um grito de surpresa e súbita compreensão.

— Não, não é cinquenta e quatro, sua boba! — exclamou ela. — Cinco. Quatro. Quinto mês, quarto dia. Quatro de maio. MT significa movimento, não montanha. O Movimento Quatro de Maio. Foi um protesto histórico contra o imperialismo nos anos 1920. É considerado o momento em que o comunismo chinês nasceu.

Bingo, Alexis e Lefebvre se manifestaram num aplauso espontâneo. Garrett apenas concordou com um aceno de cabeça.

— Bom trabalho de criptoanálise — elogiou ele. — Maneiro mesmo!

— Parabéns — disse Alexis a Celeste. Depois se virou para o restante da equipe. — Para todos vocês, parabéns.

Alexis digitou um informe que enviou por e-mail ao general Kline, que o encaminhou devidamente ao Ministério da Fazenda e ao presidente. Naquela tarde, mais de dez especuladores imobiliários anônimos chegaram ao aeroporto McCarran, em Las Vegas. Sem fazer perguntas, começaram a comprar apartamentos por preços 25 por cento superiores aos da tabela. O mercado imobiliário de Las Vegas balançou, mas não caiu.

Pouco antes do começo da noite, Kline mandou uma mensagem com cópia para a equipe inteira, um e-mail em que havia só duas palavras. Dizia apenas: *Muito bom*. Garrett começou a rir quando a leu, mas não pôde negar que se alegrou com o elogio, embora lacônico.

26

THE DALLES, OREGON, 4 DE ABRIL, 19h09

Lillian Pradesh entendia de computadores. Tinha sido criada com eles: era ainda um bebê quando praticamente empurraram um computador para dentro de seu berço. O pai, um imigrante indiano, engenheiro da Microsoft, havia providenciado para que fosse assim.

— O computador é o futuro — declarara. — Faça dele uma parte do seu corpo.

E ela obedecera. Era capaz de codificá-los como fariam os melhores profissionais. Conseguia remover vírus de qualquer software. Podia montar redes de uma centena de computadores em menos de duas horas. Era capaz de construir seu próprio PC, sua estação de trabalho e até um computador de grande porte. E tinha feito isso mais vezes do que era capaz de se lembrar — a primeira, com apenas 9 anos. Todos esses talentos haviam lhe garantido acesso fácil ao MIT, uma pós-graduação na Universidade Carnegie Mellon e um bom emprego no Google. Aos 31 anos, Lillian era a mais jovem diretora regional de operações de rede que a empresa já tivera.

Seu reino era composto de dois grandes edifícios do tamanho de um campo de futebol, nas margens do rio Columbia, em The Dalles. O codinome deles era 02, e, no interior dos enormes e monótonos prédios brancos, havia 150 mil computadores agrupados, instalados em grandes espaços, do tamanho de meia caçamba de picape, com ventoinhas gigantescas soprando ar frio em cima deles 24 horas por dia, 365 dias por ano.

Lillian monitorava os servidores dia e noite. Conhecia plenamente todas as especificações — ultrassecretas, é claro — e cada software e hardware que havia ali. Roteadores, comutadores, HDs, DNSs, filtros, firewalls. Tudo. Podia-se até afirmar que amava os servidores, todos os 150 mil. Adorava a eficiência ronronante deles, amava o jeito como cuspiam respostas em milésimos de segundos, dirigindo resultados de pesquisas para cada canto do planeta. Ela sentia, conforme lhe aconselhara o pai, que eles eram uma extensão de si mesma. Uma parte de seu corpo.

Então, no fim de uma tarde de segunda-feira, quando se acendeu um aviso sobre uma invasão em um dos servidores em sua tela, Lillian tomou aquilo como algo pessoal. Acontecia todo dia, o tempo todo, mas mesmo assim ainda a fazia se arrepiar de horror. Afinal, aqueles eram os servidores dela. Faziam parte de sua personalidade tanto quanto seu senso de humor. Como alguém se atrevia a atacá-los?

Foi um pequeno fragmento de código, enterrado nas instruções operacionais de um Pentium quad core de 2.5 GHz, que rodava em plataforma Linux. Naquele momento, ele estava ligado e rodando, por isso ela não pôde ver o código até que o tivesse isolado e matado. Não se preocupou muito porque o programa de segurança do Google tinha sido escrito para bloquear de modo automático os malwares dos servidores infectados do resto do parque. Ele fazia isso num piscar de olhos. Mas foi então que o mesmo código apareceu em outra batelada de servidores, desta vez no edifício dois, sem conexão com o primeiro contêiner infectado.

Na mesma hora, o software de segurança também o isolou. Ela deu um suspiro de alívio. Teria que chamar o superior, o diretor de todas as operações de rede no Vale do Silício. Lillian examinou por um instante o malware. Ele se replicava, como todos os de sua espécie, e estava bem escondido. Ela conferiu os pedidos de acesso enterrados nos logs do servidor. Basicamente, eram um mapa do que o malware estivera fazendo. O que notou de pronto foi o pedido de acesso no dado principal do código. Ele estava tentando invadir o bloco de dados do controlador lógico programável — ou PLC — no programa original do servidor. Tratava-se de um código bastante traiçoeiro, cujo objetivo era derrubar os servidores de forma espetacular. Ela ainda não conseguia ler o código, mas podia ver o que ele tramava. Parecia estar tentando reescrever o código no tronco cerebral de seus bebês. No fundo, não era difícil de fazer — muitos ciberataques tinha isso como principal objetivo. O que a surpreendia era terem passado pelo software inicial de prevenção de intrusão do Google. A empresa tinha alguns dos melhores códigos de segurança de computadores do mundo. *Era* o melhor do mundo, em sua opinião.

Ela havia ajudado a escrevê-lo.

Lillian tomava golinhos de café enquanto fantasiava que iria fazer picadinho do invasor, imaginando-o como um ladrão noturno que invadira sua casa e que ela iria despedaçar pessoalmente com sua escopeta digital calibre 12. Riu com a comparação, mas logo parou. Outro contêiner estava registrando o malware. Que merda...? Aquilo significava que três sessões independentes do parque de servidores estavam infectadas. Isso era bastante estranho. De repente, ocorreu-lhe que o malware talvez tivesse se replicado há muito tempo, antes de ser detectado pelo software de segurança. Se fosse assim, então podia haver diversos computadores infectados além daqueles. De fato, pensou ela, enquanto arrepios de horror percorriam sua coluna, o malware podia ter infectado por completo o...

Mas Lillian Pradesh não teve tempo de terminar o pensamento. Naquele exato instante, o monitor começou a registrar um gigantesco fechamento de CPUs de servidores pelo parque inteiro. Um, depois dois, depois vinte, duzentos, mil, dez mil, depois...

.. *todos eles.*

Cada servidor individual dos dois edifícios, os 150 mil, todos de uma vez, desligaram — o equivalente digital à passagem instantânea da velocidade da luz para a velocidade zero. Lillian ficou olhando, boquiaberta. A tela de seu computador mostrou o que ninguém conseguiu sequer imaginar: eles foram invadidos, comprometidos e basicamente destruídos. Seu parque de servidores estava desconectado por inteiro. O ataque havia sido rápido e implacável. Ela estava atordoada demais até para se mexer. O único som que ouvia era o sopro das enormes ventoinhas de refrigeração no piso do cavernoso parque de servidores. Eles giravam sem parar, implacáveis, enquanto aquilo que deveriam ventilar morria.

Então o computador dela também apagou. O edifício inteiro estava morto.

27

CAMP PENDLETON, 4 DE ABRIL, 20h17

Garrett mergulhou os pés no frio oceano Pacífico. Tinha jogado os sapatos na areia atrás de si, dobrando as pernas do jeans e entrando até os joelhos na água gelada. Não se importava com o frio — dava uma sensação gostosa na pele. Ele precisava clarear as ideias. Tinha passado mais de quatro dias trabalhando sem interrupção e seu cérebro estava frito. Atrás dele, divisava um fuzileiro de sentinela parado a trinta metros, com os óculos de infravermelho no rosto, a silhueta iluminada pela lua cheia que pairava baixa sobre o horizonte negro.

— Bela noite, hein?

Garrett se virou. Alexis surgiu da escuridão e ficou parada na beira da água. O rosto dela estava banhado pela luminosidade prateada, o contorno de seu corpo destacado pela areia branca. Tinha trocado a calça do uniforme por jeans e usava uma velha camiseta da Adidas.

— Uma boa noite para estar de volta à Califórnia — completou.

— Em Nova York, eu sempre sentia saudades da praia.

Ele saiu das ondas e voltou à areia.

— Sentia falta de nadar, de surfar. O Atlântico simplesmente não corresponde à expectativa.

— Vamos caminhar por uns minutos? — convidou ela.

— Claro.

Alexis se virou e os dois caminharam pela praia lado a lado, ao longo da linha invisível em que as ondas quebravam e a água se misturava com a areia.

— Me conte de você — pediu ela. — Da sua vida.

— Não há nada para contar.

— Você gostava do seu emprego na Jenkins & Altshuler?

— Eu gostava da grana. E é fácil ser operador de mercado. Para mim, pelo menos.

Uma onda foi até os pés dele.

— Mas...?

— Mas nada. Eu não pensava muito na questão. Só agia.

Olhou para ela, para seu rosto, metade mergulhada na escuridão, a outra metade iluminada pela lua nascente. Alexis era linda, com a pele morena e lisa brilhando com suavidade à luz mortiça.

— Agora é você que tem que me contar alguma coisa. Gosta do seu emprego?

— Adoro — respondeu ela sem hesitação.

— Você já teve outro? Antes das Forças Armadas?

— Fui garçonete. Na época da faculdade. Eu odiava. Mas imagino que todo mundo deveria servir mesas alguma vez na vida.

— Você participou de algum combate?

— Quando eu servia mesas? Sim, o tempo todo.

Ele riu. Dando um leve sorriso, Alexis fez que não.

— Estive em serviço duas vezes no Iraque. Na maior parte do tempo, trabalho logístico. Nunca disparei minha arma.

— Nem uma vez?

— Não.

— Isso deixa você triste? Não ter atirado em ninguém?

— De jeito nenhum. Não entrei no Exército para matar gente. Eu teria feito isso se fosse obrigada. Mas a ocasião nunca surgiu.

— Então por que se alistou? Quero dizer, se não estava querendo matar ninguém.

— Para servir ao meu país. Para retribuir o que recebi. Para encontrar um propósito na minha vida.

— Caramba, isso é sinceridade demais. Eu esperava uma resposta mais irônica.

Alexis sorriu e deu de ombros.

— Não sou muito boa em ironias.

— Já reparei.

Caminharam em silêncio por um minuto. As ondas quebravam contra a praia, arrebentando e borbulhando na areia. Uma delgada linha de espuma corria em zigue-zague diante deles para dentro da noite. Garrett olhou para a capitã.

— E aí, você encontrou? Um propósito?

— Sem sombra de dúvida. Sou a linha de frente da Defesa. Mantenho meu país em segurança. Todo dia de manhã me levanto sabendo exatamente o que estou fazendo e por quê. Adoro essa sensação. Para mim, isso é ter um propósito.

Garrett tentou pensar em algo provocativo para dizer, mas nada lhe veio à mente. Em vez disso, deu um longo suspiro. A seu lado, Alexis parou de caminhar e seus pés afundaram na areia. O ombro dela roçou sem querer no dele.

— Queria perguntar uma coisa a você — disse ela —, mas não quero que me entenda mal. Se você é tão pessimista, por que concordou em ajudar? Eu achava que odiava os militares.

— Eu odeio o que os militares fazem.

— O que nós fazemos?

— Destroem vidas. Muitas vidas. Vidas de inimigos. A vida dos próprios soldados.

— A vida do seu irmão.

— A vida do meu irmão, com certeza.

— E mesmo assim você está aqui?

— Pois é, estou aqui.

Garrett olhou para o mar escuro. Estivera se fazendo aquela mesma pergunta, mas descobriu que a resposta lhe escapava. Por que diabos estava ali, numa base dos fuzileiros, ajudando e sendo cúmplice da organização que ele mais desprezava no mundo, acima de qualquer outra?

— Essa eu não consigo explicar... — Sua voz foi sumindo. Ficou observando as ondas ritmadas chegando à areia. — Eu vivo procurando padrões. Mas minha própria vida não estava se enquadrando em nenhum. Era apenas... aleatória. Ganhar algum dinheiro. Perder algum dinheiro. Beber. Ir a festas. Dormir com uma garota, nunca mais vê-la. Voltar ao trabalho... Não que fosse ruim, mas não era...

alguma coisa. Não consigo aceitar isso. Sempre existe uma resposta.

— Você não consegue viver sem padrões.

Ela parecia dizer isso mais como uma afirmativa do que como uma pergunta. E Garrett concordou com um gesto de cabeça. Era uma verdade a seu respeito, que ele conhecia havia muito tempo — de fato, desde a infância —, mas não era uma verdade que admitisse com facilidade. E Alexis sentira de maneira intuitiva. Garrett desconfiava de que ela o compreendia muito mais do que revelava.

— Eu tento não viver assim. Sem padrões, o mundo é excessivamente... caótico — disse ele. — A verdade é que o caos me deixa apavorado.

— O caos apavora todo mundo.

— É mesmo? — Garrett sorriu. — Que bom ouvir isso. O que quero dizer é... é legal não estar sozinho.

Alexis observou o rosto dele por um tempo.

— Você está feliz com a decisão? De se juntar a nós?

Garrett deu uma risada.

— Feliz? Também não vamos exagerar. Estou aqui, fazendo o trabalho. É o máximo que vai conseguir de mim.

Alexis sorriu para ele.

— Bem, estou feliz com sua decisão. Muito feliz.

Garrett inclinou a cabeça de lado. O que havia acabado de ouvir na voz dela? Uma ternura, um carinho escondido? Ele se virou para Alexis, que nunca tinha parecido tão bonita quanto naquele momento. Pensou em dar um passo à frente para beijá-la — parecia o gesto certo de se fazer, mesmo com o fuzileiro de sentinela olhando para eles através dos óculos de visão noturna — quando ouviu uma voz.

— Pessoal! Estamos com um problema! — Lefebvre vinha correndo pela praia. — O Google está saindo do ar!

28

NOVA YORK, 4 DE ABRIL, 23h23

A very Bernstein entrou na White Horse Tavern, na esquina da 11 com a Hudson Street. O dia tinha sido lento, pouco produtivo para a maioria da equipe e tediosamente longo para ele. A verdade é que ninguém na firma tinha se recuperado de verdade do atentado a bomba. Nenhum deles ficou ferido na explosão, mas todos ouviram o estrondo, que sacudiu suas mesas, e viram os escombros espalhados pelo saguão esburacado e pela rua danificada. E os boatos sobre Garrett Reilly andavam rondando o escritório há alguns dias.

No começo, os outros operadores acreditaram na história que mandaram Avery espalhar: Garrett tinha sido ferido, mas estava em recuperação e resolvera dar um tempo visitando a família na Califórnia. Mas colegas que conheciam o rapaz não conseguiam acreditar que ele fosse se aproximar da família, ainda mais quando precisava de repouso.

Agora, dez dias depois, novas histórias andavam aparecendo: Garrett tinha sido o alvo do atentado. Havia descoberto por acaso alguma espécie de escândalo financeiro supersecreto. Um governo estrangeiro o sequestrara e o mantinha em cativeiro para pedir resgate. Avery tentou dissipar esses boatos, mas só conseguiu atiçar mais especulações. Nesta manhã, tinha encontrado nos servidores da empresa um quadro de avisos on-line dedicado a teorias sobre quem teria detonado a bomba — extremistas armênios, diretores furiosos da Goldman Sachs — e sobre o paradeiro real de Garrett Reilly — se estaria na prisão, num hospital psiquiátrico, a dois andares abaixo dos escritórios da empresa, negociando derivativos altamente especulativos. Avery fechou o quadro de avisos, mas não sem antes ter lido que ele próprio era suspeito do desaparecimento de Garrett. "AB é cúmplice e não merece confiança", dizia uma postagem. "Abram o olho com ele."

Bem, até certo ponto eles têm razão, pensou Avery ao pedir um bourbon Basil Hayden com um cubo de gelo. Ele era cúmplice. Mas ser cúmplice era diferente de ser responsável. Não era *responsável* pelo que havia acontecido; havia sido um mero canal de informação. Apesar disso, suspirou enquanto o toque de doçura do uísque escorria garganta abaixo. Ele se preocupava com Garrett e com o que aconteceria ao rapaz. O governo era uma máquina sem alma. Seus burocratas não se importavam nem um pouco com quem fosse triturado nas engrenagens. Por mais que Garrett fosse desagradável, Avery o amava. Mesmo que parecesse um sentimentalismo brega, era o filho que nunca tivera. Se algo acontecesse ao rapaz, ficaria arrasado — totalmente arrasado.

— Mas o que posso fazer agora? — murmurava ele ao beber o uísque, indignado com os funcionários despeitados de sua empresa, com as fofocas em outras firmas de Lower Manhattan, mas, acima de tudo, por ter permitido aos militares persuadi-lo e intimidá-lo. Por que tinha cooperado com os jogos deles, com os segredos? Sabia a resposta: porque tinha pavor das Forças Armadas. Temia o poder que possuíam, a capacidade de fuçar até descobrirem informações desagradáveis sobre seus negócios, sobre sua vida particular, e chegava a recear um pouco por sua segurança. Não que fosse desses que acreditavam que o governo dos Estados Unidos saísse por aí matando seus inimigos internos, mas tampouco estava disposto a testar a teoria.

A verdade sobre Avery é que ele era covarde. Na infância, tinha sofrido bullying, sido espancado mais vezes do que conseguia lembrar, porque era baixinho e estudioso. Mais tarde, já um pouco mais velho, por ser homossexual. Agora, já se assumira havia muitos anos, mas ainda se encolhia de medo diante da lembrança da surra brutal que levara no ensino médio, quando se atrevera a beijar um garoto. O outro entrara em pânico, desesperado para esconder sua identidade real, e contara a todos na escola o ocorrido; Avery sabia que era só questão de tempo até que os nove jogadores do time de beisebol o prendessem no vestiário masculino, o que eles fizeram, e o cobrissem de socos e chutes até deixá-lo desacordado. Coisa que também fizeram.

O episódio não o tornara mais resistente. Nem mais corajoso. Aquilo o tornou cauteloso. Ele não voltara a beijar outro homem até os 27 anos, e mesmo então tivera certeza de que o mundo iria desabar sobre ele. Mas isso não acontecera, e, aos poucos, Avery conquistara sua dignidade como intelectual, depois como empresário, e, a certa altura, como intelectual e empresário gay. Mas ainda passava longe de bares de homossexuais, e tentava manter em segredo sua orientação sexual.

Avery deixou uma nota de 20 dólares em cima do balcão e se apressou a sair para o frio da noite. A Lower Manhattan estava escura e silenciosa, para variar. Os turistas já haviam encerrado o dia — estava frio e úmido demais para se ficar por muito tempo ao ar livre. Avery puxou a gola do casaco para junto do pescoço e baixou a cabeça contra o vento implacável que soprava do rio Hudson. Seu *brownstone* ficava a três quadras de distância, na direção leste, e Avery precisava chegar a casa. Precisava se aninhar na cama com um bom livro — era um leitor voraz de ficção histórica — e esperar a madrugada e a promessa de um novo dia.

Estava sonhando com mergulhar no enredo complicado de um thriller ambientado no império romano que estivera lendo, quando viu um homem baixo e robusto de casaco grosso surgir das sombras e caminhar bem na sua direção. Avery estava atravessando a Washington Street, a uma quadra de casa, e teve a nítida impressão de que o homem vinha a seu encontro — de que tinha a intenção de interceptá-lo.

Seus ombros se contraíram e ele acelerou o passo. O baixinho fez o mesmo. Avery esquadrinhou a rua nos dois sentidos, e praguejou porque estava deserta, coisa que lhe agradara segundos antes. Onde estavam os bandos de turistas irlandeses quando se precisava deles? Estava a ponto de sair correndo quando o homem o alcançou e perguntou baixinho:

— Avery Bernstein?

Ele continuou caminhando — estava no meio da rua — e decidiu não reduzir a marcha. Se esse homem o conhecia, ou tinha algo a tratar com ele, podia fazê-lo enquanto caminhavam.

— Quem é você? — perguntou.

— Meu nome é Hans — respondeu o baixinho se esforçando para acompanhar o ritmo. — Hans Metternich.

Tinha um forte sotaque que Avery classificou como holandês, provavelmente, ou talvez dinamarquês. O rosto dele era quadrado e barbeado, bonito. Mas Avery ainda não ia reduzir o passo.

— Eu não conheço você.

— Não há razão para que devesse conhecer — respondeu o homem, caminhando com pressa ao lado dele. — Mas eu conheço você. Pelo menos sei um pouco a seu respeito.

Avery lançou ao outro um olhar preocupado. E, agora que tinha ouvido o homem falar mais, achava que o sotaque não era holandês nem dinamarquês, mas sim uma simulação. Que espécie de nome era Hans Metternich? Na opinião de Avery, o cara podia ter vindo do Brooklyn.

— Preciso falar com você — declarou Metternich.

— Olhe, já é tarde e eu não converso com estranhos na rua; logo, por que não me liga amanhã no escritório?

Andou um pouco mais depressa. Só faltava meia quadra até sua casa. Ele apertava o celular no bolso. Se o homem avançasse, Avery chamaria a polícia na mesma hora.

— Eu ligaria para o seu escritório, sim, com certeza, mas não sei se está ciente disso, mas tem gente escutando seus telefonemas.

Avery estacou de imediato. Ficou olhando para o homem de casaco grosso, esforçando-se para memorizar os detalhes de seu rosto.

— Quem é você?

— Sou um jornalista investigativo.

— Jornalistas falam por telefone.

— Conforme eu falei...

— Tem gente escutando meus telefonemas. Quem?

— Difícil dizer. O governo. Talvez a polícia. São muitos os suspeitos.

— Como você sabe disso?

— Eu investiguei — respondeu o outro, animado, achando graça no que ele parecia considerar uma piada. — É por isso que uso a palavra *investigativo* depois de *jornalista*.

Avery estremeceu ao vento gelado de abril. Os dois pararam de caminhar. Agora, o *brownstone* de Avery já estava à vista, a uma corridinha de distância daquele ponto.

— Mentira. Você é jornalista tanto quanto eu sou motorista de caminhão de entregas. O que quer?

— Preciso entrar em contato com Garrett Reilly.

Avery imaginou ter sentido seu coração parar. Merda, pensou. *Que merda está acontecendo?*

— Eu sei tudo sobre ele ter descoberto a venda dos papéis da dívida pelos chineses — continuou Metternich. — E que o governo está com ele.

Avery levou um momento para organizar as ideias.

— Por que precisa entrar em contato com ele?

— Tenho coisas para dizer.

— Do tipo...?

— Quem pôs a bomba na frente do escritório de vocês. E por que fizeram isso. Não foram terroristas, como a polícia e a imprensa insinuaram.

Avery encarou o homem. Seria maluco? Um doido que veio discutir teorias piradas, como tantos outros que pareciam ter brotado ultimamente em torno do escritório da Jenkins & Altshuler?

— Não sei onde Garrett está.

— Sei que não sabe. Ele foi tirado de cena. Mas tenho motivos para acreditar que esteja sendo mantido numa base dos fuzileiros na Califórnia.

— Se você sabe tanto sobre ele, por que está conversando comigo?

— Porque, em algum momento dos próximos dias ou das próximas semanas, ele vai ligar para o senhor. Ou as pessoas que estão com ele farão isso. Vão colocá-los em contato. Talvez lhe pedir que vá vê-lo. Ou que vá falar com ele. Não sei com certeza. Mas acredito que isso acontecerá. E, quando o encontrar, eu gostaria que passasse a ele meu nome. Hans.

— É isso, só seu nome?

— Não, não — disse Metternich, os olhos brilhando de divertimento e, pensou Avery, de malícia. — Diga a ele para me dar um sinal de onde está. Para eu poder fazer contato. Mas diga para fazer isso de um jeito esperto. Muito esperto.

O homem chamado Hans Metternich meteu a mão no bolso e Avery se encolheu, com medo do que estava para acontecer. O outro sorriu.

— Não se preocupe, Sr. Bernstein. É só um pedaço de papel. Escrevi meu e-mail nele. Poderia entregá-lo a Garrett?

O homem entregou o papel a Avery, que o guardou por reflexo — e, na mesma hora, se arrependeu do gesto. Metternich fez uma leve reverência, depois se afastou com os lábios ainda curvados em um sorriso.

— Desculpe por tê-lo assustado, Sr. Bernstein. E desculpe pelas circunstâncias estranhas do nosso encontro.

Com isso, se virou e saiu andando apressadamente pela rua.

Avery o observou se afastar por um momento, depois o chamou em voz alta.

— Ei, Hans!

O baixinho se virou sob um foco de luz amarelada do poste. Folhas e sacolas de plástico giraram a seus pés.

— Sim? — disse ele.

— Por que precisa dizer alguma coisa a Garrett? Que merda você tem a ver com isso?

Metternich sorriu de novo — um sorriso malandro, sagaz, um pouco irônico, que Avery teria achado encantador se estivesse num lugar mais confortável e de bom humor.

— Porque Garrett Reilly é o centro de algo muito novo e importante. Não só para você ou para mim, mas para milhões de pessoas nesse país. Bilhões nesse planeta. Garrett acha que está fazendo uma coisa, mas está fazendo outra. É preciso que ele saiba disso, porque as coisas não são o que aparentam e, mesmo me arriscando a parecer melodramático, posso afirmar que há muita coisa em jogo.

Metternich fez uma nova reverência, depois saiu correndo e segundos depois virou a esquina da Washington Street, desaparecendo na noite nova-iorquina.

29

CAMP PENDLETON, 4 DE ABRIL, 21h15

— Está carregando superdevagar — disse Bingo olhando para o computador, esperando que o site surgisse no monitor. — Devagar, quase parando.

Celeste e Jimmy Lefebvre olhavam por cima do ombro dele, esperando que aparecesse o onipresente logotipo em azul, vermelho, amarelo e verde do Google. Garrett e Alexis se debruçavam sobre uma segunda tela. A capitã contava baixinho enquanto o logotipo em sua página foi aparecendo aos pedacinhos, piscou e acabou se formando no monitor.

— Onze segundos — anunciou ela. — É deprimente. Alguma coisa está acontecendo. Em geral o tempo que o Google leva para baixar é medido em milésimos de segundos.

A equipe entrou numa atividade intensa, cada um vasculhando a internet em busca de algum acontecimento anômalo, algo capaz de explicar a queda do Google. Sondaram as agências de notícias, que não diziam nada — era meia-noite na Costa Leste. Mas alguns quadros de avisos on-line já estavam fervendo de reclamações, dirigidas em sua maioria aos provedores de acesso à internet. A lentidão parecia estar restrita a uma empresa — o Google —, e seus representantes não comentavam nada, pelo menos não publicamente.

Alexis tentou entrar em contato com a matriz da empresa em Mountain View, Califórnia, mas ninguém estava atendendo ao telefone às dez da noite. Depois, por volta da meia-noite, Garrett visualizou um boletim que havia acabado de ser publicado, do Departamento de Energia de Oregon. Em um parágrafo lacônico, anunciava, sem maiores explicações, que tinha havido uma queda súbita no consumo de eletricidade no noroeste do Pacífico. Não uma diminuição expressiva, se comparada aos índices gerais de consumo na área de Washington-Oregon-Idaho, apenas cinco por cento, porém, suficiente para provocar uma rápida redistribuição de energia que mantivesse a eletricidade fluindo de maneira eficiente na rede elétrica da região. Mas o que chamou a atenção de Garrett foi o local onde a queda havia se originado: na margem do rio Columbia, na divisa entre os estados de Washington e Oregon, numa cidadezinha de que ele só tinha ouvido falar por um motivo.

Alexis mandou Lefebvre ligar para o Departamento de Energia de Oregon. Confirmaram a redução de consumo e informaram que ela ocorrera inteiramente numa estação geradora, a usina hidrelétrica de The Dalles, no rio Columbia — como Garrett suspeitara. O consumo havia caído de trinta megawatts a praticamente zero em menos de um minuto.

Bingo se deteve estupefato ao ouvir o nome.

— The Dalles? Não é onde construíram...

— O parque de servidores do Google — confirmou Garrett.

— Meu Deus! — exclamou Lefebvre.

— O único jeito de sofrerem uma interrupção repentina assim é o parque ter saído totalmente do ar — disse Garrett.

Alexis olhou para a tela com uma careta.

— E o único jeito de o Google inteiro ter saído do ar de uma hora para a outra..

Garrett terminou a frase:

— ... é ter sido invadido por hackers. De forma abrangente.

Um silêncio tomou conta da sala, sendo interrompido apenas quando Garrett soltou um longo suspiro.

— Não sei se vocês pensam assim, mas eu... eu acho que, se estão invadindo o Google ao mesmo tempo que estão vendendo títulos da dívida, implodindo minas e quebrando o mercado imobiliário... Então, *estamos em guerra*.

30

SISTEMA DE MENSAGENS DA DEFESA

PARA: GENERAL HADLEY KLINE, AGÊNCIA DE INTELIGÊNCIA DA DE-
FESA
DE: CAPITÃ ALEXIS TRUFFANT, EXÉRCITO DOS ESTADOS UNIDOS
TRANSCRIÇÃO DE CONVERSA, RE: OBJETIVOS/ MOTIVOS DOS CHINE-
SES PARA RECENTES ATAQUES ECONÔMICOS E CIBERATAQUES
PARTICIPANTES: TRUFFANT, CAPITÃ ALEXIS; CHEN, CELESTE;
LEFEBVRE, TENENTE JIMMY; CLEMENS, ROBERT (BINGO); (NOME
EDITADO)
LOCAL: REFEITÓRIO EDSON RANGE, CAMP PENDLETON

CONVERSA GRAVADA EM 5 DE ABRIL, 2H47,
DEPOIS TRANSCRITA

TRUFFANT: Pessoal, sei que vocês estão cansados e querem dormir, mas precisamos compreender por que isso está acontecendo. Entendo que estamos sendo atacados, mas, sem uma razão por trás da ofensiva, não tenho certeza de que vamos conseguir achar um jeito de interrompê-la. Alguém gostaria de arriscar uma teoria?

LEFEBVRE: Acho que estão nos mostrando que têm poder. Uma demonstração de força. Politicamente, isso se encaixaria com uma ascensão do nacionalismo chinês. Orgulho do sucesso e da posição no mundo. Orgulho da capacidade deles de hackear.

TRUFFANT: Você quer dizer que estão só se exibindo?

LEFEBVRE: Imagino que sim. É um tiro de advertência.

(NOME EDITADO): Sim, mas estão fazendo tudo em segredo. Ataques de mercado negro e invasão de computadores. Para quem diabos estão se exibindo?

LEFEBVRE: Para os nossos serviços de inteligência.

(NOME EDITADO): Então é um jogo de espiões e não precisamos nos preocupar com isso porque não vai chegar a lugar nenhum? É para se mostrar?

LEFEBVRE: Talvez eu não usasse exatamente essas palavras...

TRUFFANT: Não estou certa disso. Quero dizer, talvez você tenha razão, mas talvez não. Se comprarmos essa ideia e estivermos enganados, então vamos encarar um desastre. E teremos sido omissos. Como disse o general Wilkerson: a guerra que pega generais desprevenidos é a que os derrota.

CHEN: Mas, e se não for exatamente exibicionismo, e sim vandalismo? Estão tentando enfraquecer nossa economia, nossa infraestrutura, ou seja, causando perturbações, mas evitando o conflito aberto. Causam danos que possam ser negados e seguem em frente.

TRUFFANT: Espionagem industrial?

CHEN: Com certeza.

(NOME EDITADO): Mas, nesse processo, acabaram jogando fora bastante dinheiro. Vendendo títulos da dívida e apartamentos de luxo. Não há lucro nisso, e a espionagem industrial está relacionada de modo bem específico ao objetivo de lucrar. Portanto, eles vão perder dinheiro para lucrar, o que não faz sentido. Acho que isso é algo maior: acho que é guerra. E as guerras sempre começam por uma razão. Todas elas giram em torno de alguma coisa, não é assim, Bingo?

CLEMENS: Bem, quero dizer, é sim, mais ou menos... por território ou por dinheiro; às vezes por vingança, mas aí é menos frequente.

CHEN: Se for por território, então o motivo é Taiwan. A China nunca reconheceu a reivindicação de independência da ilha. Ela acredita que todos que vivem lá são, na verdade, parte da República Popular. Para eles, virou uma obsessão.

TRUFFANT: Mas por que nos atacar? E por que nesse momento?

CHEN: Para desviar nossa atenção. Para nos deixar em pânico com outra coisa. Enquanto estivermos preocupados com nossos próprios problemas, eles invadem Taiwan.

CLEMENS: Seria preciso um milhão de soldados do Exército Popular para fazer isso. Mas eles têm um milhão de soldados disponíveis.

CHEN: E eu odeio dizer isso sobre meus ancestrais, mas sacrificariam um milhão de soldados num piscar de olhos. E eles morreriam com orgulho. Em termos de nação, são extremamente nacionalistas. E a cada minuto estão ficando mais militaristas.

(NOME EDITADO): Eles são animais e nós, não. É isso que você está dizendo?

CHEN: Não, todas as nações passam por fases de intenso nacionalismo. Nem toda nação tem recursos para agir de acordo com tais sentimentos. A China agora tem, e talvez esteja agindo. Portanto, vá se (PALAVRÃO EDITADO), (NOME EDITADO)!

(NOME EDITADO): Está nervosinha, hein?

LEFEBVRE: Detesto atrapalhar o namoro de vocês, mas e a questão das matérias-primas? Todo o petróleo que eles consomem é importado. Isso é uma grande preocupação para a liderança partidária.

TRUFFANT: Mas eles têm carvão.

LEFEBVRE: Três bilhões de toneladas ao ano. São o maior produtor do mundo. Mas também têm índices de consumo colossais. E o carvão está poluindo o país. No inverno, se queima tanto carvão em Pequim que mal dá para respirar. O governo quer encontrar outras fontes de energia. A mais óbvia é o petróleo.

(NOME EDITADO): Tudo bem, mas por que lutar conosco por causa disso? Não fornecemos energia nem impedimos que eles a consigam. Qual é a conexão entre o petróleo e o ataque deles a nós?

CLEMENS: Talvez estejam primeiro nos enfraquecendo, para a gente não conseguir detê-los. Depois, quando estivermos na defensiva, eles invadem a Arábia Saudita.

LEFEBVRE: Você não pode estar falando sério. A China invadir a Arábia Saudita? Os obstáculos seriam monumentais. O mundo precisaria acabar primeiro. Zero por cento de probabilidade.

CLEMENS: Eu estava brincando.

(NOME EDITADO): Concordo com você, Bingo. Acho que invadir a Arábia Saudita seria do cacete.

CLEMENS: Foi uma piada. Foi mesmo.

CHEN: E que tal eles invadirem Brunei? O país está sentado numa tonelada de petróleo. Ou isolarem o mar da China meridional. Declará-lo zona de exclusão.

TRUFFANT: Faz um pouco mais de sentido.

(NOME EDITADO): Mas por que entrar em guerra por causa do petróleo, quando se pode comprá-lo no mercado livre? É muito mais seguro gastar uma grana. Coisa que eles têm de sobra.

LEFEBVRE: Questão de segurança: se você conquista, tem a propriedade. Ninguém pode subir os preços para você.

CHEN: Tudo bem, nós invadimos o Iraque por causa de petróleo. E já temos muito petróleo.

TRUFFANT: Celeste, não é hora de teorias conspiratórias.

CHEN: Não é nenhuma teoria conspiratória, (PALAVRÃO EDITADO). Nem mesmo você acredita que Saddam tivesse as (PALAVRÃO EDITADO) das armas de destruição em massa.

(NOME EDITADO): Meninas, estamos fugindo ao assunto.

CLEMENS: Não gosto quando vocês brigam.

CHEN: Desculpe, Alexis. (ININTELIGÍVEL). É só que estou cansada.

LEFEBVRE: O que vocês me dizem de um choque de culturas ou de sistemas políticos? Comunismo versus capitalismo. Houve muitas guerras por causa disso.

CHEN: Mas que ideologia a China representa hoje? Está longe de ainda ser um bastião do pensamento comunista. O governo é pragmático demais. Se aprendemos alguma coisa com os líderes nos últimos vinte anos é o fato de descartarem prontamente uma ideologia se ela não funcionar para eles.

(NOME EDITADO): O ataque indica premeditação. Um plano estratégico. Precisamos olhar o padrão. Alguém na China está planejando tudo isso, mexendo os pauzinhos, e nós o pegamos no meio da manobra. Talvez ele não estivesse esperando ser apanhado ainda — eu não sei. Mas sei com certeza que ninguém gasta todo esse tempo e essa energia — para esconder o rastro e ainda assim deixar pistas — sem motivo. Tudo isso leva a alguma coisa, que ainda não entendemos. Existe uma razão.

TRUFFANT: Mas não temos ideia de qual seria, e ainda estamos na primeira casa do tabuleiro. Todas as nossas suposições têm algum furo ou desafiam a lógica mais simples. Pessoal, enquanto não resolvermos isso, ninguém vai dormir. Para entrar em guerra com os Estados Unidos, é preciso ter motivo.

LEFEBVRE: É preciso estar obcecado e ter muito colhão.

CHEN: Ou estar desesperado.

CLEMENS: Ou louco.

(NOME EDITADO): Espere aí, o que foi que você disse?

CLEMENS: É preciso estar louco.

(NOME EDITADO): Não, Celeste...?

CHEN: Desesperado.

(NOME EDITADO): É isso mesmo. Eis a resposta certa.

LEFEBVRE: Agora fiquei confuso.

(NOME EDITADO): Eles são ousados, com certeza, mas com que objetivo? Nenhum que a gente consiga entender. Sabemos que não são loucos; ainda há pouco Celeste nos disse que são incrivelmente pragmáticos. E então o que sobra é desespero. A resposta está aí. Os chineses estão começando uma guerra contra nós porque estão desesperados. Agora só precisamos descobrir o que os está deixando assim.

FIM DA CONVERSA

FIM DA TRANSMISSÃO DO SMD

31

CHONGQING, CHINA, 5 DE ABRIL, 2h15

Antigamente, quando era um operário pobre, Xi Ling nunca se preocupava. Ele planejava. Passava cada momento maquinando, tramando, poupando e montando estratégias. Enriquecer era seu sonho, seu destino. Teria de alcançá-lo ou morrer tentando.

Mas agora, 25 anos depois e finalmente rico, vivia constantemente preocupado. Este era o paradoxo de sua vida, pensou: você chega aonde quer e então precisa se preocupar em manter o que conquistou.

Preocupava-se com a saúde (estava gordo demais, dissera o médico, e corria o risco de sofrer um ataque cardíaco), com a amante (e, aliás, com a esposa também), com sua reputação em Chongqing (tinha dado demasiadas festas escandalosas), com sua relação com os líderes partidários locais (havia subornado cada um deles em separado, mas será que agora estariam comparando as quantias, preparando-se para pedir mais?) e até com quem andava dirigindo sua Mercedes CL550 sem permissão (ia estrangular o canalha quando o apanhasse). Agora, para completar, estava preocupado com sua fábrica. Muito preocupado.

Seu gerente, Quan, um homem de feições irregulares, havia lhe telefonado 15 minutos antes, em pânico, gaguejando sem fôlego sobre as máquinas de costura e sobre os operários estarem abandonando a área de produção. Xi Ling, que dormira depressa — um raro prazer para ele na meia-idade —, ficou furioso por ser acordado. Dera ordens estritas de que não o perturbassem nas noites de terça e quinta — as que passava com a amante no pequeno apartamento que havia comprado para ela na avenida Songshi. Valorizava muito as noites com a amante. Pelo menos valorizava até o mês anterior, quando ela começou a atormentá-lo para que lhe comprasse diamantes. Será que não entendia que ele não era feito de dinheiro?

Ora, isso também não era exatamente verdadeiro — ele *era* feito de dinheiro, sim. Ou pelo menos parecia. Xi Ling ficara rico fabricando mochilas, tendas e bolsas de nylon para os mercados europeu e americano. Produzia artigos de luxo e outros nem tanto. Seus operários montavam e costuravam bolsas sofisticadas de marcas famosas, bolsas populares com um preço mais em conta e cópias piratas dos dois tipos. Ele cobria todas as opções de mercado. Alguns talvez chamassem a prática de amoral, mas essas pessoas podiam ir se catar. Xi Ling era absolutamente prático. Pelo menos em termos comerciais. Pensando bem, ele era assim em todas as áreas.

Nada disso importava agora, enquanto dirigia a toda velocidade pela rodovia de quatro pistas que levava da zona oeste da cidade para a acidentada periferia industrial, às duas e meia da manhã. Todo o seu dinheiro, todo o seu esforço e planejamento podiam ser varridos num instante se a fábrica tivesse problemas de produção. Havia recebido encomendas de 17 empresas ocidentais. A empresa de Xi Ling trabalhava 24 horas por dia, todo santo dia do ano. Abria até no Ano-Novo chinês. Ele estava em plena construção de alojamentos para os empregados, de modo que pudessem caminhar alguns metros para chegar à cama no fim do expediente, descansar um pouco e depois voltar diretamente para o trabalho. Houve quem dissesse que isso era cruel e desumano — o maldito repórter daquele jornal italiano —, mas Xi Ling sabia que era o único meio pelo qual podia se manter na dianteira das encomendas de produtos. E, de qualquer forma, qual era o problema dos italianos? Uma empresa de Milão era responsável por 42 por cento de suas encomendas. Vendia os produtos dele para outros italianos, por um custo mais baixo do que se fabricados por um operário europeu, e, no entanto, gente daquele mesmo país resolvera escrever que Xi Ling era um bárbaro? Eles não gostavam das tendas e das mochilas que ele produzia? Que lhes importava seu modo de tratar os empregados?

E quem eram os italianos para dar lições aos chineses em termos de negócios? O país deles estava indo à bancarrota. Eram um desastre. Uma piada. A hipocrisia dos europeus o deixava fora de si.

Com uma guinada, saiu com sua Mercedes da rodovia de pistas lisas e cinzentas e seguiu por uma série de ruas secundárias encardidas, entre enormes depósitos iluminados pela luz amarelada das lâmpadas halógenas e canteiros de obras cercados de tapumes. Mesmo com a desaceleração da economia global, continuavam construindo fábricas em Chongqing. Isso o inspirava enquanto agarrava o volante e pisava fundo no acelerador. Ele sempre poderia recomeçar. E o primeiro pensamento que teve ao ver os operários saindo em bandos pelos portões da fábrica foi: talvez fosse obrigado a isso.

Era como o gerente do setor tinha descrito ao telefone: as mulheres — na pespontagem e na costura, só trabalhavam mulheres — estavam abandonando a fábrica, abrindo caminho para a rua aos empurrões, tropeçando umas nas outras e berrando. Xi Ling pisou no freio e desceu do carro, gritando para elas antes mesmo de abrir a porta:

— O que estão fazendo? Voltem já ao trabalho! Não podem sair da fábrica! Vou demitir vocês! Vou demitir todas vocês!

Então Xi Ling notou uma coisa esquisita. Essas operárias não estavam fugindo da fábrica; corriam pelo pátio que havia entre a cerca de metal e o prédio. Algumas jogavam os braços para cima, gritando; outras pareciam estar dançando e cantando. Teriam ficado doidas? Ele agarrou o braço de uma moça que passava ao lado.

— O que está fazendo? Seu turno não acaba até o sol nascer!

A mulher sorria embevecida.

— Estamos comemorando! Venha festejar conosco!

— Não estou pagando a vocês para festejarem! — berrou ele acima da balbúrdia.

A moça parou de sorrir e ficou encarando Xi Ling. Os cantos da boca se curvaram para baixo, numa careta.

— É ele! — gritou. — O dono! O criminoso! Ele está aqui!

De repente, a mulher estava agarrando o braço dele, puxando o tecido do paletó de seu terno de seda.

— Me largue! — vociferou Xi Ling. — Como ousa me atacar?! Eu sou seu patrão!

Mas era tarde demais. Um grande número de mulheres se juntou em torno dele, empurrando-o, apertando seus braços e puxando seus cabelos.

— Me larguem! — gritou ele, mas as mulheres não lhe deram ouvidos.

Uma delas, mais idosa e grisalha, berrou para as outras:

— Leve-o lá para dentro! Vamos levá-lo para o Tigre comer!

Um tigre? O sangue de Xi Ling congelou. Algum maluco havia trazido um tigre para dentro da fábrica? E por que suas operárias ficaram histéricas? Xi Ling não gostava de animais. Eles o deixavam apavorado desde sempre, desde seus tempos de menino, quando a mãe lhe contava histórias para dormir sobre leopardos-das-neves e panteras-negras. Os grandes felinos o aterrorizavam mais que qualquer outra coisa.

As mulheres que cercavam Xi Ling aplaudiram em concordância, e de repente ele foi sendo empurrado de forma implacável em direção à entrada principal da fábrica, como se fosse uma indefesa garrafa flutuando num oceano de operárias. Agora as mulheres formavam quatro ou cinco círculos em torno dele; deviam ser cinquenta ou sessenta no total, muitas agarradas às roupas de Xi Ling, empurrando-o pela porta da fábrica, para o pórtico monumental.

— Vou mandar matar todas vocês! Eu conheço todo mundo no Diretório do Partido! — gritou ele. O sangue agora corria das escoriações em sua testa, e seu terno estava em farrapos. — Têm consciência do que estão fazendo?

Mas elas pareciam saber muito bem o que estavam fazendo. A turba o obrigou a atravessar o saguão de entrada e percorrer o espaçoso corredor que levava para a área de produção; o corredor em que os seguranças de Xi Ling faziam a revista corporal em todas as mulheres, duas vezes por dia, para evitar a entrada de contrabando e a saída de artigos roubados. E agora o empresário estava recebendo uma versão do mesmo tratamento; a massa de mulheres o apalpava e o cutucava, uma enterrando a mão em sua virilha enquanto as unhas de outra arrancavam mais sangue dos pulsos dele. O homem gritava de dor.

Então, repentinamente, elas o soltaram. A multidão se dividiu, e Xi Ling cambaleou. Ficaram em silêncio, embora seus gritos ainda ecoassem nos ouvidos dele. O patrão limpou o sangue dos olhos, na expectativa de ver um gigantesco felino selvagem caminhar por sua querida fábrica, pronto para o ataque.

Em vez disso, se deparou com uma mulher.

Ela era jovem, de aparência comum, e usava calça jeans e camiseta, os cabelos pretos cortados retos na linha do queixo, como os de uma fazendeira ou agricultora. Estava cercada por outras operárias, e também por alguns homens, que ele não reconhecia. Era evidente que a jovem estava no comando, mas não irradiava força nem hostilidade. Sorria de modo agradável, como se aquilo fosse uma conversa entre amigos sobre o planejamento de uma festa de aniversário. Ela fazia gestos calmos em direção às máquinas que apinhavam o chão da fábrica. Grupos de homens e mulheres — de todas as idades e diversos tipos de vestimenta — desmontavam de maneira metódica as máquinas de costurar e pespontar. Não parecia haver raiva nos gestos que faziam, mas ainda assim estavam destruindo as adoradas posses dele: desaparafusavam falanges, removiam manivelas e engrenagens, faziam uma pilha com metros e metros de couro e plástico sem costura e depois despejavam uma espécie de ácido sobre os materiais, que chiavam e soltavam vapores, sob o efeito corrosivo do líquido.

Xi Ling se recompôs e caminhou até a moça.

— Quem é você? O que está fazendo? — perguntou com rispidez. — Você é o Tigre?

A jovem fez que sim com a cabeça, baixando os olhos em sinal de humildade e respeito.

— Eu sou Hu Mei. Eles me chamam o Tigre. Mas não estimulo o uso desse nome.

— Pois bem, Tigre — esbravejou Xi Ling —, essa é minha fábrica! E você está violando a lei! Se não parar agora mesmo, vou chamar a polícia dentro de cinco minutos!

Hu Mei voltou a sorrir em silêncio, com educação, e apontou para os passadiços suspensos que circundavam o setor.

— Aquela polícia ali? — perguntou.

Pairando acima deles, nas passarelas de metal que rodeavam o perímetro do prédio, havia vários policiais, todos vestidos de forma impecável em seus uniformes azuis e brancos, observando calados os acontecimentos abaixo.

Xi Ling engasgou.

— Quanto você pagou a eles?

Hu Mei riu baixinho, balançando a cabeça.

— Eu não pago a ninguém. Nem aos policiais, nem aos operários da fábrica, nem aos chefões como o senhor. Eu falo com as pessoas. Mostro a elas o que está errado na China de hoje, e indico maneiras pelas quais podemos resolver as coisas. Juntos.

— Destruindo minha fábrica? Como isso vai resolver alguma coisa? — perguntou Xi Ling aos berros.

Começou a se aproximar da moça, mas uma fila de rapazes se colocou entre eles, protegendo-a.

— Sinto muito por sua fábrica. Mas fui informada por gente da cidade, por seus operários e também por seus gerentes que o senhor obriga as pessoas a trabalhar 24 horas por dia sem interrupção. Sem intervalos. Por semanas seguidas. E que suspende o pagamento dos salários. Que mente sobre as horas trabalhadas e desconta a comida que não foi consumida. Eles me mostraram ambientes fechados, em que vapores tóxicos se acumulam e os deixam doentes, mas que o senhor não manda arejar. O senhor os trata como escravos. Como se não tivessem direitos. Mas eles não são escravos. E todos têm direitos.

Xi Ling explodia de raiva. Quem era essa mulher para lhe passar um sermão sobre direitos? Era como os italianos, cheios de indignação hipócrita? Será que a China inteira estava perdendo a firmeza? O diretor tentou controlar a irritação — o médico também tinha lhe avisado sobre sua hipertensão — e falou, com calma, para a jovem:

— Antes de vir aqui me procurar, essas mulheres não tinham nada. Eram camponesas. Lavradoras. Arrancavam a comida do chão. Eu lhes dei emprego. Elas podem morar na cidade. Com suas amigas, e não em fazendas, com galinhas e porcos nojentos. O que mais querem?

A jovem, aquela mulher-tigre, demorou um pouco para responder, como se organizasse os pensamentos. Olhou para o caótico recinto da fábrica ao redor, para as mulheres e os homens que pararam de desmontar as máquinas para ouvir a conversa, e acenou com a cabeça serenamente, orgulhosa, indicando todos eles, como se fosse uma mãe observando os filhos brincarem no chão da creche, se divertindo com as crescentes habilidades das crianças em manipular blocos e brinquedos. Depois voltou a olhar para o diretor, sorrindo com visível ardor para ele e baixando outra vez a cabeça em sinal de respeito. Disse:

— O que queremos é tratamento justo.

32

CAMP PENDLETON, 5 DE ABRIL, 6h30

Quando, na manhã do dia seguinte — o quinto da estadia deles em Camp Pendleton —, Alexis Truffant entrou nos escritórios do alojamento bem cedo, encontrou Garrett já instalado na maior das estações de trabalho. O rapaz havia conectado três monitores ao seu computador, e todos estavam fervilhando de tabelas, gráficos e números que rolavam pelas telas. Ficou observando por cima do ombro dele, tentando se concentrar nas ondas de informação que surgiam em cascata, mas lhe pareciam linhas turvas de números e letras. Copinhos de café estavam espalhados aos pés dele.

Garrett falou sem olhar para ela:

— Alguma coisa está acontecendo com o mercado.

— O mercado de ações?

— Os principais mercados. Todos eles, mas em especial o de Nova York. Está havendo uma venda seletiva de ações altamente valorizadas. Sincronizada com a venda dissimulada de títulos de curto prazo.

Alexis olhou para o índice Dow Jones. Os mercados tinham acabado de abrir, mas ele já havia subido dez pontos naquele dia.

— Mas o Dow Jones está subindo.

— Não, ele está subindo agora. Mas a tensão está crescendo. Os índices estão frágeis. Todas as transações estão acontecendo no lado inferior de suas Bandas de Bollinger. O oscilador estocástico dos meus ativos principais está totalmente alucinado. Sinais de uma reversão. Os operadores de alta frequência estão deitando e rolando. As margens de lucro deles enlouqueceram.

— Então, o que significa tudo isso?

Garrett olhou para os três monitores sincronizados.

— É o próximo ataque — esclareceu. — E está se armando nas últimas horas. Começou na Ásia. Está se espalhando.

— Como você sabe?

— Consigo sentir.

— Você consegue *sentir* um padrão se formando?

— Foi por isso que vocês me contrataram, lembra? — respondeu Garrett de forma grosseira.

Alexis se encolheu. Na noite anterior havia se convencido de que o comportamento desagradável dele não passava disso: de um comportamento. Respirou fundo, lembrou com quem estava lidando e tentou de novo:

— E aí, o que isso quer dizer?

— Quer dizer que alguma coisa está para quebrar.

— Vou alertar o Ministério da Fazenda...

— Tarde demais. Não faria diferença. Esse ataque é maior que eles. É imenso. Mas talvez não seja permanente. É mais um choque no sistema.

Alexis se inclinou por cima do ombro de Garrett e teve um vislumbre de seu rosto. Ele estava com a barba por fazer, os olhos injetados e cercados de olheiras. Sua cabeça se movia rapidamente de um lado para o outro entre os três monitores.

— Você dormiu? — perguntou ela.

— Alguma vez nessa vida? Sim. Ontem à noite? Não.

Os dedos dele dançaram pelo teclado, e as três telas começaram a mudar: as tabelas corriam para cima, o conteúdo dos textos acendia e apagava.

Alexis foi para outro cômodo e ligou para a Base da Força Aérea de Bolling numa linha telefônica protegida. O general Kline atendeu ao primeiro toque.

— Capitã Truffant, tem alguma notícia?

— General, Reilly acha que algo importante vai acontecer hoje no mercado de ações.

— Aguarde um momento.

Alexis ouvia o general procurar alguma coisa, e também a conversa baixa dos apresentadores de televisão no outro lado da linha. O general murmurou no fone:

— A CNBC não diz nada de anormal. Um pouco de negociações em queda. A Fox Business está na mesma de sempre. Reilly forneceu a você fatos ou números? Exemplos?

— Não, senhor. Ele disse que só tinha a sensação. Passou a noite acordado. Acho que talvez esteja maluco.

— Talvez ele devesse tomar algo para dormir — sugeriu Kline, e depois gaguejou: — O-Opa! O Dow Jones está caindo. Cem pontos. Não, duzentos... Trezentos... *Puta merda*!

Alexis piscou, surpresa.

— Em vinte segundos?

— Espere aí. Estão falando disso na CNBC. Quinhentos pontos de queda. Não, espere. Setecentos!

Alexis sentiu a instantânea tensão na voz do chefe.

— Reilly mencionou se achava que havia algo que ele pudesse fazer?

Ela ligou a televisão no canto da sala e foi passando os canais até encontrar a CNN. Os âncoras estavam interrompendo a programação e transmitindo as notícias de última hora no pregão da Bolsa de Valores de Nova York. Alexis baixou o volume até o de um débil murmúrio.

— Não, ele disse que a coisa era grande demais. Imagino que teremos que ir a reboque

Na CNN, o gráfico de cotações do Dow Jones marcava queda de mil pontos. Pouco depois marcava mil e quinhentos. Os controles de segurança das negociações foram acionados e a bolsa interrompeu as atividades para um intervalo de sessenta minutos, mas as imagens ao vivo do pregão mostravam operadores que pareciam em estado de choque. E aterrorizados.

— Merda, vai haver pânico generalizado — afirmou Kline ao telefone.

— Reilly disse que talvez seja temporário. Um choque no sistema.

— Queira Deus que ele tenha razão — respondeu o general.

Alexis franziu os lábios e ficou observando a incredulidade se espalhar no rosto dos dois apresentadores da CNN. Um deles estava comparando o acontecimento com a quebra financeira de 2010, quando o índice despencou seiscentos pontos em sete minutos. Mas agora era ainda pior. Tinha caído quase mil e seiscentos pontos em apenas cinco minutos.

— É foda, hein? — Alexis se virou para ver Garrett parado na soleira da porta. Ele dava um sorriso escancarado e apontava para a televisão. — Às vezes sou tão genial que *me* assusto.

Kline bufou de raiva pelo telefone.

— É ele que está aí? Aí ao seu lado?

— Sim para as duas perguntas.

— Pergunte se isso vai mudar.

— Garrett, o general Kline quer saber se o mercado de ações vai...

— ... voltar a subir? — perguntou ele, cortando a voz dela. — Com certeza. Primeiro vai cair mais uns dois mil pontos, quando o pregão for retomado. Talvez até mais. Em seguida, vai voltar ao que era. Mas não por completo. Haverá sangue nas ruas. — Balançou a cabeça, desolado. — Eu podia ter ganhado um dinheirão com esse lance.

Kline disse:

— Pergunte como fizeram isso.

— Ele quer saber como isso aconteceu.

Garrett deu de ombros.

— Provavelmente alavancaram uma porrada de operações descobertas. Apostas imensas que provocaram os sistemas automáticos de gestão a saírem emitindo ordens de venda adoidado. Se você conseguir fazer as cotações caírem em alta velocidade, então os compradores vão sumir do mercado e não haverá chão para os preços das ações. Se estiver disposto a perder bastante dinheiro, e estamos falando de bilhões, então qualquer um poderia ter feito isso. Qualquer um que tivesse bilhões, para começo de conversa. Dentro de uma ou duas semanas, a Comissão de Valores Mobiliários vai ter apurado. Mas não vai chegar a ninguém. Os dados fundamentais não estão aí. É por isso que eu acho que vai acontecer de novo.

Garrett olhou para a televisão.

— Acho que não vão ser pegos. Eles têm outra coisa em mente.

Depois de dizer isso, ele saiu da sala.

— Capitã Truffant? — chamou Kline, irritado.

— Sim, general?

— Ele é bom, não é?

— É sim, e muito.

— Ele está pronto?

— Garrett não faz ideia do plano, general. Não tem nem noção. Está completamente por fora.

Houve um silêncio no outro lado da linha, interrompido apenas pelas exclamações alarmadas dos apresentadores de televisão.

— Nosso prazo está ficando curto — disse o general. — A situação está fugindo ao controle. Precisamos de Garrett. Precisamos dele agora mesmo.

33

CAMP PENDLETON, 5 DE ABRIL, 19h03

Duas horas depois, o Dow Jones alcançou o fundo do poço, marcando 9.682 pontos, um pouquinho mais do que 4 mil pontos abaixo da máxima do dia. Reagindo, subiu 2.500 pontos, o que ainda significou uma queda de 1.500 pontos; isso queria dizer que quase dois trilhões de dólares em capital — 15 por cento do produto interno bruto dos Estados Unidos — foram jogados no lixo numa só manhã. Os mercados permaneceram tensos durante o dia, apesar da tranquilizadora entrevista coletiva do ministro da Fazenda e do comunicado à imprensa do presidente do Banco Central, alegando que tudo era parte do curso normal de uma economia de livre mercado. Quando as bolsas fecharam às quatro da tarde, duas pequenas corretoras especializadas de Wall Street não conseguiram cobrir suas margens de garantia e afundaram. As perdas sofridas foram espetaculares. Era palpável o crescente ar de pânico em Wall Street.

Era palpável a 4 mil quilômetros dali, na costa da Califórnia, onde Alexis estava deitada em seu beliche, esgotada. Naquela tarde, ela havia feito a equipe trabalhar dobrado; passaram o resto do dia tentando descobrir os motivos para aquilo, seguindo a orientação de Garrett.

— Estamos procurando sinais de desespero da parte dos chineses — dissera ela. — Absolutamente qualquer coisa. Uma deficiência nas operações militares. Uma seca. Um declínio na produtividade. O aumento do desemprego. Uma disputa pelo controle da liderança partidária. Uma potencial escassez de alimentos. Um desastre ambiental. Um escândalo de corrupção. Mesmo que seja apenas um vestígio de medo... Apontem um sinal, e nós o discutiremos.

Alexis mandou que fizessem um rastreio abrangente: relatórios da CIA, dados interceptados pela NSA, informes do Departamento de Estado, boletins das embaixadas, estudos e monografias, blogs de dentro da China, blogs de fora da China, blogs do Japão sobre a China, blogs do Vietnã sobre os sentimentos japoneses em relação à China. Toda e qualquer coisa. A maioria eram textos traduzidos, primeiro por Celeste, ou, se ela estivesse ocupada — e eles estivessem desesperados —, pelo Google Tradutor, mas o site ainda estava rodando lentamente. O problema em The Dalles tinha sido um enorme baque para a empresa — a notícia estava em todos os canais de televisão por assinatura —, mas, mesmo assim, ninguém de dentro da companhia havia se pronunciado.

Como reforço, Alexis mandou Celeste chamar duas amigas de confiança do Departamento de Estudos Chineses da Universidade da Califórnia; elas traduziam às pressas, ajudando o restante do grupo a captar o sentido geral dos documentos em mandarim. Por volta das sete da noite, eles ainda não haviam encontrado nada significativo — mesmo tendo mergulhado em montanhas de informações, nenhuma resposta se revelou. E todos estavam exaustos. Ela pensou ter visto Bingo começar a chorar, mas o rapaz saiu correndo para o banheiro antes que ela pudesse perguntar se estava bem.

Alexis disse a todos que fizessem um intervalo de duas horas e se retirou para seu quarto com uma pilha de relatórios. A maioria deles postulava teorias sobre por que ocorrera a venda exagerada de ações, o que a teria provocado e por que o mercado tinha se recuperado. Intelectualmente, todos pareciam fazer sentido, mas nenhum tinha respostas incontestáveis — nenhum acusava os chineses. Ela sentia que Garrett tinha uma compreensão mais sólida dos acontecimentos que todos os analistas econômicos de Washington juntos. O rapaz era um pé no saco, arrogante e difícil de lidar, mas, quando mergulhava num problema, parecia entendê-lo por completo; compreendia o cerne das questões. Ela detestava admitir, mas, em alguns momentos, as habilidades dele eram de cair o queixo. Faziam-na recordar a ocasião em que tinha ido a um jogo da NBA e vira Kobe Bryant passar sem esforço por três defensores e depois enterrar a bola na cesta — ferozmente — sobre a cabeça de um quarto jogador. Só se podia ficar deslumbrado com uma habilidade que jamais teria.

Outra característica de Garrett que a impressionava era sua coragem. Às vezes, aquilo dava a impressão de arrogância e narcisismo, mas Alexis achava que na verdade era bravura; estava disposto a apresentar ideias aparentemente malucas e depois defendê-las com convicção. Na maioria das vezes, tivera razão. Isso, mais que qualquer outra coisa, a levara a perdoar os defeitos dele.

Que eram igualmente espetaculares, valia dizer. Quando, mais tarde naquele mesmo dia, eles viram o índice Dow Jones se recuperar, um ar de profundo arrependimento pareceu gravado no rosto de Garrett. Alexis perguntou qual era o problema, e ele meneou a cabeça resmungando sobre "ter deixado passar a chance de ganhar dinheiro". Mais tarde, Celeste cochichou com Alexis que achava que ele devia ser um sociopata, comentário do qual a capitã não pôde discordar por completo. No entanto, pelas entrevistas a que assistira na televisão, desconfiava de que Kobe Bryant também fosse um pouco. Talvez alguém com tanto talento achasse difícil levar a sério os problemas dos outros.

Uma batida à porta interrompeu seu raciocínio. Ela estava deitada no beliche, de calça de moletom e camiseta. Estava faminta, confusa e desarrumada.

— Pode entrar.

A porta se abriu, e Garrett entrou no quarto. Alexis achou engraçado estar pensando nele e agora vê-lo ali. O rapaz carregava duas bandejas: uma cheia de caixinhas brancas de comida chinesa, outra com duas garrafas de Corona, copos e um par de velas acesas. O sorriso dele ia de orelha a orelha.

— Achei que você devia estar com fome.

— Nossa! — exclamou Alexis, sentando-se na cama. — Velas. E cerveja.

— Comida chinesa de Oceanside. Recomendada por um segundo-sargento. Cerveja do cassino dos oficiais. E as velas eu roubei de um kit antiterremoto.

Ela riu. Garrett colocou as bandejas sobre a escrivaninha, servindo carne com alho e arroz branco em pratos de papelão da cantina.

— Você não é vegetariana, é?

— Eu sou do sul. Não há vegetarianos no sul.

— E a Corona vai cair bem, não vai?

— Qualquer coisa com álcool vai cair bem. — Ela puxou duas cadeiras que colocou junto à escrivaninha e se sentou diante da comida. — Que maravilha! E muito gentil da sua parte.

— Ninguém comeu a tarde inteira.

— Estamos no limite.

— Então decidi resolver o problema...

Ele serviu as cervejas e deu um copo a Alexis.

— Saúde — disse ela.

— Ao fim do mundo — respondeu ele.

— Que brinde estranho. Você acha que o fim está próximo?

— Se não o impedirmos.

Os dois beberam, depois comeram com apetite, sem falar, durante alguns minutos.

— Meu Deus, eu estava morrendo de fome — comentou Garrett.

— Você está fazendo um bom trabalho — disse ela.

— Em devorar minha comida?

— Em impedir o fim do mundo.

Garrett ficou olhando para ela. Alexis fez um gesto afirmativo com a cabeça.

— Estou sendo sincera. Você é a pessoa certa para a tarefa. Talvez a única pessoa. E estou impressionada.

— Obrigado. Você também não fica atrás.

— Eu sou a facilitadora. A líder do grupo. Nem todo mundo consegue fazer isso, mas muita gente, sim. Mas só algumas pessoas no mundo conseguem fazer o que você faz. Uma pessoa ou outra no mundo inteiro. Talvez só você.

Garrett parou de comer. Pela primeira vez — que ela tivesse reparado — ele parecia desconcertado. Deu um sorriso torto, como se escondesse alguma coisa, disfarçando uma emoção incômoda.

— E então — disse ele, ainda sorrindo —, se o mundo vai acabar, quais são os seus planos?

— Para o pós-apocalipse? Vou rodar pelo planeta como Mad Max. No meu Ford Falcon GT. Todo forrado de couro.

— Um dos meus filmes preferidos.

— Do tempo em que Mel Gibson era fofo. Não maluco.

— *Mad Max além da Cúpula do Trovão* foi uma porcaria.

— Vergonhosamente ruim.

Eles comeram e falaram de filmes. Para Alexis, o apocalipse parecia mais distante do que tinha parecido em dias. Garrett talvez levasse uma vida descontrolada, e talvez de fato se revelasse um sociopata, mas, em sua companhia, ela se sentia estranhamente protegida. Ele era tão seguro de si e tão firme em sua confiança que a contagiava. Isso a surpreendeu, mas Alexis se sentia mais forte na presença de Garrett. Juntos, pensou, podemos mesmo resolver tudo que está acontecendo e talvez salvar o país.

Alexis bebeu sua cerveja, e Garrett foi buscar mais duas garrafas.

— Um estoque interminável — comentou ele, rindo.

Beberam mais um pouco, e o rapaz tirou os pratos.

— Você considera traição a gente comer comida chinesa? — perguntou ela.

— O pessoal que preparou nossa comida é tão americano quanto nós. O entregador me contou que acabou de se formar na Universidade Estadual de San Diego. O nome dele é Chang. Disse que quer ser programador; falava como um surfista

— Eu estava brincando — justificou ela.

— Eu sei — disse Garrett. — É só que não tenho tanta certeza de que o país é nosso inimigo. Talvez a liderança do Partido seja. Ou alguns generais. Mas o povo chinês? De jeito nenhum. Mas será que a gente pode falar de outra coisa?

Ele puxou a cadeira para um pouco mais perto dela.

— Como o quê?

— Como nós.

— Nós? Existe um nós?

— Eu gostaria que existisse.

Garrett se inclinou para mais perto dela. Alexis de repente ficou nervosa. Ele a encarou com seus olhos azuis e, então, a beijou. Ela não resistiu, até gostou. Sua cabeça rodava. Havia anos que não se sentia assim ao ser beijada. Garrett mudou a posição do corpo na cadeira, aproximando-se mais. Passou os braços em torno dela. Alexis sentia o calor dele, o que a deixou de pernas bambas. Ele a beijou com mais intensidade, ardentemente. Controlando-se, ela o empurrou.

— Não.

— Não? Por quê?

— Porque não.

Ela não sabia o que dizer. Respirava ofegante. O próprio desejo que sentia por Garrett era uma revelação para ela. Mas Alexis lutou contra seus instintos. Agora não era hora.

Garrett voltou a se aproximar.

— Não acredito em você.

Ele a beijou, desajeitado, as mãos roçaram em seus seios. Estava empoleirado na ponta da cadeira.

Alexis o empurrou para trás.

— Pare com isso!

O empurrão foi um pouco mais forte que o pretendido, e a cadeira dele balançou para trás. Garrett perdeu o equilíbrio e caiu no chão, esparramado no assoalho. Alexis se sobressaltou.

— Você está bem?

Ele tentou se levantar com dificuldade, confuso e irritado.

— Por que fez isso?

— Eu disse que não e você me ignorou.

Ele se ergueu e limpou a roupa. Seu rosto estava tenso, magoado.

— Porra, achei que você estava a fim de mim. Estávamos próximos um do outro. Você...

— Não, você se enganou — cortou Alexis. Ela se endireitou na cadeira e puxou os cabelos para trás. — Olhe, o caso é que...

Ela tentava encontrar as palavras certas, parando e começando de novo. Não queria contar, mas sentiu que deveria fazê-lo. Moralmente, seria errado não dizer. Mas, se dissesse, mudaria o roteiro, colocando tudo em risco.

— Garrett, nós não podemos porque...

— Por quê? — indagou ele, furioso.

— Porque eu sou casada.

Garrett ficou encarando-a, atônito.

— Casada? — perguntou ele, piscando. Aquilo não fazia sentido. — Mas você não usa aliança. Nunca mencionou um marido nesse tempo todo.

— Eu... — Alexis começou, e as palavras morreram em seus lábios. — Eu tirei a aliança.

Garrett tentou se concentrar. Ela havia parecido tão aberta, tão interessada, tão envolvida, e agora... de repente ele entendeu.

— De propósito. Você tirou a aliança de propósito.

Sem dizer nada, a capitã baixou os olhos.

— Para me enganar. Para que eu gostasse de você. Pensasse que tinha alguma chance. Para eu me comprometer com seu projeto idiota. — Ele fez uma careta e começou a andar de um lado para o outro. — Retribuir ao seu país. Encontrar um sentido. Tudo mentira. Uma trapaça de merda.

— Não — disse ela —, é tudo verdade. Retribuir é importante. Não há nada mais importante.

— Então por que me enganar? Por que não me dizer que você era casada? Por que não usar aliança?

Alexis não tinha respostas. Desviou o olhar. Garrett se abaixou para se aproximar dela e a encarou.

— Eu deveria saber. Toda aquela conversa fiada de Forças Armadas. Mentirosos. Todos vocês são mentirosos. Nossa, eu odeio vocês!

Ele se dirigiu à porta.

— Garrett...

— O quê?

Ela começou a dizer algo, hesitou, depois balançou a cabeça, desistindo. Garrett riu e saiu do quarto batendo a porta.

Abandonou o alojamento, furioso, um pouco tonto da cerveja, a cabeça girando, e saiu para a noite fria do deserto. Como havia sido tolo! Eles o manipularam, o enganaram por completo. Ele era Garrett Reilly, o sujeito que lia todos os padrões, capaz de sentir incoerências num nível visceral. Mas o pegaram por sua fraqueza — mulheres. Ele era um idiota diante de um rosto bonito, de um corpo sensual, de alguns elogios, de alguém que lhe dissesse que ele era ótimo. E Alexis havia feito exatamente isso.

— Só algumas pessoas no mundo conseguem fazer o que você faz — murmurou a si mesmo. — *Seu babaca.*

Ele chamou um táxi pelo celular e foi andando até o portão principal da base. Quando chegou à guarita, já havia um carro à sua espera. Entrou e foi para o centro de Oceanside. Na Mission Avenue, havia bares por todo lado. Ele desceu no primeiro — sem sequer olhar o nome — e pediu cerveja e vodca. Na terceira dose, já se sentia muito melhor: a mente estava mais clara, a raiva mais focada. Seu celular tocou duas vezes — era Alexis —, mas ele fingiu não ouvir. Que se fodam Mao Tsé-tung e os chineses, pensou. E se foda a ideia de salvar o mundo.

Comprou dois baseados de um garoto magricela que estava por ali, junto às mesas de bilhar, e fumou ambos em rápida sucessão, no beco atrás do bar. Depois voltou para beber mais. Perdeu toda a noção de tempo — e de lugar —, mas continuou furioso. Não conseguia tirar da lembrança o rosto de Alexis. Sua voz. Suas mentiras. Porra, ele tinha mesmo se apaixonado por ela. Como havia conseguido ser tão burro? E quem diabos o estava empurrando contra o balcão do bar? Através de sua bruma de álcool e maconha, viu um trio de fuzileiros tomando cerveja e rindo.

Garrett bateu com o peito contra o maior deles. O fuzileiro lhe disse algo que não conseguiu ouvir por cima do barulho da música e das conversas no salão. Mas, de qualquer forma, ele não estava ouvindo e pouco lhe importava o que o grandalhão dizia.

— Você é um cuzão — xingou Garrett na cara do outro.

— Está com algum problema, seu babaca? — perguntou, com raiva, o fuzileiro.

Com um movimento rápido do braço direito, Garrett acertou a garrafa de cerveja na cabeça do homem, despedaçando o frasco de vidro na têmpora do sujeito. O fuzileiro caiu para trás, e, para Garrett, o tempo começou a passar mais devagar, como sempre acontecia quando se metia em brigas. Com o pé esquerdo, pisou com toda a força no homem caído, e depois enfiou o punho cerrado no pescoço do segundo fuzileiro, que se virava para ajudar o colega. O segundo homem cambaleou, tombando por cima do terceiro, que estava no bar. Garrett se lançou sobre os dois, com os punhos martelando numa rápida sequência de socos. Pareciam um amontoado de jogadores de futebol americano, mas ele estava no topo, e era uma briga que estava ganhando. Garrett esmurrava sem parar — satisfeito consigo mesmo, sabendo que esse era o jeito de vencer uma briga — quando de repente foi lançado para trás pelo ar. Uma sensação muito estranha, como se estivesse levitando por mágica. E então a realidade desabou sobre ele sob a forma de um quarto fuzileiro, com o dobro do tamanho dos outros, que o arrancou de cima dos companheiros. Garrett xingou a si mesmo por ter sido tão burro. *Estava num bar de fuzileiros*. O lugar estava cheio deles. E todos estavam vindo socorrer os colegas. Aquele papo de não deixar ninguém para trás. Ele se virou a tempo de ver um punho forte fechado aterrissar em cheio na sua bochecha e então tudo se transformou num borrão.

O bar girou, e a dor explodiu na cabeça de Garrett; seus braços foram torcidos para trás das costas e ele sentiu o ombro esquerdo dar um estalo. Aquilo doeu mais que todos os outros socos, e foi naquele momento que teve certeza de duas coisas: (1) havia perdido aquela briga e (2) talvez morresse por causa disso. Então tudo ficou escuro.

34

HOSPITAL NAVAL DE CAMP PENDLETON, 6 DE ABRIL, 3h36

A lexis andava de um lado para o outro pelo esterilizado corredor do quinto andar do hospital naval, enquanto as fantasmagóricas lâmpadas fluorescentes de luz branca piscavam acima de sua cabeça, fazendo as paredes pálidas parecerem ainda mais doentias e pouco acolhedoras. Uma hora antes, havia recebido um telefonema dos médicos da emergência: homem branco, briga de bar, lesões múltiplas, soldado do Exército, registrado como sob a supervisão dela. Alexis se livrara da sonolência, vestira a farda, pegara a viatura da equipe e saíra em disparada para o hospital, tentando não derrapar na estrada pavimentada que atravessava a base.

Não havia dormido bem. Passara a noite inteira repassando em sua mente a conversa com Garrett. Pensou no jantar, no beijo, na reação dele, no empurrão que lhe dera. Depois, no momento em que revelou que era casada e na expressão do rosto do rapaz. Toda aquela decepção. Todos aqueles sentimentos em Garrett. Ela não tinha entendido a intensidade com que ele se apaixonara. Mas o fato é que acontecera — tinha ficado evidente. E, claro, fora exatamente o que eles planejaram.

A queimação subiu por sua garganta. Ela havia sido uma participante voluntária. Aliás, tinha até bolado o plano. Garrett gostava de mulheres. Alexis sabia disso, já o vira em ação. E usara essa característica em proveito próprio — e para o Exército. Em que medida sou melhor que ele?, pensou. Sou traiçoeira. E tão amoral quanto ele.

Que dupla formamos.

Um médico jovem atravessou as portas do setor de traumatologia e se apresentou como coronel Booker Rogers. Era o cirurgião de plantão.

— Ele está muito mal?

Rogers deu de ombros, sem querer se comprometer.

— Isso aqui é um hospital militar. Temos casos muito graves, e ele não é o pior dos piores. Afora isso, levou uma surra. A polícia disse que foram dez contra um. O um foi o seu soldado.

Ela suspirou. Garrett podia ser hábil em detectar padrões, mas também parecia ter aptidão para se encaixar neles.

— Isso não me surpreende.

— Ele teve duas costelas fraturadas, um ombro deslocado; quebrou alguns dentes, mas não perdeu nenhum. Está com várias contusões e cortes. Perdeu quase meio litro de sangue. É provável que tenha sofrido uma concussão, mas é difícil dizer, já que está inconsciente. A questão mais séria, no entanto, é que ele sofreu uma fratura linear transversa no crânio.

— Isso é grave?

— É, mas podia ser pior. A fratura vai consolidar sozinha. Porém, ele nunca mais vai poder se meter em briga de bar. Ou jogar futebol americano.

— Eu diria que isso, na verdade, é uma coisa boa.

— Estou falando sério. Se fizer isso, *vai* morrer.

Alexis fez que sim com um aceno de cabeça.

— Ele não está em coma, está?

— Está sedado para não sentir dor. Em parte, é por isso que está dormindo. Mas tenho que lhe dizer, capitã, foi muita sorte dele não ter sofrido uma fratura mais séria. O garoto recebeu muitas pancadas na cabeça. Estamos mantendo o crânio dele em resfriamento para evitar edema.

Alexis franziu a testa. Bem, pelo menos ele ia sobreviver. Então lhe ocorreu um pensamento.

— A mente dele vai ficar intata? Quero dizer, ele vai ser o mesmo de antes?

— Com as lesões na cabeça, não se pode garantir nada. Mas é provável que sim.

Alexis deu um suspiro de alívio e se detestou por isso. Ainda estava preocupada com a utilidade de Garrett para o Exército. Tentou pensar em outra coisa.

— Ele machucou alguém?

— Um fuzileiro deu entrada há algumas horas com o nariz quebrado e lacerações no couro cabeludo. Desconfio de que tenha participado da briga. Acho que seu soldado o atingiu com uma garrafa.

— Mas ele vai se recuperar? Quero dizer, o fuzileiro?

— Ele já se recuperou, é um fuzileiro. Saiu daqui andando há uma hora.

— Posso ver Reilly agora?

— Venha comigo.

Rogers a conduziu pela enfermaria de traumatologia até um quarto no fim do corredor. Quando viu Garrett, Alexis precisou se controlar para não engasgar. Ele estava deitado no leito, a cabeça enrolada em gaze, com um envoltório plástico gelado posto sobre a testa. Um par de tubos entrava pelo nariz e havia um acesso intravenoso espetado no braço. Aparelhos de eletrocardiograma e sensores de oxigênio apitavam e zumbiam ao lado dele. Mas o que a deixou mais chocada foi o rosto de Garrett: havia hematomas roxos e alaranjados, de contornos irregulares, nas bochechas, e cortes suturados no nariz e no queixo. Alexis pensou que ele parecia um primo distante do monstro de Frankenstein.

Ao lado dela, o médico disse em voz baixa:

— Por que alguém compraria briga com dez fuzileiros é algo que escapa à minha compreensão...

Alexis sabia a resposta, mas achou que não fosse da conta do coronel.

— Quando ele vai acordar?

— Pode ser a qualquer momento, mas o meu palpite é que vai ser dentro de algumas horas.

— Vou esperar.

— E tem mais uma coisa, capitã.

Alexis virou a cabeça de repente. Não tinha gostado do tom da voz do médico.

— Fizemos um exame de sangue. Deu um nível muito elevado de álcool e resultado positivo para THC. Tenho que notificar. É motivo para expulsão imediata.

— O senhor já anotou no prontuário dele?

— Não, ainda não. Acabei de receber o laudo.

— Destrua o laudo.

— Como é?

— Rasgue-o. Exclua os resultados digitais do exame. Nada disso aconteceu.

— Não posso fazer isso.

— O senhor pode, sim.

O coronel começou a protestar, mas foi interrompido por Alexis:

— Vou pedir ao secretário da Defesa que lhe telefone pessoalmente.

O médico deu a impressão de querer retrucar, depois pensou melhor e saiu de modo irritado do quarto, com passos pesados. Exausta, Alexis pegou uma cadeira, colocou-a ao lado da cama de Garrett, e se sentou para esperar que acordasse.

35

CAMP PENDLETON, 7 DE ABRIL, 11h15

— M e desculpa — pediu Alexis Truffant pela milésima vez.

Garrett não disse nada. Inalava a brisa leve que vinha do Pacífico. O vento tinha um cheiro limpo, fresco e puro. Ele adorava aquele cheiro. Alexis empurrou a cadeira de rodas, descendo a rampa da entrada do hospital naval em direção ao Humvee que os esperava.

— Peço desculpas por ter mentido para você. Mas não foi de todo uma mentira. Sou casada, mas separada. Faz três meses que não vejo meu marido. Estamos tentando resolver nossas diferenças. Não que isso torne as coisas melhores.

Ela esticou o pescoço para observar a reação de Garrett. Não houve nenhuma.

— Você está certo. Eu não contei porque queria que pensasse que tinha uma chance comigo. E isso foi um erro.

Celeste e Bingo aguardavam no veículo. Celeste abriu a porta traseira, que ficou segurando. Bingo ficou ao lado dela. Jimmy Lefebvre estava encostado no capô.

— Olá, Garrett, como está se sentindo? — perguntou Bingo. Tentou olhar para o rosto do companheiro de equipe, mas se encolheu e logo desviou a vista. — Você está ótimo. De verdade.

— Obrigado, nunca me senti tão bem.

Celeste se inclinou para perto e ficou observando os hematomas.

— Gostei dos calombos — comentou ela. — Um tesão.

Garrett deu uma risada irônica. Até aquilo doeu. Sentiu nos pulmões, nas costelas quebradas, recebeu um impulso elétrico de dor que lhe atravessou a cabeça. Fazia 24 horas que tinha acordado. Mas ainda assim a dor era intensa. Ele seria obrigado a pedir mais remédios. Em breve.

— Devagar aí, companheiro — disse Lefebvre enquanto ajudava Garrett a sair da cadeira de rodas. — Mais tarde, você e eu devíamos conversar sobre o que acontece quando se dá uma garrafada na cabeça de um fuzileiro. Estatisticamente, é muito difícil que o resultado seja a seu favor.

— Rá, rá, muito engraçado — respondeu Garrett.

— Já chega, pessoal — disse Alexis, prendendo o rapaz com o cinto de segurança no banco traseiro. — Vamos deixá-lo em paz.

Lefebvre deu uma risadinha, depois se sentou ao volante e dirigiu pelo trecho de estrada que os levou de volta ao alojamento. Cada buraco na pista fazia a dor percorrer a cabeça de Garrett. Tudo que ele queria era dormir. Eles o levaram na cadeira de rodas até a caserna, onde Bingo e Jimmy o deitaram no beliche do quarto. Ele fechou os olhos e caiu imediatamente no sono — um sono profundo e sem sonhos. Quando acordou de novo, o dia havia escurecido e ele estava com fome.

Garrett se arrastou para fora do beliche e foi andando até a cozinha, com um cobertor de lã sintética enrolado nos ombros. Alexis estava parada perto do fogão, esquentando uma panela de sopa.

— Que bom que você levantou. Estávamos começando a ficar preocupados.

Alexis deu a ele um sorriso franco. Garrett abriu a geladeira em silêncio.

— Ainda está com raiva de mim?

— Com raiva, não — resmungou Garrett enquanto se esforçava para abrir a embalagem plástica de um queijo. Até o movimento dos dedos parecia mandar impulsos dolorosos para seus braços. — Eu odeio você. É outro papo.

Alexis se deixou cair numa cadeira.

— Certo, pode me odiar. Não condeno você. Mas vai continuar trabalhando conosco, não é?

Garrett apanhou um punhado de Triscuits de uma caixa aberta. Era uma refeição menos complicada.

— Não consigo decidir. Minha cabeça está doendo demais.

Ele se virou e voltou a se enfiar no quarto. Deitou-se na cama, mas Alexis apareceu acima dele, o rosto contraído de emoção.

— É sério, Garrett. Há vidas em jogo. Isso é maior que os seus sentimentos.

— Não tenho certeza se concordo — retrucou o rapaz fechando os olhos. — Nada é maior que os meus sentimentos.

Em segundos, estava dormindo. Quando acordou de novo, o que o trouxe de volta à realidade foi o som de uma voz que ele reconhecia. Uma voz autoritária e ameaçadora, de uma pessoa mais velha; Garrett não conseguiu situá-la muito bem, mas sabia que não lhe agradava. Começou a piscar no momento em que a porta se escancarou. A voz chegou antes do corpo.

— Um desperdício de tempo e dinheiro. Acabou, o projeto está encerrado e ele vai dar baixa.

O secretário da Defesa Frye entrou no quarto. Usava terno de um tom escuro de cinza com uma elegante gravata vinho. Alexis vinha atrás dele, seguida por Lefebvre. Bingo e Celeste hesitavam junto à porta, com ar assustado.

— Aliás, por desonra — completou o secretário.

— Para sermos totalmente justos, senhor, ainda nem começamos — argumentou Alexis, tentando se adiantar ao secretário para fazer Garrett levantar da cama.

Mas Frye a empurrou de lado e foi direto para o beliche. O rapaz vestia um short de ginástica e estava embrulhado num cobertor.

— Não existe isso de ser justo, capitã. Pelo menos não nesse mundo. E com certeza não no Exército.

Frye virou seu olhar furioso contra Garrett, que, sentado na cama, esfregava os olhos.

— O que tem a dizer em sua defesa, filho? Bebeu, usou drogas, brigou com fuzileiros. Nem sequer teve o bom senso de ganhar a briga.

A cabeça de Garrett doía menos. Ele conseguiu respirar fundo sem sentir muita dor nas costelas. Pelos raios de sol que entravam pelas cortinas abertas, percebeu que já era de manhã e que havia dormido a noite inteira.

— Reconheço que fiz as três primeiras coisas. Os amigos deles me pegaram pelas costas. Isso é sacanagem.

Frye se inclinou sobre a cama. Garrett sentiu cheiro de café no hálito dele.

— Está achando que isso é engraçado? Pois não é.

Virou-se para Alexis, abanando a mão no ar.

— Feche o escritório.

Apontou para Celeste e Bingo.

— Mande os civis para casa. O tenente vai para a Escola de Guerra. E você, trate de voltar, o mais rápido possível, para Bolling, onde poderá ser de alguma utilidade.

Frye se dirigiu à porta. Lefebvre deu um passo à frente.

— Secretário, se o senhor pudesse nos dar mais uma chance... acredito que estamos começando a fazer progresso...

O secretário o interrompeu.

— Vocês podem fazer progresso em outros lugares. E, se voltar a falar comigo quando não tiver sido chamado, eu o rebaixo a soldado raso. Não me importa que seu pai seja rico.

O rosto do tenente ficou vermelho. Ele se enrijeceu e bateu continência.

— Sim, senhor.

— As Forças Armadas dos Estados Unidos podem participar de qualquer guerra, a qualquer momento — disse o secretário, saindo do quarto. — Damos um excelente treinamento aos nossos soldados.

— Seus oficiais são uns retardados.

O secretário ficou paralisado. Depois se virou lentamente e entrou de novo no quarto.

— O que foi que você disse?

Garrett se levantou, vacilante, e pegou o frasco de hidrocodona. Enfiou dois comprimidos na boca e os engoliu sem água.

— Eu disse que sou capaz de raciocinar mais que qualquer oficial do Exército, que qualquer comandante dos fuzileiros, em qualquer campo de batalha, na hora que o senhor quiser.

— De repente está se achando um marechal? Passa uns dias numa base naval e acha que está pronto para ganhar uma guerra?

— Eu, pessoalmente, não. Mas posso liderar soldados. E vou cuidar de que eles derrotem os seus melhores homens.

— Garrett — intrometeu-se Alexis, indo em direção à cama —, o secretário está...

— Você está sugerindo que o coloquemos no comando de um exercício de campo? Uma simulação de batalha?

— Vocês podem manipular as probabilidades. Cinco a um. Dez a um. Não importa. Vi como esses fuzileiros são treinados para lutar e consigo acabar com eles.

— Isso é muita pretensão. Mas, ainda que não fosse o caso, por que eu deveria dar uma segunda chance a você?

— Porque o senhor sabe, bem no fundo, que na verdade não tem a mínima ideia sobre com o que está lidando. E desconfia que eu possa ter.

O silêncio caiu sobre o quarto. O secretário da Defesa Frye ficou encarando Garrett, com os olhos azuis firmes e focalizados, por uns bons 15 segundos. Depois disse:

— Amanhã de manhã. Às cinco em ponto. Vou pedir a um coronel dos fuzileiros para escalar os dois lados. Se você ganhar, poderá continuar. Se perder, irá à corte marcial. Consumo de drogas, agressão, lesão corporal. Vai passar os próximos dez anos numa prisão militar.

Frye passou por Alexis e Bingo e saiu do quarto. Celeste, Bingo e Jimmy Lefebvre ficaram olhando para Garrett de olhos arregalados.

— Você perdeu o juízo? — perguntou Alexis.

— Acho que sim — respondeu Garrett, apalpando as costelas. — Mas pensei que valia a pena correr o risco.

36

CAMP PENDLETON, 9 DE ABRIL, 5h42

O sol estava escondido atrás da serra de San Jacinto. O ar continuava calmo. O uivo de um coiote rompeu o silêncio que precedia a aurora, numa ravina rasa que descia de forma sinuosa dos picos cobertos de mata da cordilheira da Península. O cabo-fuzileiro Jonathan Miller olhava pela mira de visão noturna de sua carabina M4, esquadrinhando a vegetação rasteira que se perdia na distância. Avistou a distinta marca luminosa verde que indicava a presença de um cervo, depois mais outro, e foi só. Ninguém subia o riacho na direção de Miller ou de sua esquadra. O inimigo não estava se deslocando. Isso deixava uma abertura para ele, então informou ao líder de seu esquadrão.

— Dois quilômetros de caminho limpo à nossa frente.

Miller apertou a tecla de seu walkie-talkie e aguardou a resposta.

— Avancem para o próximo posto e aguardem minhas ordens.

O cabo Miller acenou com o braço e foi descendo a ladeira do cânion. Atrás dele, 12 fuzileiros se levantaram do meio da vegetação e o seguiram em silêncio. Miller examinou os flancos do cânion ao redor e, como esperava, outros dois esquadrões de fuzileiros, integrantes do 1º Regimento de Fuzileiros — o Regimento Inchon, como eram chamados, numa homenagem aos atos heroicos do regimento da Guerra da Coreia —, surgiram como fantasmas, saídos das moitas, e se encaminharam ao terreno mais abaixo. Era composto de atiradores, elementos de combate terrestre do 1º Regimento de Fuzileiros, acantonado em Camp Pendleton. Soldados da infantaria. A tropa de choque das Forças Armadas dos Estados

Unidos. E eles estavam a ponto de infligir um sério golpe aos colegas fuzileiros, pensou Miller. Aos pobres coitados que foram obrigados a combater pelo lado daquele babaca cheio de marra. O imbecil que havia atacado de surpresa um fuzileiro no bar Tio's, em Oceanside, e depois tinha levado uma surra dos outros militares que estavam lá. O cara acabou indo parar no hospital.

Quem compra briga com um fuzileiro num bar de fuzileiros? Só mesmo um retardado.

A esquadra de Miller, de volta de sua terceira missão de combate no Afeganistão, tinha se lançado sobre a oportunidade de participar desse treinamento de campo matinal. Eram combatentes durões, calejados de guerra, e estavam muito felizes por provar isso a quem quer que duvidasse. Para tornar a perspectiva mais atraente, havia um boato de que o próprio secretário da Defesa estava monitorando o combate simulado no quartel-general do campo. Valeria a pena vencer um combate sob o olhar dele. Miller contaria aos netos sobre esse dia.

Eles venceriam o treinamento com facilidade. Tinham duas companhias de atiradores, um pelotão fortemente armado, dois helicópteros de ataque Super Cobra e uma frota de Humvees, todos em esforço combinado contra um insignificante pelotão de atiradores. Trinta e seis fuzileiros. Liderados por um babaca de um valentão de botequim. Que tentavam proteger um acampamento fortificado entre a posição de Miller e a estrada que atravessava a base. Boa sorte para eles. Aquilo estaria terminado ao raiar do dia.

— Manobra pelo flanco. Coordenar os GPSs. — Foi a ordem que veio do capitão da companhia. Ele estava numa tenda de campanha, no alto de um morro, 5 quilômetros na retaguarda, supervisionando o exercício. Talvez o secretário da Defesa esteja com ele, pensou Miller. Do caralho!

Agachou-se num leito de rio seco. Os outros três homens de sua esquadra se abaixaram perto dele. Miller ligou o GPS e marcou o percurso. O acampamento do inimigo ficava três quilômetros ao sul. Poderiam seguir o leito seco sem serem vistos até os limites do alvo. Então o pelotão se dividiria em três grupos, cercaria o lugar

182

e o tomaria com uma força avassaladora. O capitão convocaria o apoio aéreo quando os homens estivessem a 500 metros, distância de fogo eficaz para as carabinas M4 levadas por seu pelotão. Procedimento padrão. Sem firulas. Era só encurralar e matar.

O cabo Miller falou pelo rádio com os outros líderes de grupo.

— Todo mundo está com o objetivo no GPS? Latitude 33.315037. Longitude -117.409859.

— Entendido, câmbio.

— A postos.

Miller se virou para seu pessoal.

— Somos a vanguarda. Contem com emboscadas. É a única chance deles.

Um jovem soldado semicerrou os olhos na direção da luz pálida que subia sobre as montanhas à sua esquerda.

— Se eles nos emboscarem, a gente morre.

O cabo Miller guardou seu aparelho de GPS.

— Não, é aí que está o melhor da festa. Temos outra companhia inteira nos seguindo em segredo. A Alpha. Se nos emboscarem, a Alpha os ataca. Fim de jogo.

— Caramba, pensei que éramos só duas companhias. Li isso nos parâmetros do exercício.

— Ora, os parâmetros mentiram — comentou Miller sorrindo. — Não se pode confiar nos planejadores. Uma força esmagadora é o diabo. E a guerra é um inferno.

O grupo do cabo Miller se moveu depressa, descendo o leito do rio, parando a cada 100 metros, mais ou menos, para ler o GPS e se reorientar. Dois pelotões o seguiam, trilhando em silêncio a poeira. Em vinte minutos chegaram a uns 500 metros do alvo. Agora o céu a leste estava completamente alaranjado. Dentro de mais vinte minutos estaria claro. O momento de atacar era agora.

O cabo Miller sussurrou em seu microfone:

— Capitão, não encontramos nenhum inimigo. Não há emboscada. Nenhum sinal deles.

A voz espectral do capitão crepitava no walkie-talkie.

— Estão esperando um ataque frontal. Continuem conforme o combinado. Câmbio.

Miller caminhou para trás, ao longo da fila de fuzileiros que se estendia por quase 100 metros à sua retaguarda, e se comunicou com os cabos da esquadra, dando a cada um a mesma ordem:

— Vocês sabem o que fazer. Flanquear o objetivo. Esperar o fogo de supressão dos helicópteros. E depois tomar a posição.

Ele voltou para a dianteira de sua unidade.

— Vamos.

O cabo Miller colocou seus homens para correr enquanto cercavam o acampamento, ao longo do leito do rio seco. Usando o GPS para se guiar, posicionou soldados em torno do objetivo, um homem a cada aproximadamente 20 metros. Quando alcançou o lado mais distante do leito, 180 graus oposto do restante da companhia, com o acampamento entre eles, o cabo parou e se comunicou com o capitão.

— Estamos em posição e prontos para a cobertura aérea.

— Positivo. Três minutos.

Miller se sentou para esperar. Mal havia tido tempo de beber um gole de água e conferir a visão noturna de seu fuzil quando ouviu as sugestivas batidas dos rotores dos helicópteros. Os Cobras, dois deles, se elevaram do oceano e ficaram pairando, 9 metros acima do solo, pouco além da visão de Miller. Ele se levantou, ergueu o binóculo e observou o alvo pela primeira vez.

Eram duas construções de tijolos de cimento, ambas de um andar, o telhado de zinco corrugado, destinadas a simular uma residência de camponeses do Iraque ou do Afeganistão. Uma cerca de arame farpado circulava os casebres. Ouviu-se a voz do capitão vinda do rádio:

— Cabo, apoio aéreo em posição. Em seus lugares, para destruir.

Miller observou o acampamento. Não havia movimento. Eles tinham que estar ali. Ou teriam se dispersado pelo mato no primeiro momento? O exercício tinha começado às cinco da manhã, portanto, tiveram tempo para desaparecer no matagal. Não importava. Miller estava a ponto de dar o sinal verde para a destruição simulada dos casebres quando viu movimento na porta de um deles. Um homem saiu do barraco para o terreno aberto. De pronto, Miller ergueu o fuzil e apontou. Morto. Registrado num chip na mira de sua arma. O dispositivo correspondente da mira do fuzil do soldado morto teria emitido um sinal, alertando o fuzileiro de que agora era oficialmente uma baixa no exercício.

Mas o oponente continuava andando do lado de fora do barracão. Miller abaixou o fuzil e pegou de novo o binóculo. O homem estava acenando com as mãos. Não usava uniforme. Na verdade, o cabo achou difícil acreditar que fosse mesmo um fuzileiro. De pele escura e barrigudo, usava um moletom; a cintura e a altura tinham a mesma medida. E o homem não era alto: 1,60m, apostava Miller.

— Cabo Miller? Sua ordem?

— Um momento, capitão. Tem alguma coisa acontecendo.

— Como é, cabo?

— Há um não combatente no objetivo.

— Não é possível, cabo. O objetivo foi verificado por oficiais antes do exercício. Só havia fuzileiros lá dentro. Você se enganou.

— Sim, mas acho que esse cara não é fuzileiro — disse Miller, olhando pelo binóculo.

Atrás do homem atarracado e gordo, outra pessoa saiu do casebre. E depois mais uma, e outra, doze no total, uma de cada vez, todas com as mãos para o alto. Havia mulheres, e Miller podia jurar que vira duas crianças.

— Capitão, o senhor está olhando pelas câmeras dos helicópteros?

— Agora estou, cabo. Suspenda o exercício e descubra quem são essas pessoas!

— É pra já.

O cabo Miller fez sinal para o restante do pelotão entrar no platô que cercava os casebres. O regimento de fuzileiros avançou devagar, armas em punho, atravessando o terreno aberto e parando junto ao arame farpado. Os helicópteros Cobra se afastaram mais 200 metros, lançando poeira para longe do acampamento.

Quando Miller chegou a 20 metros dos casebres, piscou duas vezes, tentando registrar a realidade do que estava vendo à frente. Havia mais de dez pessoas, todas asiáticas, de idosos a crianças de colo, com suéteres de moletom e coletes acolchoados. Um deles estava tomando café. Uma moça estava embalando uma criancinha num *sling* passado por cima do ombro. Um adolescente estava filmando a cena inteira no celular.

— Quem são vocês? — gritou Miller.

O homem rechonchudo sorriu e acenou. Depois gritou:

— Não consigo ouvir você!

Miller se aproximou, assim como os demais fuzileiros — cinquenta ao todo — que cercavam os casebres.

— Perguntei quem é você e que merda está fazendo aqui!

O homem rechonchudo fez uma ligeira reverência.

— Sou Leonard Chang. Somos a família Chang. Donos do restaurante chinês King Fu, em Oceanside.

Miller reconheceu o homem na hora. Ele o tinha visto muitas vezes no restaurante, caminhando entre as mesas, sorrindo, verificando se a comida e o atendimento estavam impecáveis. O King Fu era, fora de Nova York, o restaurante de culinária chinesa predileto do cabo.

— Temos café para vocês — disse Leonard Chang. Acenou para dois homens, que entraram correndo nos casebres e saíram com bandejas cobertas de xícaras de isopor cheias de café fumegante. — Para todos vocês — declarou.

Gesticulou aos fuzileiros que se aproximassem. Muitos vieram para perto e pegaram xícaras de café.

— Como vocês chegaram aqui? — perguntou Miller.

— Garrett Reilly nos pediu para vir. Pagou 100 dólares a cada um de nós. Ele disse que era um jogo de guerra. É isso mesmo?

Um arrepio percorreu a espinha do cabo Miller. Garrett Reilly era o babacão que tinha brigado no bar. Miller procurou seu walkie-talkie.

Leonard Chang estendeu um celular em sua direção.

— Isso é um jogo de guerra, não é? Garrett me pediu que lhe dissesse que esse celular é um detonador simulado.

O cabo Miller se encolheu. Que merda! Apertou a tecla de seu microfone, mas sabia que era tarde demais. Haviam sido enganados. Ele berrou:

— Capitão, enganaram a gente! Estamos no lugar errado!

Leonard Chang sorriu para o cabo.

— Ele me pediu para dizer que sou um homem-bomba. E acabo de detonar vocês. Estão todos mortos. Isso foi divertido, hein?

37

QG DE OPERAÇÕES AVANÇADAS, CAMP PENDLETON,
9 DE ABRIL, 6h58

O capitão Anthony Marsden berrou no microfone:

— Cobras, decolar! Saiam agora mesmo dessa merda de lugar!

As abas da tenda de campanha só faltavam vibrar com a intensidade da fúria do capitão. Sua equipe de apoio, um punhado de tenentes e sargentos, se encolheu com o palavrão. O secretário da Defesa estava parado num canto, atrás deles, observando calado. Não ia ficar feliz. O segundo-tenente deu uma olhada por cima do ombro na direção do secretário. Mesmo na escuridão sombria, viu que os olhos de Frye, muito azuis, irradiavam profunda decepção.

Alexis Truffant, por outro lado, tinha vontade de soltar uma sonora gargalhada. Passara uma hora inteira ao lado do secretário, ouvindo-o resmungar baixinho que o projeto era uma estupidez, que não havia lugar nas Forças Armadas para um sujeito como Reilly, que depois disso ele iria cortar toda a verba do general Kline na DIA. E, agora, Garrett Reilly tinha enganado a todos. Eles o desafiaram para uma disputa à qual não tinha comparecido, e, mesmo assim, foi o vencedor. Ela teve que admitir, ainda que detestasse fazê-lo: o cara era engraçado de se ver. Não raciocinava como um oficial do Exército. Ela não sabia ao certo como raciocinava, mas deixava os militares de carreira bastante confusos.

— Cobras recuando.

— Procurem esses filhos da puta em qualquer lugar do campo de batalha! O jogo não acabou. Cercar e destruir. Eles estão por aí em algum lugar.

— Sim, capitão. Cobra Um, câmbio.

O capitão Marsden se virou para seus assessores.

— Como esse pessoal entrou na base? Todos trabalham na porra de um *restaurante*?

Um jovem tenente se adiantou:

— Sim, capitão, a família Chang é bastante conhecida. Eles entregam quentinha na base quase todos os dias. Todo mundo adora a comida deles. Provavelmente vieram de carro na noite passada com as encomendas e ficaram aqui.

Alexis deve ter deixado escapar uma risadinha irônica, porque Duke Frye se virou para ela na hora.

— Está achando engraçado, capitã? Isso a diverte?

— Não, senhor — disse Alexis, empertigando-se.

— Porque acho que a ouvi rindo.

— Eu tossi, senhor.

O secretário lançou a ela um olhar demorado.

O capitão Marsden apontou o notebook em cima da mesa vizinha.

— Aquele programa de GPS ali diz que o objetivo está a 5 quilômetros de distância. Na direção sul. Mas eles desviaram um quilômetro para oeste. Como os GPSs de vocês não se coordenaram? Como meus homens foram levados para o local errado? Alguém tem que me responder essa pergunta.

— Ele invadiu o sistema — arriscou um sargento. — Embaralhou todas as coordenadas.

— Não havia como o sistema ser invadido, capitão — respondeu depressa um tenente. — Está numa rede protegida. Ninguém consegue entrar.

— Consegue, sim, se tiver o código de acesso.

As cabeças se viraram de repente quando Garrett, vestido jeans, moletom e um boné de beisebol com o logotipo do Yankees, entrou na barraca como se estivesse a passeio. Parecia ter caminhado contra o vento e ofegava um pouco; o lado direito do rosto, ainda machucado, tinha um tom roxo-escuro. Alguns assessores levaram a mão ao coldre, mas ninguém puxou a arma. Garrett sorriu.

— Olá pessoal. Bom dia. A propósito, vocês todos estão mortos. Minha equipe já cercou a barraca. A gente mandou bala em cima dela. Vocês sabem como é, tiros virtuais. Acho que seria legal se todos vocês, tipo assim, deitassem no chão e se fingissem de mortos.

O capitão Marsden avançou para cima de Garrett.

— Essa tenda de campanha não fazia parte do exercício!

— Do *seu* exercício, não, mas fazia parte do *meu*.

Garrett foi até o tenente que estava junto ao GPS.

— Aliás, a resposta para sua pergunta é que peguei os códigos de acesso no servidor da base e mandei para uma amiga. Ela entrou nos servidores do GPS de vocês e o programou para recolher dados de um falso sinal de download, cheio de informações topográficas incorretas. Não foi fácil, mas ela é boa. Muito boa.

Duke Frye passou por Alexis e ficou no centro da tenda.

— Você entregou códigos de acesso militares para uma hacker civil?

— Na verdade, ela não é uma hacker. É uma programadora de jogos de Nova York. Quero dizer, já foi hacker. Mas isso foi há muito tempo. Nunca foi pega, nem invade para fins criminosos; logo, não é fichada.

O secretário estava furioso com Garrett.

— Você percebe quantas leis violou?

— Eu ganhei. O objetivo não era esse?

— Você trapaceou. Isso não é ganhar.

— Vocês dobraram o número de batalhões contra mim sem me dizer nada. Isso também não é trapaça?

— Prendam-no agora mesmo — bradou Frye, acenando para dois suboficiais que estavam afastados do grupo.

Surpreendidos pela ordem, os dois hesitaram. O mais corpulento olhou para seu capitão, que acenou com veemência, confirmando a ordem.

Alexis se posicionou na frente dos sargentos que se aproximavam, impedindo seu avanço.

— Ele mudou os parâmetros do jogo. Isso não é trapaça. Para começo de conversa, foi por causa disso que nós o escolhemos.

O secretário Frye baixou a voz de forma ameaçadora.

— Quer mesmo tomar o partido dele, capitã? Porque, se você sabia que ele estava divulgando códigos de acesso, então será levada à corte marcial tão rápido quanto ele.

— Ela não sabia de nada a respeito disso — esclareceu Garrett.

— Agi por conta própria. Se o senhor quiser me mandar para a cadeia por isso, não me importo.

Estendeu as mãos à frente, como se estivesse pronto para ser algemado.

— Mas acho que seria meio irônico me prenderem porque me comportei como o inimigo que vocês estão tentando derrotar.

Os dois sargentos olharam para o secretário, aguardando outras ordens. Duke Frye olhou de cara feia e acenou para que avançassem.

— Levem-no daqui.

— Não! — gritou Alexis, esquivando-se do primeiro sargento.

Ela o agarrou pelo pulso e estava começando a lhe dar uma chave de braço quando se ouviu uma voz rude e descontente.

— Ele não vai a lugar nenhum.

O general Wilkerson, chefe do Estado-Maior Conjunto das Forças Armadas, entrou na tenda de campanha acompanhado de dois adidos, comandantes navais vestidos de farda branca e parca azul-marinho.

O capitão Marsden, sua assessoria completa e Alexis ficaram em posição de sentido.

O secretário Frye piscou, surpreso.

— General, quando o senhor...?

— Ontem à noite. Eu estava em San Diego.

Ele caminhou em direção ao secretário Frye e baixou a voz a um sussurro.

— Não quero fazê-lo passar vexame diante de seus homens, mas você vai ter que deixá-lo em liberdade.

Frye se enrijeceu.

— O senhor não tem autoridade para isso.

— O presidente quer vê-lo em Washington ao cair da noite.

O rosto do secretário ficou tenso. Ele enfiou as mãos nos bolsos do casaco.

— Claro que não vou contrariar o presidente — respondeu entre os dentes.

Wilkerson abraçou Frye e disse:

— Não há mais regras, Duke. Não há mais regras em lugar nenhum.

Frye bufou com irritação enquanto o rádio do QG voltava à vida de maneira ruidosa. Era o piloto do helicóptero Cobra que liderava o apoio.

— Capitão, pegamos o sinal de rastreamento do GPS deles. O inimigo está escondido no refeitório da Cantina Sete, em Basilone Road. Devemos atacar?

Todos os presentes olharam para Garrett, que virou as palmas das mãos para cima, num gesto espertalhão de quem achava graça.

— A gente imaginou que vocês iam esconder dispositivos de rastreamento em nossas mochilas; por isso, hoje de manhã, deixamos tudo no rancho. Se vocês iam nos seguir desde o começo, então a coisa não foi realmente honesta. — Garrett riu. — Mas meus homens ficaram sem casaco, logo, devem estar meio que sentindo frio lá fora. A gente pode dar isso por encerrado?

O capitão Marsden agarrou o microfone.

— Negativo, Cobra Um. O exercício de campo terminou. Voltem para a base.

38

CAMP PENDLETON, 9 DE ABRIL, 8h01

O Humvee dos fuzileiros espalhava cascalho enquanto roncava descendo a ladeira, depois de deixar a tenda de campanha do QG. Garrett ia sentado no banco traseiro, ao lado de Alexis. O general Wilkerson se sentara na frente com o motorista. Seus dois assessores vinham atrás, em outro veículo. O sol tinha se elevado sobre os montes; o chaparral californiano se acendia numa explosão de amarelos e vermelhos.

— Há um transporte naval esperando vocês em Miramar — informou Wilkerson. — Arrumem suas coisas e estejam lá daqui a uma hora. Vocês vão de avião direto para a base de Andrews. O presidente gostaria de encontrá-los amanhã de manhã bem cedo.

— O presidente dos Estados Unidos? — perguntou Garrett.

— Sim, esse mesmo — resmungou Wilkerson.

O veículo parou diante da caserna deles. O general virou a cabeça para encarar Garrett.

— Reilly, eu aconselharia que você parasse de sacanear o secretário da Defesa. Ele é um homem poderoso. Encha demais o saco dele e o homem vai arrancar o seu coração e comê-lo, com você ainda respirando. Entendeu o recado?

— Sim, senhor — respondeu Garrett, gostando mais do general a cada minuto.

— Estava pensando em lhe dar mais um conselho e dizer para parar de bancar o filho da puta com todo mundo o tempo todo, mas, como isso parece funcionar bem para você, então pode continuar.

O general ficou encarando o rapaz por algum tempo, depois deu de ombros.

— Agora, se manda do meu carro.

Garrett e Alexis saltaram. No momento que a porta traseira se fechou, o veículo saiu a toda, numa nuvem de poeira. Alexis ficou observando o Humvee desaparecer, balançando a cabeça, atônita.

— O chefe do Estado-Maior Conjunto das Forças Armadas acaba de recomendar a você que continue bancando o filho da puta. Essa frase, com certeza, nunca foi ouvida antes.

— O que posso dizer? Sou um pioneiro.

Garrett foi para o quarto e guardou numa mochila as poucas peças de roupa que tinha juntado; depois se encontrou com Alexis na sala central do alojamento. Ela estava com uma sacola de viagem pronta. Celeste, Bingo e Jimmy Lefebvre estavam parados do outro lado do cômodo. Nenhum dos três tinha bagagem. Garrett apontou para eles.

— Eles não vêm?

Alexis fez que não.

— Acho que deviam vir.

— Eles não foram chamados.

— Mas são parte da equipe.

— Não tenho ordens de trânsito para eles.

Garrett se sentou numa cadeira com rodinhas.

— Se eles não forem, eu não vou.

Alexis ficou olhando para Garrett, espantada. Ele sorriu para o grupo.

— Vocês querem vir, não é mesmo? Washington, D.C.? O Lincoln Memorial?

Lefebvre sorriu, maravilhado.

— Eu, com certeza, nunca vi ninguém como você.

— Isso é um comentário positivo, não é? — perguntou Garrett.

— Nunca fui à capital — comentou Celeste —, então, estou dentro.

— Não curto muito viajar de avião — disse Bingo. Celeste o olhou com irritação. — Mas tudo bem.

Garrett abriu um sorrisão para Alexis.

— Só estou seguindo o conselho do querido chefe do Estado-
-Maior.

O avião C-37A da Marinha dos Estados Unidos decolou roncando da pista da Base Aérea do Corpo de Fuzileiros Navais de Miramar, ganhando altitude rapidamente sobre o Pacífico, e depois virou para o norte em sua rota na direção da Costa Leste. As dez poltronas reclináveis do interior do jato executivo convertido eram forradas de couro, nas cores azul-marinho e verde-água — não tão luxuosas como em alguns aviões corporativos sobre os quais Garrett havia lido, porém muito mais confortáveis que qualquer outra em que tinha se sentado. Ele riu quando Bingo e Celeste ficaram à vontade e começaram a ligar e desligar todos os botões que viam, e quando Alexis e Lefebvre — os únicos passageiros que não eram civis — tentaram bancar os indiferentes, pegando pastas de relatórios e fingindo que estudavam o conteúdo. Mas Garrett podia ver que estavam tão deslumbrados quanto os demais.

Garrett tomou uma Coca-Cola do frigobar e ligou seu notebook. Ficou estudando a tela durante uma hora, depois se sentou na poltrona ao lado de Alexis e colocou o computador na bandeja à frente dela. Havia no monitor uma densa massa de códigos de computação. Alexis olhou para a tela e depois para Garrett.

— Isso deveria significar alguma coisa para mim?

— É o malware que derrubou o parque de servidores do Google. Andaram circulando cópias pela internet. Pedi à minha amiga Mitty, de Nova York, que desse uma olhada nele.

— Quando você providenciou isso?

— Antes de me meterem a porrada. Mas ela me mandou por e-mail antes da nossa partida de Miramar. O código é muito sofisticado.

Alexis examinou as linhas do código.

— Para conseguir derrubar o Google, teria mesmo que ser.

— Infelizmente, não é nem a metade dele.

— Como assim?

— Você ouviu falar no Stuxnet?

— O vírus que atacou a usina nuclear iraniana há alguns anos?

— Na verdade, ele atacou as centrífugas fabricadas pela Siemens que funcionavam na usina nuclear iraniana.

— Tudo bem.

— Foi um programa cuidadosamente criado, que escondia sua identidade quando era introduzido no computador. Depois de entrar, o vírus conferia se a máquina estava gerenciando um tipo específico de equipamento da Siemens. Se não estivesse, ele mesmo se deletava. Mas, se encontrasse uma centrífuga da Siemens, se reproduzia e atacava o controlador lógico programável, o CLP. O que é um problema sério, porque tudo nesse mundo é gerenciado pelos CLPs. Quase todos os mecanismos têm um. Máquinas de linhas de montagem, sinais de trânsito, controles de aviões.

— O avião em que estamos...? — perguntou Alexis, nervosa.

Garrett fez que sim com a cabeça.

— Está abarrotado de CLPs. Depois que alguém começa a atacar os CLPs com worms e malware, é como se o gênio da invasão escapasse da lâmpada mágica. Foi por isso que o Stuxnet deixou tanta gente transtornada. E furiosa com os países que talvez o tenham criado.

— Nós?

— Talvez. Ou Israel. Ou nós e Israel juntos. Nunca saberemos ao certo. Depois que o Stuxnet entrou nas máquinas da Siemens, ele dominou os CLPs e passou a emitir comandos falsos. Bagunçou as centrífugas iranianas, que começaram a girar depressa demais, e as centrífugas são mecanismos delicados; mas o vírus também fez as máquinas enviarem leituras falsas, que levaram os técnicos que as monitoravam a pensar que tudo estava em ordem. As centrífugas giraram até pararem de funcionar e ficarem destruídas.

— Então o código que estou vendo no seu computador fez a mesma coisa com os CLPs do Google?

— Fez os HDs dos servidores rodarem com cem vezes a velocidade máxima. Provocou superaquecimento em minutos. Inutilizou todos eles. Derrubou o parque inteiro. Destruiu milhões de dólares em máquinas.

— Mas você conseguiu isolar o vírus. Ele pode ser desativado?

— Isolado, sim; e desativado no Google.

— Mas não em outros computadores?

— Mitty chegou à metade do caminho, mas não conseguiu avançar mais porque o código foi escrito para se autodestruir. Apagar a si próprio 24 horas depois da ação. As cópias estavam incompletas, mas ela acha que vem mais coisa por aí. Coisas que estão ocultas em camadas por baixo do nível apagado do código.

— Não estou gostando nada disso.

— Ela acha que o ataque ao Google foi só um teste. Para ver se o vírus funcionaria numa rede fortemente protegida.

— Então existe outro alvo?

— O código é complexo e os comandos estão ocultos. Mas há indicações. De outro vírus. Um companheiro. É provável que já esteja em circulação. Letras enfileiradas. Código binário referente a máquinas.

— Que tipo de máquinas?

Garrett rolou a tela, parou numa seção carregada de comandos stop/repeat e if/then.

— Máquinas da General Electric. Especificamente, reatores de água fervente.

— Reatores de água fervente? Quero dizer, como aqueles que usam nas usinas nucleares?

Garrett fez que sim com a cabeça.

— Puta que pariu!

— E o pior ainda está por vir: o comando de execução tem a data de hoje.

39

CHENGDU, CHINA, 9 DE ABRIL, 21h04

H u Mei estava feliz, ainda que cercada de gente que mal conhecia. Aquela havia sido, em meses, sua primeira refeição cozida no fogão, e estava deliciosa, mesmo sendo estranha. Na pequena sala de jantar, o ar estava pesado com o cheiro de anis, cebolinha, gengibre e pimenta vermelha refogando no óleo de gergelim e bacalhau recém-cozido no vapor. Hu Mei tinha bebido dois copos cheios de *húangjiu*, o vinho amarelo, coisa rara para ela. Quase nunca tomava bebida alcoólica, mas a comida desta noite tinha sido *lăo là le* ("muito condimentada"), tão picante quanto podia ser a culinária de Sichuan. Não estava acostumada às iguarias bem temperadas do lugar. O jantar a deixara com a boca e a língua dormentes; precisou tomar vinho para não sufocar.

A bebida a deixou um pouco zonza, o bastante para fazer a sala de jantar da velha casa de alvenaria parecer aconchegante em vez de pequena, e a família que a havia alimentado — a família Lu: a mãe irritada, o pai ressentido, dois tios risonhos, a avó tagarela, uma menina tímida e três cães excessivamente amistosos — parecer divertida em vez de estranha e agitada. Eles tinham uma casa modesta na encosta de um monte, a 24 quilômetros de Chengdu, com um pátio de terra batida nos fundos, algumas galinhas e um porco.

Um dos tios, leal apoiador da causa, tinha sido criteriosamente investigado e deu garantias pelo restante da família; os parentes sabiam quem era Hu Mei e quem a estava caçando, mas mesmo assim ela ficaria em segurança ali naquela noite. Depois que um simpatizante a levava à casa dele, a família precisava guardar segredo, por questão de autopreservação. Não havia como prever quem o governo decidiria prender ou processar. Se alguém abrigava um traidor em seu domicílio, a família inteira ficava sob suspeita. Era uma lógica perversa, mas funcionava, para vantagem permanente de Hu Mei. O Partido, ela tinha descoberto, podia ser o pior inimigo de si mesmo.

A filha dos Lu — Mei acreditava que seu nome fosse Jia Li — tirou os pratos do jantar com todo o cuidado para não derramar nenhuma comida. Eles não eram ricos; alimentos nunca seriam desperdiçados. Mei imaginou que a menina devia ter 11 anos. Tinha ossos salientes e era desengonçada, mantinha a cabeça baixa e os cabelos amarrados atrás. Arrastava os chinelos pelo piso de concreto bruto.

Há vinte anos eu era assim, pensou Hu Mei. A garota que limpava os pratos para a família, apressando-se a aquecer a água para poder lavá-los na cozinha. Era um trabalho pesado para uma menina, mas Hu Mei o fazia sem hesitação, e a mãe vinha ajudá-la quando os homens começavam a conversar sobre a plantação ou o tempo. Sentia saudades da família. Uma onda de tristeza a envolveu. Sentia falta do marido, Yi. Desde a morte dele, tinha sido um ano longo e solitário.

Na mesa, os dois tios começaram a discutir esportes. Algo sobre um homem chamado Jeremy Lin, e ele era mesmo chinês? Tinha nascido em São Francisco, afirmou um dos tios, mas seus pais eram de Taiwan, o que fazia dele um chinês. Hu Mei tinha só uma vaga noção de quem era Jeremy Lin — imaginava que jogasse basquete, provavelmente nos Estados Unidos. Um dos tios estava exigindo que voltasse para a China e jogasse no Shanghai Sharks.

— É a única coisa honrada a se fazer — afirmava o homem. — É sangue do sangue dele!

Começaram a discutir aos gritos. Cada qual tinha sua opinião. No começo da refeição, trataram Hu Mei com um respeito silencioso. Ela era uma notória dissidente, e agora, na China, qualquer grau de notoriedade era uma espécie de hierarquia. Mas, após todos terem bebido bastante vinho, a verdadeira família Lu se revelava, e eles formavam um bando caótico e brigão.

Hu Mei pediu licença em voz baixa para sair da mesa e se esgueirou para a cozinha. A gritaria se diluiu na distância. A filha, obediente, lavava a louça na pia. Mei agarrou um pequeno pano de prato e começou a enxugar os utensílios.

— Não, não — disse Jia Li, parecendo horrorizada. Deslocou-se de lado para bloquear o acesso da convidada aos pratos e xícaras molhados. — A senhora não deve fazer isso. Eu limpo.

— Não seja boba — interrompeu Hu Mei. — Eles estão discutindo sobre um jogador de basquete. Eu não me importo com basquete. Ou com jogadores de basquete.

Hu Mei sorriu para a menina.

— Acho que nem mesmo me importo com gente que *fala* de jogadores de basquete.

Jia Li ficou rindo. Lançou um rápido olhar para a sala de jantar.

— Se minha mãe entrar, a senhora pode parar de me ajudar, por favor? Antes que ela veja?

Mei concordou com um aceno de cabeça e sorriu.

— Pode deixar.

Ela entendeu o código familiar: os convidados não podem ajudar a limpar nem a cozinhar. Seria uma quebra de etiqueta imperdoável.

Jia Li voltou a esfregar os pratos, e Hu Mei ficou a seu lado para enxugá-los. Sentia um prazer tranquilo em voltar a fazer uma tarefa doméstica corriqueira. Todos aqueles meses tomando decisões e liderando as pessoas haviam pesado sobre ela: nos últimos tempos, andava com saudade do ritmo tranquilo de sua vida passada; se a pegassem enxugando pratos, azar.

— Posso fazer uma pergunta? — indagou a menina, parando sua tarefa.

— Claro; pode me perguntar qualquer coisa.

— Por que a senhora odeia a China?

Hu Mei sentiu um nó na garganta.

— Minha mãe diz que a senhora quer destruir o país. Que deseja derrubar o governo. E que todos nós vamos sofrer. Não teremos mais trabalho e não teremos mais comida.

Hu Mei tentou forçar um sorriso singelo a pousar em seus lábios. Como poderia se explicar para essa garotinha? Se fosse uma verdadeira revolucionária, teria um sermão preparado — algo sobre o povo, o governo, talvez com animais servindo de personagens, sapos ou raposas, para tornar a mensagem facilmente compreensível. Simples. Em linguagem direta.

— É como lavar pratos — começou Mei. — Você não gosta da tarefa, mas seus pais mandam que faça, portanto, você deve lavar. Todo mundo obedece aos pais. Mas a China não é pai nem mãe da gente... a China é um lugar.

Sua voz parecia fina e desesperada. Ela gaguejou e parou.

— Não... o que eu quero dizer é...

Jia Li a olhava confusa. Hu Mei fez uma careta. Não era uma revolucionária, e sim uma camponesa da cidade de Huaxi. Como poderia explicar a morte do marido? O pesar? A perda de sua casa, de sua fazenda? A raiva dos vizinhos? Como poderia explicar a essa garotinha sobre a corrupção que vivia em toda parte ao redor dela? Que estava estrangulando o povo daquela nação?

Antes que pudesse dizer mais alguma coisa, a matriarca entrou na cozinha, carregando uma braçada de pratos. No momento que viu Hu Mei e a própria filha, cara a cara, e visivelmente no meio de uma conversa, seu rosto se congelou numa careta de desaprovação. Colocou-se depressa entre as duas, pousando os pratos na pia.

— Eu termino de lavar a louça — disse ela no ato, em voz autoritária. — Jia Li, vá para a cama. Agora mesmo. Vá.

Jia Li fez uma reverência e saiu correndo para a porta. Mei tremia de frustração. Ela tinha que dizer algo. Não podia deixar aquela criança — uma versão de si própria em miniatura — ir embora pensando que tudo que Hu Mei tinha feito era destrutivo e mau.

— Jia Li — chamou, com a mente de repente clara. A menininha parou. — Você é uma criança maravilhosa.

A garota ergueu o olhar para ela.

— Que você tenha tudo o que deseja nessa vida. Amor. Fortuna. Filhos...

A garota se animou.

— ... e justiça — continuou a visitante. — Talvez, algum dia, até... *poder*.

Jia Li ficou olhando para Hu Mei, com a testa franzida, pensativa. Depois, baixou de novo a cabeça e saiu do cômodo, apressada. A mãe observou a filha sair, então encarou com rispidez Hu Mei, que, de forma instintiva, também baixou a cabeça.

— Por favor, perdoe minha intrusão — pediu. — Mesmo grata por sua hospitalidade, não vou sobrecarregá-la com minha presença. Pegarei minhas coisas e irei embora agora mesmo.

Caminhou para a porta, novamente sóbria e cansada, com a única certeza de que esta noite não dormiria numa cama confortável e quente. Talvez devesse encontrar um campo escondido e um velho cobertor. E, sob as estrelas frias e pálidas, trabalharia em seu discurso revolucionário.

40

QUARENTA E CINCO MIL PÉS ACIMA DE GARY, INDIANA, 9 DE ABRIL, 17h31

De encrenca, Bingo sabia tudo.

Havia sido criado em Oakland; o pai era negro, professor de história no ensino médio, mas a mãe era branca, uma ex-hippie que se deleitava em criar confusão — greves, protestos, atos de desobediência civil, tudo em que se possa pensar. Bingo tinha levado desaforo para casa por causa das excentricidades da mãe — e da cor da pele dela — quase todos os dias de sua vida. Fora provocado, perseguido, espancado. Em consequência, tentava de tudo para evitar confrontos. E outras pessoas. Ficava mais feliz em seu quarto, com as persianas fechadas, na companhia de um livro ou de um videogame, estudando as especificações do modelo mais recente de iPhone ou dissecando os equívocos de Hitler na Batalha de Stalingrado.

Daí sua perplexidade diante do fato de estar integrando uma equipe cuja tarefa era procurar encrenca, confrontá-la e depois encontrar uma solução.

Bingo levou cinco minutos para localizar algumas usinas nucleares que utilizavam reatores de água fervente da General Electric nos estados que sobrevoavam naquele momento.

— A mais próxima é a Central Nuclear Enrico Fermi, em Pointe Mouillee, Michigan — disse ele, apressado. — Quarenta e oito quilômetros ao sul de Detroit. Bem no lago Erie.

Alexis usou o telefone por satélite do avião para ligar para o escritório da usina e avisar sobre o vírus, mas o supervisor dos plantonistas da usina pareceu descrente, e não foi muito prestativo. Alexis lhe avisou para aguardar visitantes autorizados das Forças Armadas dentro de uma hora. Avisou que precisariam ter acesso a todos os computadores.

Ele desligou o telefone na cara dela.

O sol já estava se pondo no horizonte quando o Gulfstream iniciou os procedimentos de pouso no Aeroporto Detroit Metro. O piloto enviou uma mensagem de rádio para a central da Guarda Nacional da região pedindo que mandassem um carro esperá-los. A equipe discutiu por um breve momento sobre quem deveria ir até a usina e quem deveria ficar. Lefebvre queria participar da ação — Bingo achou que ele parecia ansioso por provar a própria capacidade —, mas Alexis usou de sua autoridade, determinando que o tenente e Celeste ficassem no avião. Instruiu Lefebvre a pegar o celular e ligar para as equipes de emergência da Comissão Reguladora de Energia Nuclear enquanto ela, Bingo e Garrett iam à usina. O plano era avisar aos engenheiros pessoalmente e gravar o código do vírus antes que ele se apagasse. A proposta caiu bem para Celeste. A ideia de se aproximar de um reator nuclear parecia deixá-la nervosa.

— E se o vírus atacar enquanto vocês estiverem lá? E se o reator for pelos ares? — perguntou.

— Isso não vai acontecer — respondeu Bingo, tentando acalmar tanto Celeste quanto a si mesmo. — Eles vão fechar o núcleo se houver algum problema. Ele é desligado de pronto. É muito seguro.

— Vai contar essa para os japoneses — retrucou Celeste.

Eram seis da tarde quando pousaram em Detroit. O Ford Taurus verde estava esperando por eles na cabeceira da pista. Alexis assumiu o volante e marcou no GPS do veículo as coordenadas de Pointe Mouillee. Garrett se sentou no banco do carona; Bingo, no banco traseiro, cantarolava baixinho. Fazia isso toda vez que ficava nervoso. Quando estavam saindo do aeroporto, Lefebvre correu atrás deles e deu umas batidinhas na mala do carro. Alexis parou, baixou o vidro da janela do motorista, e o tenente lhe entregou discretamente a arma dele, uma Beretta M9.

— Só por garantia — explicou. — Sabe como é, Detroit.

Alexis enfiou a arma embaixo do banco e pegou a rodovia rumo ao sul, para a usina nuclear Enrico Fermi. O trânsito estava livre e eles chegaram em 45 minutos. A menos de dois quilômetros se avistavam, entre as árvores e os outdoors da rodovia, as típicas torres de resfriamento em formato hiperboloide. Alexis apresentou sua identidade militar no portão e o segurança a examinou por um momento. Revelou que a agência reguladora havia telefonado e autorizado a entrada deles. Para Bingo, ele pareceu perturbado, e essa impressão o deixou ainda mais nervoso.

— Está tudo bem? — perguntou Alexis ao guarda.

— Ah... está sim — respondeu ele, dando uma olhada no computador dentro da guarita. — Acho que sim.

Bingo fez uma careta. Não era um bom sinal. O guarda lhes entregou crachás de visitantes e gesticulou que entrassem. A usina era enorme, com um gigantesco vaso de contenção, tanques e um par de torres de resfriamento perto do lago. Alexis se dirigiu ao prédio do centro operacional, estacionou numa vaga de visitante, e os três se apressaram a entrar.

Engenheiros, mecânicos, gerentes e técnicos em emergências médicas estavam correndo pelos corredores, gritando em walkie-talkies, em celulares e uns com os outros. Bingo nunca tinha entrado numa usina nuclear, mas toda aquela agitação não lhe pareceu normal. Aparentava ser um sinal de desespero. Garrett tentou pedir instruções para chegar à sala de controle, mas ninguém parava para lhe dar uma resposta. Um engenheiro de rosto avermelhado se limitou a apontar o corredor enquanto disparava na direção contrária.

Garrett, Alexis e Bingo entraram pelas portas duplas e pesadas, de esquadrias de aço, e se depararam com o caos. A sala de controle da usina fervilhava de vozes e movimento. Um grupo de engenheiros estava reunido em torno de uma bancada de monitores, gritando e digitando de maneira frenética nos teclados. O supervisor do plantão parecia liderá-los, tentando organizar a confusão e torná-la um pouco mais parecida com uma discussão racional. Telefones tocavam por toda parte, e o som estridente dos alarmes, em seu ritmo constante, vibrava pela sala.

O supervisor do plantão — um sujeito robusto de camisa xadrez — avistou Alexis fardada e correu em direção a ela, com o braço estendido e o indicador em riste num gesto de acusação, berrando:

— Como você soube?

Em seu crachá plastificado lia-se "Coyle".

— O que está acontecendo? — perguntou Garrett.

— Quem é *você*? — vociferou Coyle. — Quem são vocês?

— A usina foi atacada por um vírus, um worm — explicou Garrett. — Precisam me dizer o que está acontecendo.

— Não preciso dizer porra nenhuma a você — retrucou Coyle. Depois fechou a cara, parecendo ter mudado de ideia. Com um gesto mostrou fileiras e fileiras de consoles em operação. — Cada merda de sensor na sala está dando uma leitura diferente. Nada combina.

— É um vírus — disse Garrett. — Mas precisamos de uma cópia dele. Vocês precisam desligar todas as máquinas agora mesmo. Manualmente. Não podem confiar nos computadores. Precisam sair da internet, pois foram atacados.

— Se fecharmos tudo, podemos levar meses para reiniciar a usina.

— Os computadores de vocês vão ficar dando leituras falsas até os reatores falharem. E aí vocês vão ter nas mãos um acidente nuclear.

Coyle começou a reagir, depois trincou os dentes e se virou para seu grupo de engenheiros.

— Comecem a contagem regressiva para desligar o reator número um. Agora! Vamos desconectar da internet em 60 segundos!

Garrett berrou para as costas dele:

— Precisaremos de uma cópia do vírus!

Coyle já havia saído.

— Merda! — esbravejou Garrett.

Bingo respirou fundo. Se ele fazia mesmo parte de uma equipe que procurava encrenca, poderia muito bem abraçar a missão com vontade. Aproximou-se de Garrett.

— Onde a gente encontra o vírus?

— Não tenho certeza. Provavelmente no programa que regula o controle de resfriamento.

Bingo puxou do bolso um pen-drive roxo, que balançou no ar.

— Vou precisar de cinco minutos.

Garrett deu um sorriso franco.

— Você é o cara.

— Na verdade, não sou, não — disse Bingo, sentando-se diante de um computador desocupado. Garrett e Alexis ficaram olhando por cima do ombro dele quando começou a rolar as telas de programas. — Mas é melhor manter o carro ligado.

— Por quê? Você disse que eles podem fechar os reatores em segurança — disse Alexis, com a preocupação exposta em sua voz.

— Podem — respondeu Bingo erguendo o olhar para os dois —, mas todas as usinas nucleares de cinco estados estão operando com reatores da GE. Todos devem ser desligados ao mesmo tempo. Provavelmente nos próximos dez minutos. Quando isso acontecer — Bingo tentou sorrir —, a rede elétrica inteira vai cair.

41

CASS CORRIDOR, DETROIT, 9 DE ABRIL, 21h01

Clarence Othello Hawkins, um dos líderes da gangue All Mighty Vice Lord Nation, divisão do sul de Detroit, tinha muita certeza de uma coisa: se a polícia o apanhasse naquela noite, ele passaria o restante de seus dias de cidadão americano na cadeia. Seus antecedentes criminais já incluíam duas condenações por crime doloso — um deles, uma agressão física num roubo a uma loja de conveniência 7-Eleven —, e uma terceira significava a aplicação da pena dos três delitos. Ele iria apodrecer na prisão até ficar tão velho que precisaria da porra de uma bengala para conseguir ficar em pé.

Clarence não era bobo. Havia apagado suas impressões digitais do revólver que acabara de jogar por cima da cerca de um quintal, mas não podia ter certeza de ter apagado todas elas. Menos de quinze minutos antes, tinha disparado contra um bundão da Four Corners Hustlers. Achava que não tinha atingido o filho da puta, mas talvez estivesse enganado e agora os policiais fossem atrás dele por tentativa de homicídio. Ou quem sabe o tal cara tivesse morrido. Não que ele se importasse. Odiava os Hustlers, sempre invadindo seu território. Porém, se o cara morresse, Clarence podia ser procurado por assassinato. Mas isso não ia acontecer de jeito nenhum!

Correu pela Charlotte Street, em Cass Corridor, com toda a velocidade que suas pernas permitiam aos 24 anos, na direção sul, passando pelos edifícios queimados e pela igreja cujo teto havia desabado, e depois atravessando os terrenos baldios da Second Avenue, pisoteando ervas daninhas e chutando lixo enquanto corria. Deu uma olhada para trás e viu que uma segunda viatura policial havia se juntado à primeira. As duas vinham com o sinalizador luminoso aceso, iluminando a noite de Michigan. E agora as sirenes também estavam ligadas, uivando como cachorros e acordando a merda do bairro inteiro. Não que alguém fosse dormir cedo naquela vizinhança.

Que merda, pensou ele, agora com certeza vão me pegar. Desejou por um momento não ter jogado fora o revólver. Clarence devia ter voltado e usado a arma contra os policiais quando viessem prendê-lo. Pelo menos poderia ter derrubado uns dois babacas antes que o matassem. Suicídio usando policiais. Havia formas piores de morrer. Clarence imaginava que, de qualquer forma, não viveria muito tempo — não nas ruas de Detroit.

Atravessou correndo o terreno baldio na esquina da Segunda Avenida com a Charlotte Street, sabendo que as viaturas não conseguiriam atravessar o mato e o terreno cheio de buracos fundos. Deu um salto por cima de um alambrado na Peterboro Street, à direita, e continuou a toda velocidade para o prédio residencial que ficava na metade do quarteirão. Ali, no segundo andar, morava Little J. O apartamento dele vivia infestado de Vice Lords. Se Clarence conseguisse chegar lá, os policiais ficariam em apuros nas mãos dos membros da gangue. Essa era sua salvação, sua chance de viver mais um dia como homem livre. E um dia a mais era só o que se podia pedir em Detroit.

Ele correu bastante para fugir da polícia. A luminosidade amarelada das lâmpadas halógenas da rua guiou seu caminho até a porta do prédio. Só faltavam 100 metros. Clarence conseguia percorrer essa distância em 10 segundos. Quando estava no ensino médio, conseguira em menos tempo. Campeão regional em 2006. Medalha de ouro. Não que isso importasse; a medalha nem era feita de ouro e, de todo modo, ninguém ganhava dinheiro por participar de corridas.

Os policiais optaram pelo caminho mais longo para contornar o terreno baldio. Clarence com certeza ia ganhar deles. Foi então que viu mais duas viaturas correndo na direção oposta pela Peterboro, dirigindo-se diretamente para ele, cortando sua rota de fuga.

Filhos da puta, pensou, reduzindo o passo. Estava ferrado. Ainda correu um pouco até parar, curvando o corpo para recobrar o fôlego, as mãos apoiadas nos quadris. Fim de jogo. Bem, tinha sido uma boa corrida, alguns bons momentos, festas e garotas e de quebra um dinheirinho. Não ia ficar se lamentando sobre sua vida, pois era um cara valente, e, neste mundo, havia coisas muito piores que ser preso. Alguns diziam que a prisão para um Vice Lord era como um country club, com drogas e gayzinhos para manter os caras durões satisfeitos. Mas, mesmo assim, pensou Clarence, aspirando uma última lufada do ar frio de Detroit, ele preferia a vida fora da cadeia. Ali era bom, lá dentro era barra-pesada. Avaliou rapidamente suas opções, examinando cada chance de uma possível fuga. E então aconteceu...

Todas de uma vez. Como se fosse a mão de Deus, aquele sacana, pensou Clarence. A porra de um milagre.

Todas as luzes em todos os edifícios e todas as esquinas se apagaram. Todas ao mesmo tempo. Detroit ficou às escuras. Um verdadeiro breu, como o interior de uma caverna, sem luzes nas ruas, nas janelas, nos prédios. Apenas a lua e as estrelas no céu.

De repente, pensou Clarence com alegria, a polícia passou a ter problemas muito maiores do que me pegar. Ele riu, animado. Enquanto voltava a correr, foi pensando... *hoje à noite, no fim das contas, vai dar tudo certo.*

42

SUL DE DETROIT, 9 DE ABRIL, 21h10

Q uando Detroit mergulhou na escuridão, eles estavam a oito quilômetros da central elétrica. As luzes da rua foram se extinguindo, começando no norte, na visão periférica de Garrett, e seguindo para o sul, pela paisagem plana do Meio-Oeste, como uma onda.

— Puta que pariu! — exclamou Garrett.

Alexis ligou o rádio do carro. Metade das emissoras estava em silêncio, mas algumas retornaram à vida em questão de minutos. Tinham informações de vários pontos da cidade: o blecaute era abrangente, Detroit inteira estava apagada, inclusive diversos bairros da periferia. Windsor, no estado de Ontário, Canadá, também estava às escuras, assim como Ann Arbor e a região sul até Toledo, Ohio.

Outra estação de rádio afirmava que Cleveland estava passando por um blecaute parcial, enquanto o apagão era total em Cincinnati. Chicago lutava para se manter conectada. Técnicos de eletricidade em todo o Meio-Oeste faziam malabarismo com as linhas de transmissão, tentando manter a região central do país acesa. Mas estavam perdendo a batalha. A rede estava caindo.

Garrett ficou observando este novo mundo passar pelo para-brisa do carro. Lá fora, estava um breu. Algumas luzes de emergência piscavam nas janelas dos edifícios comerciais, assim como os faróis dos carros que passavam por eles na rua, mas, afora isso, era uma noite tão negra quanto as do século XV. Garrett se espantava que o mundo moderno pudesse ficar desamparado daquele jeito tão depressa, com o mero corte de sua eletricidade. Era aterrorizante.

Ele ficou mexendo no GPS do carro, mas o dispositivo tinha parado de captar sinais.

— Eu pensava que esses troços funcionavam com feeds enviados por satélite — disse Garrett.

— Eles funcionam, sim — respondeu Bingo —, mas talvez o feed seja enviado para torres de telefonia celular, e todas estão desligadas.

— Com certeza tem um mapa no porta-luvas — comentou Alexis.

— Um mapa? — estranhou Garrett. — Você quer dizer, tipo, de papel?

Alexis não riu, e, do meio de uma pilha de documentos de licença e registro, Garrett retirou um mapa rasgado. Era velho e estava desbotado. Precisou usar a luz do celular para lê-lo. Ele os instruiu a seguir para o norte, distanciando-se da central elétrica, rumo às imediações do aeroporto, mas quase de imediato perceberam, a distância, bolsões de luz alaranjada.

— Incêndios — disse Garrett, mudando a estação no rádio. — Saqueadores. Talvez vândalos atrás de confusão.

A WWJ informava sobre os primeiros incêndios, ao sul do centro da cidade. A polícia e os bombeiros estavam atendendo chamados por toda Detroit. Alexis esticou o braço e escondeu a arma de Jimmy sob a coxa, para facilitar o acesso. Garrett avisou que deveriam ir para o leste agora, distanciando-se do centro, tentando encontrar a Fisher Freeway, que os levaria direto ao aeroporto. Mas os quarteirões estavam inteiramente escuros, os sinais, apagados, e ele perdeu o trevo de acesso, fazendo-os percorrer várias quadras por engano. Acabaram parando numa região devastada, de casas maltratadas e terrenos baldios.

Criado em Long Beach, Garrett tinha conhecido bairros pobres, mas nunca vira nada parecido com essa área do sul de Detroit. Os escombros e a devastação da região o assustaram: filas intermináveis de casas escurecidas e depredadas, separadas por terrenos baldios que pareciam brilhar à luz da lua, e o fulgor dos incêndios das proximidades.

— Cara, que loucura.

Alexis agarrou o volante com força.

— Pensei a mesma coisa — disse ela.

Mal havia terminado a frase quando tiros começaram a ser disparados de trás deles, com o espocar de um revólver bastante audível acima do ruído do motor. Ela pisou no acelerador, virando para uma via mais larga. Quase não havia trânsito nas ruas, e muita gente queimava lixo em latões colocados nas calçadas. Diversas fachadas de lojas tinham as vitrines quebradas, homens e mulheres jovens estavam saindo delas com braçadas de mantimentos, roupas e aparelhos eletrônicos. Alguns homens com casacos de capuz se puseram no meio da rua para tentar impedir a passagem deles, mas Alexis desviou, buzinando longamente e os xingando de imbecis.

— Calma — disse Garrett. — Vou tirar a gente daqui.

Estudou de novo o mapa; porém, estava basicamente adivinhando, pois não sabia o nome da avenida que percorriam.

— Entre à direita — indicou ele.

Alexis virou a esquina; viram um borrão em movimento à direita e então um carro colidiu com a lateral do Taurus, pelo lado do carona. Houve uma gritaria quando o veículo da Guarda Nacional rodou 180 graus; o exterior girava loucamente ao redor, e depois o carro parou de maneira estrondosa ao se chocar contra uma minivan estacionada. Garrett não tinha colocado o cinto de segurança — estava machucando as costelas dele —, e, com isso, seu corpo foi projetado para a frente como a ponta de um chicote que alguém tivesse feito estalar.

O chiar do fluido do motor vazando pontuava o repentino silêncio. A cabeça de Garrett explodia de dor. Raios de luz elétrica azul cintilavam de um lado ao outro de seu campo de visão.

— Todo mundo está bem? — perguntou Alexis, apalpando os próprios braços para ver se tinha dores ou fraturas.

— Dei um jeito no pescoço — queixou-se Bingo. — Dei um jeito no pescoço.

Garrett gemeu, a mente turvada pela dor. Quatro homens encapuzados saltaram do carro que tinha colidido contra o Taurus. Um deles segurava um pé de cabra; o outro, um revólver.

— Merda! — praguejou Alexis, abrindo a porta do motorista com um chute e saindo com a arma de Lefebvre na mão. Ela gritou para os homens: — Exército dos Estados Unidos! Parem aí mesmo!

O homem armado levantou o revólver e disparou três tiros contra Alexis. O estampido foi ensurdecedor, mas as balas passaram zunindo ao lado da moça sem atingi-la; na mesma hora ela ergueu a própria arma e disparou, dando dois tiros seguidos. O homem armado rodopiou, atingido no ombro, e caiu no chão. Os outros três saíram correndo em diversas direções e desapareceram na escuridão.

— Acho que o acertei — declarou Alexis, abaixando-se para observar o interior do carro. Ela olhou para Garrett, que se arrastava pelo banco até a porta do motorista; a dele tinha ficado emperrada. A moça se encolheu quando viu o rosto do rapaz. — Você está sangrando.

Garrett saiu do carro e Bingo fez o mesmo.

— Eu estou bem — disse o rapaz, limpando um filete de sangue na testa enquanto a dor se irradiava pelo crânio. Ele procurou o atirador na escuridão. — Com certeza você o acertou.

Alexis agarrou Garrett pelo braço.

— Precisamos sair daqui. Venham.

Os três saíram correndo pelo quarteirão, mas estava escuro feito breu; a única luz era alguma vela ocasional numa janela ou o facho de uma lanterna num quintal. Às suas costas, ouviram o ferido gritar:

— A vadia correu pra lá!

Garrett não conseguia ver nenhuma placa de rua na escuridão, e, mesmo que conseguisse, havia esquecido o mapa no carro. Ele e Alexis corriam o mais rápido possível, com Bingo na retaguarda. Garrett achava que conseguia sentir a brecha da fratura do crânio aumentando, mas isso não era possível, ou seria? Alexis corria mais depressa que ele, tomando a dianteira. Ela apontou para um beco.

— Vamos por aqui! — E entrou correndo.

Garrett tentou acompanhá-la, mas agora o crânio estava latejando. Bingo se arrastava atrás deles, bufando:

— Esperem, esperem!

Quando Garrett chegou a uma cerca de tela, Alexis esticou o braço na escuridão e agarrou o dele, arrastando-o pelo portão para dentro de um quintal. Em seguida, agarrou Bingo, e os três foram andando abaixados até a porta dos fundos de uma casa bloqueada por tábuas. A vista de Garrett estava começando a se turvar. Seu cérebro estava em chamas. Ele ouviu o barulho de madeira quebrada e supôs que fosse Alexis derrubando uma porta com um chute, mas não conseguia ver nada. Alguém o agarrou pelo braço e o ajudou nos degraus, e depois o deitou num colchão velho.

Ele ouviu a voz de Alexis perguntar:

— Garrett? Está me ouvindo?

Ele balançou a cabeça para indicar que sim, falando bem baixinho:

— Minha cabeça está doendo. Pra caramba.

— Tudo bem — murmurou ela. — Fique calado.

Eles se aconchegaram em silêncio na casa abandonada. O lugar tinha cheiro de madeira molhada e tapete apodrecido, mas o forte fedor de urina era o que sobressaía. Garrett tentava não respirar pelo nariz. Pensou que tinha ouvido pessoas correndo e gritando a distância, mas passaram rapidamente por seu esconderijo. Então Garrett escutou Alexis sussurrando com urgência ao telefone via satélite, tentando explicar ao interlocutor onde os três tinham ido parar. O rapaz mergulhou aos poucos na inconsciência e, quando despertou, a casa estava escura e Alexis aninhava a cabeça dele nos braços, passando a mão fria em sua testa.

Uma alegria intensa o envolveu. Ficou de olhos fechados e fingiu que estava dormindo, mas ela inclinou o rosto para perto dele.

— Sei que está acordado.

Garrett sorriu. A cabeça ainda doía, porém, um pouco menos que antes.

— Não pare, isso está gostoso.

Alexis manteve a mão sobre a testa dele.

— A Guarda Nacional mandou alguém nos procurar, mas talvez demore um pouco.

Garrett sorriu, pensando que podiam levar todo o tempo que quisessem. Ele abriu os olhos.

— Você usou sua arma hoje à noite. Pela primeira vez. Qual foi a sensação?

— Não pensei que seria no meu próprio país — respondeu ela com a voz tingida de tristeza.

— Quem quer que tenha feito isso, sabia muito bem quais são nossos pontos fracos. Atacou uma central elétrica na nossa cidade mais conturbada.

— Eles não podiam ter previsto tumultos.

— Acho que podiam. Acho que previram — disse Garrett. — Estamos numa recessão há quatro anos seguidos. Alguns lugares estão à beira do abismo. Empurrar os desesperados para o precipício não é difícil. Basta ler os jornais e assistir ao noticiário. Os distúrbios de rua nos Estados Unidos são iminentes. É a nossa fraqueza, e eles jogaram com isso.

Alexis ficou sentada em silêncio, alisando a testa de Garrett.

— O que estão planejando, seja lá o que for, está avançando depressa — constatou ela. — Está chegando ao ponto crítico... Não temos muito tempo, não é?

— Não temos, não — respondeu ele, sentindo os dedos dela ficarem tensos. — Bingo está com o pen-drive?

— Está aqui comigo, chefe — respondeu Bingo na escuridão. — Não se preocupe.

Garrett queria dizer mais, queria continuar falando, mas estranhamente estava tão feliz — deitado num colchão podre, numa casa deserta, num bairro destruído, nos braços de uma mulher por quem sentia atração ao mesmo tempo em que sentia raiva — que não conseguia se obrigar a formular as palavras. Em vez disso falou:

— Desculpe.

— Por quê?

— Por tudo.

Voltou a fechar os olhos e caiu no sono.

43

PEQUIM, 10 DE ABRIL, 10h44

N a opinião do embaixador americano Robert Smith Towson, a diplomacia com os chineses era uma encenação. Uma peça espetacular, cuidadosamente coreografada, com primeiro ato, interlúdio, segundo ato, a ocasional reviravolta ou surpresa, a reintrodução de algum enredo anterior, um desfecho e uma conclusão muito bem embalada. Cada ator conhecia seu papel, o que se esperava dele e sabia como o drama se resolveria.

Mas não dessa vez.

Towson era especialista em assuntos da China. Formado em estudos asiáticos em Harvard, tinha estudado mandarim e passara cinco anos em Pequim servindo no Departamento de Estado antes de voltar à vida civil para criar uma empresa de consultoria sino--americana sediada em Hong Kong. Depois de terminar a faculdade, passara apenas um ano no país natal. Portanto, entendia os rituais da encenação diplomática e confiava na própria capacidade de reconhecer quando um diplomata chinês estava enrolando, dissimulando ou apenas mentindo. Mas, hoje, o diretor do Ministério de Segurança do Estado chinês, Xu Jin, estava agindo de modo inteiramente controverso.

A encenação habitual havia perdido o rumo.

Sim, Xu Jin recorreu a evasivas quando Towson lhe perguntou se ele tinha alguma informação sobre o ataque ao parque de servidores do Google, reação que deixou Towson desconfiado de que o chinês sabia algo, mas estava tentando se manter afastado do assunto.

É justo, pensou o americano. O jogo consistia em negar de forma convincente. Defender-se e atacar.

Ele dissimulou quando Towson, mudando de posição na poltrona de veludo em que estava sentado, no meio do grande salão de reuniões forrado de veludo vermelho, no interior do complexo Zhongnanhai, ao lado da Cidade Proibida, disse que o vírus tinha sido rastreado e levava a hackers chineses. Xu Jin, virando-se para encarar Towson, respondeu que a China era um país enorme e que não podia controlar todos os jovens que possuíam um computador. Essa juventude, dissera ele, faz coisas estranhas com suas máquinas infernais.

De novo, a reação correspondia à expectativa: o reconhecimento tácito de que o aparato de segurança do Estado chinês sabia que aquilo tinha sido feito por hackers nativos. Mas daí a dizer que o ataque era tolerado pelo governo era outra história. Towson concluiu eles não só haviam consentido com aquilo como muito provavelmente o incentivaram. Quem sabe até pagaram por ele. Hackers chineses ultranacionalistas eram uma vantagem estratégica para o governo, em especial para as Forças Armadas, uma vez que gostavam de passar as horas — até semanas e meses — atacando sistemas de supostos inimigos no mundo inteiro, e não tinham vínculo algum com o governo. Eram jovens programadores em subempregos ou desempregados, ardentes de fervor patriótico.

Naturalmente, Towson também sabia que eles deixavam Xu Jin e seus subordinados muito nervosos. Entre o assédio a inimigos estrangeiros e o ataque à própria máquina de espionagem cibernética do governo chinês, a distância era curta. Pelo menos na internet.

Xu Jin mentiu ao afirmar que o governo chinês acreditava que qualquer ataque a uma infraestrutura de serviços públicos dos Estados Unidos representava uma ameaça semelhante à infraestrutura energética chinesa. Fora com muita consternação, declarou Xu Jin, que os chineses leram a respeito dos tumultos ocorridos em metrópoles americanas. Isso era bobagem, e Towson sabia. Os chineses não estavam isentos de sentirem satisfação diante dos problemas dos inimigos, reais ou supostos. Um distúrbio numa cidade no coração dos Estados Unidos só reafirmava a crença nacional na superioridade chinesa em termos de ética de trabalho e de grandeza no futuro.

Dessa forma, foram chegando ao desfecho da peça: Towson expressou a Xu Jin algumas advertências, não tão veladas, sobre a interferência chinesa nos assuntos internos de uma nação soberana, sendo esta, naturalmente, os Estados Unidos. Até se atreveu a dizer, e isso tinha sido aprovado por ninguém menos que o próprio presidente Mason Cross, que os norte-americanos podiam interpretar como ato de agressão uma intromissão demasiada por parte da China. Xu Jin havia fingido grande indignação, já esperada, e um tempestuoso ressentimento diante dessas ameaças. A China não tinha nada a ver com esses acontecimentos.

— Não podemos fazer nada quanto às deficiências econômicas do seu sistema.

Uma superpotência não fazia ameaças a outra levianamente. Mas o presidente e o Departamento de Estado deviam ter refletido muito e previsto a reação temperamental dos chineses, porque Xu Jin começou a responder sem hesitação, como se soubesse muito bem que a advertência seria proferida. Ele a aguardava e reagiu como um verdadeiro profissional.

Mas foi na última cena que a peça fugiu totalmente ao roteiro. Somente alguém com a experiência de Towson em diplomacia para perceber que seu interlocutor tinha esquecido por completo o texto, como um ator que perde sua deixa no palco. Ao se levantar para sair do salão, Towson dissera que esperava ver os dois países chegarem a uma solução diplomática das diferenças atuais, e que, no devido tempo, todos os mal-entendidos se esclareceriam.

Sim, Xu Jin tinha concordado.

E ele esperava, havia acrescentado Towson de improviso, que o governo chinês nunca enfrentasse em seu país problemas semelhantes aos que andavam assolando os Estados Unidos.

— O tigre de vocês ainda está na jaula — comentou Towson.

Diante dessas palavras, o ministro chinês ficou paralisado, com um sorriso contrafeito estampado no rosto largo e rechonchudo. Foi só um segundo — talvez dois — de torpor, mas foi muito eloquente. Então Xu Jin replicou com aspereza:

— O que você quer dizer com isso?

Towson olhou espantado, com uma expressão de verdadeira surpresa.

— Só quero dizer que desejamos a vocês calma e prosperidade.

Xu Jin enrubesceu um pouco, depois recuperou a compostura, dizendo:

— Sim, é claro, é o que ambos desejamos. Calma e prosperidade é o nosso objetivo. Para as duas nações.

Mas a dança diplomática saíra do compasso. Towson percebeu. Xu Jin notou que ele havia percebido. O visitante foi rapidamente levado para fora da sala por empertigados funcionários subalternos, que o acompanharam pelo corredor até o pátio externo e a limusine que o esperava. Acomodado no banco traseiro, observando as ruas apinhadas de Pequim à sua passagem, Towson só tinha um pensamento:

O que tinha acontecido lá?

44

WASHINGTON, D.C., 10 DE ABRIL, 10h23

A Guarda Nacional foi resgatar Alexis, Bingo e Garrett, mas levou quatro horas para chegar depois da ligação inicial. O tenente que os encontrara se desculpou dizendo que aquela noite estava sendo muito movimentada, com metade de Detroit pegando fogo e tudo mais. Levaram Garrett ao hospital da Universidade de Michigan, em Ann Arbor, e o deixaram em observação por uma noite, durante a qual os médicos não encontraram nada errado, a não ser uma fratura craniana em recuperação, e o liberaram por sua própria responsabilidade.

Durante toda a provação, Bingo manteve o pen-drive guardado em segurança no bolso. Quando raiou o dia e eles voltaram ao Gulfstream da Marinha, Bingo o entregou a Alexis, e Garrett recomendou a ela que o enviasse com máxima urgência a um endereço no Queens. Mitty providenciaria o resto.

Agora, no banco traseiro de outro utilitário preto, enfrentando o trânsito do meio-dia de Washington, D.C., parecia a Garrett que o pesadelo de Detroit tinha acontecido em outra encarnação. Na verdade, ocorrera menos de 12 horas antes. A cidade havia pegado fogo, assim como grandes áreas de Cleveland e a parte central de Toledo. Chicago tinha evitado a destruição principalmente porque, no momento em que as luzes se apagaram, a polícia se espalhara como um enxame pela cidade inteira. O Cinturão da Ferrugem tinha feito jus à fama de vanguarda da decadência norte-americana, e agora, da insatisfação da nação. Era o principal assunto de todos os canais de notícias em diversos países mundo afora.

Os Estados Unidos estavam em chamas.

Alexis se sentou ao lado dele no banco traseiro do veículo. Bingo, Celeste e Jimmy Lefebvre ficaram no hotel, satisfeitos em pedir comida pelo serviço de quarto e ver televisão, sabendo perfeitamente bem que nenhum ataque temperamental de Garrett Reilly conseguiria fazer com que fossem convidados à Casa Branca. Ele até podia ter conseguido levá-los a Washington, mas se sentar com o presidente era outra história.

Garrett ficou olhando os edifícios do governo pela janela, mas sentia que Alexis o observava. Na noite anterior, o que se passara entre os dois tinha sido muito intenso. Emocional e fisicamente. O fato de ela ter ficado junto dele, abraçando-o, com sua cabeça no colo. O episódio os havia ligado de uma forma que Garrett nunca vivenciara. Não sentiu que estivesse apaixonado por ela ou que a conhecesse um pouco mais. Mas estivera vulnerável em sua companhia como nunca havia estado com nenhuma outra mulher — ou homem, por sinal —, e não tinha como voltar atrás. Estranho modo de aproximar duas pessoas, pensou, mas agora, para o melhor ou para o pior, eles estavam ligados.

O carro entrou pelo acesso de visitantes da ala leste da Casa Branca, passando por uma multidão de guardas em uniforme de gala azul e furtivos agentes do serviço secreto. Os documentos de identidade foram conferidos e depois conferidos de novo, e eles foram levados a toda pressa para fora da viatura, escadas acima, para o centro flamejante do universo.

45

CASA BRANCA, 10 DE ABRIL, 11h02

Quando o general Kline viu Garrett entrar no Salão Oval, seu primeiro pensamento foi de que o garoto parecia mal. Pálido, fraco, um pouco desorientado. Mas entrar na Casa Branca provoca isso numa pessoa. Kline relembrou sua primeira visita à casa monumental havia quinze anos e três mandatos, e como teve certeza de que ia molhar as calças, ali mesmo, diante do presidente Bush e de todos os seus assessores. Mas, examinando bem, viu que Reilly não parecia nervoso nem ansioso. Só cansado, o rosto ainda machucado, pontos no queixo, um corte profundo acima do olho em processo de cura. O general, é claro, tinha lido tudo sobre a briga de bar em Oceanside, a fratura no crânio, os níveis de maconha no sangue e a noite numa casa abandonada em Detroit. Qualquer um desses fatores poderia prejudicar a boa aparência de um jovem; mas junte todos eles em um só indivíduo e de fato estará forçando a barra.

Kline gostava de observar as pessoas em situação de estresse. Essa circunstância mostrava o verdadeiro caráter delas. E ele precisava entender do que Reilly era feito; o general imaginava que seu emprego dependia disso. Ele era o arquiteto do projeto, e sua carreira entraria em ascensão ou em declínio dependendo do resultado obtido. Puxa, pensou ele, o destino do país poderia igualmente entrar em ascensão ou declínio.

Havia outra questão em relação a Reilly. Não porque estivesse usando terno escuro, cinza, e uma gravata sóbria (que o general encomendara para ele no dia anterior, de modo que o rapaz pudesse comparecer à reunião com o presidente vestido de outro modo que não de jeans e camiseta). No começo, Kline não conseguiu identificar, mas, depois, quando estendeu a mão para cumprimentar o garoto, percebeu que Garrett Reilly parecia mais velho. Fisicamente, o que talvez se devesse aos ferimentos, mas também emocionalmente. O rapaz tinha amadurecido. A constatação fez o general se sentir melhor. Deixou-o mais seguro. Talvez o resultado dessa reunião fosse melhor que o da última.

O sotaque sulista do presidente Mason Cross de repente despertou o general de seu devaneio momentâneo e o forçou a se concentrar nas questões que seriam debatidas.

— Ouvi dizer que você passou por uma situação desagradável ontem à noite — comentou o presidente, apertando com força a mão de Garrett e o encarando com um sorriso frio e informal.

No íntimo, Mason Cross, um homem bronzeado de 45 anos, era um vendedor: fizera fortuna comprando clínicas médicas no Tennessee, transformando-as numa rede de saúde privada; fizera isso convencendo todos os médicos envolvidos a confiarem a ele o próprio futuro. Para os médicos havia sido uma boa decisão, assim como para Cross. O general Kline não estava tão certo de que tivesse sido o melhor para os pacientes, mas não dá para satisfazer todo mundo. Agora, com várias crises despontando em diversas frentes, Kline achava que o país não precisava de um vendedor. Mas Cross era o que a nação tinha, então o general aceitara o fato de que era com ele mesmo que teriam que se arranjar.

— Meu Deus do céu, que desastre!

O presidente acenou para que Garrett se sentasse num sofá, e o garoto obedeceu, um tanto rígido. Ele deve estar sentindo dor, pensou Kline. Lançou um olhar para a capitã Alexis Truffant, que, cuidadosa, não saiu do lado de Garrett, mas respondeu ao general com um cumprimento de cabeça. Por um instante Kline se perguntou se alguma coisa estaria acontecendo entre os dois, mas depois afastou o pensamento. Truffant não deixaria uma coisa dessas acontecer. Ou deixaria?

— Dezoito pessoas morreram em Detroit na noite passada. Quatro em Toledo — revelou o presidente, balançando a cabeça, espantado. — Destruir a própria cidade dessa maneira. Não consigo entender. Mas que bom que vocês não sofreram nenhum machucado grave. Como está se sentindo?

— Estou muito bem, senhor presidente — respondeu Garrett sem demonstrar nenhuma emoção que Kline pudesse discernir. — Um pouco de dor de cabeça. Mas vou sobreviver.

— Ah, isso é muito bom, porque você tem uma cabeça preciosa — comentou o presidente, sorrindo. — Dentro dela há um cérebro que, segundo estive lendo, tem ajudado o país. Você nos passou boas informações. Ótimas informações.

— Muito obrigado, senhor presidente.

— Não agradeça a mim; agradeça ao bom Deus que o fez desse jeito — respondeu Mason Cross, encarando Garrett.

O rapaz retribuiu o olhar do presidente com um leve ar de confusão no rosto. As palavras do homem ficaram pairando no ar. Kline precisou se controlar para não rir — não conseguia engolir a religiosidade superficial de Cross, e podia notar que Garrett estava constrangido. Até onde sabia, Kline achava que o garoto jamais tinha botado os pés numa igreja, e menos ainda rezado a Deus.

Cross, o eterno vendedor, disfarçou o desconforto com mais conversa.

— Você sabe por que o chamei aqui hoje?

— Para informá-lo do que descobrimos, presidente?

— Não, filho — disse Mason, balançando depressa a cabeça. — Tenho gente que, dia e noite, enche meu cérebro de informações até começarem a sair pelas minhas orelhas. Deus sabe que não preciso de mais informes.

Alexis Truffant arriscou um rápido olhar para Kline, que assentiu com um gesto de cabeça quase imperceptível. Esse era o momento, pensou o general. Mas deixaria que o vendedor ali presente conduzisse a conversa.

— Amo esse país, Sr. Reilly. Amo demais. E farei o que for preciso para mantê-lo em segurança. Arriscarei minha vida pelos Estados Unidos da América. Suponho que todos nesse recinto também se sentem assim.

O olhar abrangente que o presidente lançou ao redor foi correspondido por uma onda de graves acenos de cabeça e afirmações murmuradas. Kline percebeu que Reilly, no entanto, não disse nada. Talvez o garoto, pensou o general, não tenha mudado tanto assim; talvez seja psicologicamente incapaz de se adaptar ao programa.

— Como você esclareceu de forma competente para mim e para muitos outros no governo, essa grande nação, que há mais de duzentos anos tem sido independente, está sob ataque. De um inimigo poderoso e traiçoeiro. Um inimigo que parece não querer declarar suas intenções, e, ainda assim, se dedica a nos prejudicar todo dia, cada vez mais rápido, de formas que há alguns meses teríamos considerado inimagináveis. Não é verdade, Sr. Reilly?

Garrett hesitou, depois fez que sim com a cabeça.

— Sim, senhor, é verdade. Eu acho.

— Cidades queimando. O mercado imobiliário desmoronando. Nossa moeda sitiada. O mercado financeiro atacado. Eles estão nos atacando com força. Golpes físicos. Esses golpes estão nos enfraquecendo. Não acho que exagero ao dizer que estamos cambaleando. Mas eles, concretamente, não lançaram um único míssil, nem dispararam um só fuzil. Nenhuma bala está vindo em nossa direção. Não balas reais, pelo menos. E ninguém sabe nada sobre como isso está sendo planejado. O povo americano está no maior escuro. A matéria da Fox News dizia, há dez minutos, que a queda da central elétrica foi uma falha do software. Uma falha? Rá!

O presidente Cross balançou a cabeça e ficou calado por um momento. Depois se levantou e começou a andar pelo salão, de um lado para o outro. Enquanto falava, virava a cabeça para Garrett repetidas vezes.

— Sr. Reilly, eu usaria todo o poder das Forças Armadas dos Estados Unidos contra os chineses. Faria chover sobre eles o fogo do inferno se considerasse isso o melhor para o país. Mas os chineses, em matéria de poderio nuclear, são tão capazes quanto os russos. Talvez até mais.

O presidente Cross respirou fundo, deu mais alguns passos e agitou as mãos no ar.

— Eu estaria mentindo se negasse a existência de pessoas no meu governo que estão pressionando muito por uma resposta militar tradicional aos acontecimentos. Mas não tenho certeza de que podemos nos arriscar tanto. Não estou dizendo que não poderíamos vencer, mas, bom Deus... as consequências que isso traria!

O presidente parou, coçou o queixo, balançou a cabeça.

— Em resumo, Sr. Reilly, não podemos seguir o mesmo caminho que antes já se mostrou eficaz. Precisamos ser espertos. Precisamos ser misteriosos. Precisamos pensar um, dois, talvez três ou quatro passos à frente do inimigo. Precisamos de uma liderança moderna, não convencional.

O presidente interrompeu sua caminhada diante do lugar em que Garrett estava sentado no sofá. Apontou um dedo longo e magro para o jovem.

— O que precisamos é de você.

Rugas se formaram nos cantos da boca de Garrett. Kline julgou ter visto o rapaz empalidecer de leve.

— Desculpe, não entendi — disse.

— Quero que comece uma guerra furtiva contra os chineses. Você terá todos os recursos de que necessitar. Dinheiro, pessoal, tecnologia. O que pedir, estará ao alcance de suas mãos. Você vai convocar todo o poder desse seu cérebro espetacular e lançá-lo com força em cima dos nossos inimigos. Quero que acabe com a raça deles. E quero que faça isso sem ninguém perceber. Sem balas, sem mísseis. Não podemos deixar o público saber que estamos travando uma guerra contra a China. De jeito nenhum. Com exceção de algumas pessoas que consideramos necessárias, ninguém pode ter qualquer conhecimento dos fatos. As consequências seriam vastas e potencialmente desastrosas se nosso ataque se tornasse público. Para a nossa economia. Para o mundo. Você vai atacar nossos inimigos, derrotá-los sem um pingo de piedade, e ninguém pode saber de nada, jamais. Será como se nunca tivesse acontecido.

Houve um silêncio no salão. Todos os olhos se voltaram para Garrett, cujo queixo estava um pouco caído. Kline estremeceu involuntariamente enquanto aguardava a reação do rapaz. Era tudo ou nada. Para Kline. Para o país.

— Eu pensei que estivesse sendo treinado para detectar ataques, não para planejá-los — disse, enfim, Garrett, piscando.

— Então pensou errado — respondeu o presidente.

— Não tenho certeza se... Não tenho certeza se sei como fazer isso.

— Você derrotou três companhias dos melhores fuzileiros que o dinheiro pode pagar. Em nenhum momento fez algum de seus homens disparar um só tiro. Você humilhou os outros. Pelo que me disseram, foi magistral.

O presidente se voltou para Kline.

— Não foram essas suas palavras, general?

Devagar, mas com confiança, Kline acenou que sim.

— Foram essas minhas palavras, senhor presidente.

— Temos pouco tempo a perder, Sr. Reilly — avisou o presidente Cross. — Mas, se precisar, tire o restante do dia para pensar. Eu gostaria que você se apresentasse para trabalhar amanhã de manhã, às sete em ponto.

Kline ficou observando Garrett engolir em seco e depois repetir as palavras do presidente, como que para ter certeza de que era real o que havia acabado de ouvir.

— O senhor quer que eu comande uma guerra secreta contra os chineses?

— Comandar, não, filho — corrigiu o presidente. — Vencer.

46

ARLINGTON, VIRGINIA, 10 DE ABRIL, 14h10

— Você está irritado comigo porque não contei? — perguntou Alexis sentada ao volante do utilitário preto. — Sobre o plano?

Eles estavam atravessando a pista baixa e larga da Arlington National Bridge, com o escuro rio Potomac formando preguiçosos redemoinhos abaixo deles. Garrett virou as costas para a janela. Estavam sozinhos no carro; o motorista anterior tinha voltado à base aérea com o general Kline.

— Você sabia o tempo todo — declarou ele, não perguntando, mas afirmando.

— Eu sabia, sim.

— Queria me atrair, me instruir e depois me colocar no comando. Uma cilada desde o começo.

— Uma cilada, não, Garrett; um recrutamento. Passamos mais de um ano procurando alguém como você. Uma pessoa jovem, inteligente, valente e que não fosse militar.

— Nós?

— A princípio foi uma ideia do general Kline. Mas ele e eu montamos o programa. Levou dois anos. Muito trabalho pesado e pouco dinheiro.

— Então sou parte de um programa?

— Todos nós somos parte de um programa. Cada um de nós. Você era parte do programa de Wall Street; agora é parte do programa militar dos Estados Unidos.

— Conveniente, essa lógica.

— Você está dizendo que não é verdade?

— Eu não sei. Não sei mais nada. — Olhou para Alexis. — Como se chama o programa?

— Ele tem um codinome.

— E o codinome é...?

— Ascendant.

— Ascendant? — estranhou Garrett. — Como na frase "a economia da China está ascendente"?

— Ou como "você está ascendente". Ou "o programa está". Criamos o Projeto Ascendant porque o mundo está mudando. Muito depressa. Mais rápido do que uma organização grande e burocrática como as Forças Armadas ou o governo consegue acompanhar. Vimos ameaças surgirem e pensamos que a única forma pela qual esse país conseguiria lidar com elas seria por intermédio de um projeto como esse. Fora da DIA, ninguém acreditava que fosse viável. Até que você apareceu.

Para Garrett, pareceu que havia uma nota de orgulho na voz dela. Ele estremeceu involuntariamente. De repente, o mundo inteiro parecia criar expectativas sobre ele. *Todo mundo estava fazendo planos para Garrett Reilly.*

— Como você se envolveu?

— O general Kline me recrutou. Para o Projeto Ascendant em especial. Foi uma aposta arriscada — disse ela, sorrindo —, mas sempre tive um fraco por apostas arriscadas.

— Outros foram recrutados? Antes de mim?

— Ninguém que se enquadrasse com tanta perfeição. — Alexis hesitou. — Ou que tenha durado tanto...

Garrett ficou pensando nisto: tinha havido outros antes dele. Talvez um monte deles. Jovens recrutas brilhantes. Ou desajustados. *Ou ingênuos.* Aquilo fez sua cabeça doer de novo. Viajaram em silêncio por alguns minutos.

— Para onde está me levando? — perguntou Garrett.

— Para o lugar aonde vou toda vez que volto à cidade. Achei que você gostaria de vê-lo.

Garrett a encarou por um longo momento, examinando o rosto de Alexis em busca de pistas, mas ela o desviou para se concentrar no trânsito. O carro seguiu direto da ponte para o Arlington Memorial Drive, entrando depois nas alamedas tranquilas do Cemitério Nacional de Arlington. As lápides dos soldados eram intermináveis, fileira após fileira de túmulos: brancas, simples, algumas ficando acinzentadas, gravadas com nomes, datas e detalhes da patente, com flores e coroas colocadas sobre a ocasional placa tumular. Garrett ficou olhando para a imensidão do lugar e a multidão de mortos. Alexis estacionou a noroeste da necrópole, seção vinte. Ela saiu do veículo e Garrett a seguiu devagar, ressabiado.

A capitã esperou por ele na beira de um campo cheio de lápides

— Há 16 Truffants enterrados em Arlington. Todos são parentes meus. O primeiro morreu na guerra de 1812. De lá para cá, sofremos uma baixa em cada conflito americano.

— Isso é para fazer com que eu me sinta patriótico?

— Ser cidadão de uma democracia exige sacrifícios.

— Muita gente não sacrifica nada.

— Nem por isso é a atitude certa.

— Também não é a atitude errada. Quer dizer que os Truffants derramaram um bocado de sangue. Talvez vocês devessem mudar de ramo, se tornarem dentistas. É muito mais seguro.

Alexis deu uma risada curta, depois apontou na direção de uma fileira distante de lápides.

— Eu não trouxe você aqui para ver minha família.

De repente, Garrett soube exatamente por que ela o havia levado ali. Era incrível não ter percebido antes, e a tristeza que o inundou pareceu infinita, uma onda de desespero que ameaçou envolver todo o seu corpo. Um vácuo se abriu em seu estômago e se espalhou até as pontas dos dedos das mãos e dos pés. Ele se sentiu vazio.

— Terceira fila, lápide dezessete — indicou Alexis. — Vou esperar aqui.

Ela se afastou depressa e foi para o carro.

Garrett ficou parado por um momento, incapaz de se mover, quer em direção ao túmulo, quer para longe dele. Por fim, depois do que pareceu uma hora de indecisão, ele se arrastou, com os pés

231

pesados como chumbo, até a terceira fila e a lápide dezessete. Todos os soldados dos túmulos ao redor tinham sido mortos nos últimos cinco anos, no Iraque ou no Afeganistão. Garrett parou diante da lápide dezessete e leu a inscrição:

BRANDON PABLO REILLY
CABO
CORPO DE FUZILEIROS NAVAIS DOS ESTADOS UNIDOS
MEDALHA PURPLE HEART
AFEGANISTÃO
14 DE MAIO DE 1982 – 2 DE JUNHO DE 2008

No túmulo de Brandon não havia flores, nem coroas, nem ursinhos de pelúcia; nenhuma caixa de biscoitos ou fotos emolduradas. Aos olhos de Garrett, pareceu que ninguém nunca havia tocado no túmulo de seu irmão. Talvez ninguém nunca o tivesse visitado. Ele ficou ali parado, olhando para a lápide por cinco minutos, sem pensar em nada específico, sem recordar Brandon nem se enfurecer pelo modo como havia morrido. A mente de Garrett estava estranhamente vazia. Nunca tinha lhe ocorrido imaginar onde o irmão estaria enterrado; o rapaz se lembrava de forma confusa de uma carta do Corpo de Fuzileiros Navais, mas ele a rasgara sem ler com atenção. Na ocasião estava furioso, amargurado, desatento aos detalhes. Era provável que também estivesse drogado.

Curvou-se e passou os dedos sobre o nome de batismo do irmão, as letras gravadas na pedra. Não o fez como um gesto sentimental, e sim para dizer que o havia feito, que alguém tinha visitado intencionalmente o túmulo de Brandon. Depois disso, caminhou de volta ao carro e entrou. Alexis já estava sentada ao volante.

— Também fazia parte do programa me trazer até aqui?

Ela fez que não com a cabeça.

— A partir de agora, o programa é o que você fizer dele. *Você é o programa.*

Garrett deu uma risada curta e amarga e desviou o olhar. No mesmo instante o riso foi substituído pela dor. Ele se encolheu enquanto a escuridão tornava a tomar conta dele. Sentia as lágrimas se acumulando, a tristeza assumindo uma forma física, distorcendo os cantos de sua boca e os músculos em torno dos olhos. Tentou desesperadamente se controlar.

— Sinto falta dele — admitiu Garrett. — Sinto tanta falta dele!

Alexis estendeu a mão e tocou seu rosto, e o rapaz não conseguiu mais se segurar.

Começou a chorar.

Sentia-se humilhado, mas ali estava a verdade nua e crua. Ele estava chorando descontroladamente diante de um oficial do Exército, nada menos que uma mulher pela qual sentia profunda atração. Sentiu-se um tolo, mas também se sentiu livre, purgado, de algum modo estranho, mais leve. Chorou muito, como deveria ter chorado — como desejara chorar — durante anos. Todos os anos de saudades do irmão; todos aqueles anos de amargura e raiva; todos aqueles anos de solidão. Quando Brandon morreu, deixou o irmão caçula completamente sozinho neste mundo. A única pessoa com quem Garrett podia contar o havia abandonado, e aquilo abriu em seu mundo um buraco grande demais para ser reparado algum dia. A ausência de Brandon tinha mudado a vida de Garrett, distorcendo, de certa forma, todos os sentimentos dele a partir do dia em que lhe comunicaram a morte.

De repente, o choro se transformou em riso. Garrett estava rindo por entre as lágrimas que escorriam pelo seu rosto, e disse a Alexis:

— Mas que merda é essa?

Não fazia a menor ideia. Tudo aquilo era novidade para ele, essa catarse emocional. Cada dia parecia trazer mais uma revelação. O processo o estava desgastando. Ele continuou rindo, nem que fosse porque aquela parecia ser a trilha em que estava seguindo agora e lhe faltavam forças para agir de outro modo.

Alexis também começou a rir, e Garrett enxugou os olhos na manga do paletó do terno. Então, antes que pudessem perceber como aquilo tinha acontecido, ele a estava beijando, segurando a cabeça dela e beijando a moça intensamente, e as mãos dela agarravam a nuca dele. A capitã respirava, ofegante, e o apertava, e

Garrett sentiu o gosto de sal das próprias lágrimas e imaginou que ela também poderia senti-lo. Seus corpos se aproximaram um do outro, e ele sentiu o calor do peito dela através do terno que usava e da farda da capitã.

Alexis se afastou de súbito, meteu a chave na ignição e deu partida. Eles saíram apressados de Arlington, sem dizer uma palavra, e se dirigiram para o sul, deixando o cemitério para trás, rumo a Alexandria. Ela estacionou diante de um prédio de tijolos à beira do rio e entrou com Garrett. No elevador, o rapaz agarrou a farda dela, que arrancou sua gravata, e, no momento em que entraram no apartamento dela, já haviam tirado metade das roupas. Alexis bateu a porta e eles mergulharam na cama.

Garrett amava o contato com o corpo dela, algo entre macio e firme, um corpo musculoso porém distintamente feminino. Alexis estava em forma. Eles se tocaram, explorando, se provocando, até que Garrett mergulhou dentro dela, fazendo-a gemer de prazer. Os dois se contorciam em um ritmo próprio, um em cima do outro, braços e pernas entrelaçados. Queria ficar dentro dela para sempre, apenas viver ali, ambos ligados um ao outro intimamente. Alexis atingiu o orgasmo com intensidade, os olhos presos aos dele, e Garrett a seguiu pouco depois, alegre, satisfeito e, pela primeira vez em muito tempo, tranquilo.

A essa altura, a noite havia caído, e os dois adormeceram nos braços um do outro. Ele não estava sozinho. Sentia-se completo.

47

CHENGDU, CHINA, 11 DE ABRIL, 12h33

Ela devia ter previsto.

Viajando na carroceria de um caminhão carregado de caixotes de madeira cheios de alho, tendo ao lado seus assistentes e soldados mais dignos de confiança, Hu Mei viu como tudo havia sido óbvio: num minuto a praça diante do edifício estava cheia de transeuntes e vendedores ambulantes e, no instante seguinte, se esvaziou. Como era possível não ter entendido que aquilo significava que a polícia isolara a área e estava a ponto de entrar? Como os policiais ficaram sabendo? Quem os havia informado sobre a reunião?

Ela olhou para os rostos dos outros homens e mulheres que se moveram com os solavancos do caminhão ao passar por uma rua cheia de buracos. Ali estava Chen Fei, outrora diretor municipal do Partido e agora chefe de segurança dela. Tinha cortes e contusões pelo rosto, causados pela briga com um oficial da polícia. Mas ele não podia tê-la traído agora.

Por quê? Porque poderia ter feito isso um mês atrás, com muito menos problemas.

Ali estava Li Wei, uma enfermeira do sul que estava cuidando dos ferimentos de Chen Fei, tentando esconder as lágrimas. Ela poderia ter sido a traidora? Hu Mei duvidava. Li Wei possuía pouco em sua vida: não tinha marido, nem filhos, nem pais. Sem o movimento, não teria nada, e isso a tornava leal.

Lin Chao, o estudante de ciências políticas da Universidade de Pequim, estava sentado à direita de Hu Mei. Havia levado um tiro no braço, que estava enfaixado; uma mancha de sangue tinha se infiltrado no linho branco de sua camisa. Ia sobreviver graças à incompetência da polícia e à dedicada assistência de Li Wei. Lin Chao não parecia muito preocupado com o ferimento. Ao contrário, demonstrava estar deliciado. O estudante acreditava de verdade na causa. Seu único sonho na vida era morrer nas barricadas, com uma faixa de protesto nas mãos, uma palavra de ordem na boca. Um ferimento só o tornava mais puro. Não havia modo de que ele a tivesse denunciado às autoridades. Teria preferido morrer — literalmente.

Mei fez uma careta quando o caminhão virou a esquina e um caixote de alho pressionou seu ombro. Na tentativa de prendê-la, um policial dera um golpe de cassetete, atingindo o braço dela um pouco acima do cotovelo. No momento seguinte, Chen Fei derrubou o policial, mas o dano já havia sido feito. O braço irradiava dor, e ela mal conseguia mexê-lo.

Foi um milagre que tantos deles tivessem escapado. Dois integrantes de seu círculo íntimo foram mortos a tiros quando os primeiros policiais invadiram o edifício. Quatro foram presos logo em seguida. Sete fugiram no caminhão, com ela. Outros 11 conseguiram se dispersar no meio da multidão de curiosos que se juntou. Eles iam desaparecer nas ruelas de Chengdu e sobreviver para continuar a luta.

Mas só por um triz.

Essa havia sido sua quarta fuga miraculosa em poucas semanas. A polícia estava ficando mais esperta e decidida. Mais dissimulada. E havia a possibilidade concreta de um delator dentro da liderança do movimento. Ela observou os rostos de três pessoas que estavam viajando no caminhão: Huang Jie, seu estrategista; Gao Gang, um especialista em computadores; e Wan Chen, que escrevia os panfletos. Todos abalados, tentando esconder o medo. Será que o traidor era um deles?

Não, pensou Hu Mei, enquanto o cheiro nauseante do óleo diesel subia e se infiltrava pelas tábuas quebradas do assoalho da carroceria. Isso aconteceu porque o movimento tinha crescido demais. Havia tanta gente, em tantos lugares, trabalhando com ela e servindo à organização, que algumas pessoas seriam forçosamente informantes, ou infiltrados, ou espiões. Nenhuma delas precisava pertencer ao comando do movimento. Havia numerosas oportunidades de se ouvir por acaso um horário ou a localização de uma reunião e depois informar às autoridades. Pelo visto, era essa a natureza do crescimento: quanto mais gente se consegue para ajudar, menos são aqueles em que se pode realmente confiar.

— Como isso foi acontecer? — gritou Lin Chao acima do rugido do motor do caminhão. Ele apontou um dedo acusatório para Chen Fei. — Você deixou isso acontecer.

Chen Fei resmungou e balançou a cabeça.

— Você não sabe do que está falando. Volte para a escola.

— Escola? Os estudantes vão salvar a China — rugiu Lin Chao.

— Como fizeram na Praça da Paz Celestial? — retrucou Chen Fei, com os lábios torcidos num sorriso cruel.

— Você e seu Partido estão matando a alma do país!

— Já chega! — interrompeu Mei. Sentia dor de cabeça, o braço doía, o estômago revirava com o fedor do alho combinado à fumaça de óleo diesel. — Se a culpa deve ser atribuída a alguém, eu vou assumi-la. Devia ter visto a polícia chegar. Devia ter examinado os arredores com mais cuidado. A culpa foi *minha*.

Aquilo os fez calar a boca. Sempre fazia. Assumir a responsabilidade pelo fracasso; compartilhar o crédito pelo sucesso. Isso ocorria naturalmente a Hu Mei. Era o que fazia dela uma líder. Mas, sentada na traseira daquele caminhão, afastando-se do mais desastroso equívoco que já haviam cometido, ela sabia que na verdade estava fracassando, não liderando.

Não poderia continuar daquele jeito, fugindo e se escondendo, desferindo golpes ineficazes no monstro colossal que era o Partido. Não, esse era um jogo perdido. Não passavam de moscas zumbindo ao redor de um cavalo. Um incômodo. Em breve, iriam encontrá-la, prendê-la, reduzi-la a pó. Iriam executá-la, sozinha, sem testemunhas, como faziam com todos os acusados de traição ao Estado, e havia meses que a tinham acusado.

Quando isso acontecesse, o movimento ficaria esfacelado.

Ela precisava dar um golpe devastador. Mas como? Não sabia. E as pessoas no caminhão, seus conselheiros mais próximos, não podiam ajudá-la. Não que lhes faltasse inteligência ou dedicação. Não que se negassem a sacrificar a vida por Hu Mei. Ela desconfiava de que todos o fariam se lhes pedisse. Não, a questão é que eles eram seguidores, marchavam atrás dela enquanto ela indicava o caminho; o que mais necessitava nesse momento era de um companheiro, um confidente que caminhasse a seu lado. Alguém que combinasse com ela, com todas as ideias; alguém com quem pudesse se abrir, planejar, sonhar. Em sua mente via um homem jovem e bonito, ousado e heroico. Quem sabe até pudesse amá-lo, embora não pretendesse mais amar.

Juntos, eles começariam uma verdadeira transformação na China. Fazer isso sozinha — exausta, ferida, chacoalhando na carroceria de um caminhão de alho — estava se mostrando difícil demais. Complicado demais. Havia um conjunto de detalhes que, se fossem negligenciados, podiam conduzir ao desastre; demasiadas decisões de vida ou morte em que os instintos dela começavam a traí-la.

Mas onde encontraria essa pessoa? Parecia impossível. A China é grande e populosa, mas não o suficiente. Confiança — a verdadeira confiança de uma alma gêmea — era um artigo raro, na opinião de Hu Mei. Mais raro que ouro ou prata. Mais raro que o amor. E mais valioso. Mas ela sentia que, sem isso, iria cometer mais um erro. E depois mais outro.

Com o passar do tempo, um desses erros acabaria por matá-la.

48

ALEXANDRIA, VIRGINIA, 11 DE ABRIL, 6h45

Garrett acordou com o insistente toque do celular pousado na mesinha de cabeceira. Era o general Kline.

— Dentro de uns dez minutos, dois oficiais vão bater à sua porta. Vão escoltá-lo até o Pentágono.

Garrett esfregou os olhos, examinando o apartamento de Alexis.

— Não estou na base.

— Eu sei — disse Kline. — Os homens vão levar uma farda para você. Dez minutos.

Ele desligou. Garrett procurou Alexis, mas ela não estava na cama.

— Alexis?

Não houve resposta. Garrett vestiu a calça e verificou o pequeno apartamento, mas ela não estava ali. Procurou um bilhete ou qualquer sinal de comunicação, mas não havia nada. Depois, tomou uma ducha e estava se enxugando quando os oficiais de Kline chegaram. Os militares eram jovens e ficaram parados em posição de sentido na soleira do apartamento. O mais novo dos dois colocou um uniforme do Exército embalado em plástico no espaldar de uma poltrona.

— Seu uniforme, senhor.

Garrett retirou o plástico e levantou a jaqueta do uniforme azul de serviço para examinar na luz. Presa na ombreira havia uma insígnia dourada, uma folha de carvalho estilizada de sete pontas.

— Eu sou major? — perguntou Garrett.

Os militares se entreolharam.

— Trouxemos a farda errada para o senhor?

239

Garrett levou vários minutos para se decidir a usá-la. Tinha a impressão de ter dito a Alexis — no que parecia muitos meses antes, mas na verdade era só uma semana e meia — que por nada no mundo vestiria um uniforme, fosse do Exército, da Marinha, de fuzileiro ou de gari. No entanto, ali estava ele, parado no banheiro dela, olhando para aquele pedaço de tecido azul muito engomado e cogitando usá-lo. Resolveu fazer uma tentativa e, depois de vestido, se contemplou no espelho. Era muito estranho. Brandon havia sido o cara que usava farda, não Garrett. Ele se lembrou de que o irmão parecia um herói quando entrara pela porta vestindo sua jaqueta de fuzileiro, um sorriso radiante estampado no rosto; de que a mãe o tinha paparicado, o que deixara o irmão caçula secretamente enciumado.

Para Garrett, parecia errado se vestir como um soldado, quase ilícito. Porém gostava até certo ponto. A farda assentava bem e, foi obrigado a admitir, lhe dava uma sensação de poder. O traje tinha certa aura.

— Preciso ficar atento a isso — murmurou consigo. — Pode ser perigoso.

Garrett passou mais cinco minutos inspecionando botões e insígnias da farda e depois desceu as escadas com os oficiais. Eles o levaram num carro do Exército para o setor norte, atravessando Alexandria, até o Pentágono. O gigantesco edifício surgiu do nada, uma monótona fortaleza contemporânea. Pararam em um dos amplos estacionamentos abertos do edifício e depois o conduziram por um ponto de controle de segurança. Garrett aceitou tudo calado, imaginando que os dois soldados seriam incapazes de responder a qualquer uma de suas perguntas.

O prédio do Pentágono parecia imenso e imponente visto de fora, mas o interior lembrou a Garrett uma série infindável de extensos corredores de hospital, sendo a única diferença o fato de estarem cheios de soldados e não de médicos. Nenhum dos militares direcionou um segundo olhar ao rapaz, embora ele tivesse a sensação de que seu uniforme de major gritava: "Sou um impostor! Prendam-me agora!" No elevador que descia ao subterrâneo, um jovem tenente latino bateu continência para Garrett, que resmungou sem palavras, incerto de como responder.

Quando chegaram ao subsolo, os oficiais o levaram através de outra série de corredores menores — pintados de verde, com lâmpadas fluorescentes que tremeluziam —, até uma grande porta de aço guardada por dois fuzileiros com fuzis M16 a tiracolo. A placa que encimava a porta dizia: Complexo Nacional do Centro de Comando Militar. Os fuzileiros examinaram sua identificação, inseriram o nome dele no computador e acenaram para que entrasse. Mais corredores, até que por fim Garrett foi levado para a espaçosa e alta sala de guerra.

Para ele, o cômodo correspondeu ao que havia imaginado de uma sala de guerra no Pentágono. O local era escuro e silencioso. Da parede da frente pendiam grandes mapas digitais de 3 por 6 metros, no mínimo. Cada tela mostrava um continente diferente. Os mapas estavam marcados com ícones de navios, aviões e soldados; cada um trazia anexado um nome de unidade e um número. Eles piscavam e se moviam devagar, como se em conjunção com a imagem de satélite à qual estariam conectados, segundo supôs Garrett. Diante das telas, havia duas fileiras de mesas, cada mesa com múltiplos monitores, fones de ouvido com microfone e teclados. Atrás delas, poltronas de anfiteatro, com um fone e uma série de controles nos braços, enfileirados para permitir a uma plateia, e também ao pessoal que monitorava as telas digitais, assistir aos procedimentos. Tudo era novo e avançadíssimo. Garrett sorriu: finalmente observava a tecnologia militar pela qual havia esperado.

Um pequeno grupo de oficiais da Força Aérea, meia dúzia no total, ocupava os computadores. Outros, que Garrett pensou se tratar de oficiais mais graduados, ocupavam as poltronas do fundo no anfiteatro, mas estavam imersos na escuridão e ele não conseguiu discernir seus rostos. Então o general Kline se levantou de uma poltrona da frente e caminhou até o recém-chegado. Olhou-o de cima a baixo.

— O uniforme ficou bom?

— O senhor fez de mim um major? Isso é legal?

— O presidente pode fazer de você o que quiser — disse Kline. — É claro que, se você desejar, posso rebaixá-lo.

Agora todos os oficiais da Aeronáutica que estavam sentados nos terminais o observavam. Garrett sentia o colarinho engomado do uniforme.

— O posto de major vem com mordomias?

— Sim, esse é o *seu* centro de comando. Ele pertence a você. Terá seis analistas da Agência de Informação da Defesa trabalhando nesses terminais. Os do lado esquerdo vão monitorar em tempo real todas as locações e as prontidões militares. As nossas, as da OTAN, da Rússia, da China. Se você quiser saber onde um batalhão está, em qualquer lugar do mundo, eles podem lhe dizer. Aquelas telas são feeds de informação aérea fornecida por drones Global Hawk e Predator. As duas pessoas à direita são civis, GS-13s, e rastreiam a informação fornecida pela CIA e pela NSA: noticiário político, informes do Departamento de Estado, telegramas diplomáticos. Pode considerá-los a CNN com anabolizantes.

Os funcionários — duas mulheres e quatro homens — cumprimentaram com a cabeça de suas posições nos terminais de computador. Garrett retribuiu acenando para a penumbra.

— Contatos da Marinha, do Exército e dos Fuzileiros estão sentados lá atrás, nas poltronas do anfiteatro. Se você lhes der ordens, irão comunicá-las a seus respectivos altos-comandos. Também temos representantes do Ministério da Fazenda, além da CIA. O que você lhes disser irá direto para o topo. Você receberá respostas em no máximo cinco minutos.

— Respostas? — estranhou Garrett, tentando enxergar o rosto dos homens e das mulheres sentados no fundo do anfiteatro. — Respostas a quê?

— Respostas às suas ordens.

— Minhas ordens?! — Garrett achou graça, ainda sem ter certeza do que Kline estava dizendo. — Que merda eu vou ordenar a eles que façam?

— O que você desejar — respondeu Kline —, dentro dos limites do que é sensato.

— O senhor quer dizer, tipo assim, "Quero que a gente invada..."
— Garrett deu uma olhada nos mapas digitais — "... o Canadá". Posso mandar a gente fazer isso? "Tragam todas as mulheres deles! E a cerveja!"

— Conforme eu disse, dentro dos limites do sensato — disse Kline, sem se mover nem sorrir.

— Achei que vocês tivessem me trazido para cá para ser insensato...

— Nós o trouxemos para cá para vencer.

— Vencer? Os chineses? Quer dizer que estamos oficialmente em guerra?

— Oficialmente, nada disto existe. Você é um operador do mercado financeiro que está de licença, e eu estou mais preocupado com os fundamentalistas islâmicos que estão emergindo do Sudão. Oficialmente, a China e os Estados Unidos são amigos. Até aliados. Mas, dois dias atrás, um vírus de computador causou um apagão nas centrais elétricas de sete estados do Meio-Oeste. Detroit foi incendiada e nós dois sabemos que isso foi só a ponta do iceberg. Hoje de manhã, 100 mil soldados regulares do Exército de Libertação Popular realizaram exercícios de ataque anfíbio no litoral de Taiwan. A situação está caótica, Garrett, e piora a cada minuto.

Ele olhou em torno, examinando a cavernosa sala de guerra; avistou os mapas na parede, os marcadores das posições da frota norte-americana e as setas que assinalavam os esquadrões bombardeiros.

— E aí, o que vem em seguida?

— Você é quem tem que me dizer — respondeu Kline.

Garrett refletiu por um minuto.

— Gosto mesmo é do que o presidente falou: lutar contra eles sem lutar contra eles.

— Parece um plano. — Kline inclinou a cabeça, virou-se e se dirigiu à saída. Gritou para trás: — Todos têm meu telefone. Liguem se precisarem de mim.

Já tinha chegado à porta quando Garrett gritou:

— General, espere.

Correu até a porta. Baixinho, para que ninguém mais no salão conseguisse ouvi-lo, perguntou:

— Onde está Alexis?

— A capitã Truffant está ocupada.

— Ocupada? Como assim?

— Ela foi realocada.

— *O quê?* Por quê?

— O trabalho dela terminou.

— O trabalho dela? Qual era o trabalho dela?

— Achei que isso tinha ficado claro. Era treinar você. — Com um gesto abrangente em direção ao restante da sala de guerra, completou: — Para isso.

Garrett absorveu a informação com uma crescente tensão nas costas e nos ombros, uma brasa de fúria se acendendo em seu íntimo.

— Eu a quero aqui — exigiu. — Preciso do conhecimento especializado dela.

— Você tem especialistas. Os melhores do ramo.

— Eles não sabem o que ela sabe.

— Não seja imbecil. Eles têm o dobro do conhecimento.

— Eu quero ela! — berrou Garrett. Houve silêncio enquanto suas palavras ecoavam pelo recinto.

— Pois bem — disse Kline pausadamente e em voz baixa —, você não pode tê-la. Ela está de licença. *Com o marido dela.*

Garrett inclinou a cabeça de lado, devagar. Começou a dizer alguma coisa, parou, reavaliou, depois começou de novo, e no fim as palavras tornaram a lhe faltar.

Kline se aproximou do rosto dele.

— Eu sei, eu sei. Você dormiu com ela. Isso mudou sua vida. Ela é a mulher dos seus sonhos. Sua alma gêmea etc., etc. Mas será que Alexis não mudou de ideia? Talvez tenha achado que cometeu um erro. Que talvez você, afinal, não seja o amor da vida dela. Eu não sei, e não me importo. Foi embora. Não está disponível até segunda ordem.

Garrett fez uma careta. Kline ficou olhando para ele.

244

— Agora você vai sair e encher a cara? Vai entrar em outra briga de bar? Vai deixar que lhe encham de porrada? É melhor me dizer logo, porque, se for, eu já mando a equipe inteira para casa. Dou folga para eles e tento imaginar alguma outra maneira de salvar nosso país.

Garrett pensou em dar um soco na cara de Kline. Teve vontade, só por um breve momento, de bater no filho da puta arrogante, que ria de triunfo, e ficar observando o sangue jorrar de sua boca e de seu nariz. Mas não foi o que fez. Em vez disso, trincou os dentes com muita força, até os ossos da mandíbula doerem, e o desejo de infligir dor foi esvaziado de seu corpo.

O general Kline analisou a expressão de Garrett e disse:

— Estamos olhando para a boca de um canhão. A guerra entre as duas únicas superpotências que restam no mundo é uma distinta possibilidade. Esse é o grande momento. O que você fizer agora tem importância. Para nosso país inteiro. Para o mundo. O que eu preciso... Não, o que todos nós precisamos é de um visionário para conduzir as coisas. Para ficar no comando e liderar. Liderar a todos nós. Minha esperança é de que seja você esse visionário.

O general se virou e saiu da sala de guerra.

Garrett ficou olhando o militar ir embora e depois falou, para ninguém em especial:

— Estou fodido.

49

PENTÁGONO, 11 DE ABRIL, 9h07

G arrett ficou sentado sozinho na penumbra da sala de guerra, avaliando a tarefa à sua frente. O problema tinha duas partes.

A primeira era que ele nem imaginava como conduzir uma guerra invisível contra os chineses. Garrett era um surfista de Long Beach, meio mexicano, afastado havia duas semanas de seu emprego no setor financeiro, no qual passava a maior parte do tempo tentando obter lucro de títulos da dívida dos Estados Unidos. Mal havia conseguido terminar a faculdade, nunca disparara um tiro nesta vida, odiava militares e não se sentia muito próximo do próprio país. Mas o presidente, o sacana do presidente dos Estados Unidos, tinha lhe pedido pessoalmente que combatesse os inimigos da nação sem que eles percebessem, e sem que outros percebessem que isso estava acontecendo. Para Garrett, aquilo era loucura.

A segunda parte de seu problema era ainda mais complicada: ele estava apaixonado por Alexis Truffant.

Nunca havia se apaixonado antes, portanto, não tinha referências para avaliar os sentimentos envolvidos, mas os indícios estavam se acumulando. Ele já vinha suspeitando desde a ocasião em que tentara beijá-la, naquela noite em Camp Pendleton, mas forçara a ideia a sair de sua mente. O sentimento voltou à tona em Detroit, quando ele ficou deitado com a cabeça no colo dela, enquanto o Meio-Oeste pegava fogo. Uma catástrofe nacional estava acontecendo, e ele se sentia mais feliz que nunca. Aquela era uma pista muito forte. E depois tinha havido o dia anterior, em Arlington, no carro, aos beijos, fazendo sexo no quarto dela e passando a noite abraçados. Mesmo que Alexis tivesse ido embora naquela manhã sem dizer uma palavra, e estivesse naquele exato momento — pelo menos, segundo o general Kline — com o marido, tentando fazer o casamento funcionar, Garrett não se importava.

Não se importava e a perdoava por tudo.

Para ele, esse fato praticamente encerrava a questão, pois Garrett quase nunca perdoava alguém — por qualquer coisa. Jamais. Sentado ali na sala de guerra do Pentágono, um recinto monumental, escuro e subterrâneo, perdoou Alexis por não ter lhe revelado que o queria para o Projeto Ascendant. Ele a perdoou até por não ter lhe contado sobre a existência de um projeto, para começar. Ele a perdoou por enganá-lo, por não ter usado sua aliança, por ter flertado com ele na praia à noite, por ter investigado o passado dele, por ter adivinhado que uma mulher bonita o transformava num idiota babão, e por, mais tarde, ter usado essa falha de caráter contra ele.

Garrett não se importava. Amava seu rosto, sua voz, seus cabelos, o fato de que tivesse enfrentado o secretário da Defesa a favor dele. Estava se agarrando à convicção de que ela também o amava, que voltaria do reencontro com o marido e escolheria ele. Se é que realmente *estava* com o marido. Por mais apaixonado que Garrett talvez estivesse, não era ingênuo a ponto de aceitar como verdadeira qualquer declaração do general Kline, ou de qualquer outra pessoa em Washington, D.C. Alexis podia ter sido mandada de volta para a Califórnia, ou para Timbuktu, para sair das vistas de Garrett e aguardar os acontecimentos mundiais. De todo modo, tinha bastante certeza de que ela acabaria voltando. Para ele.

Se tal convicção o transformava num romântico incurável, capturado pelas garras de uma ilusão, que assim fosse. Isso, decidiu ele, devia ser a natureza do amor.

Não que alguma dessas revelações lhe trouxesse a sensação de ser uma pessoa melhor. Não se sentia mais virtuoso ou compassivo. Com certeza não tinha vontade de conversar com todos os analistas da DIA e contatos militares que cochichavam entre si ou ficavam encarando a tela de seus computadores. Apaixonado ou não, estava se lixando para todos eles. Será que realmente esperavam que desse ordens? Que os comandasse na batalha?

Aquilo poderia demorar algum tempo. *Um longo tempo.*

Uma das telas penduradas na parede frontal da sala de guerra estava sintonizada na CNN. O canal estivera ligado a manhã inteira, num vaivém de repórteres espalhados por todo o Meio-Oeste — Detroit, Toledo, Cleveland, Chicago —, enquanto tentavam encontrar explicações para os blecautes e os episódios de vandalismo. A maior parte das matérias tinha conteúdo sensacionalista: condenações aos imorais saqueadores, elogios à prontidão da polícia, uma busca por quem teria vacilado nas centrais elétricas prejudicadas. Em nenhum lugar ou instante se mencionou um vírus, um programa malicioso na internet ou os chineses. Por enquanto, a verdade não viria à tona.

Mas poderia vir em breve, e então o público exigiria uma explicação. E uma ação. Exigiria um plano. O plano de Garrett. Com esse pensamento, ele enfim voltou ao problema inicial: não tinha um plano. Nem mesmo um esboço.

Uma coisa era procurar padrões nos dados financeiros brutos ou aprender a respeito dos hábitos da liderança comunista chinesa. Mas lançar o próprio país numa guerra secreta era algo totalmente diferente. Ele podia ter comandado com sucesso um batalhão de fuzileiros contra alguns de seus companheiros numa simulação de combate. Mas era apenas isto: uma simulação. Ninguém ia se machucar. O único a sentir dor seria aquele babaca do secretário da Defesa, Duke Frye. Aquilo havia sido apenas um jogo.

A constatação fez Garrett dar um salto na cadeira. *Ele estivera jogando.* Não tinha levado os militares a sério. Não tinha dado importância aos seus líderes ou a seus soldados. Eles eram guerreiros, e ele era, em essência, um jogador. Jogos de dinheiro. Jogos eletrônicos. Ele vivia na internet. Jogava no ambiente virtual. Aquilo era exatamente o que faria agora.

— Quero que você vá à GameStop mais próxima e compre todos os consoles, controles e jogos que encontrar — ordenou Garrett ao jovem capitão do Exército que estava sentado na fileira da frente da sala de gerenciamento de crises.

Como o capitão — Hodgkin, segundo constava no crachá — pareceu confuso, Garrett ergueu as mãos em sinal de espanto.

— Você conhece Xbox? PlayStation? Nunca jogou videogame?

Hodgkin voltou uma hora depois, com sacolas cheias de aparelhos e jogos: *Halo 4*, *Call of Duty: Modern Warfare*, *Battlefield 3*, *KillZone* e meia dúzia de outros, todos FPSs ou RPGs, todos possíveis de serem jogados on-line.

Garrett fez todos os membros da sala de guerra abrirem contas e depois instalou os consoles nas telas na parede frontal da sala. Eram sete telas. Sete jogos diferentes. Ele assumiu os controles de um e ensinou aos novatos os primeiros passos, para que seus avatares não fossem decapitados cada vez que ressuscitassem.

Ligou para Mitty e disse a ela que estava conseguindo autorização militar para incluí-la em sua equipe de ataque na invasão do Dia D, no jogo *Medal of Honor*.

— Autorização militar? — perguntou ela, animada. — Quer dizer que posso lançar um drone Predator?

— Pode fazer o que quiser — respondeu Garrett. — Mas que tal nos concentrarmos na tarefa desse momento?

Os ocupantes da sala ficaram observando enquanto Mitty tomava fortificações alemãs sem fazer nenhum esforço. O contato do Corpo de Fuzileiros Navais — Patmore — ficou impressionado quando ela torrou uma companhia inteira de nazistas com seu lança-chamas.

— Meu tipo de mulher — admitiu com maldisfarçado interesse.

Patmore era um experiente jogador de videogame, como também eram alguns dos outros analistas; os plantões de uma base naval envolviam muitas horas de participação em FPSs. Patmore também parecia um pouco maluco. Aquilo agradava Garrett.

O mais novo major explicou aos homens e mulheres sob seu comando que queria que se focassem na tela de seus computadores, matando nazistas e orcs, até ficarem com dor no corpo pela imobilidade, até todo o resto do mundo desaparecer, e tudo que fosse real para eles só existisse num servidor de algum lugar na nuvem da internet. Porque — e isso ele manteve em sigilo —, se fossem assumir a vanguarda de uma nova guerra, uma secreta e invisível guerra cibernética/financeira/psicológica contra os chineses, então deviam se sentir à vontade no ambiente virtual. A partir daquele momento, o virtual era o real. E o real era virtual. Ambos eram a mesma coisa.

Em seguida, mandou chamar Celeste, Bingo e Lefebvre no hotel para o centro de gerenciamento de crise. Os três — tão deslumbrados e pasmos quanto Garrett havia ficado na primeira vez em que entrara no Pentágono — passaram talvez uns vinte minutos observando em silêncio toda a reluzente parafernália da inteligência militar.

— E aí, o que a gente vai fazer? — perguntou o tenente.

— Jogar videogame.

— Por quê?

— Para praticar.

Celeste franziu a testa.

— Isso realmente parece idiotice. Onde está Alexis?

Garrett deu de ombros.

— Não faço ideia.

A mulher examinou o entorno.

— Deixaram você no comando, não foi? — Como Garrett não respondeu, ela torceu a boca de forma desdenhosa. — Que desastre! — resmungou, antes de se afastar.

De todo modo, os três pegaram controles e começaram a jogar. Bingo matava a pau — era um profissional numa partida com amadores. Garrett nunca o tinha visto tão satisfeito. Lefebvre não fazia feio — já havia jogado um pouco em outras ocasiões. Mas Celeste era trucidada cada vez que tentava. Parecia não estar achando graça.

No começo da tarde, a sala de guerra lembrava mais uma república estudantil que um centro de comando — repleta de tortilhas e latas de Red Bull vazias. Garrett não era fã de repúblicas, mas qualquer coisa era melhor que o Pentágono. Embora, na verdade, ele sentisse que estava seguindo a cartilha dos militares: assim como novos recrutas eram submetidos a exercícios pelo sargento de instruções em Camp Pendleton para se converterem em máquinas mortíferas executoras de ordens, Garrett estava desvinculando esses homens e mulheres de suas ligações antigas com o mundo físico e os reconstruía para viverem no fluxo de dados global. Era um campo de treinamento para a próxima guerra.

Para Garrett, os jogos também cumpriam um objetivo pessoal, que era não pensar em Alexis. Era difícil, mas não impossível, e, com o passar das horas, foi se tornando um pouco mais fácil. A dor tornava-se suportável.

A iniciativa seguinte foi pedir dinheiro. Um milhão de dólares. Parecia uma quantia irrisória, uma vez que ele ia jogar na bolsa de valores e, em comparação com o que os militares gastavam em tanques e mísseis a cada minuto de cada dia, eram migalhas. Ele se dirigiu ao contato do Ministério da Fazenda — uma jovem chamada O'Brien, que usava os cabelos presos num coque, um terninho azul-escuro e passava a maior parte do tempo falando baixinho no celular — e disse de súbito:

— Preciso de 1 milhão de dólares.

Fez isso sobretudo para ver o que poderia obter sem que lhe fizessem perguntas, mas O'Brien nem piscou. Ligou para seus superiores e, em vinte minutos, Garrett tinha uma conta on-line com a quantia à sua espera. Um milhão de dólares, num estalar de dedos.

Esse, pensou Garrett, é o tipo de coisa com que um cara pode acabar se acostumando.

Dividiu o dinheiro igualmente entre todos os presentes — havia onze pessoas, logo, cada uma recebeu 90.909 dólares — e os fez abrirem contas de negociações financeiras on-line. A representante da CIA — seu nome era Finley, e ela pareceu adivinhar o que Garrett queria — autorizou nomes fictícios e números de seguro social falsos para a abertura das contas. Garrett os instruiu a começarem a jogar em opções futuras, títulos de renda fixa e commodities, nas margens do mercado, e lhes deu um tutorial-relâmpago sobre como fazê-lo. Disse que esperava vê-los ganhar dinheiro até o fim do dia útil seguinte, e não queria que parassem de jogar nem de assistir às atualizações do noticiário dos canais por assinatura na televisão, colocada na frente do recinto. Eles deviam monitorar seus jogos, suas posições no mercado e os acontecimentos mundiais. E não cometer erros em nenhum deles.

251

Aquela instrução provocou um pânico controlado nos militares e nos contatos das instituições civis. Alguns conseguiram obter lucros no fim do dia; a maioria não ganhou nem perdeu, mas houve um analista que pulverizou sua verba inteira em vinte minutos. Ele não recebeu fundos adicionais.

Às quatro da tarde o general Kline entrou na sala de guerra, ficou olhando para os jogos nas telas de projeção, viu os salgadinhos de milho espalhados pelo chão e foi embora sem dizer uma palavra. Garrett julgou ter visto um ar horrorizado estampado no rosto do general, e achou aquilo gratificante.

Garrett mandou que metade da equipe passasse a noite na sala de guerra: permitiu que três pessoas dormissem em camas de campanha que mandou colocar nos fundos; outras três, manteve jogando e negociando. A outra metade foi mandada para casa, para quatro horas de sono. Garrett disse que os esperava de volta ao raiar do dia. Ordenou-lhes que não telefonassem nem falassem com ninguém. Seria algo como uma câmara de privação sensorial.

Ele também foi para casa à meia-noite — levado de volta à Base da Força Aérea de Bolling por dois oficiais — e dormiu inquieto durante algumas horas, sonhando um pouco com Alexis, depois com a própria mãe. Acordou às quatro da madrugada e ficou vendo a CNN, a Fox News e a CNBC, procurando sinais de algo que estivesse acontecendo entre os Estados Unidos e a China. Mas as notícias só tratavam de tumultos e tiroteios e políticos que se digladiavam. Se a guerra tinha começado, os Estados Unidos não sabiam.

Ela era invisível.

Pediu que o buscassem às quatro e meia e o levassem de volta ao centro de comando. Dos que tinham ido para casa, a maioria já estava de volta, jogando e negociando. Garrett dispensou, para algumas horas de repouso, os que pernoitaram na sala de guerra. Receberam a mesma ordem dos demais: não falar com ninguém, não se encontrar com ninguém, não foder com ninguém. Viveriam ali dentro, não lá fora.

Havia um e-mail de Mitty esperando por ele. O vírus da central elétrica sem dúvida tinha vindo da China. O código continha traços embutidos da linguagem de programação ChinesePython, além de fragmentos de Mandarin BASIC. Ela havia copiado tantos blocos de código quanto possível antes que o programa fosse removido, mas nenhum deles era muito revelador; o vírus era simplesmente malicioso e muito inteligente. Pelo menos, agora, Garrett sabia com certeza que a invasão da central elétrica tinha sido mais um foguete que os chineses lançaram no conflito em rápida escalada.

Quando Celeste Chen chegou do hotel às seis da manhã, ele a fez comprar um nome de domínio — Chinawar — e começar um blog. Ele o administrava por meio de servidores proxy offshore, para que ninguém pudesse rastreá-lo até o Pentágono. Instruiu Celeste sobre o que escrever. O blog era mais um bate-papo sobre como o blogueiro odiava os chineses e sua cultura, e como as chinesas eram feias — qualquer coisa em que Garrett conseguisse pensar para sacanear as pessoas. Eles forjaram um pseudônimo — USA Patriot Boy — e depois colocaram uma longa lista de metatags nos cabeçalhos: *sexo, putas chinesas, Deus abençoe os Estados Unidos, tiro mortal* e *presidente Xi Jinping*. Garrett fez uma análise de densidade das palavras-chave para otimizar o motor de busca, depois colocou um link do blog para todos os artigos sobre a China que ele e Celeste conseguiram encontrar. No fim do primeiro conjunto de entradas, ele perguntava aos leitores o que fariam para atacar a China.

Ao meio-dia, o blog estava registrando dois mil acessos por hora, além de postagens longas e racistas sobre por que os Estados Unidos deviam invadir a República Popular da China. Às sete da noite esses números haviam dobrado, assim como a quantidade de cliques vindos de trás da muralha da censura governamental chinesa. O número de visitas à página crescia a uma velocidade espantosa. Alguém na China estava mesmo prestando atenção.

O general Kline ligou três vezes no segundo dia, e o tom das conversas foi ficando cada vez mais tenso: O que você está fazendo? Por que eles estão jogando videogame? Estão acompanhando o que os militares chineses estão fazendo? Você sabia que a Força Aérea deles está realizando incursões sobre o estreito de Malaca? A frota americana do Pacífico está agora em alerta máximo. *Você tem um plano, Garrett?*

Em todas as vezes, ele respondia:

— Estou meio ocupado. Posso ligar depois?

Na terceira chamada, desligou quando Kline estava no meio da frase.

Na tarde do segundo dia, Garrett liberou Celeste do jogo. Ela estava se mostrando ridiculamente inapta, e não melhorava nada, portanto, seria melhor usá-la em outra tarefa. Disse-lhe que pegasse o notebook e voltasse a pesquisar sobre o desespero dos chineses. Do que eles tinham tanto medo? Vá pesquisar, pesquisar e pesquisar, ordenou a Celeste, e só volte aqui quando tiver achado alguma coisa. Ela pareceu muito contente de que a libertassem da sala de guerra. Foi embora sem nem se despedir.

Naquela noite, Garrett dormiu no Pentágono, inquieto, acordando de vez em quando na cama desconfortável, sentindo-se separado de seu corpo, como se o tivessem dividido ao meio. Uma parte dele estava deitada ali, olhando fixamente para o espaço, enquanto a outra estava fazendo sexo com Alexis, segurando o rosto dela nas mãos, beijando-a, sussurrando para ela. Se o amor era uma droga, conforme alegava uma música pop idiota, então era uma droga muito perigosa, que ele jurou nunca mais usar — o que era estranho, porque Garrett gostava da maioria das drogas.

Mas, na manhã do terceiro dia, descobriu que seu coração já não doía tanto quanto na véspera, fato que o surpreendeu. Como isso havia acontecido? Seria a velha metáfora de que o tempo cura todas as feridas? Ainda queria Alexis de volta, queria ver o rosto dela, beijar seus lábios. Só que agora conseguia conviver com aquela carência. Não absorvia tudo. Garrett pensou, enquanto lavava o rosto num imaculado banheiro do Pentágono, que talvez essa fosse a sensação de ser adulto.

Ao meio-dia do terceiro dia, alguns ocupantes da sala de guerra começaram a ganhar dinheiro no mercado de futuros. O fator principal era eles terem começado a sentir as flutuações dos dados que dirigiam os preços. Bingo e Lefebvre estavam conseguindo chegar um passo além daqueles dados e apostar sobre o rumo das coisas, o que era exatamente o que Garrett queria.

— Comprando e vendendo ações — murmurou Lefebvre com praticada ironia. — Meu pai ficaria muito orgulhoso de mim.

Eles também se tornaram peritos nos jogos on-line. Comunistas e cubanos e zumbis devoradores de cérebros caíam como moscas. Cada funcionário, homens ou mulheres, velhos ou jovens — a maioria era jovem — tinha subido dez vezes em seus níveis de jogo, acumulando pontos e novas vidas, ganhando feitiços, armaduras e munições. Garrett colocou alguns dos melhores em contato com jogadores na China, formando times com eles e conversando enquanto jogavam. Garrett lhes fornecia as questões: O governo está espionando você? Você pode falar livremente? O software de censura deles é muito poderoso? As respostas eram vagas ou as perguntas eram ignoradas, mas Reilly não se importava. Estavam sondando, cavando, rondando.

Enquanto isso, de seu apartamento no Queens, Mitty Rodriguez começou a torturar a sala de guerra. Ela havia jogado tantos jogos, por tanto tempo, e conhecia tanta gente nos círculos da indústria de videogames, que acumulara um acervo enorme de macetes. Os macetes — ou cheats, como os jogadores os chamavam — eram códigos escritos em jogos que, uma vez descobertos, concediam aos jogadores calejados vantagens especiais em relação aos outros. Eles davam à pessoa poderes especiais, como a capacidade de acessar novos cenários ou armas capazes de matar com mais velocidade e abrangência. Os mais difíceis de descobrir permitiam ao jogador fazer coisas que ninguém — absolutamente ninguém — estava autorizado a fazer. Uma delas era matar membros de seu próprio time sem ser penalizado.

Em geral, era permitido atingir somente o inimigo. Havia jogos que, visando a um maior realismo, possibilitavam aos jogadores serem atingidos por fogo amigo, mas eram raros. Se as pessoas pudessem atirar em qualquer um — até em integrantes da própria equipe — sem consequências, então o caos prevaleceria. Portanto, os desenvolvedores criaram mecanismos de segurança para detê-los: perda de pontos; o uso de um botão liga/desliga. Mas, para cada jogo que ela e os membros da sala de guerra de Garrett jogavam, Mitty havia achado um cheat para matá-los, desrespeitando

255

quaisquer regras existentes. Ela usou o recurso até as consequências começarem a incomodar.

A primeira vez que Garrett ouviu falar do caso foi quando Patmore — o fuzileiro de queixo quadrado — veio procurá-lo quase aos prantos.

— Toda vez que estou prestes a matar uma porrada de insetos alienígenas, ela me explode em pedacinhos. E aí grita comigo no fone e me chama de bicha. Não há nada que eu possa fazer. É uma merda de uma injustiça! — exclamou o fuzileiro, agitando o controle no ar e completando: — É uma merda de uma injustiça, *major*!

— Bem, a vida é assim mesmo — respondeu Garrett, achando graça, mas com indiferença.

Uma hora depois, dois de seus analistas/jogadores fizeram a mesma queixa. Mitty havia detonado a cabeça deles, em três jogos diferentes, sem aviso nem razão específica, invalidando as horas que acumularam para tentar fazer seus personagens durarem tanto no jogo. Foi de cortar o coração.

— Toda hora ela surta — disseram eles. — É uma doida.

— Vou falar com ela — prometeu Garrett.

Ele colocou os fones e entrou no meio de um combate armado, no litoral de Cuba, num jogo de *Special Ops*.

— Mitty, aqui é o Garrett — anunciou.

— *Como estás, pinche?* — A voz dela estalava acima dos estampidos de tiros.

— Chega de ferrar o pessoal do seu grupo. Você está acabando com o moral deles.

— Ora — disse ela, parecendo racional. — Manda chuparem meu pau.

— Isso não está ajudando.

— Então *você* pode chupar o meu pau.

— Sabe, agora sou major. O presidente me deu essa patente.

— Com certeza. E eu sou contra-almirante.

Garrett fez uma careta e ficou pensando em como mudar o rumo da conversa.

— Por que está fazendo isso, Mitty? Do que adianta você aloprar?

— Se eu aloprar, eles morrem. Se eles morrem, eu ganho mais pontos. Quanto mais pontos eu ganhar, mais eles têm medo de mim. Quanto mais medo eles têm de mim, mais eu ganho. E é por isso que seu cu é meu, sargento Reilly.

Garrett suspirou, cansado. Mas depois ficou pensando no que ela tinha acabado de dizer. Perder a cabeça tinha um certo valor estratégico que não era possível obter ao seguir as regras. Observando de maneira objetiva, o comportamento psicótico fazia muito sentido: você ganhava pontos, se divertia, e ninguém, absolutamente ninguém, conseguia prever o que você faria a seguir. Isso o tornava temido. Despertar o medo no coração do inimigo não era uma estratégia de batalha tão velha quanto a própria guerra?

— Você tem razão — concordou ele no microfone —, mas, mesmo assim, é uma babaca.

E desligou o console antes que ela pudesse retrucar.

Durante a hora seguinte, Garrett refletiu sobre o conceito de caos na guerra moderna. A imprevisibilidade era uma arma poderosa quando usada contra um oponente que tivesse necessidade de ordem. E todos nós não tínhamos necessidade de ordem? O caos não era o inimigo que todos os seres humanos temiam? Era o que Alexis tinha dito. O caos equivalia à morte; a ordem, à vida.

Isso não era particularmente verdadeiro na cultura chinesa? Quase todos os livros que tinha lido em Camp Pendleton afirmavam isso. Talvez o desespero do governo chinês estivesse ligado ao medo do caos. *Talvez estivessem interligados.* Se fosse o caso, ele poderia usar essa informação em proveito próprio.

E assim, três dias, sete horas e 1 milhão de dólares depois de iniciado o Projeto Ascendant, Garrett encontrou aquilo que estivera buscando...

... o começo de um plano.

50

CASA BRANCA, 13 DE ABRIL, 9h44

— O que esse babaca está fazendo?

A pergunta desaforada não foi dirigida a alguém em especial, mas, quando a pronunciou, o secretário da Defesa Duke Frye estava encarando o general Hadley Kline, que tentou não franzir o cenho nem retaliar, mas não foi fácil. Ele sabia que Frye o estava provocando, e também que não podia morder a isca. *Ainda não.* O restante da reunião seria uma disputa de poder entre os dois, e Kline precisava escolher bem suas batalhas.

Frye se voltou de repente para o presidente dos Estados Unidos, abrandando a voz.

— Queira perdoar meu linguajar, senhor presidente, mas precisa entender. Ele botou todo mundo para jogar videogame. Quatorze, dezesseis horas por dia. Enquanto estamos a ponto de entrar em guerra com a China. O mundo está caindo, e ele fica brincando.

O presidente Cross estava sentado diante de Frye, no fim de uma longa mesa de reuniões na sala de gerenciamento de crises da Casa Branca, no subsolo da ala oeste. A seu lado se sentavam o general Wilkerson, presidente do Estado-Maior Conjunto, e assessores de Wilkerson, além de representantes do Ministério da Fazenda, do FBI, da CIA e do Departamento de Segurança Interna. Kline estava mais distante na mesa, ao lado da assessora de Segurança Interna, Jane Rhys, uma senhora de deslumbrante cabeleira branca, com um par de óculos de leitura encarapitado no nariz.

— Nós o convocamos para pensar de forma não convencional — argumentou o general Kline, contendo a ira. — É exatamente o que ele está...

— Ficar jogando videogame não é pensar de forma não convencional — cortou Frye. — Não é nem mesmo pensar.

O homem girou na cadeira, virando-se na direção de Julia Hernandez, a jovem representante do Ministério da Fazenda.

— Quanto dinheiro ele requisitou ao Tesouro?

— Um milhão de dólares, senhor secretário — informou ela.

— E quanto resta?

— Mesmo tendo um contato no local, não devemos monitorar as contas de corretagem dele — respondeu a moça. — Tecnicamente, é ilícito.

— Setecentos e oitenta mil dólares — afirmou um agente mais velho, da CIA. Seu nome era Tommy Duprés, e Kline o conhecia há décadas. Era inteligente, político, e o general gostava dele. — Nós *estamos* monitorando as contas dele. Porque lhe fornecemos nomes falsos para elas. Está incluído nos parâmetros de segurança interna.

— Duzentos e cinquenta mil dólares — disse Frye. — Dinheiro do contribuinte. Desviado para contas pessoais e jogado no lixo.

— Acho que não eram transações dele — disse Duprés. — Algumas das contas foram esvaziadas em minutos. Reilly é mais sofisticado que isso. Ele botou a equipe para negociar na bolsa. Acho que está submetendo o pessoal a exercícios de treinamento. Mas com dinheiro de verdade. Munição de verdade, digamos assim.

Havia um tom de admiração na voz do homem, como se a inteligência e a astúcia de Garrett Reilly o tivessem impressionado. Kline notou aquilo. Poderia ser útil mais adiante.

O secretário Frye se manteve firme.

— E vocês viram isso? — perguntou ele, empurrando para o centro da mesa um notebook. O navegador estava aberto no blog de Garrett contra os chineses. — É uma página que conta como os Estados Unidos estão em guerra com a China. Eu estou louco ou o presidente não disse a ele especificamente que não devia mencionar isso? Que ninguém no país podia ser informado a respeito? E aí, então, o que ele fez? — Frye balançou a cabeça, desanimado. — Anunciou a coisa toda na internet.

Kline começou a se intrometer:

— Não é possível ligar o blog ao Pentágono ou...

— Ele está nos fazendo de bobos — cortou o secretário, fechando o notebook com um estalo seco. — Da mesma forma como fez quando o trouxemos à capital, no começo de tudo. Ele tem uma rixa pessoal com os militares por causa do irmão, e agora, com o poder que lhe demos, está indo à forra. Sem nem pestanejar.

O secretário voltou-se para o presidente Cross, que tinha passado a reunião toda em silêncio, bebericando sua água e alisando a gravata.

— Senhor presidente — disse Frye, debruçado sobre a mesa de mogno da sala de reuniões; a raiva tinha desaparecido de súbito de sua voz; falava num tom medido e equilibrado, um modelo de serenidade —, Garrett Reilly não está enviando relatórios, informações nem pedidos de movimentação de tropas. Não tem feito absolutamente nada. Pois bem, eu me importo com as operações experimentais gerenciadas nos subsolos do Pentágono? Em geral, não. Não me importo em absoluto. Mas não podemos ficar esperando que um hacker de 26 anos vá lutar nossas batalhas por nós. Já não podemos mais nos permitir esse luxo, se é que nos permitimos algum dia. Está óbvio para a mente de qualquer militar presente nessa sala que os chineses estão empenhados numa guerra total.

Apontou para uma bancada de monitores de televisão montada na parede atrás do comandante supremo. Um dos monitores mostrava o litoral da China oriental — o mar da China meridional. O outro mostrava o mar do Japão. Nos dois piscavam as luzes da atividade da Força Naval e Aérea dos chineses.

— Hoje de manhã, eles despacharam cinco destróieres da classe Luzhou do porto de Qingdao, e um submarino nuclear da classe Jin está partindo das docas nesse exato momento. Estão viajando rumo ao sul, para o estreito de Malaca. Se dominarem o estreito, ficarão no controle de todo o comércio para o Japão, para a Austrália e, em grande parte, para qualquer outro lugar no Pacífico. Um quarto de todo o petróleo mundial passa por lá. Se não sairmos na dianteira, o sudeste asiático e todos os nossos aliados na região correm o risco muito real de serem dominados. Derrotados pelos chineses.

— Não sabemos se são ações ofensivas — retrucou Kline, permitindo que uma sombra de irritação se infiltrasse em sua voz. — Poderia se tratar de exercícios navais destinados a exibir o poderio marítimo deles.

— Se fossem exercícios, teriam nos avisado — objetou Frye. — A não ser que o seu pessoal lá na DIA tenha deixado de ver alguma coisa. Como perderam a liquidação dos títulos do Tesouro.

Kline estremeceu. Respirou fundo para se acalmar. Ele não era hábil na luta política; essa não era sua paixão, mas o Projeto Ascendant estava na mira de Frye. O secretário estava decidido a destruir qualquer projeto que levasse dinheiro e poder para longe de seu departamento e dos programas militares tradicionais. *Mas agora ainda não era o momento.*

Frye se virou de novo para o presidente.

— Senhor presidente, acredito que estamos nos aproximando depressa de um momento decisivo. Eles fizeram repetidos ataques a nós, à nossa economia, à nossa infraestrutura, e agora estão se preparando para um grande conflito militar. O sudeste asiático pode ser apenas o começo. Podemos estar encarando uma guerra mundial.

O presidente Cross franziu a testa e bebeu outro gole de água. Kline o observou enquanto avaliava a opinião do secretário. Para o general, Mason Cross nunca havia sido um visionário. Era mais um presidente zeloso, satisfeito em ocupar aquela posição e ansioso para não dar um passo em falso. Isso o forçava a fazer escolhas conservadoras — o que, para Kline, não era um problema: ele podia tirar partido da hesitação do presidente. Pelo menos, assim esperava.

— Mas por que, Duke? — perguntou o presidente. — Por que querem entrar em guerra conosco?

Frye se empertigou na cadeira.

— Presidente, não sei que importância isso tem. Eles o estão fazendo e nós precisamos nos mexer. Os motivos deles, a essa altura, são secundários. A nação deve ser defendida pela força. Se deixarmos a tarefa na mão dos fracos e dos indisciplinados, estaremos condenados. O que estou dizendo pode parecer insubordinação, mas, com o devido respeito, preciso fazer uma pergunta: queremos ser o governo que perdeu tudo para os chineses?

Kline piscou, surpreso. Não tinha pensado que o secretário colocaria a questão em termos tão inflexíveis e pessoais. Mas ele o fez, jogando sua cartada maquiavélica e ao mesmo tempo apelando para as falhas de caráter do presidente: sua vaidade e seu desejo de deixar um legado digno. O general foi obrigado a reconhecer o mérito de Frye: ele era um mestre do jogo. Dizia-se que estava de olho na presidência. A ambição do secretário era reconhecida como ilimitada.

Kline pensou ter visto o presidente se encolher um pouco, agitado. Cross balançou a mão no ar.

— O que está sugerindo que façamos, Duke?

— Jogar fora o Projeto Ascendant. Se for preciso, botar Reilly na cadeia por fraude...

Kline reagiu involuntariamente com indignação.

— Fraude? Dá um tempo!

— Ele pegou 1 milhão de dólares e desviou para contas pessoais. Esses já são motivos suficientes para abrir um processo — disse Frye. — Então, deflagramos uma verdadeira estratégia militar. Despachamos a Frota do Pacífico, pronta para a batalha, para junto do litoral de Xangai. Mandamos a 5ª Frota sair do Oriente Médio para o estreito. Despachamos equipes por via aérea para a fronteira oriental do Quirguistão e duplicamos nossas forças na Coreia do Sul. Podemos fazer isso em questão de dias. Confrontamos os chineses com o que os Estados Unidos têm de melhor: força esmagadora. Isso vai apavorar os líderes do Partido e fazer com que eles parem na mesma hora.

O silêncio reinou na sala. O presidente Cross tomou outro gole, enxugando, com cuidado, as gotas de condensação do copo. Após alguns momentos, ele se virou para Kline.

— General Kline, sei que o senhor sonhou com esse programa, mas, para falar com franqueza, parece que ele se transformou numa missão impossível.

Kline assentiu com a cabeça. *O momento era agora.* O Projeto Ascendant viveria ou morreria dependendo do que ele dissesse.

— Senhor presidente, o Projeto Ascendant é um lance de dados. Desde o começo já sabíamos. Sim, Reilly perdeu algum dinheiro. Mas não acredito que seja fraude, e, no contexto maior, é uma quantia irrisória. Se ele está fazendo alguém parecer idiota, esse alguém sou eu, e até agora estou disposto a suportar a humilhação: ainda acredito no projeto. E acredito nos talentos de Reilly. Mas, principalmente, senhor, acho as alternativas questionáveis. Nós podemos empurrar os chineses para a beira do abismo? Podemos. Mas não temos a menor ideia do resultado. A situação poderia piorar e sair do controle em questão de minutos. Ou até de segundos. A história já nos mostrou que as guerras, depois de iniciadas, assumem vida própria. Quanta gente vai morrer? E, em longo prazo, quem vai sair vitorioso? — Fez uma pausa e analisou os rostos dos outros homens e mulheres na sala. — Não tenho a resposta e me atrevo a dizer que, se alguém aqui alega que sabe, está se iludindo.

E continuou, em voz baixa e firme:

— Senhor presidente, eu entendo o risco. Minha cabeça está em jogo tanto quanto a dos demais. Mas estou pedindo que considere dar mais tempo ao Projeto Ascendant. Não por minha causa. Nem pela sua. Mas por causa do país.

O presidente Cross esfregou as têmporas com os dedos, devagar. O cooler de um computador zumbia baixinho num canto. No recinto, todos os olhos estavam voltados para ele.

— Duke — disse ele, dirigindo-se ao secretário da Defesa —, eu gostaria que você me mandasse por escrito um plano abrangente de ataque. Com uma força esmagadora, mas que leve em consideração as baixas. O povo americano só consegue aceitar certo número de guerras em determinado intervalo de tempo. Eu não quero perder o sudeste asiático, mas também não quero o Juízo Final. Espero que o seu plano esteja na minha mesa dentro de 24 horas.

— Ele estará, senhor presidente — respondeu o secretário com ar de triunfo.

O presidente se voltou para Kline.

— Reilly vai ter mais dois dias; se ele não nos der nada, vou acabar com o programa.

Kline soltou a respiração. Dois dias. Não era uma vitória, mas tampouco uma derrota. *Ainda*. O presidente se levantou, sinalizando que a reunião terminara. Todos os presentes se levantaram com ele. Cross começou a se dirigir à porta, depois parou e se virou mais uma vez para olhar para o general.

— E, Hadley, veja se consegue botar um pouco de juízo na cabeça do garoto. Pelo menos diga a ele que nos informe o que está fazendo. Sei que ele é um pé no saco, mas, cá entre nós, videogame?

51

PENTÁGONO, 13 DE ABRIL, 11h32

Havia dois feeds dos computadores da NSA ligados diretamente à sala de guerra do Projeto Ascendant, um rastreando a proveniência dos dados; outro, os padrões de telefonemas. Conhecer a origem dos dados — o processo de selecionar enormes quantidades de informação da computação em nuvem — era o futuro da investigação estratégica. Mas a monitoração de ligações era o presente. Garrett fazia questão de conferir as atualizações de ambos a cada hora.

Pouco antes do meio-dia do terceiro dia da existência oficial/extraoficial do Projeto Ascendant, Garrett notou um pico nas ligações para os números do suporte de cinco bancos regionais do sudeste dos Estados Unidos: First Atlanta, Southern Trust, Montgomery Credit Union, Jackson People's Bank e Alabama Federal. Estavam recebendo toneladas de reclamações dos clientes. Cobranças sem explicação em cartões de crédito começaram a aparecer de repente nos extratos. E o pior: diversas contas-correntes em cada banco foram esvaziadas. Quando os clientes as acessavam pela internet, estavam vazias. Zeradas.

As ligações para a emergência aumentaram até um nível crítico em 15 municípios dos estados da Geórgia, do Mississippi e do Alabama. Sete pessoas sofreram infarto. Três delas morreram.

Garrett, Bingo e Jimmy Lefebvre investigaram. Precisaram de vinte minutos para encontrar a conexão.

— Todos esses bancos terceirizaram a programação dos seus sites para a mesma empresa no Vietnã — disse Lefebvre. — Eastern

Star Data Programming, em Saigon. Mas não estão atendendo ao telefone lá.

Garrett vasculhou sua coleção de redes secretas de compartilhamento de arquivos e os quadros de aviso virtuais de hackers, e logo encontrou centenas de nomes de correntistas e senhas que tinham acabado de ser postos à venda. Todos originados na Eastern Star. Eram dos mesmos cinco bancos do sul dos Estados Unidos.

— Alguém pegou um monte de informações bancárias confidenciais e entregou a hackers do mundo inteiro — avisou Garrett a Bingo e Lefebvre, que olhavam por cima do ombro dele, examinando a lista de preços pedidos pelos dados roubados. — Depois deixou os hackers fazerem o maior estrago.

— Espertos — observou Lefebvre. — É bem fácil negar a participação.

— Procure detalhes da Eastern Star. O simples fato de terem sido invadidos não quer dizer que foram os chineses.

Lefebvre e Bingo correram para seus computadores. Garrett sorriu: os dois estavam trabalhando bem juntos. Ele telefonou para Kline para relatar o que haviam achado, mas a notícia já tinha viralizado. O boca a boca on-line era grande. O Twitter estava a todo vapor.

— O que podemos fazer? — quis saber o general.

— O dinheiro já desapareceu — respondeu Garrett —, logo, não há muito o que fazer

— Isso não é o suficiente — berrou Kline. — Você entende a pressão a que estamos submetidos? Acabo de ter uma reunião com o presidente. Sobre você! *Você entende o que está em jogo?*

— Acho que agora entendo.

Kline esbravejou alguma coisa que Garrett achou parecida com um palavrão e desligou de repente. Desligar o telefone na cara um do outro parecia o método preferido dos dois de finalizar uma ligação.

Bingo voltou meia hora depois com mais informações: a empresa vietnamita terceirizada para cuidar da programação era uma subsidiária de propriedade integral de um conglomerado de informática sediado em Xangai, vinculado a altos dirigentes do Partido Comunista; seu quadro de colaboradores era todo composto de imigrantes de etnia chinesa que falavam cantonês e moravam no Vietnã, conhecidos como o povo Hoa. Essa informação, por si só, nada significava para Garrett. Ele não se permitiria suspeitar de toda empresa ou cidadão chinês como reação automática. Mas a polícia de Saigon havia acabado de prender uma dúzia de empregados da empresa que tentava embarcar num 737 de volta para Xangai.

— Ora, isso provavelmente é tudo o que precisamos saber — concluiu Garrett.

Quando, uma hora depois, a notícia das contas zeradas enfim chegou ao site do *Wall Street Journal*, filas de correntistas apavorados começaram a se formar na porta das trezentas agências dos bancos por toda a região sul dos Estados Unidos. Todo mundo queria seu dinheiro. Em espécie. *Agora*. Na Bolsa de Valores de Nova York, cada ação classe A dos bancos perdeu entre um terço e metade do valor numa mesma tarde. Num piscar de olhos.

Bingo, Lefebvre e o restante da equipe do projeto ficaram assistindo ao noticiário da CNN na televisão do centro de comando. O local estava em silêncio, exceto pelo eco da voz de um repórter jovem e loiro que fazia a cobertura da matéria diante de um banco em um bairro residencial em Atlanta.

— Aqui há pânico generalizado, Vanessa — dizia o repórter. — Todo mundo está apavorado em relação ao próprio dinheiro.

— Marquem mais um ponto para a rapaziada de Pequim — disse Garrett, para ninguém em particular. — Quando eles veem uma oportunidade, pulam logo em cima. E não ficam de bobeira.

52

PENTÁGONO, 13 DE ABRIL, 16h32

—Eles o promoveram a general? — perguntou Avery Bernstein, olhando com desprezo a farda do Exército que Garrett usava, enquanto percorriam as trilhas pavimentadas do pátio central aberto do edifício.

No centro da área confinada havia um café; as altas paredes internas que se elevavam nos cinco lados da estrutura os cercavam, dando ao pátio a sensação de uma prisão, não de uma praça.

— Esse uniforme é de major. Foi o presidente mesmo que me promoveu.

— O presidente? Jura? — Avery balançou a cabeça, espantado. — Não tenho certeza se dou parabéns ou pêsames a você. Achei que odiasse as Forças Armadas.

Garrett suspirou. Seu antigo chefe telefonara ao meio-dia dizendo que ia passar a tarde na capital e perguntando se ele teria uns minutos para conversar. Garrett havia concordado, é claro, feliz em ouvir a voz de Avery, mas, no momento seguinte, percebeu que a ligação não fazia o menor sentido.

— Você veio a Washington em viagem de negócios? E soube que eu estava aqui? Como?

— Eles me disseram. Há alguns dias. — Avery hesitou. — Não, isso é mentira. Ligaram hoje de manhã e me pediram que viesse conversar com você.

— Eles?

Avery fez um gesto de amplidão no ar, indicando, num movimento, os militares e os civis que passavam pelo pátio carregando café e sanduíches, mas também para as paredes monumentais do próprio Pentágono.

268

— O pessoal para quem você trabalha, seja lá quem for. Os militares. O governo. Um general chamado Kline. Disseram que eu deveria lhe dizer que parasse de enrolar e trabalhasse direito. Que tocasse o programa, seja lá qual for o maldito programa, e fizesse o que se espera de você. É claro que ele queria que eu fosse mais sutil no recado. Que jogasse com seu patriotismo. Eu disse que você não era patriota.

— Talvez eu tenha mudado.

— A julgar por suas roupas, eu diria que você com certeza mudou. — Olhou para Garrett, avaliando sua expressão. — Também não sei se foi para melhor. Concorda com tudo o que essa farda representa?

Garrett se virou, escondendo de Avery a mágoa em seu rosto.

— Quando eu disse que queria vender títulos do Tesouro a descoberto porque os chineses os estavam desovando, você retrucou que eu não tinha senso moral. Agora, estou trabalhando pelo nosso país e você ainda me critica. Não consigo acertar uma.

Caminharam calados. Pombos arrulhavam e bicavam migalhas de pão embaixo de um banco de madeira.

— Você tem razão, desculpe — disse Avery, parecendo sentir um arrependimento genuíno. — Eu nem sempre sei por que digo as coisas que digo.

Garrett fez um gesto conciliatório.

— Ah, deixa para lá.

— Olha, Garrett, o tal do Kline não parecia muito contente. Na verdade, demonstrava estar um pouco desesperado. O que está acontecendo?

— Umas coisas — respondeu Garrett. — Coisas esquisitas.

— Tem a ver com a China?

— Talvez.

— A corrida aos bancos do sul hoje à tarde?

Garrett não respondeu. Avery ficou olhando atenta e longamente para seu antigo pupilo.

— Não fique me olhando desse jeito, Avery. Não posso contar. De verdade, não posso.

Avery se inclinou mais para perto e sussurrou:

— Eles estão nos espionando?

— Quem está nos espionando? Esses caras? — perguntou Garrett, mostrando com um gesto de cabeça um capitão do Exército que passou ao lado. — Talvez. Quem se importa?

De repente, Avery o agarrou pelo cotovelo e o fez dar meia--volta.

— Venha comigo — pediu, seguindo, depressa, na direção do Courtyard Café no centro do pátio.

— O que você está fazendo?

Avery empurrou a porta do café e fez o rapaz entrar.

— Preciso de dois minutos.

O estabelecimento estava meio vazio; um ajudante de cozinha recolhia os pratos de cima de um balcão e uma garçonete esvaziava uma máquina de café. Um punhado de funcionários do Pentágono lia ou trabalhava em notebooks colocados sobre as mesas do outro lado do salão. Apoiando a mão no meio das costas de Garrett, Avery o conduziu para os fundos.

— Ali, no banheiro masculino — indicou.

Abriu a porta do reservado com o pé e conduziu Garrett para dentro. O banheiro, impecavelmente branco, cheirava a desinfetante.

Garrett franziu a testa.

— Vamos fazer sexo? Porque, por mais estranho que pareça, não estou no clima.

Avery se inclinou e falou baixinho:

— Alguém anda perguntando por você.

Garrett piscou, surpreso.

— O que você quer dizer?

Avery respondeu de supetão, em frases fragmentadas de palavras abafadas:

— Um homem. Veio me ver. Sabia sobre você. Também sabia sobre os títulos do Tesouro. Sobre como você farejou a venda. Ele disse que você foi levado para Camp Pendleton e que o governo o recrutou para trabalhar para eles.

— Quem era o cara? — perguntou Garrett em voz baixa. Estavam a centímetros um do outro.

— Ele disse que se chamava Hans Metternich — respondeu Avery. — Duvido que seja o seu nome verdadeiro. Era europeu, eu acho. De meia-idade. Bonito. Não parecia um espião. Mas, por outro lado, também não parecia *não ser* um espião. Pediu que eu desse um recado a você.

— Nossa, Avery, talvez ele seja um terrorista. E se quiser me matar? Você pensou nisso antes de sair por aí falando com um babaca chamado Hans?

— Então faça de conta que não sabe dele. Mas e o carro-bomba no nosso escritório? O que quase matou você? Ele disse que não foi obra de terroristas.

— Quem ele disse que era o responsável?

— Não me contou. Disse que só podia contar a você.

— Foda-se, estou pouco me fodendo para quem ele é. Ou quem diz que é.

— Sabe, sou apenas o mensageiro. Se mudar de ideia, o cara disse que entrará em contato depois que você mandar um sinal de onde está.

— E como eu vou fazer isso?

Ouviu-se uma forte pancada e a porta do banheiro se escancarou. Uma dupla de oficiais — jovens, grandes e mal-encarados — entrou às pressas no local.

— Major Reilly — chamou o primeiro com voz trovejante —, precisam que o senhor volte ao centro de comando.

Garrett se voltou, espantado. Será que o haviam seguido ao banheiro?

— O que estão fazendo aqui?

— Posso escoltá-lo para o comando de imediato, major — disse o oficial.

— Vá se foder!

Garrett deu um passo adiante para confrontar o homem, mas Avery agarrou sua mão como se fosse se despedir. No mesmo instante, o rapaz sentiu na mão um pedaço de papel, e percebeu que o ex-chefe havia acabado de lhe entregar um bilhete.

— Foi muito bom ver você de novo — disse Avery, puxando o jovem para junto de si. — Muito bom mesmo.

No momento em que as palavras saíram de sua boca, o segundo oficial — cabelo cortado rente e pescoço grosso — agarrou Avery com força por baixo dos braços, com os dedos longos se enterrando quase até o osso do homem mais velho, e o arrancou de perto de Garrett.

— Sr. Bernstein, seu avião vai sair daqui a trinta minutos — avisou ele.

— Ai! Isso doeu — reclamou Avery.

— Um motorista vai levá-lo ao aeroporto — retrucou o oficial.

Garrett fechou o punho, pronto a dar um soco, mas o outro militar se interpôs.

— Major — disse ele de forma simples e direta, visivelmente disposto a nocautear Garrett se ele tentasse algo —, estou pronto a acompanhá-lo de volta, agora.

— Eu estou bem, Garrett — declarou Avery, enquanto eles o arrastavam na direção da porta. — Aliás, preciso voltar para Nova York.

— Avery, eu quero... — começou Garrett, o pedaço de papel agarrado com força na mão fechada.

— Continue fazendo um bom trabalho — interrompeu Avery.

Com essas palavras, ele foi levado para fora do banheiro. Garrett deu um riso curto de incredulidade e olhou firme para o oficial que havia ficado.

— Escuta aqui, seu babaca, por que vocês estão *me* espionando?

O oficial deu um sorriso cruel e não respondeu.

53

PENTÁGONO, 13 DE ABRIL, 17h

W arbyothermeans@gmail.com.

Garrett deu uma olhada no e-mail anotado no pedaço de papel que Avery Bernstein tinha enfiado em sua mão, depois o pôs no bolso e continuou a andar de um lado para o outro no recinto silencioso da sala de guerra do Projeto Ascendant. *War by other means*? Guerra por outros meios? A princípio, Garrett pensou que talvez fosse uma referência a Malcolm X. Tinha impressão de recordar uma citação da militância negra sobre "quaisquer meios", mas, ao pesquisar na internet, constatou que a frase verdadeira era "por quaisquer meios necessários"; logo, Malcolm X estava fora de cogitação.

Quando digitou a frase no Google (que a essa altura já havia recuperado por completo o tempo de resposta), o resultado principal levou ao teórico militar alemão do século XIX Carl von Clausewitz: "A guerra é a continuação da política por outros meios." Era uma piada? Alguém estava tentando parecer esperto? Porque aquele e-mail não era esperto, e sim bobo, claramente o trabalho de um amador em tecnologia. Para Garrett, esperteza era uma criptografia de 2.048 bits. A citação de algum idiota alemão já falecido era apenas burrice.

E Hans Metternich? Quem se chamava *Hans*? O lado racional de Garrett estava lhe dizendo que esquecesse o assunto. Mas Avery era a pessoa mais conservadora e resistente a riscos que ele conhecia, e mesmo assim correu o perigo de ter o pescoço torcido para tentar passar uma mensagem. Isso não significava que Garrett deveria levar o assunto a sério, ou pelo menos não ignorá-lo por completo?

Além disso, verdade seja dita, a vida de Garrett nesse último mês *tinha* parecido o roteiro de um filme paranoico, repleto de bombas e projetos secretos. E agora ele descobrira que o estavam espionando. Puta que pariu. Não tinha sido ele que pediu para trabalhar no Pentágono. Eram *eles* que *o* queriam ali.

Garrett percorreu com o olhar a sala de guerra. Alguns dos presentes estavam jogando videogame; dois estavam negociando futuros no mercado internacional de divisas pela internet; outros estavam monitorando as atualizações que chegavam da CIA e da NSA. Ele confiava em alguma daquelas pessoas? Provavelmente em Bingo, pensou. Não tinha nenhuma fidelidade específica aos militares. Também podia contar com Celeste, nem que fosse apenas porque ela parecia dedicar às Forças Armadas tanto desprezo quanto ele. E Lefebvre? Em relação ao tenente, Garrett era menos positivo. Os dois haviam estabelecido uma trégua instável, mas o rapaz achava que o futuro do parceiro residia na máquina militar, não fora dela.

Quer confiasse ou não naqueles três, algumas questões pendentes o estavam incomodando, e ele não estava disposto a discuti-las com ninguém. Quem *tinha sido* responsável pelo carro-bomba? Se Garrett era o alvo, porque não tentaram matá-lo de forma mais direta, por exemplo, atirando nele? Por que ninguém reivindicou a autoria do atentado? E onde estavam os suspeitos? Agora, olhando em retrospecto, ele entendeu que deveria ter pressionado para obter as respostas mais cedo, porém, sempre surgiam problemas mais importantes — como a possibilidade da próxima guerra mundial.

No entanto, até *isso* havia começado a perturbá-lo. Garrett estava seguro de que todos aqueles ataques discrepantes eram obra de um país — e que o país era a China —, mas as provas ainda eram circunstanciais. Contudo, ocorreram apagões, desordem urbana, corrida aos bancos e uma diluição do dólar, além de ataques cibernéticos de manipulação nos mercados imobiliário e acionário, mas todos esses eventos já haviam acontecido numerosas vezes no passado, sem que nenhuma potência estrangeira fosse responsável.

Era apenas a vida no mundo moderno, o ciclo do capitalismo e a reação pública a fases difíceis. Garrett não possuía provas de uma coordenação centralizada. Embora o desespero do governo chinês fosse um bom palpite em termos de motivação, não passava de um palpite. Ele ansiava por algo mais concreto.

Esses episódios lembravam as camadas de uma cebola: segredos e mais segredos ainda mais insondáveis. Os padrões que Garrett tanto valorizava não estavam se encaixando — e aquilo dava o que pensar. E se, em algum lugar, houvesse alguém manipulando as marionetes? Talvez ele tivesse sido tão completamente seduzido por Alexis, pelo Pentágono e pelo presidente — que o transformara num major, dando-lhe uma farda, colocando oficiais sob seu comando — que tivesse se esquecido de pensar por si próprio.

Com isso em mente, Garrett pediu a seus motoristas que o levassem de volta à base de Bolling naquela noite — às onze — e dormiu por algumas horas. Acordou às quatro da madrugada, antes de o sol raiar, comeu uma barrinha de cereais, botou o notebook numa mochila e saiu depressa do setor residencial da base, uma hora antes que a escolta dos oficiais chegasse para levá-lo de volta ao Pentágono. Após aquele primeiro dia com Alexis, haviam parado de trancar a porta dele pelo lado de fora, mas, depois do incidente com Avery no banheiro masculino, Garrett levava a sério a hipótese de que alguém, em algum lugar, o estaria espionando. Fazer uma corrida pela manhã parecia relativamente inócuo: não iriam prendê-lo por isso.

Concentrou-se em correr ao longo de uma trilha de terra batida nos confins da base. Depois de dez minutos, encontrou um canteiro de arbustos que cercava o perímetro norte de Bolling e que também escondia um alambrado que contornava a base. Saiu da trilha e seguiu para as moitas. Do lado de fora, Garrett avistou um pequeno centro comercial à beira da estrada e uma fileira de sobrados revestidos de estuque. Ligou o laptop e começou a buscar redes de Wi-Fi que não estivessem protegidas por senha. Precisou de cinco minutos e uma caminhada de uns 500 metros para encontrar uma com sinal forte o suficiente. O resto foi simples.

Primeiro, registrou uma nova conta de e-mail. Usou seu nome verdadeiro, imaginando que o tal de Hans precisaria saber que era ele quem tinha mandado a mensagem. Em seguida, escreveu uma frase — "Estou em Washington, D.C., pronto para conversar." — e o criptografou com um programa de codificação PGP. O programa, cujo nome era uma sigla em inglês que significava "bastante privacidade", era o melhor que se podia obter em termos de programa inviolável de codificação, em especial no nível de 2.048 bits. Sem dúvida, com um supercomputador suficientemente robusto e o prazo de algumas semanas, seria possível decifrar o código, mas Garrett imaginou que quem o estava espionando não tinha muito tempo. Até mesmo a Agência de Segurança Nacional havia provocado uma celeuma sobre o programa codificador, alegando que ele podia ser usado como ferramenta para terroristas trocarem e-mails sem que as agências americanas pudessem espioná-los. Mas o PGP continuava firme — de fato, só estava ficando mais forte, com o surgimento de novas versões de código aberto a cada semana.

Mas não fazia sentido enviar uma mensagem criptografada se o destinatário não tivesse a chave para decodificá-la. Uma chave criptológica era uma espécie de guia para abrir a mensagem protegida — sem o guia, a mensagem não tinha significado. Mas, com a chave na mão, um programa de computador podia com facilidade decifrar até o código mais intricado. No entanto, se Garrett enviasse a chave por e-mail, estaria de volta ao ponto de partida — qualquer um que interceptasse aquela mensagem usaria a chave para ler a anterior, a criptografada. Garrett imaginou que precisaria ser criativo.

Baixou um capítulo do livro *Da guerra*, de Clausewitz; o capítulo se chamava "Coragem", o que Garrett achou engraçado. Depois copiou para seu computador os 715 primeiros caracteres do capítulo. Escolheu o número 715 ao acaso. Em seguida, fez uma chave de criptografia — usando mais uma vez o PGP. Assim, quem tivesse a chave poderia decodificar a mensagem que ele enviara antes. Para isso, pegou as 715 letras e as transformou na chave. Achando isso simples demais, repetiu os passos finais, só que, dessa vez, encontrou o texto de Clausewitz em alemão, baixou as 715 primeiras letras daquela versão, criptografou o trecho e o enviou para "warbyothermeans". Alguém que dizia que seu nome era Hans Metternich, imaginou Garrett, deveria ter as habilidades linguísticas que justificassem o nome.

O passo seguinte foi abrir uma conta no PayPal, recurso famoso por sua segurança em termos de criptografia. É claro que essa segurança era usada quase exclusivamente para proteger os compradores, evitando que seus números de cartão de crédito fossem roubados quando fizessem compras on-line, mas isso não significava que um codificador hábil não poderia usá-lo para seus próprios objetivos. Garrett mandou então um pagamento de 7,15 dólares a warbyothermeans@gmail.com, e anexou uma mensagem ao pagamento.

A mensagem dizia: "Seja Coragem."

Imaginou que, se o destinatário tivesse uma inteligência mediana, seria capaz de entender que a chave estava no capítulo do livro, e que os primeiros 715 caracteres eram o tamanho da chave. Se Hans fosse menos inteligente que isso, então Garrett não queria ter nada a ver com ele.

54

MIAMI BEACH, FLÓRIDA, 14 DE ABRIL, 9h22

Hans Metternich preferia mulheres a homens — isto é, no âmbito físico — por uma pequena margem. Mas, em seu ramo de atividade, no qual às vezes é preciso se aproximar de uma pessoa sem perder tempo, o sexo é uma ferramenta útil. Uma vez que uma parcela de seus interlocutores era composta de homens gays, ele estava disposto a fazer o que fosse preciso.

Não que Metternich — e Hans Metternich era apenas o nome que vinha usando, não chegando nem perto de seu nome verdadeiro — se importasse muito com isso. A verdade é que ele era ambivalente em relação a sexo. Não se excitava particularmente nem com homens nem com mulheres. De fato, nunca se excitara. Para ele, o sexo era um imperativo biológico, programado no cérebro para permitir que todos nós procriássemos, e só. O corpo humano era cheio demais de tecido adiposo, odores e imperfeições para que mexesse com sua imaginação. Metternich entendia que, nesse aspecto era incomum, isso o apartava do restante da espécie, mas aceitava sua própria frigidez e tinha aprendido a explorá-la para realizar mais no campo profissional. Ter entendido que os outros seres humanos — de ambos os sexos — o achavam atraente já o ajudava havia bastante tempo.

A insaciável carência da humanidade em ter relações sexuais era uma das maiores armas de Metternich.

Por essa razão, ele se encontrava enrolado entre as pernas de um enorme engenheiro aeroespacial, robusto e careca, num quarto de hotel em Miami Beach. Metternich sabia que o engenheiro, em algum lugar entre os numerosos gadgets com que viajava, carregava uma série de projetos. Fazia 24 horas que Hans estava tentando desencavar o paradeiro deles por todas as formas possíveis. Foram necessários meia garrafa de vodca e sexo oral num hotel luxuoso, mas isso fazia parte do trabalho. Agora, sabia que os projetos estavam numa pasta protegida por uma senha que ficava dentro de um pen-drive que o engenheiro carregava enfiado nas meias, e também sabia que iria consegui-los. Na verdade, já estava perto de finalizar a tarefa quando o alerta da chegada de um e-mail soou em seu smartphone. Aquele toque específico — do pungente solo de trompa do começo do concerto para piano em si bemol maior, de Brahms — informou a ele que a mensagem estava relacionada a certo endereço que só duas pessoas no mundo possuíam. E ele queria desesperadamente conversar com uma dessas pessoas.

— Gostei do seu toque — disse o engenheiro, esparramado na cama, sua forma lânguida meio envolta nos lençóis. — Música clássica, não é?

Metternich forçou um sorriso, balançou a cabeça em afirmativa e correu para o celular. Depois se entenderia com o engenheiro. Primeiro o e-mail. Conferiu a caixa de entrada. Sim. A mensagem vinha de quem ele esperava que viesse. Mas estava ilegível, codificada.

Não que ele esperasse outra coisa.

Metternich tinha programas de codificação em seu computador, uns cinco tipos diferentes, que instalara para ocasiões como essa. Retirou o notebook de dentro de uma pasta de couro e o iniciou, enquanto o engenheiro o observava preguiçosamente da cama.

— Aquele programa PGP? — indagou o engenheiro, apertando os olhos sem os óculos de leitura. — Você está criptografando alguma coisa?

— Talvez.

— Legal. Posso ajudar? Sou muito bom nessas coisas.

— Talvez mais tarde — respondeu Metternich, mudando um pouco de posição para bloquear a visão que o outro tinha do monitor.

Conferiu a caixa de entrada. Mais um e-mail havia chegado, dessa vez do PayPal: alguém havia mandado dinheiro para ele. O remetente era a mesma pessoa com quem queria falar com tanta urgência. Entretanto, para ter acesso ao dinheiro — e a qualquer mensagem contida no e-mail —, seria obrigado a abrir uma conta no serviço. Metternich não gostava de deixar vestígios desnecessários na internet, mas, nesse caso, faria uma exceção. Começara a percorrer as etapas de abertura de uma conta quando o engenheiro, ainda nu e esparramado na cama, passou a mão em sua perna.

— Volte para cá. Mais tarde você pode brincar com seu computador.

Metternich tentou não dar bola. Abriu a conta e pegou o dinheiro. Sete dólares e quinze centavos. Sua mente voava. Por que essa quantia? Havia uma frase anexada ao pagamento: "Seja Coragem."

Metternich semicerrou os olhos, concentrando-se. *Seja Coragem? Sete e quinze?* Era evidente que se tratavam de pistas, mas de quê? Da chave de criptografia, talvez? Mas a mensagem não dizia "Seja Corajoso". Ela dizia "Seja Coragem". Coragem? Não era esse o título de um capítulo de...?

O engenheiro deslizou uma das mãos, como uma serpente, pelo colo de Metternich em direção à virilha dele. Aquilo cortou sua concentração. Ele empurrou a mão com um gesto brusco, irritado.

— Ai! Isso doeu. — O engenheiro franziu a testa. — Ah, já sei. Você quer uma brincadeira mais agressiva, né?

Ele agarrou o braço de Metternich, mas esse foi seu primeiro — e último — equívoco. O homem o pegou pelo pulso e, num só movimento fluido e poderoso, girou o braço para cima e para trás, torcendo o ombro dele com força. O engenheiro gritou de dor e surpresa, mas, como estava deitado na cama, sem ter onde segurar, precisou girar o corpo para evitar que seu braço fosse quebrado. A próxima coisa que percebeu foi que estava deitado com o rosto para baixo e o braço direito torcido e apertado contra as costas. Metternich meteu o cotovelo livre nas costas dele, sem lhe dar alternativa, bem entre as costelas.

O homem gemeu, expelindo o ar dos pulmões com força. Metternich sabia — por anos de experiência — que perder uma tomada de ar encurtava de modo significativo o tempo que uma pessoa aguentava lutar; portanto, rápido e quase sem esforço, colocou o próprio corpo sobre o do homem, prendendo as pernas dele com as próprias pernas e passando o braço direito com firmeza ao redor do pescoço. Depois, aplicou uma pressão forte sobre a laringe, para cortar o fluxo de ar, usando o corpo para impedir os movimentos dele, e se limitou a manter a posição com a máxima firmeza.

Depois de se debater muda e desesperadamente por alguns minutos, o engenheiro ficou imóvel. Metternich ainda continuou a segurá-lo por mais cinco minutos, só por garantia. Às vezes, era surpreendente quanto tempo levava para matar alguém sufocado, e ele era bastante meticuloso.

Deitado ali, com os músculos rígidos, matando outro homem, Metternich se concentrou em descobrir a resposta: *O remetente estava usando Clausewitz*. Sim! Muito esperto, usar a própria referência dele ao livro *Da guerra* para esconder as pistas. O remetente já o agradara. E muito.

Ele desvencilhou o braço do pescoço do engenheiro inanimado e se dedicou à tarefa de decifrar o código. Era para isso que ele vivia.

Mistérios.

Isso, sim, dava tesão.

55

ALEXANDRIA, VIRGÍNIA, 14 DE ABRIL, 11h02

C eleste Chen odiava jogos on-line. Detestava ficar atirando e se esgueirando por zonas de guerra pós-apocalípticas. Também não se interessava pelo mercado financeiro ou por opções de compra de ações. Para ela, essas atividades careciam de sentido, por mais que tentasse se concentrar. De fato, detestava tudo a respeito da sala de guerra: o lugar era escuro, sombrio e demasiado cheio de militares machões que usavam perfume barato e falavam em jargão esquisito e abreviado do Exército: "Positivo." "Onde está o NSTCF?" "Por que não temos EMCON-4?" Tudo baboseira.

Portanto, quando Garrett lhe disse que não precisava mais ficar jogando ou negociando ações, e que poderia continuar a procurar sinais do desespero do governo chinês, Celeste alegremente pegou seu laptop e fugiu para um Starbucks no centro comercial Alexandria Commons. Era um lugar tranquilo, pouco movimentado e, o mais importante, ficava longe de Garrett Reilly.

Ele talvez fosse brilhante, mas também podia ser um tremendo pé no saco.

Para dar um exemplo: quando ela o procurou, exasperada, após dois dias no Starbucks, informando que tinha procurado por toda parte e que não havia sinal de rebelião ou de distúrbios na China, Garrett respondeu:

— Não seja idiota, procure com mais atenção.

Ela emudeceu e saiu na hora da sala de guerra.

Celeste passara o dia seguinte lendo as versões on-line dos jornais diários das metrópoles — o *Shanghai Daily*, o *Xinmin Evening News*, o *Dazhong Rìbào*, de Shandong, o *Xiaoxiang Morning News*, de

Hunan — e os jornais do Partido, como o *China Youth Daily*, o *China Public Security Daily* e o *Legal Daily*, do Ministério da Justiça. Mas agora ela já havia passado semanas vasculhando esses periódicos, com pouco resultado para mostrar.

O principal problema era não saber muito bem *o que* estava procurando. Se fosse a menção a uma pessoa ou a um incidente específico, Celeste poderia ter esquadrinhado com rapidez páginas inteiras e deixado de lado enormes seções dos jornais que não fossem relevantes. Mas Garrett fora vago: ele queria indícios de algo que *pudesse* estar preocupando o governo central, e isso poderia ser praticamente qualquer coisa. Os líderes do Partido Comunista da China eram um grupo de velhos nervosos que enxergavam inimigos fantasmas em quase toda situação. Quando o mundo árabe entrou em erupção, com os protestos na primavera de 2011 — o que foi chamado por alguns de a Revolução de Jasmim —, o Partido baniu a venda de jasmins no país inteiro. Todos os produtores foram eliminados por causa da potencial ligação de uma flor com a rebelião. A liderança do Partido vivia com medo da própria sombra.

No terceiro dia, Celeste voltou à sala de guerra e declarou a Garrett que não era hábil na localização de padrões.

— Não é o que sei fazer.

— Pois aprenda, o seu trabalho é esse — retrucou ele.

Mesmo habituada ao fato de Garrett ser um sujeito intratável, Celeste pensou que, desde o sumiço de Alexis, ele havia ficado ainda mais detestável. Supôs que os dois deviam ter tido um rolo; agora, Alexis saíra de cena, e Garrett estava sofrendo. Aquilo a surpreendeu — não a percepção de que eles tivessem ficado juntos, o que lhe parecia bastante razoável, mas sim a circunstância de ele se importar com ser abandonado por uma mulher. Para Celeste, Garrett parecia incapaz de ter sentimentos adultos. Havia imaginado que ele considerava Alexis Truffant apenas mais uma conquista.

Veja só, pensou ela, todo dia a gente aprende algo novo sobre as pessoas.

Irritada, mas persistente, ela havia continuado a procurar. Leu por inteiro cada artigo que pudesse apresentar algum interesse: um processo aberto por uma idosa sobre direitos de propriedade em Tianjin; a prisão de um artista por pintar um mural considerado ameaçador ao Estado; o protesto de um motorista de caminhão que se sentara no meio da rodovia que ligava Pequim às minas de carvão ocidentais. Mesmo as histórias inócuas continham a promessa de alguma informação: uma assembleia escolar sobre demissões de professores no distrito rural da periferia de Wuhan apontava para o descontentamento dos pais, mas sem revelar muito mais; uma cerimônia de outorga de uma medalha de agradecimento a um cidadão de Xi'an, por salvar uma mulher de se afogar num rio gelado, mencionava a fila de abastecimento em que ela estivera, mas, no jornal daquele dia, nada mais citava o episódio; um julgamento por assassinato fora suspenso num tribunal do setor norte de Yingkou depois do pronunciamento inflamado de uma das testemunhas contra os dirigentes corruptos do comitê provincial local, mas o julgamento — e a testemunha — não voltaram a ser mencionados. Eram pistas promissoras, mas não levavam a parte alguma.

Celeste também varreu as redes sociais. Infelizmente para ela, o Facebook, o YouTube, o Tumblr e o Twitter haviam sido banidos pelo governo chinês; ficavam atrás do famigerado Escudo Dourado — a Grande Muralha da Censura —, uma vasta rede de computadores que filtrava e bloqueava cada byte de informação digital que entrava no país. As redes sociais locais — Sina Weibo, RenRen, YouKu — eram fortemente monitoradas, embora os usuários chineses tivessem se tornado peritos em passar eufemismos pelos censores governamentais. "Grande Ator" significava o primeiro-ministro — ele tinha sido chamado assim num romance escrito por um dissidente. "Sessenta e quatro" era o código para Quatro de Junho, data do massacre na praça da Paz Celestial. Mas os censores do Partido se recobravam depressa, e as palavras-código acabavam sendo embaralhadas, em geral algumas horas depois de sua primeira aparição na internet.

Mais informativos — e animados — eram os blogs, baixados de servidores anônimos, ou às vezes por meio de computadores em Hong Kong ou em Macau, e as galerias de fotos. Essas imagens vinham disfarçadas como álbuns de turistas, postados para orgulho da China; mas, olhando com cuidado, se podia extrair fragmentos de informações proveitosas sobre as atividades locais: um punhado de pichações contra o governo, um soldado patrulhando uma cidade que não pareceria necessitar de guarda, um outdoor parcialmente desfigurado por um artista de rua antes de ter sido descoberto e rasgado pelas autoridades. Mas esses também eram sinais difíceis de achar e exigiam dias ou até meses e anos de busca. Para extrair uma informação concreta dessas fontes tão dispersas, era preciso ter mais sorte que eficiência.

Mas foi na manhã do quarto dia no Starbucks do centro comercial de Alexandria Commons que Celeste Chen teve sorte.

Ela teve muita, muita sorte.

56

PENTÁGONO, 14 DE ABRIL, 14h22

Celeste encontrou Garrett instalado em sua mesa da sala de guerra, muito concentrado num jogo de tiro on-line. Ela não reconheceu o jogo nem se preocupou com isso.

— Garrett — chamou ela, sentando-se ao lado dele. — Encontrei uma coisa.

Talvez tenha sido o tom da voz dela, ou quem sabe ele estivesse finalmente entediado de tantas horas de jogo, mas o rapaz deixou o controle de lado e girou na cadeira para encarar a moça.

— Sou todo ouvidos.

— Você sabe que venho olhando jornais, redes sociais, e não tenho encontrado nada?

— Estou sabendo.

— Pois bem. Comecei a procurar em blogs. Sobre a China. Que fossem escritos por gente que tivesse estado lá mas já houvesse partido. Imaginei que gente assim tivesse a liberdade de escrever sobre suas experiências e de postá-las sem interferência do governo chinês.

— Boa sacada — aprovou Garrett.

— Encontrei um blog de viagem escrito por uma sino-americana. Adotada. Vinte e poucos anos. Voltou à China para tentar fazer contato com os pais biológicos.

— Isso é estranho?

— Não. Crianças adotadas por americanos voltam à China aos montes. Mas aí é que está a questão: ela tinha reduzido a busca a uma província mineradora de carvão no município de Huaxi. Cidade pequena. Rural. Finalmente chegou lá, só que as autoridades não a deixaram entrar. Foi obrigada a esperar numa cidade vizinha. Ela fala mandarim, conta que a população está nervosa; por fim, passada uma semana, os soldados deixam que ela entre na cidade, mas o lugar está silencioso. Ninguém quer falar com ela, muitas casas estão vazias. Todo mundo na cidade está apavorado. Ela não sabe por quê. O orfanato fechou, ela fica decepcionada, volta para os Estados Unidos e escreve sobre o ocorrido. Nem pensa muito no assunto, porque não tem nada a ver com a busca pelos pais. Ela para de escrever e volta para seu emprego de auxiliar administrativa em Cincinnati.

— Tudo bem. Para ser franco — disse Garrett, olhando com atenção para Celeste —, isso não parece muito relevante.

— Depois disso, fiz uma pesquisa sobre o município de Huaxi. Procurei no Baidu, outros sites, jornais, informes oficiais. Não havia nada.

— Ora, talvez não tenha acontecido nada em... qual é a pronúncia?

— *Uá-chi*. Mas quase toda cidade, independentemente do tamanho, recebe algum tipo de menção em alguma espécie de documento oficial, em algum lugar da China. Ou é mencionada no Sina Weibo, que é a rede social deles. Pelo menos uma vez a cada seis meses. Huaxi é mencionada quase toda semana antes de 16 de novembro do ano passado. Depois dessa data, não há nada.

— Bem, isso é interessante. Mas talvez as coisas lá tenham andado paradas durante um tempo.

— É, pode ser. Mas, por outro lado, acho que a gente talvez tenha passado esse tempo todo procurando a coisa errada. Estivemos procurando um incidente. Um protesto, um julgamento, uma peça do teatro político. Uma coisa que pudéssemos pegar e dizer: esta é a causa. Mas não é assim que a China moderna funciona. Então comecei a procurar a *ausência de alguma coisa*. Espaço negativo. Um vazio.

Celeste ficou observando a reação de Garrett. A essa altura, já o conhecia o bastante para adivinhar que ele entenderia logo sua linha de raciocínio. E assim foi: ele inclinou a cabeça um pouco, o olhar cravado no dela.

287

— Como se tivesse acontecido um incidente e alguém o tivesse apagado?

Celeste fez que sim com a cabeça, e agora gesticulava empolgada.

— Então pesquisei sobre moradores da cidade. Só consegui achar metade dos residentes listados no censo populacional. Tudo bem, talvez não tenham registros confiáveis. É esquisito, mas pode acontecer. Em geral, na China, eles têm registros muito bons.

— Estou gostando disso — falou Garrett.

— E vai ficar melhor ainda. Pesquisei os municípios do entorno, os povoados. Na semana depois de 16 de novembro, todos eram mencionados com frequência na internet. E então, um por um, como luzes sendo apagadas, sumiram de vista.

Ela conectou um cabo de internet no computador e um mapa da região centro-norte da China se acendeu do lado direito do monitor de Garrett. No centro do mapa surgiu o município de Huaxi, que aparecia em vermelho. Então, ficou preto. Quando Celeste clicou em cima de uma linha cronológica, uma estreita faixa geográfica rural foi ficando preta, trecho por trecho.

— Observe o preto se espalhar. Fim de novembro. Começo de dezembro. Natal. Janeiro. Fim de janeiro.

Uma espiral negra cada vez mais ampla começou a emergir no centro do mapa.

— Todos esses distritos e aldeias desapareceram das redes sociais e das notícias. É o oposto de uma notícia. Uma notícia em negativo. Um vazio.

Garrett olhou demoradamente para ela.

— Isso é um padrão — comentou ele em voz baixa. — É a merda de um padrão.

— É, sim — admitiu Celeste, sabendo que havia acabado de receber o mais alto elogio de seu recém-promovido chefe.

Garrett se voltou para ela.

— Então o que aconteceu? Quero dizer, qual foi o incidente?

— As notícias e os antecedentes na área foram muito bem expurgados. Aqui está o que sabemos: antes de 16 de novembro do ano passado, o maior empregador da cidade era uma indústria de plásticos e petroquímicos. Instalada quatro anos antes. Especializada em derivativos solventes de cloro, inclusive pesticidas muito tóxicos, mas eles têm uma linha mais ampla de produtos. Seus maiores compradores estão no Oriente Médio e na África. A indústria pertence a um consórcio de figurões de Xangai, quase todos com fortes conexões no Partido.

— Quem sabe houve uma explosão ou vazamento de gás que matou um monte de gente e eles varreram para baixo do tapete.

— Pode ser. Mas acidentes industriais ocorrem na China com frequência, e o governo talvez abafe o caso, mas não de forma obsessiva. Eles sempre acabam punindo os culpados, mesmo os bem-relacionados. Teríamos ouvido falar disso. Mas, seja lá o que for, eles reprimiram com mão de ferro. Portanto, recuei no tempo, para a época anterior à instalação da indústria. Houve casos de desapropriação de terras. Na China, os direitos sobre a terra são uma questão que vem ganhando importância. Tecnicamente, ainda se trata de um Estado comunista. O governo tem a propriedade de tudo. Mas os industriais, quando precisam de terrenos para instalar uma fábrica, em geral conseguem. Pelo que sei, foi o que aconteceu em Huaxi. Houve uma onda de protestos, mas não chegou a lugar nenhum.

— Então estamos de volta à estaca zero? — perguntou Garrett, com a voz desanimada.

— Não, é quase zero, mas não de todo.

Celeste digitou algo no teclado do laptop e uma nova imagem apareceu na tela de Garrett. Era a foto de uma moça asiática, bonita, parada num mercado ao ar livre de uma cidade pequena. Ela estava tentando sorrir, cercada de vendedores ambulantes que apregoavam berinjela e alho, mas era visível que não parecia muito entusiasmada, os cantos da boca um pouco erguidos numa alegria forçada.

— Essa é a autora do blog de viagem. O nome dela é Annie Sinclair Johnston. Sua companheira de viagem, uma amiga, fez essa foto a caminho de Pequim, um dia depois que elas foram embora de Huaxi. Ela postou as fotos no Facebook e marcou Annie. Foi por isso que eu a encontrei. O nome da cidade é Dengxu. Fica a 50 quilômetros de Huaxi. E a data situa a foto umas 24 horas antes do vácuo de notícias promovido pelo governo. Você reparou uma coisa?

Garrett prestou atenção à imagem. Não tinha nada excepcional: só uma turista fazendo pose num mercado local um pouco exótico. Mas então ele viu.

— O cara. O vendedor de legumes. Lá no fundo.

Celeste fez que sim com a cabeça e ampliou a imagem com foco em um rapaz parado ao fundo, à direita da moça fotografada. Ele havia desviado o rosto, deixando-o na área de sombra, mas segurava um papel escrito com caracteres chineses. Parecia um cartaz com o preço das berinjelas que estavam dentro do cesto a seus pés.

Garrett ficou olhando, paralisado.

— Ele está desviando o rosto da lente. Não quer ser fotografado.

— Mas quis fazer o cartaz sair na foto — observou Celeste. — Ele ficou de propósito no alcance da foto.

— E o que diz o cartaz? Meu chinês está enferrujado.

— *Yu Hu*. Isso quer dizer: apoio o *tigre*.

— O Tigre?

— *Hu* é um sobrenome chinês. Mas, com ligeira mudança de entonação, pode também significar *tigre*.

Garrett ficou em silêncio enquanto absorvia e logo depois processava a informação.

— Você quer dizer que equivale a exibir de relance um símbolo de gangue? Que ele está nos dizendo que apoia essa pessoa, Hu? Que ele é um rebelde?

— É isso mesmo que estou dizendo.

Garrett balançou a cabeça, descrente.

— Isso parece meio exagerado. Muito exagerado.

— É óbvio que você anda ocupado demais jogando *Modern Killbot* para ler cada palavra dos nossos pacotes informativos diários.

Com ar de triunfo, ela puxou da bolsa uma pasta que colocou sobre a mesa.

— Isso aqui é um telegrama do embaixador dos Estados Unidos na China. Enviado há dois dias. Um informe da reunião que teve com o ministro de Segurança do Estado. A maior parte do material é a baboseira diplomática de sempre, mas olha só o que aparece na página três.

Ela prendeu para trás as páginas e leu na última folha do relatório:

— "No fim da reunião, o embaixador Towson disse ao ministro..." — Celeste ergueu o olhar para Garrett com um sorriso. — E vou citar: *"o tigre de vocês ainda está na jaula."* Ao ouvir isso, o ministro reagiu alarmado e exigiu que o embaixador esclarecesse o que quis dizer com tal afirmativa. O embaixador se desculpou e falou que não quis dizer nada. No entanto, o embaixador Towson achou esse diálogo estranho, tenso e potencialmente significativo. A palavra *tigre* pareceu ter, para o ministro, um significado incomum e até mesmo extremo.

Garrett ficou olhando, atônito, para ela.

Celeste balançou a cabeça e colocou a pasta de novo dentro da bolsa.

— Hu, o Tigre, é uma pessoa, Garrett. Ela deixa o ministro de Segurança do Estado cagado de medo. Ela é importante, age em segredo e atrai seguidores. Lembre-se de que essa foto foi tirada só algumas horas antes do vácuo de notícias do governo.

— E que tipo de pessoa secreta e importante atrai seguidores? — perguntou Garrett, mas ele já sabia a resposta.

— Um rebelde — lembrou Celeste. — E por que as autoridades iriam reprimir toda notícia que sai de uma área que cresce a cada semana?

— Se o rebelde estiver liderando um autêntico movimento das bases — respondeu Garrett. — O vácuo de notícias está encobrindo uma revolução...

Celeste se apressou em completar a frase:

— ... *e o Tigre é o seu líder.*

57

PENTÁGONO, 14 DE ABRIL, 17h02

G arrett e Celeste passaram a tarde avaliando a teoria da rebelião chinesa formulada por ela, identificando discrepâncias nos fatos, tais como supunham, mas também imaginando o que poderia significar para eles — norte-americanos tentando entender ações chinesas recentes — caso fosse verdadeira. As implicações eram imensas. Uma revolução prosperando no coração da China desvendava o mistério com que eles vinham lutando há semanas. Com aquela informação, todos os outros detalhes se encaixavam: o governo chinês estava aterrorizado com a rebelião do Tigre, e uma guerra contra os Estados Unidos era uma forma eficaz, ainda que arriscada, de desviar a atenção dela.

A questão era muito simples e, na avaliação dos dois, era possível que fosse a notícia mais importante vinda da China nos últimos cinquenta anos. Era monumental.

Poderia alterar o curso da história.

Mas também havia a distinta possibilidade de que estivessem enganados, de que houvesse outra explicação, mais prosaica, para tudo que Celeste havia descoberto: uma foto aleatória, um acidente industrial, a casualidade de um sobrenome banal, a afirmativa equivocada de um diplomata. Coincidências. Mas Garrett não pensava assim. Havia passado a vida — literalmente, desde que era capaz de lembrar — identificando padrões na massa giratória do fluxo caótico de informações da humanidade. Agora, com essa notícia inserida cuidadosamente no mosaico dos acontecimentos mundiais — todos os ataques cibernéticos, os blefes e as afirmações pretensiosas, as ameaças ao dólar e aos mercados dos Estados Unidos —, o caos inteiro adquiriu sentido. Os fatos se encaixavam num padrão.

A constatação deu esperanças a Garrett, que, no entanto, precisava de mais elementos: para agir, ele e, por extensão, seus superiores militares precisariam de provas, não só de fotos, gráficos e teorias.

— Você precisa encontrar esse tal Tigre — disse Garrett olhando de novo para a foto do mercado chinês. — Precisa fazer contato e informá-lo de que tem amigos fora da China. Pessoas que vão apoiá-lo de todas as formas possíveis.

— É uma agulha no palheiro — advertiu Celeste. — A probabilidade de encontrá-lo, se existe, é astronomicamente pequena.

— Visto daqui, talvez sim, mas do interior do país, talvez não. Você precisa ir à China.

Celeste deu uma risada.

— O quê?

— Se você for para as províncias que foram obliteradas, ainda deve ter gente vivendo lá — respondeu Garrett. — Essas pessoas vão saber o que aconteceu. Vão falar. Vão conversar com você.

— Isso é maluquice. Eu estudo idiomas, não sou uma espiã.

— Isso mesmo. É assim que todos vão enxergá-la: como uma estudante viajando pela China.

Celeste balançou a cabeça em veemente negativa.

— Você não tem ideia do que está me pedindo, Garrett. Você tem um prédio cheio de profissionais para mandar à China...

— Um prédio inteiro cheio — interrompeu ele — e nenhum deles encontrou o mesmo que você. Nenhum. Não confio neles. Em nenhum deles. São burocratas. Não têm imaginação. Não pensam como nós. *Como você pensa.* De qualquer forma, nem sei de que lado estão, mas tenho certeza de que não é do meu.

Celeste fez uma careta, indecisa. Eles perguntaram ao contato do Departamento de Estado — uma jovem sisuda chamada Tea — se ela poderia conseguir um visto urgente de turista sem levantar suspeitas, e a moça respondeu que sim, e que uma passagem de avião também seria fácil de arranjar.

Celeste alegou que precisava pensar a respeito. Garrett a observava andar de um lado para o outro no corredor diante da sala de guerra, falando com amigos ao celular e depois andando mais um pouco. Passados vinte minutos, voltou à sala.

— Você não está indo embora para sempre — disse Garrett. — Essa é uma viagem de reconhecimento.

— O Partido não vai ver a questão assim. Não gostam de estrangeiros se envolvendo na política doméstica. Eu posso acabar sendo presa. Indo parar na cadeia por muito tempo.

— Ou poderia mudar o mundo.

Celeste o olhou de cara feia.

— Porra, Garrett, dá um tempo! Você é a última pessoa de quem eu esperaria essas bobagens.

— Não é bobagem, é verdade — declarou ele.

Celeste se calou. Esfregou as mãos, apertando com força os dedos. Os dois estiveram conversando em sussurros nervosos. Ao redor deles, Garrett ouvia o constante batucar de dedos nos teclados. Por fim, ela disse com um aceno de cabeça:

— Preciso ligar para a minha mãe e arrumar a mala.

— Você não vai se arrepender.

— Vou viajar hoje à tarde. Já estou arrependida.

Pegou o laptop e a bolsa e saiu apressadamente da sala de guerra. Quando partiu, Garrett se deu conta de que estava mandando seu primeiro soldado para o combate, então correu atrás dela e a alcançou no elevador. Não sabia bem o que dizer; Celeste parecia estressada e um pouco confusa.

— Mais alguma coisa? — perguntou ela. — Quer que eu traga uma camiseta de lembrança?

Garrett lhe deu um rápido abraço.

— Se cuida. E boa sorte.

Celeste lançou a ele um olhar espantado, disse que estava tudo bem, e desapareceu no elevador.

O rapaz voltou depressa ao centro de comando e, levando Bingo e Lefebvre para um canto sossegado no fundo da sala, contou-lhes o que Celeste havia descoberto.

— Isso é espetacular — comentou Lefebvre com os olhos vibrando diante da notícia.

Era o tipo de coisa para a qual ele vivia, como pesquisador da Escola Superior de Guerra: fomento político e cultural acontecendo bem diante de seus olhos, em um dos maiores palcos do mundo, e só ele e mais alguns no país inteiro sabiam a respeito. Garrett via que o tenente estava pronto para passar dias elaborando teorias sobre o Tigre.

— Precisamos contar a Kline — afirmou ele. — E ao Departamento de Estado. E também a...

— Não — cortou Garrett. — Essas são exatamente as pessoas a quem não precisamos contar.

Se aprendera algo desde que revelara a Avery Bernstein que os chineses estavam vendendo títulos do Tesouro dos Estados Unidos era que a informação representava uma mercadoria valiosa, e ele não tinha intenção de distribuí-la para o restante das Forças Armadas antes de estar pronto para tanto.

— Se não contarmos, pode dar muita merda.

— E, se contarmos, então perderemos toda a vantagem. Se você está preocupado com se meter em encrenca ou não, tudo bem, pode ir embora agora. Vou jurar que nunca falei nada para você. Mas não conte com nenhuma informação da minha parte. Nunca mais.

Lefebvre hesitou e acabou concordando, contrariado, em calar a boca. Mas, mesmo com sua relutância, Garrett sentia uma mudança no tenente: até aquele momento, ainda agia com formalidade, e havia uma reserva entre os dois. Depois da notícia, porém, uma barreira final fora rompida: Lefebvre havia aderido ao programa por completo. Ele até deu um apertão espontâneo no braço de Garrett.

— Isso é fenomenal — elogiou Lefebvre. — De verdade. Você trabalhou bem.

— Eu, não — retificou Garrett. — Celeste.

— OK — disse Lefebvre com um sorriso. — *Nós* trabalhamos bem.

Bingo balançou entre um pé e outro e franziu o cenho, como se ainda estivesse decidindo o que sentir. Depois fez um gesto de concordância com a cabeça.

— É muito legal — afirmou. — Legal demais.

Garrett não contou a mais ninguém na sala de guerra. Estava começando a gostar mais de alguns dos participantes do projeto — de Patmore, o contato dos fuzileiros, mais que todos —, porém, ainda não confiava neles. Decidiu que seria melhor concentrarem a mente nos videogames e nas transações financeiras pela internet.

Só muito tarde da noite, quando entrou pela porta de seu apartamento na base aérea, viu o laptop em cima da mesa da cozinha e se lembrou dos furtivos e-mails daquela manhã. Pegando o computador, foi correndo de volta às moitas no limite da base aérea. Havia uma resposta codificada em sua caixa de entrada. Ele logo a decifrou.

A linha do assunto dizia apenas: "Linha Laranja amanhã." No corpo da mensagem estava escrito: "Viaje nela. Hans."

Garrett deletou o e-mail na hora, depois cancelou a conta inteira. Sabia que muitas vezes os dados permaneciam nos servidores durante meses depois de excluídos, mas seria um risco que ele era obrigado a assumir. Pelo que havia aprendido sobre o funcionamento das Forças Armadas, seria um milagre os militares perceberem nas próximas 24 horas o que ele estava fazendo. Estavam dois passos atrás em tudo, o tempo todo. Pareciam o correio, só que armados.

Naquela noite, quando foi dormir, Garrett ficou pensando em várias opções para despistar sua escolta. Às seis da manhã do dia seguinte, quando saiu pela porta e caminhou depressa até o carro que o aguardava, tinha bolado um plano. Já fazia uma semana que os mesmos oficiais o levavam ao Pentágono e o traziam de volta todos os dias, logo, acostumaram-se com a rotina dele. O rapaz decidiu usar isso a seu favor. Em dois dos três últimos dias, tinha pedido aos homens que parassem no Starbucks do setor norte de Alexandria para que pudesse comprar um café grande com leite desnatado. Um dos homens ficava na viatura e o outro montava guarda na frente do estabelecimento. Eles nunca entravam ou aceitavam a oferta do rapaz de lhes pagar um café.

Em sua última ida ao local, Garrett tinha conversado com uma barista de cabelos escuros e observara quando ela havia retirado um saco de lixo pela porta dos fundos. Nessa manhã, pagou o café com leite e se dirigiu aos banheiros, mas, mudando de rumo pouco antes de chegar lá, saiu correndo pela porta lateral, acessando um beco. Jogou fora a bebida numa lata de lixo e correu a toda velocidade por um quarteirão e meio, em direção à estação elevada do metrô de Braddock Road, onde tirou a jaqueta e a camisa do uniforme, que jogou nas moitas, e comprou o bilhete de metrô. Agora estava vestido com uma camiseta branca e a calça azul da farda do Exército, uma combinação estranha, mas pelo menos não estava de uniforme completo. Subiu correndo as escadas para pegar o metrô, que chegou dois minutos depois. Garrett embarcou num trem da Linha Azul com destino ao centro da cidade, olhando pela janela para ver se os oficiais estavam em sua cola. Eles não o seguiram, mas o fariam em breve, disso estava certo.

Garrett mudou de trem quatro paradas depois, e tomou um da Linha Amarela para o coração da cidade; em seguida, mudou novamente em L'Enfant Plaza para um trem da Linha Laranja. Como a plataforma estava abarrotada de passageiros às sete da manhã, não teve problema em se misturar à multidão. De toda forma, manteve a cabeça baixa, para o caso de já estarem à sua procura, embora duvidasse disso. Fazia meia hora que tinha fugido da escolta. Em meia hora, mal teria dado tempo para chamar o general Kline no Pentágono, que dirá começar a operação de busca.

Continuou na Linha Laranja até a periferia leste da cidade, para a última parada, New Carrollton, e então cruzou a plataforma e tomou o próximo trem que seguia para oeste. Foi andando devagar de vagão em vagão, mudando nas paradas para não chamar atenção. Na estação Metro Center, achou jogado fora um moletom da Universidade Georgetown e o vestiu, mas a roupa fedia a vômito e ele se livrou dela algumas estações depois. Teve a impressão de ter visto o condutor olhando para ele por muito tempo durante algumas paradas, talvez até estudando seu rosto, mas, por não ter certeza, tentou afastar a ideia da cabeça.

Não sabia ao certo por quanto tempo poderia viajar na mesma linha, para cima e para baixo, antes de ficar entediado ou faminto demais. Contudo, não precisou esperar a resposta, pois, na estação West Falls Church, perto de Arlington, uma jovem loira se sentou no banco em frente e sorriu para ele. Ela era bonita, com cabelos platinados e batom vermelho cuidadosamente aplicado nos lábios. Garrett retribuiu o sorriso, admirando suas longas pernas, quando um homem se sentou no lugar vazio ao lado dele e disse com ligeiro sotaque alemão:

— É melhor para você não olhar para mim nem ver o meu rosto. Assim vai poder dizer com sinceridade, se perguntarem depois, que não sabe como é a minha aparência. Logo, fique olhando para ela, sim?

Garrett praguejou consigo mesmo por ter se deslumbrado tão obviamente por um rosto bonito. Jurou que, se sobrevivesse àquela viagem de trem, trabalharia com afinco para corrigir esse desvio de caráter, que estava começando a metê-lo em sérias confusões. Concordou com um aceno de cabeça e continuou de olho na loira, que agora o observava cautelosa, e de cujo rosto havia desaparecido qualquer sinal de flerte.

— Tudo bem, está certo — aceitou Garrett, preparando-se para levar um tiro na cabeça. — Gosto de olhar para ela. É bonita.

— Eu sou Hans Metternich.

— E eu sou Zoltar, o Magnífico — zombou Garrett.

Metternich deu uma risadinha.

— O senhor tem senso de humor, Sr. Reilly. Gosto disso. Até suas chaves de criptologia são divertidas.

— Você vai atirar em mim? — perguntou Garrett, contando em silêncio o número de pessoas no vagão. Eram 17, excluindo ele mesmo, Metternich e a garota. Número suficiente de testemunhas para talvez dissuadir um assassino de cometer o crime de modo assim tão explícito. — Porque tem um montão de gente olhando.

— Não tenho nenhum interesse em matá-lo, Sr. Reilly. Muito pelo contrário — declarou Metternich.

— Ótimo, isso é um alívio. Então podemos ir direto ao assunto? Quem tentou me explodir na frente do meu local de trabalho?

— Seu próprio governo.

Garrett virou a cabeça, surpreso, mas Metternich ergueu o braço depressa para esconder o rosto.

— Não faça isso. Seria um erro me identificar. Para sua própria segurança.

— É mentira — reagiu Garrett. — Por que o governo faria isso?

— Para aumentar o sentimento generalizado de medo. Para alimentar a indústria militar e de segurança que vive do dinheiro do contribuinte. E para fazê-lo passar para o lado deles. O terrorismo é um jogo de números. Se não houver terror suficiente, também não haverá dinheiro suficiente sendo disponibilizado para combatê-lo. Reduzido à própria essência, terror é dinheiro.

Garrett não disse nada, mas ficou pensando naquela declaração, enquanto Metternich prosseguia:

— Pense nisso: um grande atentado a bomba contra sua vida e que, na verdade, o coloca em pouco risco. Ninguém morre. É puro teatro.

— Você não tem ideia se isso é verdade — afirmou Garrett.

— Tenho fontes dentro do governo que me garantiram a veracidade dessa informação. De altos escalões dentro da DIA. Acredito que você esteja trabalhando com eles, não?

— Quem diabos é você?

— Uma pessoa muito interessada.

— Interessada em quê? — perguntou Garrett enquanto o trem parava na estação Dunn Loring-Merrifield. — Por que está me contando tudo isso?

— Quero que saiba que não estou contando mentiras. Para que saiba que aquilo em que está envolvido não é o que parece.

— Por que você se importa com mentiras ou com o que faço?

— Porque o senhor está sendo usado como instrumento de mudança. E não tem a menor ideia do que de fato seja essa mudança. Mas a realidade vai moldar o futuro do mundo para os próximos cem anos. E seu próprio governo quer que você a conduza.

Garrett sentiu um frio na espinha. Um punhado de passageiros saiu do trem. As portas continuaram abertas.

— Não sei do que você está falando — disse Garrett.

299

— Porque está deliberadamente fingindo não ver a verdade — afirmou Metternich. — Porque gosta da atenção, dos elogios e da agitação. Mas virá um momento em que a verdade será demasiado óbvia para ignorar. Um momento em que terá que fazer uma escolha. Eu quero ajudá-lo a fazer a escolha certa.

— Você é muito convencido.

Uma campainha soou, alertando os passageiros de que as portas se fechariam em dez segundos.

— Talvez, Sr. Reilly — disse Metternich em voz baixa e precisa. — Ou talvez o que estou dizendo seja mais verdadeiro do que o senhor deseja admitir. Segundo alguns, estamos à beira da guerra entre duas potências globais. Pergunte a si mesmo: quem lucra mais com uma guerra dessas? Depois que o senhor tiver respondido a essa pergunta, deve decidir se quer ser parte dela. Se quer liderá-la. Porque uma guerra entre os Estados Unidos e a China seria só o começo. A verdadeira guerra viria depois, e seria dirigida contra todos nós.

As portas começaram a se fechar e, num piscar de olhos, Metternich e sua ajudante loira saíram. Eles se esgueiraram para fora do trem no mesmo instante em que as portas se fecharam, e Garrett só conseguiu ver a nuca de cada um deles, enquanto os dois se dirigiam, apressados, para as escadas de saída da estação. Ele soltou um suspiro profundo e percebeu que tinha passado quase a conversa toda contraindo os ombros. Tentou reproduzir o diálogo mentalmente, mas, em menos de dois minutos, o trem estava entrando na estação Vienna. O condutor anunciou a parada final, uma campainha tocou, as portas se abriram para deixaram entrar 12 homens corpulentos vestidos de terno cinza, armas em punho, bocas abertas, gritando para Garrett que devia ficar parado onde estava ou morreria.

Garrett tentou levantar as mãos em sinal de rendição, mas eles o arrancaram do banco e o atiraram ao chão antes que conseguisse erguê-las acima dos ombros.

58

EM TRÂNSITO — FAIRFAX COUNTY, VIRGÍNIA, 15 DE ABRIL, 10h41

Durante toda a viagem de carro, que na avaliação de Garrett durou uns trinta minutos, os homens mantiveram a cabeça dele coberta com um capuz de lona preta. Tinha as mãos algemadas às costas. Ninguém leu seus direitos nem lhe disse para onde estava indo, apesar das numerosas vezes que perguntou.

Ninguém dizia nada.

O carro parou e dois homens, apressados, tiraram-no do banco traseiro, subiram alguns degraus e entraram num recinto. Se era uma casa ou um escritório, ele não conseguiu distinguir. Só sabia que, onde quer que estivessem, o local era silencioso. Sem dúvida não ficava no centro da cidade. Fizeram-no passar por um corredor e entrar numa sala, onde o empurraram para se sentar numa cadeira. Alguém prendeu outro par de algemas em seu tornozelo direito, acorrentando-o à perna da cadeira. Depois saíram do cômodo. Ou pelo menos Garrett achou que sim: uma porta bateu e ninguém respondia a suas perguntas.

— Olá, quem está aí? Quem quer falar comigo? Estou me sentindo um pouco abandonado.

Garrett esperou desse jeito cerca de meia hora, puxando as algemas, batendo com o pé, inquieto, mas achou muito difícil manter a noção do tempo. O capuz preto não deixava entrar nenhuma luminosidade e não se ouvia nenhum ruído. Finalmente uma porta se abriu, ouviram-se passos e o capuz foi arrancado de sua cabeça. Ele piscou na estéril luz fluorescente. O quarto estava vazio, exceto por uma mesinha, uma cadeira e uma câmera de vídeo digital colocada num tripé junto à parede do fundo. A câmera estava apontada para ele.

Dois homens se puseram entre Garrett e a única porta do aposento. Eram brancos, de 30 e tantos anos, e ambos usavam terno cinza e tinham cabelos cortados curtos. O rapaz achou que os reconhecia.

— Você se lembra de nós? — perguntou o maior dos dois.

Garrett ficou olhando para ele e então o reconheceu, assim como seu parceiro.

— Agentes Stoddard e Cannel. Segurança Interna. Vocês me perguntaram sobre minha mãe.

— Isso mesmo. Eu sou o agente Stoddard — disse o grandalhão.
— E você me sacaneou. Então, adivinha? Agora é a minha vez de sacanear você.

Um calafrio de medo percorreu a coluna de Garrett. Ele tentou forçar um sorriso despreocupado.

— Que tal eu pedir desculpas e a gente deixar por isso mesmo?

Nenhum dos agentes riu. O mais baixo — Cannel — puxou uma cadeira vazia para junto da mesa e se sentou. Stoddard ficou de pé, imóvel.

— Quem era ele? — perguntou Stoddard.

— Você pode ser mais específico? — disse Garrett, tentando manter o tom leve.

— O condutor viu você falando com um homem. Havia uma mulher com ele. Vocês conversaram por cinco minutos. Quem era ele?

— Eu nem imagino — respondeu Garrett.

O agente Stoddard fez questão de dar um suspiro audível.

— O lance é o seguinte, Garrett — começou ele. — Cada vez que você mentir para mim, sua situação vai ficar progressivamente pior. Vamos nos mostrar menos tolerantes. Você vai ficar mais tempo enfiado aqui. E depois vai encarar períodos cada vez maiores na prisão.

— Opa, calma aí! Períodos de prisão? Por quê? Eu não fiz nada.

— Você fugiu da sua escolta, os oficiais.

— Por que isso seria ilegal?

— Foi muito suspeito.

— Eu estava entediado. Precisava de uma mudança de cenário.

— Viajando de metrô a manhã inteira?

— Eu estava observando as pessoas. Isso me acalma.

O agente Cannel jogou sobre a mesa um envelope de papel pardo, do qual retirou uma pilha de papéis.

— Nós também empregamos especialistas em informática — declarou.

Da folha no alto da pilha, ele leu: "Terça-feira, 4h38, Reilly, Garrett, enviou e-mail criptografado de um roteador desprotegido no perímetro da Base da Força Aérea de Bolling para destinatário em warbyothermeans@gmail.com. Assunto do e-mail: estou em Washington, D.C., pronto para conversar. Resposta recebida 22h42, instruindo Reilly, Garrett, a viajar na Linha Laranja do metrô, hoje, quarta-feira, dia 15. Reilly, Garrett, denunciado à polícia pelo condutor do trem da Linha Laranja do metrô, de 9h30 às 10h. Reilly, Garrett, encontrou sujeito desconhecido — branco, do sexo masculino, na casa dos 40 — no trem às 10h09 e manteve um diálogo por cerca de cinco minutos, depois dos quais o sujeito desconhecido saiu do metrô e Reilly, Garrett, foi apreendido pelos agentes federais."

O agente Cannel fechou a pasta e não disse mais nada. O agente Stoddard ficou olhando para Garrett.

— Por favor, não nos ofenda. Pelo menos arranje uma mentira que seja criativa.

Garrett suspirou. As algemas estavam enterradas em seus pulsos.

— Tudo bem, que tal agora ser a minha vez de fazer perguntas? Quem tentou me explodir na John Street, diante do escritório da Jenkins & Altshuler, em Nova York?

— Não faço ideia; não é nossa jurisdição. O Departamento de Polícia de Nova York está investigando.

Garrett sorriu.

— Legal, agora todos nós estamos mentindo. Assim, estamos quites.

O agente Cannel anotou alguma coisa num bloco de rascunho.

— Foi isso que ele contou a você? Que sabia quem plantou o carro-bomba? — perguntou Stoddard. — Ele disse que foi o governo dos Estados Unidos? O boato-padrão da conspiração imperialista norte-americana?

Garrett encarou Stoddard e disse sem rodeios:

— Quero um advogado.

— Um advogado? Onde exatamente você acha que está? Nós podemos atirá-lo na prisão e deixar que apodreça lá, e você nunca mais vai voltar a ver um advogado pelo resto da vida.

— Sob que acusação?

Stoddard sorriu. O sorriso tinha mudado de frio para ameaçador. Garrett conseguia ver as veias pulsarem no pescoço do agente.

— Você recebeu autorização de segurança de alto nível e acesso a segredos militares. Agora, temos razões para acreditar que você se encontrou com um agente de governo estrangeiro. Isso o classifica como ameaça à segurança nacional, e, por causa disso, você pertence a mim, e somente a mim, e eu farei com você o que me der vontade. Se quiser, posso mandar queimá-lo na fogueira. Sem acusação, sem julgamento, sem juiz, sem nada. E vão pouco se foder com o que tiver acontecido a você. Nem a trambiqueira da sua mãe, ou Avery Bernstein, ou algum dos seus amigos fracassados, e com certeza não Alexis Truffant. Sim, Garrett, nós sabemos sobre você e a capitã Truffant.

Ele lutou muito para manter um sorriso indiferente colado nos lábios, mas não foi fácil. Uma onda de desespero estava se levantando em seu peito. De repente, se sentiu muito sozinho, e o agente Stoddard pareceu perceber.

— É isso mesmo, Garrett. Alexis também trabalha para nós. Está do nosso lado, não do seu. Ela nos fez um relatório da pequena sessão de sexo de vocês. Contou todos os detalhes que só os amantes podem saber.

— É mentira — explodiu Garrett.

Stoddard deu uma risada.

— Você não está em parte alguma, Reilly. Você não é nada. Ninguém está à sua procura. Eu controlo o seu destino, total e completamente. Bem-vindo à terra da Lei Patriótica, seu babaca, porque ela é o seu novo lar.

Houve silêncio no pequeno aposento. Garrett tentou se controlar. Ele era um emaranhado de emoções em conflito, das quais a mais forte era uma súbita e desesperada solidão. Fez uma careta, olhou para os dois agentes de Segurança Interna e disse:

— Vão se foder.

O agente Stoddard puxou das costas de Garrett o capuz negro e o enfiou na cabeça dele. A sala ficou escura. Ele sentia na orelha o bafo quente do agente.

— Não, Garrett, *você* vai se foder.

Ouviu-se o ruído de passos. Uma porta foi fechada com estrondo. Depois, silêncio.

Garrett não disse nada e ficou feliz porque o capuz estava cobrindo seu rosto. As lágrimas escorriam por sua face. Lágrimas quentes, salgadas, sentidas. Sua garganta estava sufocada de soluços mudos. Aquilo seria verdade? Estava equivocado a respeito de Alexis? Total e completamente enganado? *Outra vez?* Será que ela não passava de uma espiã, trabalhando para o governo, atraindo-o para esse lugar, sem que houvesse de sua parte nenhum vestígio de sentimento sincero? O agente de Segurança Interna estaria dizendo aquilo para desestabilizá-lo?

Ele já não sabia mais. Já não tinha nenhum senso do que era real, irreal, falso ou verdadeiro. Avery? Kline? Metternich? Os chineses? Que merda estava acontecendo na vida dele? *No mundo.* Até suas emoções pareciam ter virado de cabeça para baixo. O amor, do qual dias antes estava tão seguro, agora parecia juvenil e embaraçosamente equivocado.

Sozinho com seus pensamentos, sentia o tempo passando devagar. Segundos, minutos, horas, talvez? No recinto, o silêncio era desnorteador. A mente dele se esvaziava de vez em quando. Uma música do Coldplay — "Clocks" — tocava o tempo todo em sua cabeça. Garrett detestava essa banda, mas a música não ia embora.

A porta se abriu. Ele ouviu passos, e depois a cadeira em que estava foi inclinada para trás num ângulo de 45 graus. Através do capuz, dedos tateantes marcaram seu rosto e, de repente, sem aviso, água fria foi jogada na boca e no nariz dele. A água inundou a garganta. Garrett se engasgou, pego de surpresa. Tentou respirar, mas a torrente de água era demasiadamente abundante e interminável. Tentou virar a cabeça, mas duas mãos o agarraram pelas orelhas e mantiveram seu rosto inclinado para cima. A sensação era apavorante: completa falta de ar e de qualquer chance de conseguir respirar. Um medo animal o dominou. Ele se debatia, desesperado para respirar e para que a torrente parasse. Mas não parou — continuou caindo, um dilúvio constante e dirigido bem para sua boca e seu nariz. A garganta começou a inchar, irritada pela água e pelo sufocamento. No momento em que estava a ponto de perder a consciência... ela parou.

Garrett tossiu, com os pulmões trabalhando, sugando cada hausto de oxigênio que podiam comportar. Mas a trégua durou apenas alguns segundos. As mãos o agarraram de novo pelas orelhas e outro jato de água fria foi lançado contra seu rosto. Dessa vez, ele prendeu a respiração, mas a água continuava entrando, e Garrett ainda estava sem oxigênio desde o último espasmo. Em segundos, estava tossindo de novo e, no momento seguinte, se engasgou. Tentou, desesperado, soltar as mãos e as pernas para golpear seus torturadores, mas as algemas estavam apertadas em torno dos pulsos e ele não conseguiu fazer nada. Seu corpo estava rígido de medo, o esôfago inchado se fechava. Sentiu instintivamente que iria morrer. E logo.

Então aquilo parou de novo. Ele inalou o ar.

E recomeçou. Água. Mais água.

Eles o mergulharam em água três vezes. Três vezes lhe deram cinco segundos para se recuperar e depois pararam. Garrett tossiu, expelindo água da garganta e do nariz. Sentiu de novo na orelha o bafo do agente Stoddard:

— Não precisa ser desse jeito, Garrett — sussurrou o agente. — Só queremos saber o nome do homem que estava no trem.

— Eu não sei — gemeu Garrett. Mal conseguia falar.

— Como você conseguiu o e-mail dele?

Garrett ficou gelado. Eles queriam que traísse Avery Bernstein. Voltou a sentir vontade de chorar. Se dissesse aos agentes que Avery lhe dera o endereço, ficaria total e completamente sozinho neste mundo. Sem amigos nem família.

Ele não revelou nada. O lugar ficou em silêncio por um minuto, talvez dois. As mãos soltaram a cabeça dele, a cadeira foi endireitada, e os passos abandonaram o recinto. Garrett esperava, arfante. Nunca o oxigênio havia parecido tão exoticamente maravilhoso. Seu coração batia disparado.

Depois de trinta minutos, ele recuperou parte da serenidade, mas estava física e mentalmente exausto. Devia ter caído no sono, porque em seguida percebeu que sua cabeça estava tombada sobre o peito; mas aquilo só durou um momento porque, num instante, o cômodo foi envolvido pelo som — uma explosão latejante e pulsante de ruídos eletrônicos, dirigidos para seus ouvidos.

Garrett acordou com um susto. Entendeu na hora que não iam deixá-lo dormir, e outra onda de desespero o envolveu. Estavam tentando quebrá-lo. Ele não tinha certeza se podia suportar aquilo, ou mesmo se queria. Mas não tentou dormir de novo.

Vinte minutos depois, voltaram ao cômodo e continuaram a tortura com água. Depois da quarta torrente, Garrett tinha certeza de que ia morrer. Sentiu sua consciência entrar em espiral num vácuo negro. Então eles pararam. Porém, não o deixaram dormir. Cada vez que ia caindo no sono, o som pulsante, sincopado, o agredia. Como sabiam que os olhos dele estavam fechados sob o capuz de lona preta?

Ao fim da quinta sessão de afogamento, Garrett havia perdido qualquer noção de realidade. Ele era uma mente separada por completo do próprio corpo. Não conseguia manter na cabeça um só pensamento coerente. A pior parte não era a tortura em si, eram os breves momentos entre duas sessões, quando ficava à espera de que recomeçassem o sofrimento e o terror. A esperança de que tivessem terminado era corrosiva para a força de vontade. Ele entendeu que isso fazia parte do plano. Parte da tortura.

A cada sessão, o agente Stoddard murmurava a seu ouvido:

— Diga o que queremos saber, Garrett, e isso tudo acaba. Sem mais água. Sem mais barulho. Comida, um pouco de sono. O que você me diz, Garrett? E aí? Fale agora e eu farei isso parar.

Garrett pigarreou e conseguiu arquejar:

— Kline. Eu digo para Kline.

59

ESCONDERIJO DO DEPARTAMENTO DE SEGURANÇA INTERNA, 15 DE ABRIL, 23h32

—Meu Deus! — exclamou o general Kline vendo o rosto pálido de Garrett. — O que fizeram com você?

O rapaz tentou manter a cabeça levantada, os olhos abertos, mas não era fácil. Seu corpo inteiro estava dominado pela dor. Cada músculo parecia estar em brasa. Ele havia sido maltratado ao limite, e seu corpo estava pagando o preço. Os cabelos estavam molhados; gotas escorriam por sua face. Parecia haver ácido se infiltrando em seu cérebro pela linha da fratura craniana.

— Eles me torturaram — sussurrou Garrett com a garganta irritada. — Eles me torturaram. Podem fazer isso?

Kline franziu os lábios.

— Eles fizeram, logo, chego à conclusão de que podem, sim.

— Estamos nos Estados Unidos — respondeu Garrett. — Eu sou uma merda de um cidadão.

Kline inclinou de leve a cabeça, concordando, como quem diz: "É verdade, mas agora não há muito que se possa fazer a esse respeito."

Garrett esticou o pescoço examinando o aposento ao redor. O chão estava coberto de água. Havia um ralo num canto, que ele não tinha visto antes. A câmera e o tripé haviam sumido. Garrett imaginou que os homens foram espertos de não filmar o que tinham feito. Odiou os dois homens de Segurança Interna com uma intensidade que não sabia ser capaz de sentir.

— Filhos da puta — esbravejou. — Juro que vou matá-los.

— Garrett — disse Kline, movendo-se para perto —, me diga o que sabe e vou tentar tirar você daqui. Estou do seu lado, mas você precisa me ajudar.

O rapaz encarou o general. Era óbvio que ele estava bancando o policial bonzinho, e os agentes de Segurança Interna, os maus. Pelo menos havia conseguido a companhia do bonzinho. Pelo menos podia respirar. Agora, precisava tirar a maior vantagem disso.

— De verdade, não sei quem era o homem do metrô. Ele disse que se chamava Hans Metternich, e que vocês estavam mentindo para mim. Que estavam me usando. Que o governo tinha colocado a bomba na Jenkins & Altshuler. E que eu deveria pensar duas vezes antes de ajudar vocês.

— Como entrou em contato com ele?

Garrett respirou fundo.

— Isso não posso dizer. Mas não era um espião ou agente inimigo. Era inofensivo.

— Nada mais é inofensivo, Garrett. Tudo tem consequências. Como você conseguiu o e-mail desse Metternich?

Garrett engoliu em seco, depois balançou a cabeça em negativa.

— Não posso dizer.

De forma alguma entregaria Avery Bernstein. Pouco lhe importava se o matassem por isso — pelo menos tinha sido firme com algo na vida.

Kline empurrou a cadeira e se levantou.

— Então não posso ajudar, Garrett. Vou ser obrigado a deixar você nas mãos da Segurança Interna.

O general se virou e caminhou para a porta.

— Boa sorte com os chineses.

O homem parou, se voltou e tornou a se sentar de frente para Garrett. A irritação em sua voz aumentou.

— Não sei se você reparou, mas eu poderia obter mais informações sobre o Partido Comunista chinês com um garçom num restaurante de comida asiática. Você não vem se destacando muito nos últimos tempos. O prazo do Projeto Ascendant acabou. O presidente vai suspender o programa. Ora, eu passei a semana inteira tentando impedir que o secretário Frye pendure sua cabeça num poste, e você me fez parecer um idiota. Como um completo fiasco, no momento, esse trunfo da informação sobre os chineses não vai trazer muita vantagem.

Garrett soltou o ar dos pulmões, tentando se acalmar e parecer controlado. Disse:

— Eu sei por que eles estão nos atacando.

— Mentira, você está tentando salvar sua pele — retrucou o general.

— Sim, estou, mas também entendo o que está acontecendo na China, e agora tudo faz sentido. Todos os ataques. Todo o caos. Tudo se encaixa perfeitamente num padrão. É a resposta que estive procurando o tempo todo. Se vocês não conhecerem o padrão, então não poderão combatê-lo.

Kline avaliou o rosto de Garrett, as marcas de vômito seco em torno do queixo.

— Se essa informação for verdadeira, escondê-la de mim vai dar a você algum poder de barganha? É isso que você está pensando?

— Mande que me soltem.

— Eu não controlo o Departamento de Segurança Interna. De qualquer modo, por que eu deveria acreditar em você?

— Quantas vezes eu me enganei até agora?

Kline pareceu refletir sobre isso. Depois falou, de modo calmo e metódico:

— Não posso prometer nada, Garrett. Você esteve cavando sua própria cova e, quanto a isso, fez um ótimo trabalho. Só me diga o que sabe sobre os chineses e eu farei o máximo possível. Essa é a única oferta que vou fazer. Você tem 10 segundos.

Garrett não hesitou.

— Um rebelde está se organizando na China central. Um novo Mao Tsé-tung. O nome dele é Hu. O Tigre. Está começando uma rebelião. Está ganhando popularidade. E o governo chinês está aterrorizado. O medo deles é de serem derrotados.

Kline ficou imóvel por 30 segundos, olhando para Garrett, enquanto assimilava a informação. Então limpou os óculos e pediu:

— Me conte tudo.

E Garrett contou.

Depois disso, deixaram-no dormir. Não retiraram as algemas, mas mudaram a posição, para os pulsos ficarem na frente do corpo, em vez de atrás. Deixaram algemado o tornozelo direito, mas, mesmo assim, Garrett conseguiu deitar a cabeça na mesinha diante de si, com a testa apoiada nas mãos, e fechou os olhos. Na primeira vez que o fez, esperava ser acordado por uma explosão de chiados, mas isso não aconteceu e ele caiu num sono profundo de exaustão.

Stoddard o despertou mais tarde — Garrett não tinha certeza quanto tempo depois — com um copo de água e um sanduíche de salada de frango. Ele bebeu o líquido de uma tragada, depois ficou examinando o sanduíche. O pão era velho e a salada de frango tinha gosto de vinagre, mas não se importou. Foi uma das melhores refeições que fez na vida.

O agente ficou observando-o comer, depois retirou o prato e o copo. Antes de sair da sala, provocou:

— Você nunca mais vai ver a luz do dia. Sabe disso, não sabe, Reilly?

— Seu cu tem luz do dia? — perguntou Garrett. — Porque é lá que vou enfiar o pé.

Até a declaração não fazia o menor sentido, mas foi a primeira coisa que veio à cabeça, e ele gostou de pronunciá-la. O agente Stoddard se limitou a encará-lo um momento e então saiu.

O rapaz dormiu mais um pouco. Foi acordado por uma voz familiar.

— Garrett?

Ele se sentou e ficou piscando. Alexis Truffant estava sentada à sua frente, examinando seu rosto.

— Você está bem? O general Kline disse que eles o torturaram com afogamento.

Garrett estava demasiado atônito para responder. Engoliu em seco e, com um movimento instintivo, tentou ajeitar os cabelos e esfregar os olhos para espantar o sono. Seus pulsos se apertavam contra as algemas.

Ficou olhando para Alexis.

— Por que você foi embora?

— Agora não é o momento.

311

— Não vou a lugar nenhum — respondeu ele. — Agora é um momento tão bom quanto qualquer outro.

Alexis olhou por cima do ombro. Ele viu que a câmera de vídeo e o tripé estavam de volta, e virados na sua direção.

— Eu precisava entender o que estava sentindo. Ver se as coisas iam funcionar com meu marido.

— Você podia ter deixado um bilhete. Ou ligado. Alguma coisa. Uma postagem na porra do meu perfil no Facebook teria servido.

— Eu estava confusa. E nervosa...

— E trabalhando para o governo — completou ele. — Foi Kline quem mandou você ir embora?

Alexis hesitou, depois fez que sim com a cabeça.

— Ele me sugeriu que desanuviasse as ideias. Ficasse longe de você por um tempo. Nunca deveríamos ter tido uma relação.

Garrett fez uma careta enquanto olhava para ela. Alexis estava tão linda quanto sempre, com suas belas maçãs do rosto e aquela pele morena, os cabelos pretos puxados para trás das orelhas.

— Nunca? — perguntou ele, com a dor borbulhando no peito.

Alexis desviou o olhar por um momento, recompondo-se antes de virar de novo para encará-lo.

— Olha, temos algumas perguntas sobre a informação que você deu ao general Kline. Se puder respondê-las... — disse ela, e sua voz foi se apagando.

— Já sei, já sei, você e Kline vão tentar me tirar daqui.

Alexis baixou a voz e se inclinou de leve para a frente.

— Você nem imagina as implicações políticas da situação atual. Existem agências que acreditam plenamente em você, endossam o que está dizendo. E outras que gostariam de mandá-lo para Guantánamo como combatente inimigo. Nesse momento, essas agências não estão se entendendo muito bem. Você está muito perto de passar a vida na cadeia. Em vista do que fizeram com você nas últimas 24 horas, sabe que não estou sendo dramática.

— Pode perguntar — disse Garrett.

Alexis pousou sobre a mesa um bloco de rascunho, no qual começou a escrever.

— O que você relatou ao general Kline foi explicado para o grupo. Sobre uma nova figura, semelhante a Mao Tsé-tung, que está liderando uma rebelião na China. Mas como é possível não termos ficado sabendo a respeito?

— A China tem um governo repressor que mantém um controle firme sobre os meios de comunicação. Sobre todas as formas de informação.

— Claro, sabemos disso — assentiu Alexis, anotando enquanto falava. — Também temos espiões pelo país inteiro. E nenhum deles está nos dizendo o que você afirma.

Garrett respirou fundo, tentando recuperar as forças e colocar os pensamentos em ordem.

— Porque o governo chinês está reprimindo com toda a força. Esse é o fator isolado de que eles mais têm medo. Não se preocupam com invasores estrangeiros. Quem iria ocupar a China? Além disso, já enfrentaram uma crise econômica no passado. Mas uma insurreição bem recebida pela sociedade civil? Que tenha a adesão da gente comum? Isso é um pesadelo. Um pesadelo com muitos precedentes históricos. Foi isso que Mao Tsé-tung fez com a liderança anterior do país. Eles estão fazendo tudo que é possível para manter a questão em segredo.

Alexis escreveu a resposta dele.

— Como sua teoria explica o fato de os chineses terem lançado ataques contra nós nessas últimas semanas?

— Os ataques fornecem um motivo.

— Motivo que é...?

— A guerra como distração. Conflitos fomentam o nacionalismo. Durante essas épocas, a população se une em torno da bandeira, mesmo na China. Principalmente na China. O povo dá ouvidos ao governo e tende a acreditar nele. O Partido Comunista está tentando injetar doses de nacionalismo na população, na esperança de esfriar a febre revolucionária que está ardendo no centro do país. No mínimo, a guerra vai desviar a atenção dos cidadãos das insatisfações deles: a corrupção, o confisco de terras, a desigualdade de renda, a destruição ambiental. Essas são as questões que estão pegando fogo na China atual. E estão no centro da rebelião do Tigre.

Alexis contrapôs na mesma hora:

— Mas por que ataques *velados*? Na população chinesa, ninguém sabe nada disso. Se estivermos em guerra, é uma guerra secreta. Isso não fomenta nada.

Garrett sorriu. Lembrou as horas que eles passaram no alojamento de Camp Pendleton, discutindo tópicos de política e lógica. Engraçado como tinham caído de novo em velhas práticas, ainda que ele estivesse com os pulsos atados e os pulmões feridos pela tortura. Momentos assim eram provavelmente o que mais sentira falta.

O rapaz sorriu.

— Você tem razão. É por isso que, na minha opinião, o que estamos vivenciando não são os primeiros tiros de uma guerra. São provocações. Os ataques foram mascarados, mas de forma muito discreta. A liquidação dos títulos do Tesouro veio em intervalos numéricos codificados. Na cultura chinesa, os números são muito significativos. A crise imobiliária de Las Vegas foi iniciada por intermédio de uma empresa offshore chamada Movimento Quatro de Maio. Eles nem sequer se preocuparam em esconder quem comprou e destruiu a mina de molibdênio no Colorado. Todo mundo sabia que era uma empresa chinesa. Queriam que soubéssemos quem estava por trás de tudo. Queriam nos deixar furiosos.

— Para que... — Alexis acenou com um dedo no ar quando começou a assimilar a verdade.

— Para que a gente os atacasse — confirmou Garrett. — Porque, se nós reagirmos e os atacarmos abertamente, se formos os agressores, eles poderão se caracterizar como vítimas. Que é uma garantia de conquistar o apoio doméstico. Eles acreditam que isso vai esvaziar o apoio aos rebeldes. Meu palpite é que o governo chinês se imagina capaz de encarar qualquer coisa que a gente jogue em cima deles, com exceção de um ataque nuclear. E isso não somos loucos o suficiente para fazer. Ao menos, não por enquanto. Mas eles estão se borrando de medo do próprio povo. Mais de um bilhão de cidadãos chineses putos da vida poderiam varrer em alguns dias a elite dominante. O Partido sabe disso. Foi o que aconteceu quando Mao tomou o poder, e eles não vão se arriscar a uma reprise.

314

Sorriu para ela, mas uma forte exaustão estava se apoderando dele. Tinha passado dias sem dizer tantas palavras a alguém. Deixou escapar um suspiro.

— O que o governo chinês deseja é que *nós* comecemos um conflito armado contra *eles*.

Alexis levou uns segundos para terminar de escrever o que ele tinha dito. Fez uma pausa breve, riscou uma linha, que reescreveu, depois parou. Apanhou o bloco de rascunho, virou-se e o apresentou para a câmera que estava atrás deles, como se para inspeção e aprovação do texto. Depois, colocou de novo o bloco sobre a mesa e o empurrou para junto de Garrett.

— Esse é um resumo fiel das suas ideias?

Garrett percorreu as anotações dela com os olhos e fez que sim. Alexis começou a levantar o bloco de rascunho e parou, segurando-o acima da mesa. Sobre esta havia uma pequena chave, sob o bloco, e o corpo da capitã bloqueava a visão da câmera. O rapaz viu o objeto e, quando estava prestes a avisar que ela o esquecera, Alexis o interrompeu.

— Muito obrigada, Garrett — disse, vagarosa e cuidadosamente. — Isso foi muito útil. Acho que vamos conseguir ajudá-lo a sair daqui.

Garrett olhou de novo para a chave, desorientado por um momento, depois ergueu a cabeça de repente, sorrindo para Alexis e cobrindo o objeto com as mãos algemadas. Ela colocou o bloco de rascunho de volta na bolsa.

— Isso seria muito bom — disse Garrett, o coração batendo forte. — Seria ótimo.

Alexis se levantou, inclinou de leve a cabeça e saiu da sala. Ele colocou as mãos no colo, com a chave apertada no punho fechado da mão direita, e começou a pensar no que faria em seguida.

60

PENTÁGONO, 16 DE ABRIL, 9h55

Jimmy Lefebvre sabia que algo estava acontecendo. Já fazia quase 48 horas que Garrett havia sumido e ninguém tinha ouvido uma palavra da parte dele. Nenhuma aparição, nenhum e-mail, nenhuma ligação — nada. Era um sinal *muito* ruim.

Na sala de guerra, só o tenente parecia preocupado com isso. O restante da equipe do Projeto Ascendant continuou jogando videogame, negociando contratos futuros e mantendo um olho nos acontecimentos mundiais. Lefebvre sabia que eram criaturas militares presas a rotinas; fariam o que lhes fora ordenado até que lhes ordenassem fazer outra coisa; e, se nada lhes fosse ordenado, ficariam sentados por ali à espera. Se passassem muito tempo sem receber ordens, o mais provável é que acabassem bêbados.

Lefebvre também era um soldado, mas o fato de nunca ter estado em combate — e não passava um dia de sua vida sem o lamentar — significava que ele não sofria de fadiga de guerra. Nunca havia se acostumado a ficar esperando ordens. Deixado à própria sorte, ele calculava o que deveria fazer e partia para a ação. E todos os ossos de seu corpo estavam dizendo que era hora de ir embora dali. Bem depressa.

Sabia que Garrett ficava o tempo todo forçando a barra, e agora desconfiava que a havia forçado demais. Talvez tivesse a ver com o que ele e Celeste tinham descoberto sobre a China; talvez fosse por causa da decisão de mandar a mulher caçar o Tigre. Ou ainda por Reilly não ter revelado *nada daquilo* a seus superiores. O tenente também não dissera coisa alguma, o que o transformava em cúmplice. Fosse como fosse, ele sabia que a merda estava a ponto de ser jogada no ventilador.

Ele encontrou Bingo sentado junto a um console de videogame e lhe disse que iria voltar ao hotel.

— A tempestade está chegando. Mantenha seus planos em segredo — aconselhou Lefebvre. — Não quero saber o que você sabe nem o que vai fazer. Seus segredos são seus.

— Eu nunca disse nada de ruim sobre esse país. Ou sobre o presidente — retrucou Bingo, com o volume de sua voz subindo, angustiado. — Você pode confirmar isso por mim, não pode?

— Eles não podem botar você na cadeia por criticar os Estados Unidos — respondeu o tenente.

— Eles não podem botar *você* na cadeia por isso. Eles podem *me* botar na cadeia por qualquer coisa.

Lefebvre suspirou. Ele e Bingo vinham de universos radicalmente diferentes, e não havia tempo para argumentar sobre esse ponto específico da política e da justiça. Chamou um táxi para levá-lo ao hotel, e estava a ponto de sair da sala de guerra quando um oficial corpulento o interceptou e lhe comunicou que estava detido para interrogatório. Um segundo oficial encurralou Bingo num canto e começou a revistar sua mochila.

Lefebvre tentou fazer sinal para Bingo de que tudo ia ficar bem, mas não conseguiu atrair a atenção dele: o homem havia posto as mãos sobre a cabeça como um criminoso sendo preso.

Levaram Lefebvre para uma sala de reuniões sem janelas no terceiro andar da ala D do Pentágono. Primeiro veio uma dupla de oficiais. Eles trataram dos assuntos habituais: se entrara em contato com gente de fora nas últimas semanas, se havia revelado — consciente ou inconscientemente — alguma informação secreta para alguém em algum lugar.

— De jeito nenhum — disse Lefebvre, e era verdade. Tinha ficado de boca fechada.

Depois vieram dois agentes do serviço de inteligência do Exército e percorreram uma lista de perguntas sobre a sala de guerra e o que ele tinha visto. Mais uma vez, o tenente disse a verdade.

— Nada fora do normal — respondeu ele. — Mas eu não estava prestando tanta atenção nisso. — Suas frases eram curtas e diretas. Ele respondia apenas o que pediam.

317

Lefebvre foi cauteloso, mas não estava apavorado — tinha decidido desde o começo que contaria tudo o que sabia sobre a teoria da rebelião chinesa de Garrett e Celeste, mesmo tendo prometido não revelar. Ele fazia parte da equipe de Reilly, mas também era um oficial militar que havia jurado proteger seu país. Ele não ingressara no Exército apenas para escapar da sombra do pai; era de fato um patriota. Estava pronto para contar tudo.

Por fim, uma dupla de agentes do Departamento de Segurança Interna, um homem chamado Bellamy e uma mulher de sobrenome Garcia, o submeteu a interrogatório. Eles começaram com Garrett: quais eram as tendências dele: democráticas, republicanas, libertárias, anarquistas? Ele bebia? Andava esbanjando muito dinheiro? Lefebvre o tinha visto usar drogas? O que achava de suas descontroladas explosões de raiva? Ele tinha alguma inclinação sexual esquisita? Obsessões? Fetiches?

De novo, a verdade era: Lefebvre não fazia ideia.

Então, de repente, as perguntas tomaram um cunho pessoal e foram dirigidas ao tenente. Quanto dinheiro havia em sua poupança? Por que ele não era casado? Por que não tinha namorada? Alguma vez havia feito sexo com um homem? Por que não? Ele odiava homossexuais?

Isso o pegou desprevenido. Ele entendeu que o estavam testando, procurando fazê-lo escorregar, e que responder com o menor vestígio de irritação era uma forma fácil de descarrilar uma carreira militar. Mas não conseguiu deixar de pensar: por que não estão perguntando sobre o que importa de verdade? E a China? E a rebelião? Lefebvre tinha informação que eles poderiam utilizar. Estava sentado em cima de um segredo, disposto a revelá-lo, esperando apenas a pergunta certa.

Mas a pergunta nunca veio.

Os agentes pareciam não se importar com nada em relação aos chineses. Ou com uma guerra secreta. No começo, isso foi desconcertante para o tenente. Ele estava no Exército por tempo suficiente para saber que a burocracia federal era falha, mas, se Garrett Reilly havia feito algo errado, as próprias pessoas encarregadas de esclarecer aquilo não deveriam estar interessadas no que Lefebvre descobrira? Não deveriam perguntar qual era o objetivo final de Garrett, e não só se ele era ideologicamente suspeito?

E por que estavam questionando a lealdade de Lefebvre?

Um mês atrás, quando lhe disseram que iria bancar a babá de um civil metido a besta para um projeto mal-amarrado da DIA, ele aceitara a tarefa sem reclamar. E quando o civil se revelara tão arrogante quanto o anunciado, Lefebvre engolira o orgulho e seguira adiante com a missão, ensinando o rapaz, da melhor forma possível, pelo bem do país. Ele podia não ser um veterano de guerra, mas ainda era capaz de se sacrificar pelo grupo. Tinha chegado até a gostar de Garrett Reilly — quer dizer, um pouco —, e estava começando a pensar no Ascendant como um lance de genialidade estratégica, não como um projeto malfeito. O que lhe fora ordenado, ele cumprira.

Mas agora estavam perguntando se ele era gay? *Que porra era aquela?*

Num relance, tornou-se claro para ele que os agentes Garcia e Bellamy eram a prova viva de que a maioria das pessoas seguia as convenções, e o fazia com implacável determinação. A ideia foi, de um modo estranho, libertadora para ele; as convenções que havia acatado na maior parte da vida — sobre lealdade e patriotismo — de repente se afrouxaram, ainda que levemente.

Aquilo lhe deu uma dose de espaço psicológico para respirar. E então ele se viu defendendo Garrett, pelo menos em sua mente. Entendeu que a recusa do rapaz em se deixar enquadrar — por quem quer que fosse — era uma forma de coragem. As pessoas sempre se sentiam mais seguras quando estavam em grupo. Mas Garrett não queria segurança. Ele fazia o contrário. De certa forma, na mente de Lefebvre, jurar lealdade a uma coisa e lhe obedecer cegamente haviam se confundido! Aquilo o perturbava.

Não, era pior: naquele momento, aquilo o humilhava. Essas pessoas estavam questionando sua lealdade enquanto os Estados Unidos estavam à beira do precipício. Isso correspondia à traição.

— Onde está Garrett? — perguntou afinal o tenente aos agentes, ao mesmo tempo que eles estudavam suas anotações.

— Não podemos dizer — respondeu a agente Garcia.

— O que ele fez de errado?

Garcia e Bellamy ficaram olhando para Lefebvre como se ele fosse um cachorrinho insubordinado que tivesse acabado de urinar nas pernas deles.

— Por que *você* não *nos* diz? — perguntou Bellamy.

— Eu não sei, e é por isso que estou perguntando.

Ele sabia que era melhor calar a boca, mas isso era ridículo. Ridículo mesmo. *Os chineses estão fodendo com eles.*

— Está criando caso conosco?

— Estou apenas tentando entender o que está acontecendo — respondeu Lefebvre, ainda que soubesse que estava fazendo exatamente o que o agente deu a entender: criando caso.

O agente Bellamy semicerrou os olhos na mortiça luz fluorescente, apunhalando o tenente com o olhar.

— Do lado de quem o senhor está exatamente, tenente Lefebvre?

E, pela primeira vez em muito tempo, ele não tinha certeza da resposta.

61

ESCONDERIJO DO DEPARTAMENTO DE SEGURANÇA INTERNA,
16 DE ABRIL, 16h32

G arrett conseguiu na quarta tentativa. Deu um jeito de colocar a mão direita em concha sobre a esquerda, numa distância suficiente para deslizar a chave mestra dentro da fechadura, e torcê-la uma vez, devagar, numa rotação completa de 360 graus. A cremalheira da algema se abriu com um estalido, e então libertou o pulso. Ele realizou toda essa manobra com as mãos no colo, embaixo da mesa que estava à sua frente, fora do campo de visão da câmera.

Depois, limitou-se a esperar.

Uma hora depois, o agente Stoddard entrou na sala segurando um prato com outro sanduíche de salada de frango e um copo de água na mão. Ele colocou os objetos sobre a mesa e recuou para o canto do aposento, sem jamais tirar os olhos do prisioneiro. Garrett fingiu examinar o sanduíche e depois balançou a cabeça.

— Não dá para trazer outra coisa? — perguntou. — Estou cansado de frango.

— Não — respondeu o agente, sem se mexer.

— Tudo bem, pode levar embora. Não vou comer isso — avisou Garrett, reclinando-se para trás na cadeira.

O agente Stoddard deu de ombros, atravessou a sala e se inclinou para pegar o prato. Garrett o observava com atenção, tensionando a região lombar e a planta dos pés com toda a firmeza possível sobre o piso de linóleo. No momento em que o olhar do agente desviou de Garrett para o prato — e foi só um momento —, o rapaz lançou o corpo para a frente com toda a força que conseguiu reunir, impulsionando-se com as pernas e empurrando a cabeça como um chicote. Ele mirou o alto da testa, na altura dos olhos e do nariz do agente Stoddard, e o atingiu em cheio. Foi bem no alvo. Se havia algo que Garrett sabia fazer, e fazer bem, era atingir um sujeito com uma cabeçada.

O estalar de crânio contra crânio foi distinto e claro, com um barulho oco, como uma caixa de papelão golpeada por um pedaço de lenha. O agente Stoddard gemeu surpreso, tombando para trás com o sangue jorrando de seu nariz. Caiu agachado, com as mãos instintivamente agarrando o rosto, enquanto Garrett se curvava e usava a chave na algema do tornozelo direito. Em menos de um segundo ele se libertou, mas sua cabeça gritava de dor, com a linha da fratura do crânio entrando em erupção como se tivesse sido aberta com uma faca de combate serrilhada. Garrett nunca sentira nada assim. A sensação era quase paralisante — cada terminação nervosa de seu corpo estava em brasa. Imaginou que estava se movendo em câmera lenta, o ar a seu redor espesso como água, ondas de choque se irradiando da cabeça e atravessando o corpo inteiro.

Garrett se obrigou a se movimentar, apesar da dor, e agarrou a cadeira de metal em que estivera sentado por horas — talvez dias, já não sabia mais. Fazendo-a girar como uma raquete de tênis, atingiu o corpo do agente. As pernas da cadeira se chocaram contra a cabeça e as mãos do oponente, provocando um som abafado de ossos se quebrando. Depois disso, Stoddard não emitiu mais um ruído. Desabou como uma camisa atirada ao chão. Garrett achava que não o matara, mas tampouco se importava, e voltou a atenção para a porta, que estava se abrindo depressa: o agente Cannel entrava na sala. Antes que ele conseguisse passar o corpo inteiro pela abertura, Garrett voou na direção dela com a perna direita levantada, dando um chute com toda a força que tinha.

A porta acertou o corpo do agente Cannel, expulsando o ar de seus pulmões, deixando-o tonto. Numa das mãos, ele segurava um revólver, com o dedo no gatilho. Garrett atingiu com força a mão do agente com a cadeira, lançando a arma ao chão, para longe de seu alcance. Em seguida, jogou de lado a cadeira e atingiu Cannel com socos no rosto, tantos quanto conseguiu desferir sem interrupção, sete ou oito no total, até o homem cair de costas pela porta. O rapaz foi atrás dele. Cannel bateu no chão e Garrett pisou no peito dele com toda a força possível.

Ele não perdeu mais tempo. Anos de brigas de bar haviam lhe ensinado a bater forte no oponente e depois sair correndo a toda velocidade. Além disso, os relâmpagos serrilhados de dor azul estavam de novo brilhando diante de seus olhos, e Garrett teve medo de desmaiar. Saiu cambaleando pelo corredor do que parecia uma casa comum de subúrbio. Chegou a uma sala de visitas despojada, que tinha um sofá e uma mesinha de centro com quentinhas empilhadas em cima, além de um monitor de vídeo que mostrava cenas ao vivo do quarto onde ele estivera em cativeiro. A câmera fora chutada durante a luta, e agora a imagem estava de lado e mostrava o agente Stoddard tentando se arrastar pelo piso, tonto e desorientado, o rosto escuro de sangue.

Ora, pensou Garrett, ele está vivo. Acho que isso é bom.

O rapaz esquadrinhou a sala de estar, tentando ver se havia ali alguma coisa útil. Apanhou uma capa de chuva que estava jogada no sofá, um saco de batata frita e um chaveiro com as chaves do carro, depois saiu correndo pela porta.

Lá fora, o sol já se punha, e o céu, para o oeste, ainda possuía uma tonalidade rósea. O ar estava frio. Era um bairro residencial e silencioso, com ruas repletas de casas térreas comuns com gramados verdes. Afora um homem que fumava um cigarro na entrada da garagem de sua casa, um pouco adiante na quadra, não havia mais ninguém ali. Garrett se atrapalhou com as chaves do carro, semicerrando os olhos para se localizar através da dor de cabeça e da visão embaçada, e apertou repetidas vezes o botão do controle remoto. Um Chevy Malibu apitou a certa distância no quarteirão, e o rapaz, apressado, se dirigiu a ele, tentando não correr até lá em pânico. Entrou no carro, ligou o motor e saiu dali.

Não tinha noção de onde se encontrava, nem queria saber. Só precisava se afastar o máximo de seus captores, e o mais rápido possível. Durante alguns minutos, percorreu ruas tranquilas da zona residencial, depois se viu numa avenida ampla — as placas indicavam Colesville Road. Ele continuou naquela via por alguns minutos e entrou num bairro de casas baixas e monótonas e mercadinhos de esquina. A placa de uma loja dizia "Silver Spring" e ele supôs que estava em Maryland, ao norte de Washington. Suas mãos tremiam no volante; dentro de seu crânio, havia surgido um barulho que estava se transformando num grito insistente e abrasador.

Ele passou sem incidentes por uma dupla de guardas, mas não estava muito preocupado com a polícia local. Pelo menos não ainda. Garrett achava que o Departamento de Segurança Interna não divulgaria ao público a fuga dele, e com certeza não o faria de imediato. Do contrário, seriam obrigados a explicar por que o haviam torturado, o que não parecia algo prudente. Eles precisariam de uma história para acobertá-los. Garrett cogitou se entregar à polícia e relatar a ela tudo que tinha acontecido, só para colocar em apuros os canalhas que o torturaram com afogamento, mas acabou mudando de ideia.

Não tinha certeza se alguém acreditaria numa palavra do que dissesse.

Ele saiu da via principal e buscou nas ruas secundárias uma casa vazia que tivesse na frente uma placa com o anúncio de VENDE-SE. Quando encontrou uma, estacionou na entrada da garagem de uma impecável residência estilo Tudor, depois foi para o quintal cercado e lavou as mãos e o rosto com uma mangueira de jardim. Comeu as batatas fritas furtadas dos agentes e bebeu água até se fartar. Sentindo-se revigorado, voltou para o carro e foi embora de Silver Spring para o bairro vizinho de Bethesda. Ia dirigindo a baixa velocidade. Sua vista estava embaçando. Tinha a impressão de estar vendo o mundo do fundo de um poço profundo e negro. Tomou cuidado para não ultrapassar o limite de velocidade permitida e não avançar nenhum sinal. No centro de Bethesda, estacionou o carro junto a um parquímetro e caminhou até uma loja Radio Shack de um centro comercial, enrolando-se na capa de chuva do agente para esconder a camiseta rasgada.

— Olá, quero comprar um laptop muito rápido — disse ele ao adolescente que atendia no balcão. Tentava manter a voz firme e calma. O som perfurante em sua cabeça estava mais baixo, mas não havia desaparecido. De forma alguma. — Você tem aí alguma coisa que eu possa testar?

O balconista colocou diante dele um equipamento genérico chinês, uma imitação barata com processador quad core, e lhe disse que o testasse à vontade. Noventa segundos depois, Garrett saiu da loja com um nome e um endereço.

E sede de vingança.

62

YANGQUAN, CHINA, 17 DE ABRIL, 8h21

C eleste Chen mal teve tempo de recobrar o fôlego. Desde o instante em que, no Pentágono, Garrett tinha lhe ordenado ir à China até o momento em que ela desceu do táxi no meio da província de Shanxi, 48 horas depois, sua vida havia se transformado em uma corrida. Arrumou a mala em vinte minutos, pegou um táxi para a embaixada chinesa, arrancou um visto de um burocrata mal-humorado, pegou outro táxi para o aeroporto Dulles, e foi a última passageira a embarcar no avião com destino a Nova York. No Kennedy, se obrigou a almoçar um taco rançoso, trocou 2 mil dólares de sua conta eletrônica de corretagem por moeda chinesa em uma loja de câmbio, e depois saiu correndo para pegar o avião que a levaria à China.

Viajou na classe econômica, num voo direto para o Aeroporto Internacional de Pequim. Dormiu talvez uma hora no avião. Passou a maior parte do tempo pensando em como iria cumprir a tarefa que tinha diante de si, ao mesmo tempo que se defendia do contato flácido de um comerciante chinês que roncava ao lado. Embora já tivesse visitado a China algumas vezes, sair andando do avião para o solo chinês equivaleu a ser atingida por um furacão. O idioma, os anúncios, o barulho — o caos de tudo. Dezoito horas antes, ela estava em Washington, D.C., protegida na segurança do subsolo do Pentágono, desenvolvendo teorias abstratas sobre revoltas geopolíticas. Agora, estava por conta própria, a meio mundo de distância, tentando encontrar indícios de uma nova rebelião política.

E, acima de tudo, *agora ela era uma espiã.*

Aquilo a deixava sem fôlego. Ela ficou sentada por dez minutos numa cabine do banheiro feminino do aeroporto, na tentativa de se acalmar.

Celeste tomou um ônibus para o centro da cidade, maravilhada diante da miríade de novos edifícios — grandes quadras de residências e escritórios — que pareciam ter brotado do chão em toda parte da periferia de Pequim. Fazia só dois anos que ela não vinha à China, porém, nesse intervalo, absolutamente tudo havia mudado. O ritmo de destruição e construção era alucinante. Ela desceu do ônibus no distrito turístico de Dong Cheng, imaginando que ali poderia se misturar com os outros estrangeiros (embora fosse difícil para um chinês nativo adivinhar que ela era americana), e imediatamente saiu pelas ruas procurando um lugar barato e discreto para se hospedar. Ainda que se considerasse uma viajante experiente, o ritmo frenético e a falta de espaço nas calçadas de Pequim a surpreenderam. Homens e mulheres se chocavam contra seu corpo, empurrando-a para o lado, cortando a passagem dela e sequer olhavam de relance. Quando estivera ali como estudante, tinha gostado disso, transformando-o num jogo: tropeçar em alguém e prosseguir, tropeçar em alguém e prosseguir. Agora, exaurida como estava, só tentava não se machucar.

Ela encontrou um hotel — feio, porém moderno e relativamente limpo — e dormiu por duas horas. A soneca só bastou para evitar que desmaiasse. Com o *jet lag* combinado à agitação, ela pegou a sacola e tomou um táxi para a espalhafatosa West Train Station de Pequim, inspirada em templos budistas, onde embarcou num trem a diesel para Yangquan, a cidade da China central que era o coração da zona mineradora de carvão do país. Como não desejava atrair atenção indevida, comprou passagem para se sentar em um banco duro no fundo do trem, onde viajavam os passageiros mais pobres, e acabou ficando em pé quase todo o trajeto, que levou quatro horas, espremida entre um fazendeiro gordo de meia-idade e sua esposa tagarela e marcada de varíola. Cheiros contraditórios da China moderna passavam por ela: óleo combustível, carne de porco cozida, o suor de operários cansados, o cheiro adstringente de laranja recém-descascada. Era empolgante e avassalador.

Celeste identificou o momento em que entraram na província de Shanxi porque o ar, em vez de ficar cinzento de partículas do escapamento de carros e caminhões, como era em Pequim, assumiu uma tonalidade mais escura, compatível com o carvão que estava sendo arrancado do solo nas minas que pontilhavam os morros. Como tantas cidades pequenas da China, Yangquan era ao mesmo tempo espantosamente moderna e notavelmente parte do Terceiro Mundo, pelo menos para o olhar ocidental de Celeste. Ela desconhecia a região. Exausta por não ter dormido, saiu cambaleando do trem e foi procurar um hotel. Encontrou um não muito promissor no centro da cidade, onde dois estudantes australianos estavam praticando mandarim — mal e alto — no quarto ao lado. Com seu nível de cansaço, ela não se incomodou com o barulho: enfiou chumaços de papel higiênico nas orelhas e dormiu por mais duas horas, antes de se aventurar a sair para jantar e buscar informações.

A noite de primavera em Yangquan era quente e úmida, repleta de insetos e buzinas de carros. Celeste vagou para o centro, faminta, antes de parar num restaurantezinho que servia sopa de macarrão com carne. Usando jeans e um casaco de moletom, ela parecia qualquer outro residente da cidade, e, quando falava, podia se passar por chinesa, embora de alguma outra região. A garçonete imaginava se ela seria de Xangai. Seus dentes eram brancos e certinhos demais para uma filha de minerador. A moderna odontologia tinha enfim chegado ao Estado do Meio — pelo menos para pessoas ricas.

Celeste se empenhou em puxar conversa com a garçonete e outros clientes do restaurante, mas socializar com estranhos não era seu ponto forte, e ela obteve poucas respostas úteis. De toda forma, seu cérebro estava debilitado pela viagem, logo, dava na mesma. Mais tarde naquela noite, saiu andando pelas ruas da cidade, porém, os bares e as lojas estavam fechando. Ela sentiu que essa estratégia não seria muito eficiente. A verdade é que Celeste, uma pesquisadora do meio acadêmico e não uma espiã, não era treinada para conseguir informações sigilosas em um país estrangeiro. Mesmo assim, estava disposta e queria fazer o máximo.

Ela dormiu um sono profundo, interrompido apenas pelos sonhos de incontáveis rostos asiáticos que passavam depressa por ela num borrão, como se estivesse atravessando um túnel repleto de chineses. De manhã, depois de tomar chá e enviar a Garrett um e-mail curto e criptografado, ela parou na entrada do hotel e tentou se orientar. O ar estava quente e parado. Ouvia-se o roncar incessante das máquinas de construção pela cidade, fazendo os ossos tremerem. A China inteira, constatou maravilhada, estava em movimento todas as horas do dia.

Celeste se sentia tão em casa quanto nos Estados Unidos, e talvez até mais. Seria, quem sabe, por causa de sua aparência. Ela nunca se sentira parte do grupo das garotas caucasianas de classe média em sua escola de ensino médio em Palo Alto. Ou talvez fosse a língua. Falar mandarim lhe proporcionava um prazer nada secreto. Adorava as entonações ascendentes e descendentes, as sutis variações sonoras.

Mas, no fundo, suspeitava de que fosse apenas porque, ali na China, ela podia deixar de ser quem era e se tornar uma nova pessoa. Era a eterna emoção da viagem solitária — a reinvenção se encontrava a cada passo, o que era um poderoso contraponto à sua vida nos Estados Unidos. Para Celeste, ironicamente, a China era a liberdade.

Ela e Garrett tinham preparado, ainda no Pentágono, uma lista de maneiras pelas quais ela podia buscar histórias de Hu, o líder rebelde. Garrett havia lhe sugerido que se relacionasse com um rapaz local, talvez num bar ou restaurante. O brilhante método não a empolgava — era *tão* típico de Garrett Reilly —; então decidiu guardá-lo como último recurso. Como ambientes potenciais para a circulação de informações, ela havia sugerido salões de conferências e mercados ao ar livre. Garrett não fora muito prestativo nesse aspecto, embora tivesse feito uma sugestão muito boa: comporte-se como se você já soubesse tudo que há para saber a respeito de Hu e da rebelião. Demonstre uma atitude de irritação resignada — você está acima da indignação política de outras pessoas.

Celeste achou que a ideia fazia sentido e resolveu testá-la.

Andou quase meio quilômetro ao sair do hotel e encontrou uma rua em que muitas barraquinhas de comida se alinhavam. Em cada barraca, ela procurava artigos em falta — legumes que pareciam estragados, pão dormido ou uma simples prateleira vazia. Esperava outros fregueses passarem e então, enquanto olhava para o item em condições ruins, reclamava em voz alta:

— *Yí rén dǎo luàn, dà jiā shòu kǔ.* — *Uma pessoa arruma encrenca e todo mundo paga por isso.*

Nas duas primeiras barracas, não teve certeza de que os fregueses a ouviram. Na terceira, uma idosa lhe dirigiu um olhar atravessado e seguiu em frente, empurrando-a com o ombro ao passar. Mas na quarta barraca ela teve a resposta que procurava: um rapaz de no máximo 25 anos, agarrando uma braçada de vagens e cebolas, ouviu seu comentário diante de um latão de verduras murchas e fez a menção de cuspir nela. Mas não cuspiu. Limitou-se a dizer:

— Você está podre. Igual a essa berinjela. Ela está lutando por você.

E saiu depressa do mercado.

Ela? Celeste disse a si mesma, atônita. *Ela* está lutando por você?

O Tigre era uma mulher?

63

BETHESDA, MARYLAND, 16 DE ABRIL, 21h42

Hadley Kline deu um beijo de boa-noite na filha Samantha e apagou a luz do quarto dela no segundo andar. Andou pelo corredor e parou de repente, o som da televisão vindo do andar de baixo.

— Martin.

Kline pronunciou o nome do filho de 12 anos entre os dentes, ligeiramente decepcionado. O garoto nunca se lembrava de desligar a televisão. Ou de fazer a própria cama. Ou de arrumar o quarto. Ou de fazer qualquer coisa não relacionada a videogame ou ao treino de futebol para o campeonato Pop Warner. Tinha havido um momento em que Kline se julgara esperto por ter tido filhos tão tarde, mas isso havia ficado num passado longínquo.

Kline desceu as escadas usando meias, conformado com a ideia de arrumar a bagunça deixada pelo filho, pensando em dar uma passada na cozinha e se servir de uma última dose de uísque antes de dormir. Já estava ali, no térreo, poderia muito bem fazê-lo. Entrou na sala de estar e ficou imóvel.

A televisão estava ligada na CNN. Martin nunca assistia a noticiários. Ou qualquer outro canal que não passasse desenhos animados. A porta dos fundos estava aberta, uma brisa suave vinha do quintal.

Kline começou a recuar, para se encostar na parede e evitar que alguém viesse por trás, quando um arame fino passou por cima da cabeça e envolveu seu pescoço. Num relance, antes que pudesse levar as mãos à garganta, o arame se apertou, tenso e doloroso.

Uma voz disse, baixinho:

— Não se mexa. Se você se mexer, eu aperto mais um pouco, amarro o arame, e vai morrer sufocado.

Kline tentou respirar fundo. O arame já havia começado a se enterrar na pele, impedindo a passagem de ar. Ele não podia se virar completamente sem o arame cortar seu pescoço.

— Reilly?

— Você mandou que eles me torturassem?

— Podemos nos sentar? — perguntou Kline com a voz rouca. — Não vou machucar você.

O arame se apertou em torno do pescoço dele.

— Você mandou que eles me torturassem?

— Eu mandei Alexis entregar a chave da algema a você — conseguiu sussurrar Kline. — Eu ajudei você.

— Achou que eu ia tentar fugir e que eles me matariam?

— Não tinha certeza, mas tinha esperança de que conseguisse sair. O arame está machucando meu pescoço, Garrett. Não consigo respirar.

Como resposta, o arame foi puxado com mais vigor, forçando a cabeça de Kline a se inclinar para trás. O general mudou o peso de um pé para o outro a fim de não cair no chão.

— Por quê? Por que você queria que eu fugisse?

— Porque preciso de você. Nós precisamos de você.

— Nós? O pessoal que me torturou com afogamento simulado?

— Eles são macacos adestrados, fazem o que é ordenado. Acham que você entregou segredos a um governo estrangeiro. Garrett, se você continuar a puxar o arame, vou cair no chão. Você vai me matar.

— Eu não entreguei segredo nenhum.

— Sei que não.

— O que sabe é que estou com um arame no seu pescoço, pronto para matar você estrangulado. É só o que sabe.

— Tudo bem — aceitou Kline, tentando inspirar o máximo de ar possível para encher os pulmões e ao mesmo tempo manter a calma. — Você tem razão, OK? Você está coberto de razão.

Kline sentiu o queixo de Garrett ao lado de sua orelha.

— Quero tornar sua morte tão dolorosa quanto possível. Quero fazer você cagar nas calças enquanto morre sufocado. É isso que eu quero.

Kline fechou os olhos e tentou clarear a mente.

— Garrett, a Frota do Pacífico está a caminho da China. A 5ª Frota vai se reunir a eles em um dia. Estamos mandando tropas para a Coreia e para o Quirguistão.

Kline sentiu aumentar a tensão no arame que envolvia seu pescoço.

— O presidente está caindo na armadilha deles — continuou Kline, agora suplicante. — Preparando-se para atacar primeiro. Exatamente como você previu.

— E por que eu me importaria com essa merda?

— Porque você pode deter isso.

— Não, não posso. Ninguém consegue deter as Forças Armadas dos Estados Unidos. E, mesmo que eu pudesse, por que deveria? — Garrett se curvou para mais perto de Kline. — Olhe para mim. Veja o que eles fizeram comigo.

Kline tentou erguer a cabeça um pouco para a esquerda. Pelo canto do olho, viu o rosto de Garrett. O rapaz estava com olheiras escuras e um corte profundo na testa, pouco abaixo da linha dos cabelos. Vestígios de sangue seco formavam um rastro visível acima de um dos olhos.

Garrett vociferou:

— Eles ficaram derramando água pela minha garganta. Durante horas.

— Você saiu da base militar. Encontrou-se com um potencial espião de uma entidade ou nação desconhecida.

— Esse país tem uma merda de uma constituição. Eu me encontro com quem eu quiser me encontrar.

— Não, não mais. Essa era sua vida antiga. Agora, você tem uma autorização de segurança. De nível muito alto. Acesso a informações confidenciais. Em sua nova vida, você não pode fazer essas coisas.

— Minha nova vida? *Isso é a minha nova vida?* Porque não pedi isso. Nenhuma parte disso.

— Eu entendo.

— Entende? Mentira! Você mentiu para mim, me seduziu, me treinou para ser seu cão de ataque, e depois mentiu um pouco mais. Você nunca me disse toda a verdade, nem uma vez.

— Essa é a natureza do jogo.

Kline detestava admitir, mas era verdade. Segredos, mentiras, sedução. Era o que ele fazia para ganhar a vida. O que todos eles faziam. Kline sentiu o arame em seu pescoço se afrouxar de leve. Conseguiu forçar um pouco mais de ar a entrar nos pulmões.

— Um jogo — repetiu Garrett. — Tudo é um jogo. E sempre foi.

Kline percebeu uma tristeza na voz de Garrett. Um cansaço.

— Um jogo com apostas incrivelmente altas. Vidas de pessoas. O destino de nações.

Kline viu Garrett fazer um pequeno movimento de balançar a cabeça.

— Vocês são gente que... Vocês não param nunca. São loucos.

— Garrett, esse é o seu momento. Precisamos de você em liberdade para que possa fazer aquilo em que é excelente. Foi por isso que mandei Alexis lhe dar aquela chave. Precisamos que faça o que nenhum de nós consegue fazer. Que assuma de novo o controle do Projeto Ascendant. Que impeça a guerra.

Garrett bufou, incrédulo.

— Por quê? Me dê um motivo pelo qual eu deveria voltar a fazer qualquer coisa por vocês, seus imbecis. Um motivo pelo qual eu não deveria ir embora daqui e nunca mais me aproximar nem um pouquinho desse lugar. Nunca mais.

— Porque seria errado ir embora com milhões de vidas em jogo. Homens, mulheres, crianças, no mundo inteiro — disse Kline. — E, a partir desse momento, e isso é só minha opinião, acho que você precisa começar a fazer algo correto em sua vida.

64

RESERVA NATURAL SCOTT'S RUN, MCLEAN, VIRGÍNIA, 17 DE ABRIL, 5h58

G arrett passou a noite na reserva. Não foi confortável, mas, após dormir com a cabeça apoiada numa mesa e com o tornozelo acorrentado a uma cadeira, um leito de folhas e grama foi ótimo. Mesmo assim, passou horas se virando, a cabeça latejando de dor. Acordou cedo, antes de o sol nascer, com o canto dos pássaros e a buzina de um carro a distância. Levou um tempo para lembrar onde e por que estava ali; quando recordou, foi dominado por uma raiva que achou que jamais seria capaz de sentir. Era um sentimento tão forte que apagava todas as outras sensações, inclusive fome e sede.

Ele precisava fazer o que era correto?

Garrett ainda não conseguia acreditar que o general Kline dissera aquilo. Desde que tudo isso havia começado, quando o objetivo fora, mesmo por um momento, agir da maneira correta? Afinal, ele estava lidando com as Forças Armadas, uma organização que treinava pessoas para matar. Se isso fosse agir da forma certa, então os chineses estavam errados? Os Estados Unidos estavam do lado do moralmente correto? Éramos tão inocentes assim? Garrett não acreditou nisso nem por um segundo. Ser moralmente correto era coisa de babaca.

O que pensar sobre o que Metternich havia lhe revelado no trem, a respeito de cumprir as ordens de outros? E se Metternich estivesse lhe revelando parte da verdade? Nesse caso, quem era o bandido? Os Estados Unidos? Então como trabalhar para o governo seria fazer algo correto no mundo?

Contradição sobre contradição, mentira sobre mentira.

As mãos de Garrett tremiam de raiva. Na noite anterior, por um momento, ele realmente cogitara amarrar o arame no pescoço de Kline e ver o velho filho da puta morrer estrangulado. Quis fazer aquilo, desejou de verdade, mas recuou no último segundo. E, mais uma vez, não por motivos morais. Não porque seria errado matar o general, mas porque ele acabaria sendo preso e mandado para a cadeia. Garrett não queria ir parar na prisão.

Ele disse a si mesmo que tinha sido mais uma análise de custo--benefício que um julgamento moral. Mas talvez até isso fosse uma mentira, contada para manter distância de seus verdadeiros sentimentos. Mas como ele se *sentia*? Ele se enxergava como um patriota? Ou um traidor? Ou *ambos*?

Garrett abriu uma caixa de Wheat Chex e despejou o cereal direto na boca. Tinha agarrado a embalagem na cozinha de Kline, a caminho da porta, além de uma caixa de suco de laranja. Engoliu tudo com a ajuda do suco, e desejou ter outra coisa para comer. Ainda sentia fome, mas pelo menos agora podia agir sem que as mãos tremessem. No entanto, o fogo em seu cérebro parecia constante; uma dor contínua que temia que nunca mais fosse diminuir.

Ele carregava mais um objeto que pegara na casa de Kline na noite anterior: um celular. Era um modelo barato, desses que a empresa telefônica dá de graça quando se assina uma linha, e Garrett achava que pertencia a um dos filhos do general. Na primeira chance que tivera, removera a bateria do aparelho, mas tinha esperança de que Kline não houvesse desativado a conta. Ele guardaria o telefone para uma hora de necessidade. Para fazer uma única ligação.

O carro dos agentes de Segurança Interna estava estacionado a cerca de 600 metros, numa rua tranquila de McLean, com as chaves escondidas acima do pneu traseiro da direita, mas Garrett já não se atrevia a dirigi-lo. A essa altura, teriam sido expedidos alertas. O Departamento de Segurança Interna teria elaborado sua história: era provável que Garrett estivesse listado como terrorista internacional, uma ameaça à nação, ou sabe-se lá mais o quê. Se pudessem, o acusariam de estupro e assassinato. Não havia dúvida de que Garrett era um homem procurado.

Logo, era hora de decidir. Ficar? Ou ir embora?

Se fugisse, precisaria encontrar uma rota para sair da cidade e depois um lugar onde pudesse se esconder até conseguir imaginar uma forma de se safar, ou de neutralizar a rede de pessoas e organizações que queriam usá-lo ou matá-lo. Ou as duas coisas. Sem a carteira com dinheiro, ou sequer um dólar no bolso, seria difícil, na melhor hipótese. Os agentes haviam confiscado tudo quando o prenderam no metrô.

Pensou que poderia enviar uma mensagem a Mitty pedindo que lhe mandasse algum dinheiro, mas sem dúvida o pessoal do Departamento de Segurança Interna estava aguardando o contato, e ficaria à espera dele quando fosse pegar a grana. Não importa onde fosse.

Por outro lado, havia também Hans Metternich, quem quer que ele fosse. Qualquer pessoa capaz de aparecer num vagão de metrô e depois desaparecer sem deixar vestígio era motivo de preocupação. E de temor. Talvez tivesse sido Metternich quem tentara explodi-lo em Nova York. Talvez ele, apesar de negar, quisesse vê-lo morto.

Para Garrett, o mundo havia se tornado muito hostil e perigoso.

Além disso, precisava se preocupar com o destino de Celeste Chen. Ela estava na China sob *suas* ordens. Se jogasse tudo para o alto, ela ficaria sozinha, sem ninguém nos Estados Unidos para socorrê-la ou dar apoio caso tivesse problemas. Não que ele de repente tivesse virado um cara superprotetor, mas abandonar Celeste agora era um pouco egoísta demais. Até mesmo para Garrett.

Portanto, só restava ficar e cooperar com Kline e a Agência de Informação da Defesa. Isso queria dizer que estaria no terreno deles. A não ser, é claro, que ele mandasse no terreno. E não tinha sido essa a proposta de Kline? Continuar gerindo o Projeto Ascendant? Garrett acreditava nele? Ou confiava nele? De jeito nenhum.

Mas talvez pudesse usá-los; usar Kline e o Ascendant para ganhar um pouco de tempo e certa margem de manobra. Se estivesse trabalhando ativamente para a DIA — ou para qualquer outra instituição governamental que o estivesse apoiando —, iriam mantê-lo em segurança. E vivo. Ao menos por algum tempo.

O Ascendant oferecia o benefício adicional de estar em oposição ao presidente, ao secretário Frye e ao Exército dos Estados Unidos. Se Garrett fosse bem-sucedido, deixaria furiosas aquelas pessoas e organizações, e não havia nada que ele desejasse mais que sacanear aqueles filhos da puta.

Ainda assim, não estava empolgado com as duas opções. Em nenhuma delas parecia haver uma solução viável de longo prazo. Mas Garrett estava demasiado dolorido e faminto para pensar em alternativas. Sacudiu a terra e as folhas da capa de chuva em que havia se enrolado para se aquecer, escondeu o cereal e o suco numa moita, para o caso de precisar buscá-los de novo, depois se dirigiu a um estacionamento à margem da mata e encaixou a bateria na parte traseira do celular roubado.

Digitou um número... e torceu para estar fazendo a escolha certa.

65

ALEXANDRIA, VIRGÍNIA, 17 DE ABRIL, 11h01

Os oficiais que tinham levado Bingo e Lefebvre de volta ao hotel — um Ramada Inn a oeste do centro de Alexandria — disseram a eles que arrumassem as bagagens e aguardassem ordens. Bingo tentou explicar que não pertencia às Forças Armadas e que não podiam lhe ordenar coisa alguma, mas os guardas não pareceram se importar. Disseram-lhe que não devia sair do hotel ou ligar para ninguém, e que agentes de segurança adicionais iriam passar por ali de vez em quando para verificar se eles estavam no local.

Bingo arrumou a mala em dez minutos e passou as 24 horas seguintes assistindo ao History Channel e suando frio. O telefone tocou várias vezes ao longo do dia e ele sempre atendia ao primeiro sinal. Ouvia alguém no outro lado da linha, mas a pessoa nunca dizia nada, apenas esperava Bingo dizer "Alô?" e desligava. Cada vez que isso acontecia, o coração dele disparava.

Lefebvre bateu à sua porta na manhã seguinte e disse que eles deveriam ir tomar um café numa lanchonete que ficava a algumas quadras dali. Quando Bingo perguntou por que, o tenente respondeu com ar displicente:

— Para esticar as pernas. Faz bem à circulação. Só dez minutos.

Bingo foi, contrariando seu bom senso, e sentiu que havia cometido um erro no momento em que entrou no estabelecimento: Alexis Truffant, vestida em trajes civis, estava sentada num canto, aguardando por eles. Fazia uma semana e meia que Bingo não a via, e ela parecia tensa.

— Não temos muito tempo — avisou Alexis enquanto Lefebvre se sentava a seu lado.

O local estava quase vazio, mas Bingo notou que os olhos da moça vigiavam a porta de entrada.

— Acho que não deveríamos estar aqui — disse Bingo.

— Você provavelmente tem razão — respondeu ela. — Mas *estamos* aqui, então vamos aproveitar ao máximo.

— Onde Garrett está? — perguntou Lefebvre.

— Não tenho certeza — disse ela. — E não quero saber.

Alexis se inclinou para perto do tenente e cochichou na orelha dele. Bingo não conseguiu ouvir o que ela dizia, mas, quando terminou, Lefebvre ficou calado por um minuto. Para Bingo, ele parecia perturbado, como se estivesse numa encruzilhada moral. Então declarou:

— É uma decisão importante. Preciso de algum tempo.

Alexis respondeu que ele teria até a meia-noite, e só. Lefebvre se levantou, despediu-se apenas com um aceno de cabeça, e saiu do café.

Em seguida, ela voltou a atenção para Bingo.

— Não volte para o hotel. Não vá buscar as suas roupas nem qualquer outro objeto pessoal. Vou dar um celular pré-pago para você. Vá até a biblioteca e use um dos computadores públicos para entrar na internet. Encontre um espaço comercial que esteja para alugar para o mês que vem. Precisa ser de porte médio, no mínimo por volta de 180 metros quadrados, afastado, de preferência num bairro decadente, e que tenha acesso próximo a uma linha de backbone da internet. O melhor seria que o espaço tivesse passado muito tempo desocupado, melhor ainda se por um ano ou mais. Os donos precisam estar dispostos a receber pagamento adiantado em dinheiro e não fazer perguntas. Senão, você precisa invadir o lugar e garantir o espaço sem despertar suspeitas nem alertar o proprietário.

— Invadir? Quer dizer de maneira ilegal? — perguntou Bingo, elevando o tom da voz.

— É isso mesmo o que quero dizer — respondeu Alexis. — Faça tudo isso para ontem e trate de não ser seguido. Encontre o espaço e aguarde instruções. Depois de receber as novas ordens, jogue fora o celular pré-pago.

— Nem pensar, de jeito nenhum — reagiu Bingo. — Eles me avisaram. O pessoal do Departamento de Segurança Interna me avisou. A sala de guerra foi fechada. Eles disseram que eu devia esperar no hotel até segunda ordem.

— Essa *é* a sua segunda ordem.

Bingo tentou rir, mas o riso soou mais como um ronco.

— Não, não é — retrucou.

Talvez ele não fosse muito corajoso, mas não era idiota, e o que Alexis queria que ele fizesse parecia ambíguo do ponto de vista legal, na melhor hipótese, e francamente traiçoeiro, na pior.

Alexis respirou fundo, depois sorriu calorosamente para Bingo; por um momento, o homem achou que tudo ia dar certo, que ela ia lhe dizer que voltasse para casa, esquecesse toda aquela loucura e retomasse a vida.

Em vez disso, falou:

— Você está certo, não é, não. Mas você está numa posição delicada. Se voltar agora para o hotel, o pessoal de Segurança Interna vai aparecer por lá. Vão ver que Lefebvre sumiu e vão perguntar a você o que sabe. Vai ter que dizer que se encontrou comigo e que discutimos planos. Aos olhos deles, isso vai transformá-lo no mínimo em suspeito, e no máximo em cúmplice. Vai ser preso. Por tempo indeterminado. Talvez processado como suspeito de conspiração. Obstrução da justiça. Não vai ser nem um pouco divertido. No entanto, se fizer o que estou pedindo, sim, vai ser arriscado, mas pelo menos você tem uma chance de viver o resto da vida como homem livre.

Ela se levantou, ainda sorrindo, e tirou da bolsa um celular, que entregou a Bingo.

— A escolha é sua — disse, e saiu do café.

Bingo ficou olhando para o aparelho. Ele tinha certeza de que a maior parte do que ela dissera sobre detenção por tempo indeterminado e obstrução da justiça era pura enrolação, mas, diante dos acontecimentos do mês anterior — e a paranoia que sua mãe havia lhe incutido —, não podia ter certeza. Até uma pequena chance de ir parar na cadeia era o bastante para deixá-lo com vontade de vomitar.

Ele enfiou o celular no bolso e saiu andando pela calçada com ar de infelicidade, as mãos enfiadas nos bolsos, os olhos procurando qualquer pessoa que pudesse estar de olho nele; nesse meio-tempo, um pensamento dominava sua mente: se sobrevivesse a essa loucura, voltaria para seu quarto, trancaria a porta e nunca mais sairia. Nunca mesmo.

66

SILVER SPRING, MARYLAND, 17 DE ABRIL, 16h13

O secretário da Defesa Frye estava sentado no banco traseiro de um carro sem identificação, estacionado discretamente numa rua sossegada do subúrbio de Silver Spring. Ele ficou observando o esconderijo do Departamento de Segurança Interna onde, até algumas horas atrás, Garrett Reilly fora mantido em cativeiro, mas que agora estava desocupado. Uma profunda sensação de cansaço e decepção percorreu seu corpo.

Ninguém nunca correspondia às expectativas nessa cidade, pensou. Ninguém.

Frye moveu o corpo um pouco, para encarar um homem sentado a seu lado na penumbra do Chrysler. O agente Paul Stoddard estava com a mão esquerda e o antebraço engessados; recebera pontos na têmpora, acima do olho esquerdo. O mesmo olho estava circundado por um hematoma preto e roxo. O agente parecia ter sido espancado com um taco de beisebol.

— Como ele escapou? — perguntou o secretário, sem que seu rosto demonstrasse a emoção que sentia correr nas veias.

— Não temos certeza, Sr. Frye — respondeu Stoddard. — Ele conseguiu se livrar das algemas que prendiam o pulso. Isso nos pegou de surpresa.

— Como isso foi possível? Ele é um garoto. Com uma fratura no crânio.

O agente Stoddard deu um sorriso murcho.

— Temos uma equipe de legistas examinando o vídeo da sala. Achamos que ele recebeu ajuda.

O secretário fechou a cara.

— Ajuda? Quem mais esteve com ele?

— Bem, nós — respondeu o agente. Depois de uma pausa, acrescentou: — E um pessoal da DIA.

O secretário Frye bufou de leve. Sabia muito bem quem estivera com Garrett Reilly e por quê. Ah, sim, ele sabia. Será que ninguém tinha senso de lealdade nessa cidade?

— O general Kline? — perguntou Frye.

— Sim, senhor.

— E aquela garota que trabalha para ele...?

— A capitã Truffant, sim, senhor.

Frye mordeu o lábio inferior com força.

— Quero 24 horas de vigilância em cima dos dois. Se for preciso, consiga um mandado.

— Já providenciei, senhor secretário. Estamos seguindo Kline, mas a capitã Truffant sumiu do radar. Celular desligado. Não está em casa nem no escritório.

— Não, claro que não — assentiu Frye. — Ela desapareceu. Vai continuar invisível até que a gente não precise mais encontrá-la.

Frye sentiu o gosto de sangue na boca. Havia mordido o lábio de pura frustração.

— E Reilly? Temos alguma pista do seu paradeiro?

— O FBI recebeu um relatório. Vão destacar uma equipe para o caso.

— O que eles sabem sobre o caso?

— Que Reilly é uma ameaça à segurança nacional.

— A polícia local foi informada?

— Achamos que seria... — o agente hesitou enquanto buscava a palavra exata — ... imprudente.

O secretário Frye o encarou por um tempo.

— Por quê? O que vocês fizeram com ele?

— Nós o interrogamos. *Agressivamente.*

Frye soltou um risinho baixo.

— Eu quase queria ter estado lá para ver isso.

Houve um minuto de silêncio no carro. Frye enxugou a gota de sangue do lábio. Ele tinha construído uma carreira longa e ilustre, nos negócios e na política, concentrando-se nas fontes de problemas e depois resolvendo-os com uma combinação de inteligência e força bruta. Nunca havia usado esse poder de forma indiscriminada, mas acreditava — verdadeira e fervorosamente — que, se alguém hesitasse na aplicação da força, estaria perdido. O caos o engoliria por inteiro. Isso valia para negócios, política e defesa nacional. Em especial para a defesa nacional.

Frye se virou para o agente de Segurança Interna.

— Talvez eu esteja afirmando o óbvio, agente Stoddard, mas não é bom quando um prisioneiro de alto valor sob sua supervisão consegue fugir.

O agente Stoddard se remexeu no assento.

— Senhor secretário, vou compensar. Isso eu lhe prometo.

— É claro que vai — declarou depressa o secretário. — Tenho fé que sim.

Ele deu um sorriso amarelo.

— Mas Washington é uma cidade complicada. Muito dinheiro em jogo. Todo mundo quer poder. Muitos interesses competindo.

— Senhor?

— Dentro da estrutura atual, as organizações nem sempre estão de acordo umas com as outras. Podem até estar em conflito. Tem gente dentro dessas instituições que acredita saber o que é certo para o país, e age de acordo com essa crença. Mas as pessoas podem se iludir. Acredito que essa seja a situação em que nos encontramos agora.

O agente Stoddard balançou rapidamente a cabeça, concordando. Frye podia ver que o agente estava confuso. Mas não importava: ele entenderia no devido tempo.

— A questão é que os lados estão sendo estabelecidos. Equipes, digamos assim. E agora mesmo há uma equipe trabalhando com afinco contra você. E contra mim. E, com toda a franqueza, contra o presidente. E não importa a sua posição política, não se pode ficar contra o nosso líder. Suspeito que Garrett Reilly agirá contra os interesses do presidente em breve. Então a questão se resume em saber o que vamos fazer.

— Encontrar Reilly — respondeu sem hesitar o agente.

— Isso seria um começo.

— E prendê-lo.

Frye não disse nada. O carro continuava em silêncio. Um cortador de grama foi ligado em algum lugar daquele quarteirão. O secretário ficou observando o rosto do agente, enquanto ele compreendia sua nova tarefa.

— Talvez ele esteja armado — disse Stoddard.

— Ele pode estar.

— Precisamos partir do princípio de que está. E tomar as devidas precauções quando encontrá-lo.

O secretário Frye soltou um breve suspiro. A mensagem estava entregue, o curso de ação estava claro. Homens e mulheres comprometidos com a causa fariam o que precisava ser feito.

— Preciso voltar ao Pentágono.

Stoddard anuiu com a cabeça; depois, com a mão esquerda engessada, atrapalhou-se com a maçaneta do carro. Abriu a porta e saiu do veículo, parando por um instante na calçada da rua de Silver Spring. Inclinou-se para poder olhar para o banco traseiro do sedã cinza.

— Senhor secretário, muito obrigado por essa oportunidade — agradeceu Stoddard. — O Departamento de Segurança Interna está ao seu lado.

— Fico feliz em ouvir isso — respondeu Frye, e fechou a porta.

67

SUDESTE DE WASHINGTON, D.C., 17 DE ABRIL, 20h22

O Murray's Meats and Cuts havia sobrevivido bravamente durante 15 anos, embora fosse uma relíquia no inóspito sudeste de Washington: um açougue *kosher* num bairro de etnia negra. Por fim, no ano anterior, tinha sucumbido e encerrado os negócios, com raros habitantes da região notando sua morte.

O fato de o imóvel não ter sido ocupado durante 12 meses era bom. Estar num quarteirão decadente, num bairro muito ruim, era melhor. Ficar na calçada oposta a uma central de rede telefônica — uma anônima estrutura de alvenaria cercada de arame farpado — era perfeito.

Os integrantes da equipe foram aparecendo um a um e tiveram o cuidado de só chegar depois do escurecer. Bingo foi o primeiro. Ele estivera ali naquela tarde, na companhia de um ansioso — desesperado, diria Bingo — corretor de imóveis que mostrou o local e jurou que poderia conseguir o espaço para ele por 1,50 dólar o metro quadrado. Até deixaria de graça o primeiro mês.

Bingo notou que não havia sistema de segurança, nem mesmo um simples alarme, então se desculpou por ter feito o corretor perder tempo.

— Não é muito bem o que precisamos — alegou.

Naquela noite, voltou com um pé de cabra, um alicate de pressão para cortar cadeados e uma lanterna, e abriu passagem para a entrada dos fundos. A eletricidade ainda estava ligada — Bingo também percebera —, mas, por motivo de segurança, manteve as luzes apagadas.

A segunda a chegar foi Alexis. Ela tinha passado os dois últimos dias em movimento, sem nunca ficar no mesmo lugar por mais de algumas horas. Passou metade de um dia circulando de ônibus, dormiu em um cinema e tomou banho na ACM usando a identidade de uma amiga. Quando chegou ao Murray's, aprovou na hora o local. Era espaçoso e isolado, ainda que um pouco sombrio. Havia uma câmara frigorífica nos fundos onde poderiam instalar os computadores do servidor, além de numerosas tomadas de 220 volts em cada parede. Olhando da rua, ninguém conseguia ver nada lá dentro. As janelas foram quebradas e depois bloqueadas com madeira compensada; além do mais, ninguém estava olhando mesmo: essa era a vantagem daquele bairro. Alexis achou as manchas de sangue nas paredes da sala de corte um tanto sinistras, mas, no fundo, conseguia tolerá-las. Fez um sinal de aprovação. Bingo recebeu o elogio com pouco entusiasmo; ele parecia estar mal-humorado. Alexis não ficou incomodada. Não tinha tempo para isso.

Patmore, o contato dos fuzileiros, chegou em seguida. Foi o único militar que Garrett considerou digno de confiança. Alexis contatou apenas ele. O homem chegou sem farda: vestia calça de moletom e um agasalho com capuz, parecendo pronto para o desafio. De fato, demonstrava estar empolgado.

— Adoro maluquices — confessou a Alexis. — Essa parece uma das grandes.

Nada foi mencionado quanto a seus superiores do Corpo de Fuzileiros não terem aprovado a aventura. Alexis partiu do princípio de que ele sabia, e, se não sabia, em breve iria descobrir.

— Vai ter alguém atirando na gente? — foi só o que perguntou, ainda que num tom empolgado demais para a ocasião.

— Espero que não — respondeu Alexis.

Patmore só deu uma risada.

A representante da CIA, Sarah Finley, também tinha concordado em ir. Alexis a contatou diretamente por intermédio da agência. Ela chegou em seguida, pedalando sua bicicleta desde o condomínio onde morava, em Georgetown. Mas ela tinha cobertura oficial para a operação e sabia disso. Se tudo desse errado, seus superiores na

348

agência a defenderiam. Eles estavam do lado de Garrett Reilly, pelo menos extraoficialmente. Todos os outros estavam por sua própria conta e risco. Reservada e observadora, Finley falava pouco e quase sempre ficava observando das sombras. Para Alexis, ela parecia personificar a essência de um espião.

A capitã acreditava que Jimmy Lefebvre seria o último a chegar, se é que apareceria. Naquela manhã, na lanchonete, ele tinha parecido hesitante, e Alexis não o condenava. Ele não era da DIA nem era um fuzileiro deslumbrado, e podia aspirar a uma carreira longa e estável na Escola Superior de Guerra. Lefebvre estaria arriscando tudo. Caso decidisse não participar da aventurazinha deles, Alexis estaria de acordo, mas tinha esperanças de que o tenente não virasse a casaca e os entregasse aos superiores. Ele conhecia o endereço. Sabia o horário. E tivera uma noção do que eles estavam planejando. Se Lefebvre falasse com o Pentágono, estariam perdidos.

Garrett entrou, vacilante, às onze da noite. Alexis achou que ele estava com uma aparência horrível: machucado, fraco, com pedaços de folhas e terra nos cabelos. Percebeu que ele estava tentando não demonstrar a dor que sentia. Pensou em cancelar toda a operação e levá-lo direto ao hospital, mas ele abriu um sorriso enorme e disse:

— Pode mostrar o lugar?

A capitã apresentou a ele as salas e o frigorífico, e o rapaz pareceu gostar; apreciou mais ainda a possibilidade de se lavar com água quente na cozinha.

Ela o observou em silêncio enquanto ele esfregava o rosto para remover a terra.

— Obrigado pela chave das algemas — agradeceu Garrett.

— De nada — respondeu ela, procurando palavras para acrescentar, sem as encontrar.

— Veio mesmo a calhar.

— Imaginei.

Eles ficaram se olhando constrangidos; depois Garrett se afastou sem dizer mais nada, para continuar a inspeção.

Lefebvre chegou à meia-noite, parecendo preocupado. Deu uma rápida olhada no lugar e parecia pronto para sair correndo pela porta. Mas então Garrett lhe deu um forte aperto de mão.

— Vaiorizo muito sua presença, tenente — disse ele. — Sei que para você representa um risco. É muito diferente do que o que está acostumado a fazer.

Lefebvre ainda parecia indeciso. Garrett se inclinou para mais perto, e Alexis ouviu quando ele disse, baixinho:

— Vai ser uma batalha, Jimmy. E preciso de soldados.

O tenente pareceu se enrijecer, mas então relaxou. Seus ombros se soltaram um pouco e ele respirou fundo. Deu a impressão de que talvez ficasse por ali.

Alexis balançou a cabeça, um pouco surpresa: será que Garrett sabia da condição clínica do tenente? Como havia descoberto? Estaria usando a imagem de um combate para conquistar a lealdade de Lefebvre? Se estivesse, era brilhante. *Garrett Reilly tinha aprendido a liderar.* Parecia muito improvável, relembrando seu comportamento no começo do processo; no entanto, a prova estava diante dela: Lefebvre havia se comprometido, e as palavras de Garrett foram responsáveis pela decisão dele.

O grupo — seis pessoas, incluindo Garrett — se juntou na sala da frente da loja, reunindo-se junto a uma vitrine empoeirada. Garrett lhes lançou um sorriso fraco, e Alexis achou que o tinha visto se encolher de dor.

— Vocês todos estão aqui, o que quer dizer que agora não há como voltar atrás. Estamos nisso até o fim. Juntos. Uma equipe. Nem preciso lembrar a nenhum de vocês que temos uma colega de equipe na China, por conta própria. Correndo risco. Ela também é nossa responsabilidade.

Acenos soturnos de concordância partiram do grupo.

— Em mais algumas horas, uma amiga minha deve chegar com nosso equipamento — continuou Garrett. — Vamos montar as máquinas, ligar os cabos e acessar a internet. Depois, ficaremos confinados aqui por alguns dias. Ninguém deve sair nem entrar. Nada de visitas a amigos. Não podemos deixar ninguém nos localizar. Estamos na clandestinidade, fora do radar, e precisamos continuar assim. Minha amiga também vai trazer celulares. Doze para cada um de vocês. Podem fazer três ligações em cada aparelho — desde que não sejam particulares —, e depois precisam remover a bateria e jogar o telefone fora. Vai ter gente à nossa procura, e vão procurar com muito empenho.

Garrett lançou um olhar firme a cada um.

— Se nossa segurança for colocada em risco, estamos acabados, logo.. — fez um gesto para o ambiente escuro — ... espero que gostem de açougues abandonados

Risinhos irônicos partiram do grupo.

— Acho que Bingo devia ser o único de nós autorizado a entrar e sair — continuou Garrett. — Ele vai comprar comida e qualquer outra coisa de que necessitemos. Mas nada incomum. Não quero que ele se afaste por mais de duas quadras. No almoxarifado há colchões velhos. Estão nojentos, mas não seria má ideia dormir um pouco, porque, depois de começarmos, quase não vamos mais parar.

Alexis observou os outros concordarem na penumbra. Bingo girou o facho da lanterna ao redor, e ela mal distinguia os rostos deles. Talvez a própria tensão amplificasse a impressão, mas Alexis achou que alguns deles pareciam mais empertigados, os corpos prontos para agir

— Alguma dúvida?

Um instante depois, Patmore, o fuzileiro, ergueu a mão e deu um passo à frente com um sorriso de gozação.

— Sim, só uma: esse troço vai funcionar?

— Não faço a menor ideia — disse Garrett, dando de ombros e saindo da sala

Bem, ele não estava tão refinado na arte de liderar, pensou Alexis, porque decerto ainda não tinha aprendido a mentir.

Vinte minutos depois, encontrou-o aconchegado num colchão, num canto do fundo do frigorífico parcamente iluminado. Sentando-se ao lado dele, dobrou as pernas, abraçou os joelhos e ficou observando-o em silêncio, na penumbra. Sua respiração era irregular. Após alguns minutos, Garrett rolou na cama e olhou para ela.

— Não consigo dormir com você me olhando — reclamou.

— Desculpe, vou embora.

Alexis começou a se levantar.

— Não, fique — pediu ele. — De qualquer forma, eu não estava dormindo.

Alexis voltou a se sentar.

— Como está se sentindo?

— Vou sobreviver. Eu acho.

Ainda deitado de lado no colchão, Garrett deu a ela um sorriso fraco.

— Sempre quis saber o que alguém sente quando é torturado. Agora eu sei.

— E você recomenda a experiência?

— Totalmente. É um grande liberador de estresse. Todos os seus problemas se tornam bobos em comparação.

A capitã riu. Garrett se forçou a sentar. Alexis reuniu coragem e disse:

— Garrett, eu queria dizer que...

Ele a interrompeu de maneira brusca:

— Não.

Alexis olhou para ele surpresa e um pouco magoada.

— É complicado demais — explicou ele, amaciando a voz. Fitou-a, com os olhos azuis brilhando na escuridão. — Você e eu. Precisamos de coisas simples. Nesse momento, precisamos nos concentrar na tarefa. Precisamos chegar ao fim de tudo isso.

— Tudo bem — respondeu ela, fazendo que sim com a cabeça e olhando fixamente para a escuridão. — Com certeza.

— E vamos chegar ao fim disso.

68

QUEENS, NOVA YORK, 17 DE ABRIL, 23h31

M itty Rodriguez recebeu a ligação de Garrett às sete e meia da manhã de terça-feira e começou a trabalhar na mesma hora. Primeiro, desapareceu do radar. Tinha uma identidade falsa dos dias em que era hacker — Sarah Beaumont, que ela achava um nome patético de moça branca — e uma porção de outros documentos com o mesmo nome, inclusive uma carteira de motorista e um cartão de débito, com o qual podia gastar muito dinheiro. Ela trocou o chip do celular, esquadrinhou a vizinhança em busca de agentes de vigilância — não viu nenhum —, depois comprou um par de óculos escuros de estrela de cinema, só por causa do estilo, e se preparou para a ação.

Dirigiu-se às lojas de informática comuns em Nova York — Best Buy, J&R, Radio Shack — e vasculhou os latões de peças sobressalentes dos estabelecimentos especializados em eletrônica do Flushing. O tempo todo falava ao telefone com seus fornecedores clandestinos — geeks, viciados em gadgets, hackers e delinquentes que construíam as próprias máquinas, turbinavam os próprios HDs e soldavam as próprias placas-mães. Era com eles que Mitty gastava muita grana. Garrett havia transferido 200 mil dólares para a conta corrente dela, portanto, dinheiro não era problema. Ela só visitava os fornecedores ilegais depois do pôr do sol. Era mais seguro assim.

Naquela noite, por volta das onze e meia, Mitty já havia guardado na van enorme que tinha alugado uma carga que representava uma visão do Paraíso para um hacker: monitores, teclados, HDs internos e externos, gabinetes, racks para servidor, roteadores, cabos

HDMI e SATA, cabos coaxiais, webcams, impressoras a cor e a laser, projetores digitais, ventiladores, dissipadores de calor, memórias flash, leitores de cartão, conectores telefônicos, cabos de telefonia fixa, telefones celulares, caixas de retransmissão digitais. Além disso, havia os chips que havia comprado, quase todos de suas fontes no mercado negro. Caixas repletas de processadores dual e quad core, processadores paralelos pirateados dos militares, chips Intel roubados, chips experimentais AMD, chips chineses genéricos que Mitty estava quase certa de serem falsos, mas que ela havia comprado assim mesmo porque, bem, porque tinha dinheiro. Além de placas de vídeo suficientes para equipar cada computador de cada jogador de videogame de Boston à Virgínia.

Enquanto rodava pela cidade e colecionava hardwares, ela conectou seu computador pessoal a um servidor hackeado na Flórida. Desse servidor, baixou todas as ferramentas de invasão possíveis que foi capaz de lembrar: o Nmap, software de mapeamento de rede para avaliação de segurança do computador; uma atualização turbo do John the Ripper, para decifrar senhas; um programa para testar as portas TCP e encontrar vulnerabilidades de entrada; analisadores de protocolos Kismet para investigar invasões de vírus; Wireshark, para analisar o tráfego de rede; pOf, um protocolo para identificar o programa em operação numa rede-alvo; Yersinia, para testar pontos fracos em protocolos IP. Todos formavam um kit básico para hackers. Alguns desses programas, conhecia por ter trabalhado pessoalmente com eles, outros tinham lhe sido recomendados. De parte dos softwares, havia apenas ouvido comentarem a respeito, sem nunca ter se atrevido a instalá-los no próprio computador por temer que se tornassem incontroláveis, transformando sua fortaleza de invasão numa máquina corrompida e escravizada por algum outro hacker em alguma zona remota do mundo. Essa situação devia ser evitada a todo custo. Ser invadido por um hacker era uma profunda vergonha.

No total, tudo custou 93.546,88 dólares, que Mitty considerou uma compra muito vantajosa.

Pouco antes da meia-noite ela fez a última aquisição. Foi se encontrar, em frente ao Gray's Papaya da esquina da 72 com a Broadway, com um adolescente russo coberto de espinhas. Ele disse que se chamava Sergei, mas ela achou que era um nome falso. Não que isso lhe importasse. O garoto tinha sido muito recomendado. Nos círculos de hackers, ele era considerado o fodão, um mágico que conseguia entrar em qualquer rede, em qualquer lugar, a qualquer momento. Mitty transferiu 25 mil dólares para a conta dele, via celular (ela adorava o simples fato de ter 25 mil dólares para transferir — muito obrigada, Garrett Reilly), e recebeu dele um pen-drive de 32 giga.

— Alguma recomendação? — perguntou ela.

— Sim — respondeu ele com um levíssimo sotaque russo. — Não use isso para invadir o NORAD. Eles ficam putos, tentam matar você.

Mitty escancarou um sorriso.

— Que foda.

Depois, com a van lotada de presentinhos e o banco do carona cheio de petiscos e refrigerante, Mitty partiu para o sul pela Interstate 95 em direção a Washington, D.C. Passou a noite viajando. Chegou à cidade às quatro da madrugada, encontrou com facilidade o endereço enviado por Garrett, estacionou num beco e depois ficou assistindo a um bando de peões, geeks e burocratas descarregarem o tesouro no pátio da frente de um armazém desocupado.

Mitty ainda não tinha formado uma opinião sobre eles, mas gostou de estar no meio de soldados, com todos aqueles músculos e cabelos à escovinha. Aquilo a deixava de pernas bambas, embora soubesse que não tinha a menor chance com nenhum deles. Mas uma garota pode sonhar.

Foi então que avistou Garrett. O cara estava com um aspecto péssimo: pálido, como quem não via sol há muitos meses, o que ela imaginava que talvez fosse o caso, e magro, magro demais. Ele ficou feliz em vê-la, deu-lhe um abraço, mas Mitty teve a impressão de que o viu se contrair algumas vezes, como se caminhar — ou apenas falar — fosse doloroso. Ela lhe perguntou se estava bem, e ele respondeu com um aceno que sim, com certeza, só estava cansado. Mas Mitty não acreditou. Lembrou-se de um amigo que havia sofrido um grave acidente de carro e passara os dois anos seguintes mancando por aí, apoiado numa bengala.

Desejava do fundo do coração que Garrett estivesse bem. Ela o amava. Ele era insuportável e babaca, mas, no fundo, era muito gente fina.

O amigo a levou para conhecer a nova casa deles, o Murray's Meats and Cuts. Mitty declarou que achava o lugar repulsivo, mas ele assinalou que as máquinas de cortar e congelar carne consumiam muita energia, portanto, a instalação era adequada para ligar todos os novos brinquedos dela sem o risco de acionar os alarmes da central elétrica do Potomac. Ou de queimar fusíveis. Além disso, poderiam direcionar o ar frio do frigorífico para dentro da instalação, refrigerando os computadores. Mitty concordou que o esquema era bom, mas ainda assim meio improvisado; e, se ela quisesse trabalhar em açougue, havia um italiano no Queens, na rua ao lado da sua, que estava sempre contratando ajudantes.

Eles passaram a manhã instalando computadores. Garrett e seus capangas militares lidaram com computadores montados — bastava ligar e instalar programas. Um trabalhinho fácil, do ponto de vista de Mitty. Garrett a apresentou a Bingo, com quem ela já havia conversado muito ao telefone. Os dois foram montar juntos as máquinas mais sofisticadas e especiais. Ela gostou de Bingo, que era um verdadeiro geek, um desajustado desde o berço, muito mais interessado nas máquinas e nos números cuspidos por elas que em gente de verdade. Embora fosse um pouco pesado demais — aliás, Mitty não era do tipo de julgar —, ela o achou muito fofo. E grande. Grande pra caramba. Bingo gaguejava quando ela o olhava. Mitty gostou disso.

Com aquele homem, ela poderia transar. Então estabeleceu como objetivo pessoal dormir com Bingo no prazo de 48 horas. Se é que daria tempo, é claro. E também se conseguisse achar algo parecido com uma cama.

Os dois montaram um par de máquinas paralelas, cada uma operando com processadores quad core e uma boa tonelada de memória; depois baixaram o programa de invasão Armageddon, de Sergei, no computador principal, tomando cuidado para isolá-lo do restante da rede do grupo. Mitty não estava segura de que o garoto não tivesse escrito códigos que simplesmente fizessem o computador explodir e matar todos eles. Parecia ser o tipo que faz isso.

Ao meio-dia, tudo já estava montado e conectado em rede. Agora só precisavam ligar o interruptor e acessar a internet por uma artéria da via principal. Alexis Truffant — a vadia afetada de Garrett, cria de West Point — informou que já havia conseguido uma conexão OC-3, paga de forma anônima, sem nenhuma informação para rastreamento, que viria direto da estação de retransmissão da Verizon situada na calçada oposta. Mas Mitty não se deixou convencer nem por um segundo. Para começar, se era para ser uma verdadeira operação secreta de invasão, então deveriam se conectar diretamente a uma poderosa OC-48 e conseguir um pouco daqueles 54 giga por segundo, sem precisar contratar nada, em parte alguma. E deviam fazê-lo por conta própria. Esse era o catecismo do hacker. Segundo: de onde tinha saído essa tal de Alexis que mandava em todo mundo, com sua camiseta justinha e seus peitos empinados? Mitty detestava mulheres assim, agindo como se fossem donas do mundo e de todos os homens. Elas lhe davam vontade de vomitar.

Mitty defendeu sua posição por algum tempo, mas Garrett a convenceu. A conexão de Alexis foi acionada. Tudo parecia funcionar bem, mas Mitty advertiu que não fizessem nada obviamente furtivo até terem certeza de que a conexão era mesmo invisível. Para esse objetivo, ligou o escâner TCP baixado no dia anterior, que funcionava como um radar de amplo espectro, mas no sentido inverso, informando a ela se estavam visíveis para outras pessoas que estivessem tentando encontrá-los. A porta de entrada deles para a conexão pela backbone parecia estar gerando números de retorno do IP múltiplos e simultâneos, o que significava que quem estivesse tentando rastrear a atividade deles acabaria dando de cara com uma lista de milhares, ou até de milhões, de IPs gerados de modo aleatório. Isso era bom, pensou Mitty, mas ainda queria uma camada extra de proteção, portanto, disse a Garrett que bem cedinho na manhã seguinte começaria a procurar o link do cabo grosso mais próximo e faria uma ligação direta a ele num feed secundário.

Mas não agora. Agora ela precisava dormir. E bolar um plano para levar Bingo para a cama.

69

BAODING, CHINA, 18 DE ABRIL, 11h48

Hu Mei, alegre, pedalava sua bicicleta Flying Pigeon pelas ruas livres na velha região de Baoding, uma cidade pequena que ficava 145 quilômetros a oeste de Pequim. "Pequena" era um termo relativo, é claro. Havia mais de um milhão de pessoas circulando em Baoding, mas, para Mei, que ainda estava se habituando à extrema urbanização da China litorânea, um milhão não era tanto assim. Aquele número empalidecia na comparação com o ritmo frenético de Xangai. Baoding, concluiu, era seu tipo favorito de cidade.

E a Flying Pigeon, dada a ela por um correligionário dos bairros ao norte, era seu tipo favorito de bicicleta: tinha a mesma idade que ela, uns bons 30 anos, ou até mais, ferrugem em algumas partes, pintura descascada, mas era firme e confiável. Não chamava a atenção, como algumas das reluzentes mountain bikes que Mei via rapazes pedalando, e para ela isso era perfeito. De forma alguma podia se dar ao luxo de se destacar na multidão. Não agora, depois do quase desastre em Chengdu, e mais ainda após todo o trabalho feito na última semana para acalmar seus seguidores e garantir que estavam em segurança. Ela havia dispersado o círculo mais próximo, enviado para outras regiões da China; a liderança fora descentralizada. Alguns reclamaram, queriam acesso constante a ela, mas Hu Mei sabia que era a medida correta a ser tomada. A única coisa a fazer.

Permitiu que um breve lampejo de orgulho encobrisse sua modéstia habitual: mesmo encurralada, mantivera vivo o movimento e a si mesma. Aquilo a fazia sentir um orgulho sereno. E feliz. É evidente que deixava outros na China bem menos felizes.

O Partido estava aumentando a pressão: corriam boatos de que, se alguém ao menos mencionasse a palavra *Tigre* no meio da rua, podia acabar preso. Podia ser espancado. Podia ser executado.

Essa possibilidade fazia seu sangue ferver. Gente inocente sendo presa e morta, e a troco de quê? De ter dito a palavra errada? Era vergonhoso.

Dois homens a estavam seguindo, também em bicicletas. Vinham 20 metros atrás, aparentemente indiferentes à mulher que pedalava à frente, mas de fato estavam observando cada cruzamento e calçada, em busca de sinais da polícia ou de agentes do Ministério de Segurança do Estado. Havia um terceiro ciclista, meio quarteirão adiante, esquadrinhando as ruas para detectar barreiras e blitzes, ou câmeras de segurança que pareciam estar surgindo em cada esquina. Se eles se deparassem com uma barricada ou com uma operação policial, o ciclista da dianteira faria um rápido sinal com a mão para Hu Mei, indicando-lhe que virasse à esquerda ou à direita. Desviar de uma barreira era de pronto identificado como comportamento suspeito, e a polícia tomava isso como uma admissão de culpa tácita, então agia de acordo. Mais uma vez: prisão, espancamentos, morte.

Mas a polícia e o Partido ainda não conheciam sua aparência. Mei tinha visto alguns folhetos distribuídos aqui e ali, mas nenhuma das fotografias retratadas neles se assemelhavam com ela. Seria um milagre alguém reconhecê-la pela descrição do governo. Portanto, no momento, com o sol quente brilhando no rosto e a brisa da primavera afagando seus cabelos, Hu Mei permanecia em segurança.

Mas esse dia seria um teste para essa segurança. Constituiria um passo radical fora do caminho já trilhado. Ela poderia ser morta. Ou hoje podia ser a abertura que ela estava procurando. Esperava o melhor e rezava para estar devidamente preparada para o pior.

Mei virou à esquerda na rua Yonghua, passando em frente ao shopping Xiushui, com suas placas de concreto branco formando paredes construídas às pressas, e começou a procurar por ali o restaurante onde a reunião aconteceria. O estabelecimento — que se chamava Ming's Family Style — era administrado por um homem de meia-idade simpatizante da causa. O pai dele havia morrido de fome num campo de reeducação durante a Revolução Cultural; a responsabilidade havia sido de um grupo de camaradas empenhados demais em provar a própria fidelidade à causa maoísta. O governo jamais se desculpou, e mal se preocupou em avisar aos familiares sobre a morte do patriarca, coisa que eles nunca esqueceram. E permaneceram ressentidos. Isso os tornava valiosos para Hu Mei: tornava-os leais.

Na metade da quadra ela avistou a placa do restaurante. Reduziu a velocidade da bicicleta, buscando na rua apertada sinais da presença policial ou mesmo de esquemas de vigilância. Porém, não havia nenhum, pelo menos que se pudesse ver. Acima da porta do restaurante havia uma placa que informava que ali serviam o melhor *lú roù huǒ shāo* — bolo de farinha de trigo recheado de carne moída de jumento, uma exclusividade de Baoding — da cidade. Mei achou graça: tinha visto a mesma alegação em quase todas as placas de todos os restaurantes das últimas dez quadras. Adoravam carne de jumento em Baoding. Ela não era fã da iguaria, mas sentia muita fome depois de pedalar por mais 32 quilômetros até a cidade; logo, a essa altura, até carne de jumento seria bem-vinda.

A fome se misturou à ansiedade quando estacionou a bicicleta e examinou a vitrine do restaurante. Uma família estava sentada almoçando ao balcão. Um casal de idosos tomava chá junto à janela, com uma tigela de sopa fumegante entre os dois. Não eram as pessoas que ela estava procurando. Afora um garçom e um cozinheiro que olhavam por trás de uma cortina de contas, o restaurante estava deserto. A decepção tomou conta de Hu Mei. Seria o restaurante errado? Ela teria se enganado quanto à hora? Não, passavam dez minutos do meio-dia. Ou ela havia caído numa armadilha? Será que a polícia estava a ponto de invadir aquela ruazinha e prendê-la?

Pouco adiante, na mesma quadra, um jovem soldado saiu de uma joalheria, e Hu Mei teve um momento de pânico visceral, mas ele apenas cutucou as gengivas com um palito, cuspiu de maneira ruidosa na calçada e foi andando na direção oposta, despreocupado com Mei ou com qualquer outra pessoa na rua. Ela respirou aliviada, depois voltou a olhar para o interior do restaurante.

Foi então que a viu: uma mulher saindo do banheiro nos fundos do estabelecimento. Era bonita, da idade dela, vestida de forma elegante com uma blusa branca. Mei a observou por um momento, avaliando seu rosto, sua postura, sua atitude e até os sapatos que calçava. Considerava todas essas características fundamentais para entender as intenções de outro ser humano: uma pessoa curvada era indolente; um rosto marcado pelo tempo podia demonstrar ressentimento; sapatos extravagantes podiam dizer que a pessoa com quem se estava lidando era narcisista, mais preocupada com a imagem que com questões importantes.

Mas aquela mulher não apresentava nenhuma dessas características. Tinha a postura ereta, sorria e seus calçados eram tênis de corrida azul-claros. Da Nike, supôs Hu Mei.

Tudo bem, pensou, ao se encaminhar para a porta do restaurante, é hora de me arriscar mais uma vez. Talvez a última vez da minha vida.

70

BAODING, CHINA, 18 DE ABRIL, 12h10

C eleste Chen teve que admitir que os bolinhos de carne de ju-mento não eram tão ruins assim. Claro, o cheiro era esquisito e a massa de farinha que envolvia o recheio era salpicada de verde, mas a carne mesmo havia sido marinada em especiarias. Ela distinguiu os sabores de erva-doce, canela, pimenta e gengibre, que davam um sabor picante e disfarçavam o fato de que ela estava comendo um parente do cavalo. Aliás, não havia sido o sabor que a obrigara a correr para o banheiro.

Foram os nervos.

Desde que tinha feito contato com o jornalista que prometeu fazê-la chegar a Hu Mei, em Hebei, Celeste sentia o estômago embrulhado. Achava incrível alguém confiar nela, e ainda por cima um jornalista chinês seguidor do agora notório Tigre. Mas não demorou a perceber que os seguidores de Hu estavam por toda parte. O que tinha parecido um encontro casual com um integrante do comando central dos rebeldes logo se revelou uma impressão incompleta. Depois de dois dias na província de Shanxi, Celeste tinha a impressão de que metade das pessoas que encontrava, por mais fortuito que fosse o encontro, sabia quem era Hu Mei, e a maioria a apoiava. Logo ficou evidente a razão pela qual o governo estava tão aterrorizado.

Tinha toda a razão de estar. Aquilo transcendia um movimento de base popular: já era um tsunami.

O jornalista dissera a Celeste que ela precisaria ser investigada. Portanto, ela passou um dia inteiro esperando num barracão de blocos de concreto nas montanhas da região carbonífera de Shanxi, e foi interrogada por uma série de homens e mulheres jovens, cada um fazendo variações das mesmas perguntas: Onde tinha nascido? Era mesmo norte-americana? Como podia falar mandarim como um nativo? Por que queria conhecer o Tigre? Tinha trabalhado alguma vez para o Partido Comunista?

As respostas de Celeste foram coerentes. Por não ter nada a esconder, não encobriu nada. Disse, com honestidade, que trabalhava para um homem que servia às Forças Armadas norte-americanas. Era uma notícia espantosa para seus interrogadores — a maioria dos chineses tinha sido levada a acreditar que os norte-americanos que trabalhavam para as Forças Armadas eram rudes, agressivos e hostis a tudo que fosse chinês. No entanto, ali estava aquela mulher que se integrava tão bem na China, que era aberta, honesta, amistosa e parecia pronta para ajudar a causa.

Mas havia um problema: ela queria encontrar Hu Mei pessoalmente.

Portanto, houve mais espera, em locais diversos: um galpão de fábrica, um quarto de hotel, os fundos de um cinema às escuras. Mais perguntas. Mais respostas. Mais indagações quanto às intenções dela. Outra mudança, dessa vez para a casa de uma família no campo, onde Celeste dormiu em um colchão num celeiro, ao lado de dois cachorros e de uma galinha que passou a noite toda cacarejando.

Então essa manhã havia chegado. A notícia de uma reunião planejada. Um endereço, um restaurante, um horário. Uma viagem na carroceria de uma picape Toyota que chacoalhava, com a poeira voando para todo lado, enquanto atravessavam derrapando estradas precárias. E depois disso, o estômago embrulhado de Celeste. Por três vezes durante o percurso achou que ia vomitar; quando passaram por alojamentos do Exército e por caminhões cheios de soldados de uniforme verde, ela disse a si mesma que tinha sido loucura se oferecer como voluntária. Ela não era espiã nem aventureira. Era uma acadêmica, uma devoradora de livros, uma eremita. Por que, em nome de Deus, havia concordado com o plano de Garrett?

Talvez tivesse sido uma onda de patriotismo. Mas não era bem isso, porque, em seus momentos mais meditativos, ela se sentia tão leal à China quanto aos Estados Unidos. Quem sabe fosse isto: sua lealdade à China significava trabalhar pela mudança, e Hu Mei parecera um caminho para isso. Ainda assim, parecia improvável. Com exceção de um período de uma semana e meia colhendo assinaturas para a iniciativa do voto a favor do casamento gay na Califórnia, Celeste nunca tinha se envolvido muito com questões políticas. Detestava questões de governo e nacionalismo. As duas coisas lhe pareciam distantes do sentido da vida. A vida era aprendizagem, amor e relacionamentos.

Oferecera-se como voluntária, talvez, por ter se afeiçoado a Alexis, a Garrett e à equipe do Projeto Ascendant, por ter passado a considerar como sua a causa deles e, pelo menos psicologicamente, ter transformado os objetivos deles em seus. Daí, quando Garrett propôs a missão de ir à China para encontrar o Tigre, Celeste acabou aceitando. Não porque quisesse ou achasse uma boa ideia; concordou porque queria deixá-lo feliz.

Meu Deus, pensou ela, como meu ego é frágil. O fato de ter concordado, de boa vontade, em arriscar minha vida por algo com que mal concordo, por um homem que com frequência eu acho detestável...

Mas ali estava ela, no restaurante Ming's Family Style, tendo acabado de vomitar no banheiro — não por causa da carne de jumento, lembrou a si mesma —, esperando que talvez a pessoa potencialmente mais procurada de toda a China viesse tomar chá em sua companhia. Para que ela própria pudesse depois se tornar procurada, caçada, aprisionada. Talvez para o resto da vida.

Se fosse esperta, se tivesse um mínimo de senso de autopreservação, sairia correndo do restaurante agora mesmo, pegaria um táxi para a estação ferroviária, um trem para Pequim e compraria uma passagem de avião na classe econômica de um 777 para voltar à segurança de Westwood.

Naquele momento, a porta se abriu. Celeste olhou: uma mulher poucos anos mais velha que ela entrou no restaurante. Era bonita, com a testa alta e os olhos castanhos, os cabelos escondidos por baixo de um boné de beisebol com o logotipo da Adidas. Usava uma parca impermeável por cima de uma camiseta branca.

No começo, Celeste a ignorou: não podia ser ela. Era jovem demais e não tinha guarda-costas nem seguranças. Parecia não se preocupar com nada.

A mulher olhou ao redor, como se avaliasse todos os clientes e empregados do restaurante, e depois, satisfeita, fixou o olhar em Celeste. Caminhou em sua direção, fez uma leve mesura, depois semicerrou os olhos enquanto estudava o rosto da outra.

— Você é americana? — perguntou ela em mandarim.

Celeste gaguejou, surpreendida pelo tom direto da pergunta.

— Americana. Sim. — Depois acrescentou: — Fui criada na Califórnia.

A jovem mulher fez que sim com a cabeça, avaliando essa informação. Então fez algo notável, pelo menos para Celeste. Ela sorriu. Era um sorriso amplo, branco, aberto e vulnerável. Fazia com que parecesse ainda mais jovem, o que, aliás, devia realmente ser. Porém, o sorriso dela também a tornava calorosa. Convidativa. Celeste foi cativada.

— Isso é constrangedor para mim — disse a jovem, baixando os olhos enquanto falava. — E, por favor, não me leve a mal — ergueu os olhos para Celeste —, mas nunca conheci ninguém vindo dos Estados Unidos.

Celeste começou a dizer algo, mas mudou de ideia. Não sabia o que responder. A jovem voltou a sorrir.

— De fato, acho que nunca conheci ninguém de qualquer outro país que não a China. Imagino que isso me torna uma *xiāng bā lǎo*, uma verdadeira caipira.

A jovem riu. Sua risada era tão aberta e afável quanto o sorriso, e também contagiosa. Celeste, apesar de tudo, riu junto, e de repente, naquele momento, toda a sua ansiedade se dissipou. Talvez fosse o fato de estar longe de casa, assustada e sozinha, procurando um lugar para esconder seus medos, mas, naquele instante, entendeu muito bem por que aquela mulher, o Tigre, era capaz de liderar uma rebelião. Ela era encantadora. Era vibrante. Real. Celeste sentiu, e desconfiou de que todos deviam sentir o mesmo ao conhecê-la, que essa mulher jamais trairia alguém.

Era tão óbvio — *ela simplesmente parecia incapaz de fazer isso.*

71

SUDESTE DE WASHINGTON, D.C., 18 DE ABRIL, 6h11

G arrett sorriu enquanto lia outra vez o e-mail criptografado de Celeste: Encontrei-me com ela hoje de manhã. Ela topou.

Ela?, disse Garrett consigo. O Tigre era uma mulher?

Fascinante. Ele gostou daquilo. Era inesperado. É provável que o Partido Comunista também tivesse achado inesperado. Talvez por isso o movimento do Tigre fosse tão difícil de extinguir. Talvez a condição de mulher na China significasse algo que Garrett ainda precisava entender. Ele fez uma anotação mental quanto à necessidade de pesquisar aquela teoria e depois foi procurar Alexis. Ela estava sentada ao computador nos fundos do salão principal.

— Celeste fez contato. Acabei de receber o e-mail — disse ele, apressado, as palavras se atropelando. — O Tigre topou. Está com a gente.

Alexis se animou com a notícia.

— É mesmo? Isso é fantástico!

— Pois é. E sabe o que mais? O Tigre — Garrett deu um riso travesso, seus olhos brilhavam de malícia — é uma mulher.

Alexis piscou.

— Não brinca!

Ela soltou uma risada curta.

— Acho que essa a gente não previu. Mas, quero dizer, por que não uma mulher, certo? O próximo Mao Tsé-tung é uma mulher. Uau!

Garrett observou Alexis refletir sobre as implicações dessa informação, com a cabeça um pouco inclinada. A ideia parecia agradá-la tanto quanto o agradou. De repente, achou que tinha percebido um lampejo de tristeza nos olhos de Alexis.

— Quer dizer que vamos passar à próxima fase — constatou ela. — Para mim, é o momento de ir falar com Kline.

— Sim, é isso mesmo.

Garrett assentiu. Eles haviam discutido o assunto em pormenores: Alexis teria que convencer Kline a dar a Garrett o que ele queria, e precisava fazê-lo pessoalmente. Depois que Alexis fosse à Agência de Informação da Defesa, não poderia voltar ao Murray's Meats and Cuts. O Departamento de Segurança Interna estaria em cada canto da DIA. Haveria equipes de vigilância, policiais, o diabo.

Portanto, aquilo era um adeus.

Garrett e Alexis foram para o beco atrás da loja. O sol tinha nascido. A temperatura estava subindo. A algumas quadras de distância, uma sirene soou e depois se calou. Eles quase não falaram. Ela lhe perguntou se estava pronto, e Garrett respondeu que sim.

O rapaz perguntou se ela sabia o que ele precisava.

— Eu sei. E Kline vai surtar.

— Essa coisa toda, o projeto inteiro, foi uma ideia idiota dele.

— Vamos torcer para que ele se lembre disso quando eu fizer o pedido.

Ela pegou a mão de Garrett e ficou segurando. Nas 18 horas passadas no estabelecimento, eles não tinham feito contato físico. A pele de Alexis era morna e macia. Ele apertou a mão dela com força.

— Certo — concluiu a capitã. — Já estou indo.

Alexis sorriu. Garrett ficou olhando nos olhos dela e depois soltou sua mão.

— Tome cuidado.

— Você também — devolveu ela, e saiu andando pelo beco, desaparecendo na esquina.

Garrett ficou observando-a se afastar, e esperou que aquele buraco em seu peito se abrisse.

Mas isso não ocorreu. E foi outro padrão.

72

USS *DECATUR*, MAR DA CHINA MERIDIONAL,
18 DE ABRIL, 18h42

O subtenente James Hallowell parou junto à amurada do USS *Decatur* e observou o sol radiante morrer, luminoso, derramando faixas de vermelho, laranja e roxo sobre o mar da China meridional. O *Decatur* atravessava em alta velocidade as ondas de 3 metros de altura, partindo a água sem esforço. O grande navio — um destróier da classe Arleigh Burke — navegava para oeste, na direção 10 graus ao norte do pôr do sol. Atrás dele, espalhado numa fila de mais de 10 quilômetros, vinha o restante do 11º Grupo de Ataque de Porta-Aviões: um porta-aviões, um cruzador e mais quatro destróieres. Em algum lugar próximo, invisível, um submarino nuclear da classe Virginia navegava em zigue-zague, 30 metros abaixo da superfície do oceano. Juntos, formavam a mais potente máquina militar que podia ser encontrada no mundo, com munição e poder de fogo suficientes para destruir quase qualquer inimigo. Mesmo assim, eles não eram invulneráveis.

O ar estava quente e úmido; uma tempestade tropical havia acabado de passar pelo navio, despejando chuva em seus conveses de aço. Alguns marinheiros foram autorizados a subir para sentir a chuva na pele. Nos últimos quatro dias, o *Decatur* tinha viajado sem parar, e todos a bordo ficaram grudados às suas estações 24 horas por dia. Uma pausa de dez minutos, em pé e em condições atmosféricas reais, em vez de na luminosidade digital dos sistemas de radar e de lançamento de mísseis, era uma distração bem-recebida.

O subtenente Hallowell ficou olhando o sol sumir no horizonte. Imaginou que ainda estaria brilhando na China, 700 quilômetros a oeste da posição deles. Provavelmente até iluminaria os destróieres chineses que ele sabia que os estavam seguindo, um pouco além do campo de visão, um pouco acima da curvatura da Terra: quatro fragatas da classe Jiangwei II, carregadas de mísseis antinavio, helicópteros, torpedos. Poder de fogo suficiente para dar uma trabalheira ao *Decatur*.

Trinta anos antes, pensou o subtenente, a Marinha chinesa era um punhado de barquinhos a remo, juncos a vela e um bando de peões. Contudo, daquele tempo para cá, o país vinha arrebentando. Arrebentando e construindo uma força naval de alto nível, que só ficava atrás da Marinha dos Estados Unidos. Os chineses eram inteligentes e tinham dinheiro sobrando. Isso o deixava apavorado.

As fragatas chinesas mantinham um curso paralelo ao dos norte-americanos nas últimas 36 horas, fora do campo de visão, porém dentro do alcance de um míssil, e Hallowell sabia que aqueles mísseis voavam baixo e depressa: Mach .9, 20 metros acima do oceano. Se atirassem de um pouco acima da linha do horizonte, seriam necessários 120 segundos para um míssil chinês atingir o *Decatur*. Se as hostilidades fossem deflagradas, Hallowell teria dois minutos para fazer sua última prece e lançar um contra-ataque. Dois minutos de prazo para respirar e depois disso cabia a Deus decidir quem viveria e quem queimaria em chamas.

Aquele pensamento lhe deu arrepios. Ele havia telefonado à esposa, que estava em Dallas, quatro dias antes, quando a embarcação estava muito mais perto do Havaí, dizendo a ela que era só mais um cruzeiro — uma turnê ao sol, ele a chamara —, mas tinha mentido. Os boatos circularam a semana inteira: os chineses estavam se mobilizando, reunindo tropas no litoral oposto a Taiwan, a Força Aérea fazendo incursões próximas ao Japão; os americanos estavam mandando mais navios ao mar da China meridional, e o Oitavo Exército dos Estados Unidos na Coreia estava em alerta máximo. Um conflito aberto era uma possibilidade real.

Nem todo mundo acreditava nisso, mas Hallowell, sim. Ele julgava possível porque estava no convés quando o comandante

Martinez recebeu a informação do PACOM, o Comando do Pacífico, e, mesmo sem ter ouvido a participação de Washington na conversa, a expressão do rosto do comandante lhe disse tudo o que precisava saber. Isso era pra valer.

Hallowell mascava vigorosamente um chiclete. Detestava aquilo, mas fumar a bordo tinha sido proibido. O que mais poderia fazer? Gostaria de poder mandar um último e-mail a Britt, só para dizer a ela que a amava, que cuidasse dos filhos e que tentasse se lembrar de lavar o filtro do ar-condicionado a cada duas semanas, mas agora o navio estava em total confinamento. Nenhuma comunicação com ninguém, em lugar algum. Era silêncio de rádio.

Merda, pensou, cuspindo a goma de mascar dentro do oceano que espumava 15 metros abaixo, ele não queria morrer, não ali, no meio do oceano, a 8 mil quilômetros de distância de tudo o que conhecia e amava. Virando churrasquinho e depois indo parar no fundo do mar. Mas ele o faria, se fosse obrigado. Faria o supremo sacrifício por seu país e por seus companheiros de tripulação. Enquanto estivesse morrendo, rezaria e pediria a Deus que o que havia começado ali não se espalhasse pelo Pacífico até os Estados Unidos, porque aí seria de fato o fim do mundo.

O sino do navio soou três vezes — todos de volta às posições de batalha. Alerta máximo de novo. Isso significava mais 12 horas encarando o radar de controle de tiro. Para ele, tudo bem: tinha um trabalho a fazer e era só o que importava.

Se os chineses queriam se meter com a Marinha dos Estados Unidos, azar o deles. Em dois minutos, a Marinha podia fazer muita coisa.

73

ESCRITÓRIO CENTRAL DA DIA, BASE DA FORÇA AÉREA DE BOLLING, 18 DE ABRIL, 12h02

— Ele quer o quê? — perguntou o general Kline, fechando a porta de sua sala na DIA. — Ficou maluco?

Alexis sorriu, relaxando o corpo na cadeira de couro preto. Ela estava pronta para isso, tinha se preparado para a fúria do chefe; sabia o que dizer, o tom correto a adotar.

— General, o senhor tem uma avaliação tão precisa quanto a minha sobre a saúde mental dele.

— Não banque a ingênua para cima de mim, capitã. Um avião? Cheio de gente? Ele quer o avião no ar no prazo de algumas horas? Isso é pedir demais. É a coisa mais arriscada que já fizemos.

— Eu sei, general.

— Você falou sobre isso com a CIA?

Alexis olhou ao redor, examinando a sala. Sabia que o cômodo era à prova de som e que não tinha escutas eletrônicas — assim como todas as salas do alto escalão da DIA. Ela poderia falar o que quisesse ali, mas, mesmo assim... ter cautela nunca é demais.

— Temos conosco uma intermediária da agência. Ela foi informada.

Kline afundou na cadeira. Seu rosto expressava muita preocupação.

— Imagino que vão informar ao Estado. São obrigados.

— Até podem fazer isso, mas depende — respondeu Alexis.

— Frye está com o presidente na palma da mão. E também com o Departamento de Segurança Interna. Vão ficar malucos quando a notícia chegar à imprensa. O Estado não pode ir contra o presidente.

De jeito nenhum. Isso vai colocar as agências de inteligência contra todos os demais.

Kline deu um suspiro profundo e apreensivo. Alexis pensou em dizer algo animador, uma palavra otimista de estímulo, mas não conseguiu pensar em nada. Na melhor hipótese, seria uma operação secreta que terminaria antes de alguém perceber que havia acontecido ou de poder objetar. Na pior, seria um desastre que se transformaria numa troca de tiros entre máquinas burocráticas poderosas, e haveria sangue nas ruas. O sangue de Kline. E o dela. Sem mencionar a possibilidade de iniciar a Terceira Guerra Mundial...

O general saltou de novo da cadeira e começou a andar de um lado para o outro da sala, muito agitado.

— Os chineses ficaram irritados. Você esteve acompanhando as notícias?

— Mais uma divisão foi posicionada do lado oposto do estreito de Taiwan. Metade da frota está navegando para encontrá-los no mar da China meridional. Eu vi, senhor.

— Mas ainda não tornaram pública a situação. Estão aguardando.

— Querem que a gente dê o primeiro tiro.

— Exatamente como Reilly falou — admitiu Kline.

O general parou de caminhar. Alexis viu uma fina camada de suor na testa dele. Kline lançou a ela um olhar demorado e ansioso.

— Ele sabe o que está fazendo?

— Acredito que sim.

— Você não está dizendo isso porque está apaixonada por ele, não é?

A pergunta pegou Alexis de surpresa. Ela sentiu seu rosto arder. Ficou observando um pardal voar de galho em galho, pela janela da sala de Kline.

— Não, general, não estou.

— Não está apaixonada por ele? Ou não o está defendendo por estar apaixonada por ele?

— Estou baseando minha resposta numa análise ponderada do comportamento de Garrett e numa avaliação coletiva do que ele tem previsto e conseguido até agora. Quanto ao fato de estar apaixonada por ele, o senhor não tem merda nenhuma a ver com isso, general, com todo o respeito.

Kline fez que sim com a cabeça.

— Você tem razão. Desculpe por ter perguntado.

Alexis avistou, olhando pela janela atrás dele, suaves nuvens brancas vagando sem pressa acima do rio Potomac. Eram tão bonitas. Tão serenas.

— Se isso der errado, não vamos perder só o emprego — advertiu Kline. — Vamos cair em desgraça, seremos expulsos, provavelmente presos. Por um longo tempo.

— Estou ciente disso, senhor.

— Está preparada?

— Se falharmos, vai ter gente morrendo. Muita gente. Talvez milhões de pessoas. Então, ir parar na prisão parece um preço irrisório a pagar.

Kline mexeu a cabeça veementemente, como se estivesse se obrigando a concordar com ela.

— Você está certa, absolutamente certa. — Ele se virou para Alexis. — Muito bem, vamos em frente — decidiu.

Alexis se levantou, bateu continência e caminhou para a porta. O general falou às suas costas:

— Há mais uma coisa, capitã

Ela parou.

— Pois não, senhor?

— Vou precisar sumir.

Alexis não disse nada.

— Eles vão seguir você na esperança de que os leve até Reilly. A mim, vão arrastar à presença do presidente. Serei obrigado a revelar o que sei.

— Entendi.

— Você entendeu? Isso quer dizer...

— ... que assumirei o comando — disse Alexis, terminando a frase.

— Correto.

— E se eles *me* arrastarem à presença do presidente? — perguntou Alexis.

— Você não tem autoridade.

— Mas sei de coisas.

— Você estava seguindo ordens. Executando o Projeto Ascendant, que foi aprovado pelos mais altos escalões.

— E se me mandarem dizer onde Reilly está?

Dessa vez foi Kline quem não disse nada. Ela entendeu o silêncio dele: se lhe ordenassem revelar o paradeiro de Garrett Reilly, estaria sozinha nessa, em território desconhecido. Era óbvio que Kline esperava que ela não dissesse nada, mas não iria ordenar que desafiasse o presidente.

Isso seria traição.

Alexis desviou o olhar do general para a janela ampla atrás dele, para as nuvens sopradas pelo vento, que se dispersavam em fiapos brancos de algodão, acima do rio, que corria para o Atlântico. Ocorreu-lhe que não importava a seriedade com que os humanos encarassem seus problemas, a natureza não se importava: ela seguia adiante em seu modo alegre, resplandecente, sublime, assombroso. Nuvens sobre o Potomac. Maravilhoso. Aquilo lhe deu forças.

— Eu compreendo — disse ela, batendo continência de novo e saindo porta afora.

— Boa sorte — desejou Kline. — Que Deus a ajude.

74

SUDESTE DE WASHINGTON, D.C., 18 DE ABRIL, 16h25

O Murray's Meats and Cuts estava silencioso, exceto pelo barulho ocasional de dedos num teclado ou o estalo de uma lata de energético sendo aberta. Garrett, postando-se acima de sua central de computadores, observava o piscar das luzes na bancada de monitores: barras e gráficos subindo e descendo, o desenrolar de listas de números, palavras sendo escritas da esquerda para a direita, vídeos iniciando, baixando, terminando. Sua sala de comando estava em plena atividade.

Havia 24 computadores alinhados ao redor dele, sem contar os servidores no frigorífico. Garrett tinha seis monitores montados em fila dupla em sua mesa; na de Mitty havia quatro, enquanto todos os demais tinham um, talvez dois. Ele tinha um monitor dedicado ao rastreamento do tráfego da internet, outro mostrava as tendências dos grandes buscadores — Google, Yahoo, Bing, Baidu — para controlar o pulso das pesquisas mundiais. Mitty havia levado para ele um terminal Bloomberg roubado e uma conta invadida da Goldman Sachs. Ele distribuía aquela atualização com todos os presentes, de modo a poderem ficar alertas para qualquer tendência que ele perdesse de vista. Na verdade, não fazia diferença haver ou não outra pessoa observando os mercados. Usar um terminal Bloomberg era, para Garrett, como respirar. Não precisava de ninguém para auxiliá-lo na tarefa.

Foi forçado a admitir que adorava estar de novo em frente a uma atualização do mercado: o Dow, a LIBOR, o euro, o mercado de futuros de Chicago, o Hang Seng, o DAX, o VIX... Era reconfortante observar o comércio mundial passando a toda diante de seus olhos. Títulos da dívida, cotações do ouro, futuros de commodities, o preço do Brent Crude. Parecia música para os ouvidos de Garrett: o fluxo de informação digital acalmava seus nervos. E até entorpecia a dor latejante de sua cabeça.

O latejar estava sendo implacável. Manchas negras haviam começado a aparecer e desaparecer na visão periférica. Quando se levantava muito depressa, a sala começava a rodar e ele era obrigado a se agarrar na cadeira ou na parede mais próxima para não cair. De vez em quando, de modo alarmante, seu braço esquerdo ficava dormente do ombro aos dedos. Garrett nunca se sentira tão mortal. Como se tivesse 86 anos em vez de 26. A morte de repente parecia...

Não, forçou o pensamento a sair de sua mente.

No quarto monitor dele rodava uma listagem de sites e fóruns de hackers mal-intencionados. Ele queria saber a cada instante o que o submundo estava falando. Um quinto computador apresentava feeds RSS da maioria dos grandes portais de notícias. O sexto tinha acesso não autorizado a uma linha de vídeo do Pentágono que mostrava a posição e o poderio dos exércitos e das frotas navais dos Estados Unidos. Tinha sido muito fácil invadir a rede das Forças Armadas, a NIPRNet, ainda mais porque Garrett havia passado boa parte da semana em que esteve na sala de guerra do Pentágono colecionando senhas e endereços IP extraviados. Até as pessoas mais paranoicas às vezes são descuidadas quando estão dentro de suas próprias fortalezas.

É claro que era muito mais difícil entrar na rede dos departamentos de Defesa e de Estado, a SIPRNet. De fato, era impossível, pois se encontrava completamente isolada do restante da internet. Tudo bem: Garrett não precisava de todos os segredos militares — só de alguns deles.

Na parede em frente, ele mandou pendurar seis televisores de tela plana e os sintonizou em canais de notícias europeus e norte--americanos — CNN, Fox, BBC, Sky News, France 24, Al Jazeera em inglês. Embaixo do primeiro conjunto, colocou mais seis televisores, esses dedicados aos canais asiáticos — o canal 13 da China Central Television, o i-Cable News de Hong Kong, o japonês NHK News 7.

Os aparelhos ficavam ligados dia e noite; alguns mencionavam rumores de manobras navais no mar da China meridional, enquanto a BBC assinalava que grandes quantidades de soldados chineses tinham sido avistadas ao norte de Cantão.

Garrett destacou um aparelho para sintonizar em canais aleatórios, com uma antena parabólica no telhado, e o último ficou ligado no Nickelodeon, a fim de terem alguma coisa diferente para ver durante os períodos de calmaria; ele tinha um fraco pelo Bob Esponja.

Esfregou os olhos cansados e observou as partículas de poeira dançarem nos fachos de luz das luminárias suspensas no teto, colunas de brilho no ambiente em que a meia-luz predominava. Sua atenção se desviou para o mapa das zonas de fuso horário na parede à direita. Eram quatro e meia da tarde em Washington. Pequim ficava exatamente 12 horas à frente: quatro e meia da madrugada de quinta-feira. Garrett olhava os segundos passarem e observava a curva senoidal da luz solar no mapa de fusos se esgueirar aos poucos em direção ao oeste.

Seus olhos saltavam de tela em tela, de mapa em mapa, deixando ondas de dados passarem sobre ele. Havia abandonado planos e conceitos, tentando mergulhar no mar caótico de informação, no pulso do mundo digital. Sabia que os olhos de todos estavam sobre ele: os presentes o observavam à espera de um sinal, alguma indicação de que havia chegado a hora de agir. O silêncio parecia um cobertor de expectativa; uma manta macia e quieta que mantinha a sala tensa, embora organizada e equilibrada. Garrett sabia que todos sentiam aquilo, que estavam tão nervosos quanto ele, mas não havia como apressar o cronograma. O momento chegaria, ele daria a ordem e tudo começaria. Mas, até lá, nada.

Algumas horas antes, enquanto almoçavam sanduíches de presunto com Gatorade e Sun Chips, Garrett tentou explicar que tudo precisava ser exato, que todas as ações precisavam se alinhar para o plano funcionar. Por exemplo, havia levado metade do dia só para finalmente conseguir que o e-mail criptografado de Celeste Chen saísse da China, mas também tinha valido a pena, porque ela era o eixo da roda; ou, na verdade, Hu Mei era.

Garrett imaginava como a mulher seria. Ele havia decodificado uma imagem em JPEG muito pixelada que Celeste enviara, mas estava tão borrada e indefinida que mostrava pouco das feições dela. O rapaz passara uma hora inteira estudando a imagem. Ela parecia jovem, muito mais do que ele teria suposto. E bonita. Mas, quanto ao seu caráter, Garrett nada podia afirmar.

Seis e meia da tarde, horário de Washington. Ele desejou ter um pouco de maconha — aquilo ajudaria com a dor. Mas sabia que não podia fumar agora. Precisava de sua mente limpa. Percebeu que tinha passado dias sem uma tragada, talvez até semanas, já não conseguia lembrar; e, mesmo lamentando não ter um baseado, sentia que o desejo pela droga havia diminuído. Isso foi uma surpresa, mais uma mudança em seus padrões pessoais; tudo em relação a sua vida estava de pernas para o ar. Disse para si mesmo que precisava investigar a fundo essa questão, essa ausência da necessidade da erva, o que também podia ser um sinal de que estava perdendo a ousadia. Mas não agora. Era hora de manter o foco.

Garrett conferiu um dos mapas na bancada de computadores que tinha à frente, o segundo à esquerda, um registro do controle de tráfego aéreo. China, Japão e as duas Coreias apareciam acesas na tela. Centenas de pequenos símbolos de aviões cruzavam o espaço entre as quatro nações, movendo-se para o leste por cima da vastidão do Pacífico e para o sul na direção da Austrália. Alguns rumavam para oeste e para o interior da Ásia central, e, em seguida, na direção da Rússia e da Europa. Nenhum avião voava em direção ao território norte-coreano. Era uma escurecida terra de ninguém, Estado inimigo de todos os vizinhos, mas ainda, até certo ponto, vassalo da China.

Garrett observava o vazio representado pela Coreia do Norte, o Reino Eremita. O que toda essa população pensaria do mundo exterior? Saberiam o que estavam perdendo? Seria aquela uma nação inteira dominada pela síndrome de Estocolmo, em que as vítimas se aliavam aos opressores? Por outro lado, não seria todo nacionalismo apenas uma forma de síndrome de Estocolmo chamada por outro nome? Garrett com certeza acreditava que sim; no entanto, ali estava ele, dando tudo que tinha pelo interesse de seu país. Então, também estaria sofrendo do mal?

Lembrou a si mesmo que estava ali porque não lhe restavam opções; o trabalho com a DIA lhe fornecera a melhor chance de se livrar das garras do Departamento de Segurança Interna. Entretanto... gostaria de poder conversar com Alexis sobre isso. Ela teria uma resposta. Ou pelo menos uma teoria. Garrett se perguntou onde a capitã estaria agora. De volta ao trabalho? Detida? Na cadeia?

Afaste-a de sua mente. Clareza. O que você precisa é de clareza.

Mais uma hora se passou. E depois outra. Oito e meia da noite na Costa Leste dos Estados Unidos. O sol se erguia sobre Pequim. O dia deles tinha começado. A agonia em seu crânio pulsava. Manchas negras dançavam diante de seus olhos como amebas enlouquecidas. Garrett tomou 1200 miligramas de ibuprofeno. E depois mais 1200 miligramas. Esperava que não fosse uma dose exagerada.

Lefebvre e Patmore se agitavam inquietos em seus terminais. Bingo se balançava para a frente e para trás em sua cadeira, como uma criança de 7 anos que sofre de autismo. Mitty ficava lançando olhares a Bingo, sorrindo e piscando para ele. Teria acontecido algo entre os dois? Será que Garrett não tinha visto? Eles pareciam um casal improvável. Por outro lado, havia casais ainda mais esquisitos no mundo. Alexis e Garrett, por exemplo.

Ele balançou a cabeça de um lado para o outro. Que exército mais aleatório: geeks, desajustados e fuzileiros meio psicóticos. Contudo, naquela equipe, cada um parecia à vontade diante de seu computador, totalmente conectado na sinfonia dissonante que era a internet. Aquilo lhe trouxe um pouco de confiança. Clicou no mapa de controle de tráfego aéreo para ampliá-lo. Ficou estudando a imagem, buscando o indicativo de chamada correto, as letras e os números pelos quais um voo comercial se identificava para os controladores do tráfego aéreo internacional. Qantas, Air China, Singapore Airlines. Não, não e não.

Foi então que ele o localizou. Um ponto pequenino, descrevendo uma curva suave para o sul, por cima do mar de Okhotsk, tendo acabado de cruzar o espaço aéreo russo e de ultrapassar a península de Kamchatka.

Garrett soltou um suspiro baixo e demorado. Seu olhar atravessou mais uma vez os diversos monitores, todos conectados, piscando diante dele.

Muito bem, era agora. Hora de agir. Hora de um admirável mundo novo, sob o patrocínio de Garrett Reilly, formado pela Universidade do Estado da Califórnia, em Long Beach, supremo analista do mercado de ações, que em breve seria, por um momento fugaz, o Senhor do Universo. Garrett acenou para Lefebvre.

— Faça a ligação.

Lefebvre colocou a bateria em seu primeiro celular descartável.

75

TRINTA E NOVE MIL PÉS ACIMA DO MAR DO JAPÃO,
20 DE ABRIL, 9h42

O capitão Leo Peterson verificou a mensagem ACARS que tinha acabado de aparecer no MCDU, ou unidade de gestão e controle, do Boeing 777 de fuselagem larga que ele estava pilotando. O sol da manhã explodia pela janela do lado direito da cabine; eles pairavam muito acima das nuvens espalhadas sobre o mar do Japão. O capitão Peterson levantou os óculos escuros e leu a mensagem. ACARS era a sigla do sistema de comunicação de aeronaves, que equivalia ao e-mail de um avião; no mundo inteiro, todos os jatos comerciais mandavam e recebiam mensagens desse tipo.

A mensagem dizia apenas: 15C24A.

O 15C24 não correspondia a nada. Só a última letra era significativa. Era um código combinado previamente, enviado pelo centro de manutenção de controle da United Airlines em Chicago, e o capitão Peterson estava à sua espera e sabia decifrá-lo. Na verdade, era simples. Se a letra final fosse "B", significava: *Não aja. Cancele a operação.* Mas, se fosse "A", queria dizer: *Prossiga.*

Ele deletou a mensagem, virou-se para o copiloto, um jovem do Kentucky chamado Deakins, saído da Força Aérea havia dois anos, e fez um gesto de cabeça. Eles não queriam que nenhum comando verbal ficasse registrado no gravador que havia na cabine da aeronave. Um simples gesto de cabeça bastaria. Deakins apoiou a mão esquerda no controle de propulsão dos motores e o programou para voltar a zero. Dentro de pouco tempo, o motor direito do avião — um Pratt & Whitney PW4000 — tossiu e se calou. A aeronave chacoalhou quando o fluxo de ar em cima da asa foi interrompido.

Deakins ajustou o leme de direção para estabilizar o avião, depois aumentou a força do motor esquerdo, como determinava o procedimento em caso de uma perda de motor, enquanto o capitão Peterson digitava o código de rádio para uma emergência — 121.5 MHz, a frequência internacional de emergência para qualquer avião em perigo.

— Capitão — disse Deakins com seu sotaque arrastado do Kentucky —, perdemos força no nosso motor direito. Acho que ele está pegando fogo.

Deakins estava falando apenas para registrar no gravador da cabine.

O capitão Peterson infundiu na voz o máximo de pânico e depois berrou no microfone:

— Mayday, Mayday, Mayday. Aqui é o United 895, incêndio no motor e fumaça na cabine. Estamos declarando emergência, necessidade imediata de permissão para pouso. Aeroporto mais próximo.

Ele repetiu mais duas vezes a mensagem, depois puxou o acelerador do motor esquerdo e direcionou o avião para baixo.

Em direção à Coreia do Norte.

76

PYONGYANG, COREIA DO NORTE, 19 DE ABRIL, 9h51

Soo Park havia sido operador de radar norte-coreano por dez anos. Conhecia de cor o perfil de radar do país, e podia identificar de olhos fechados todos os aviões do país, ou hostis, que contornavam o espaço aéreo da Coreia do Norte. Mas, dois meses antes, havia pedido transferência para a principal torre de controle de tráfego aéreo do Aeroporto Internacional de Sunan, na periferia de Pyongyang. Ficava mais perto de seu pequeno apartamento, no lado sul da capital norte-coreana. O posto gozava de um pouco mais de prestígio, e Soo Park estava tentando arranjar uma noiva. Precisava de todo o prestígio que conseguisse obter.

Ele havia alegado que falava excelente inglês, um pré-requisito para um controlador de tráfego aéreo, e de fato havia sido aprovado no teste de inglês rudimentar do Estado. Mas a verdade é que tinha trapaceado na prova, prometendo uma garrafa de uísque canadense a um amigo que aprendera inglês enquanto trabalhava como diplomata na embaixada em Pequim. O amigo fizera a avaliação em seu lugar e obtivera uma ótima nota, por isso Soo Park conseguira o emprego.

Mas agora ele se arrependia. A verdade é que estava vários níveis abaixo da fluência. Era capaz de ler um livro em inglês com um dicionário no colo, mas decifrar a linguagem oral era outra história. Ele se esforçou para entender quando um piloto norte-americano — Soo Park sabia que era norte-americano porque havia rastreado aquele voo uma centena de vezes anteriormente, um 777 da United com destino a Hong Kong — grasnou no rádio outra vez, com a voz tomada pelo ruído de estática. Ele entendeu metade das palavras:

"...fogo no motor... pouso de emergência... pista... de aterrissagem..."
e foi só. Será que o piloto estava dizendo que ia fazer um pouso
de emergência ali? *Em Pyongyang?* Aquilo era impossível.
Completamente fora de cogitação...

O telefone de Park estava tocando. Era a Equipe de Radar do
Setor Norte, da qual ele fizera parte. Sim, respondeu ele, tinha ouvido o chamado de socorro. E sim, achava que a aeronave norte-
-americana estava se dirigindo a Pyongyang. Bem, podia ser. Ele
não tinha certeza.

Sim, sim, sabia que aquilo não podia acontecer. Não podia de
jeito nenhum.

Os militares ligaram em seguida, antes que Park tivesse chance
de recobrar o fôlego. Estavam despachando, às pressas, quatro caças MiG-21 para interceptar o avião. Soo Park recebeu a ordem de
comunicar ao 777 que não aterrissasse ali, não importando a gravidade da emergência. Sim, ele o faria de pronto.

Portanto, Soo Park desligou o telefone e pegou o rádio.

— United 8-9-5! Não pode aterrissar! Não pode aterrissar
Pyongyang! Não deve aterrissar Pyongyang!

Na hora, o capitão norte-americano falou de novo no rádio.

— Negativo, Pyongyang. Temos fumaça espessa na cabine.
Precisamos aterrissar Pyongyang. Isto é um pedido de socorro.
Situação Mayday. Favor abrir pista de decolagem FNJ 35 Direita.

— Não, não, não! — berrou Soo Park. — Não posso fazer isso!
Não devo! Não devo!

— Temos 277 almas a bordo da aeronave. Precisamos descer
imediatamente. É urgente.

Ao ouvir *soul* — alma, em inglês —, Park se agarrou à única palavra que entendeu:

— Seul! Sim, vá para Seul! Muito perto. Vá para Seul!

— Não, eu não disse Seul. São 277 almas, pessoas. Todas vão
morrer se não descermos em Sunan. Faltam quatro minutos para
baixar o trem de pouso, e vamos com tudo. Por favor, providencie
pessoal de emergência. Pode haver feridos.

Agora, todos os três telefones estavam tocando na apertada sala de controle de tráfego aéreo. Soo Park atendeu cada um, em sucessão. O primeiro era o pessoal do radar, aos gritos; o segundo eram os militares; o terceiro era o dirigente do Partido Central para o setor sul do aeroporto. Todos estavam dizendo a mesma coisa: diga ao avião norte-americano que vá para outro lugar!

— Eu tentei — insistiu Soo Park com cada um deles. — Eles estão dizendo que o motor está pegando fogo e que há um incêndio na cabine. Não vão desistir. Eu disse a eles, mas não querem escutar.

Cada um dos interlocutores desligou o telefone, furioso e em pânico. Soo Park jogou seus fones de ouvido no chão, escancarou a porta da sala de controle do tráfego aéreo e subiu correndo os dois lances de escada imundos para o deque principal da torre de controle do aeroporto. Ali, debruçados sobre os velhos rádios de comando e controle que faziam as vezes de radar na Coreia do Norte, dois de seus colegas estavam horrorizados e com os olhos arregalados diante da janela panorâmica que lhes fornecia visão da principal pista de pouso do Aeroporto Internacional de Sunan, a 35 Direita.

A distância, mal dando para ver, aproximava-se um Boeing 777, voando baixo e rápido, seguido de perto por um esquadrão de caças da Força Aérea do Povo Norte-Coreano. Um fino rastro de fumaça branca parecia se desprender do nariz da aeronave.

O avião vinha para aterrissar. Bem no meio do aeroporto *dele*.

77

SUDESTE DE WASHINGTON, D.C., 18 DE ABRIL, 22h01

G arrett assistia às atualizações de notícias à medida que surgiam na Associated Press. As primeiras informações tinham chegado: jato comercial United, fuselagem larga, forçado a fazer pouso de emergência, Pyongyang, Coreia do Norte. Todos os passageiros chegaram a salvo. Não havia feridos.

Ele soltou um longo suspiro aliviado. Tinha havido uma possibilidade muito concreta de que a Força Aérea norte-coreana abatesse o avião antes que ele conseguisse pousar. Garrett imaginava que não o fariam, que desistiriam no último segundo, mas não podia descartar por completo o risco; portanto, oficiais reformados do Exército, funcionários do Departamento de Estado e voluntários federais, todos eles com histórias fictícias, preencheram metade dos assentos do avião.

Garrett percorreu a lista de passageiros falsificada, verificando os nomes e seus alegados locais de residência. Depois fechou o arquivo e o encaminhou a Patmore. Ele acenou ao tenente do Corpo de Fuzileiros.

— Ligue para toda a sua lista de contatos na mídia, começando pelo topo: o *New York Times*, o *Washington Post*, a CNN. Cobertura completa — instruiu Garrett. — Você é funcionário de uma empresa aérea e está vazando a lista de passageiros. Desligue em seguida.

— Sim, senhor — respondeu Patmore.

Os olhos de Garrett percorriam as telas de notícias de seus terminais de computador. Sites estavam reproduzindo o release da Associated Press. A história monopolizaria as manchetes durante as próximas 24 horas, até que a explosão de notícias posteriores a fizesse cair no esquecimento. Mas esse intervalo de tempo bastava aos objetivos de Garrett. Os mercados de ações asiáticos estavam todos abertos; em dez minutos, a notícia do incidente com o avião começaria a alcançar os operadores. A incerteza era venenosa para uma bolsa; a volatilidade começaria a aumentar. Dentro de algumas horas, teria ultrapassado todas as expectativas. Isso era só o começo.

Garrett saiu da penumbra da sala de terminais e entrou no frigorífico. O recinto estava frio. Tinha um cheiro vago de comida rançosa. Garrett se postou junto aos computadores paralelos que Mitty e Bingo haviam instalado, equipados com o software de invasão russo. As máquinas ronronavam baixinho. Ele ligou um cabo de ethernet numa porta de trás de uma delas. Agora, ela estava conectada à internet. O conteúdo de seu disco rígido, qualquer que fosse, estava a milésimos de segundos de vazar para o mundo. Aquele seria o segundo passo.

Garrett executou o programa e esperou o espetáculo começar.

78

PEQUIM, 19 DE ABRIL, 10h48

X u Jin, diretor do Ministério de Segurança do Estado, estava achando difícil entender as notícias. Um jato comercial norte--americano tinha feito um pouso de emergência em Pyongyang? Aquele era o aeroporto mais próximo? Eles não podiam ter voado mais 300 e poucos quilômetros até Seul? Ao pousar na Coreia do Norte, haviam se colocado bem no meio de um incidente internacional. Será que o piloto não tinha um pingo de juízo? Que idiota! E que dor de cabeça para a China! O embaixador norte-americano já telefonara duas vezes para exigir a intervenção chinesa junto ao governo norte-coreano.

Como se nós controlássemos os malucos de Pyongyang! Xu Jin fechou a cara e acendeu um cigarro Zhonghua, a marca mais cara da China. Custavam 100 dólares o pacote de dez maços. Não que o diretor algum dia tivesse comprado seus próprios cigarros: eles lhe eram dados, com uma torrente constante de presentes ofertados por suplicantes obsequiosos e integrantes subalternos do Partido. Como dizia o velho ditado: quem compra Zhonghua não o fuma, quem fuma Zhonghua não o compra.

O telefone tocou. Vinha tocando desde que o diretor entrara em sua sala uma hora antes.

— Sim? — berrou ele, irritado.

— Diretor Xu, estamos com um problema.

Era um dos funcionários da subdivisão de internet. Seu nome era Yuan Gao. Ou qualquer coisa parecida. Os escritórios da subdivisão ficavam num armazém no distrito de Haidian, em Pequim, misturados com estudantes universitários e trabalhadores da área de informática. O lugar cheirava a suor e carne de porco frita. Xu Jin evitava ao máximo os técnicos de computação.

— O que houve? Você sabe que tenho outras coisas para fazer.

— Sim, diretor Xu, eu sei disso. Mas aconteceu um problema com o Escudo Dourado.

Xu Jin exalou uma grande bola de fumaça cinzenta e gemeu. Sempre havia algum problema com o Escudo Dourado, a muralha de censura que o ministério tinha erguido em torno de todo o tráfego de entrada e de saída da internet. A muralha era permeável; os computadores do servidor tinham caído; havia um vírus, e era malicioso; o vírus vinha de dentro da China. Não, era estrangeiro, da Rússia ou dos Estados Unidos. Havia uma cacofonia constante, e, dela, o diretor não entendia quase nada.

Cada vez que tentava tornar as especificações do Escudo Dourado mais restritas, dificultando aos cidadãos chineses o acesso a informações subversivas ou antigovernamentais, outra rachadura aparecia em algum outro lugar. Havia hackers demais com tempo sobrando — como aquele idiota seboso, Gong Zhen —, sempre metendo suas mãos adolescentes onde não deviam, em geral nas engrenagens do governo chinês. Porém, Xu Jin era obrigado a admitir que Gong Zhen e sua equipe fizeram um trabalho magistral com o vírus na central elétrica norte-americana. Aquele sucesso tinha ultrapassado as mais ambiciosas expectativas do diretor.

— Então — vociferou Xu Jin —, qual é o problema?

— Um worm conseguiu atravessar a muralha — lamentou o funcionário.

— Sempre há worms ou vírus — interrompeu Xu Jin. — Pois trate de consertá-lo. Arrume isso. Eu tenho que dar um jeito num incidente na Coreia do Norte.

— Mas esse é o problema, diretor Xu. Não consigo encontrar uma solução.

Xu Jin apagou o cigarro no cinzeiro de mármore italiano que estava sobre a mesa.

— Por que você não pode consertar? E por que eu deveria me incomodar?

— Não posso dar um jeito porque se espalhou demais.

Xu Jin cerrou os olhos, frustrado; era sempre isso que acontecia com os boçais da internet. Tudo estava "fora do controle deles", ou era "complicado demais", ou "de suprema importância": como se só a internet importasse no mundo. E o que dizer da realidade? E das pessoas caminhando nas ruas? Carros, ou pássaros, ou aviões — aviões que por alguma razão idiota aterrissavam no meio da Coreia do Norte.

— Explique — ordenou Xu Jin, acendendo outro cigarro. Era uma manhã para muitos cigarros. — E depressa.

— Um código malicioso de computador conseguiu atravessar o firewall. Muitos usuários baixaram o código. Ele veio anexado ao vídeo de... bem, senhor diretor, ao vídeo de um dos seus discursos. Aquele que o senhor proferiu na conferência de Hong Kong no outono passado. Sobre segurança na internet.

Xu Jin empalideceu. Alguém considerava aquilo como uma pegadinha contra ele? Descobriria pessoalmente quem era essa pessoa e a destruiria: arruinaria sua reputação, mandaria demiti-la, ou expulsá-la da escola, mandaria separar sua cabeça de seu corpo insignificante. Xu Jin não se importava. O fato excedia o limite do aceitável.

— Quem fez isso?

— Estamos achando que veio dos Estados Unidos. Ou da Europa. Ainda não temos certeza.

— Pois bem, encontrem-no, destruam-no, melhorem o Escudo.

— Aí é que está, diretor Xu. Não podemos. O worm se apossou de computadores protegidos pelo firewall. Milhares de computadores, talvez milhões. Não sabemos ao certo.

— Se apossou deles para fazer o quê?

— Ele os transformou em máquinas-zumbi. Fez com que atacassem nossos servidores. Uma onda de ataques, um depois do outro. Derrubou a rede.

Xu Jin prendeu a respiração. Sua sala, com janelas amplas que davam para o pátio do escritório central do Partido, em Zhongnanhai, no centro de Pequim, estava em silêncio. Sobre a escrivaninha tiquetaqueava um relógio movido a bateria com um retrato de Mao Tsé-tung no mostrador. Uma voluta de fumaça desprendida de seu cigarro recém-acendido subia sinuosa em direção ao teto. Xu Jin respirou de novo.

— Você quer dizer que o Escudo Dourado não está funcionando?

— Não, é mais que isso: ele não existe mais.

A notícia fez o coração de Xu Jin palpitar de forma alarmante. Ele botou a mão no peito para se acalmar. Procurou uma resposta sensata.

— Ora, então desligue a internet inteira. Desligue na tomada. A coisa toda.

— Senhor diretor, isso não é possível — respondeu o boçal chamado Yuan. — Há um número grande demais de linhas de dados de entrada. E, de qualquer forma, agora o worm está controlando os servidores. Parece que esse é o objetivo secundário: manter abertas as linhas do tronco.

— Você quer dizer que o objetivo do vírus é escancarar a internet? Qualquer um pode ler qualquer coisa que queira no próprio computador? Nesse exato momento?

— Sim, diretor Xu.

— Mas... como a gente interrompe isso?

Não houve resposta na linha telefônica. O diretor Xu berrou mais alto desta vez:

— Yuan Gao! Responda!

— Meu nome é Le Lin, diretor Xu.

— Estou pouco me fodendo para o seu nome — rugiu Xu Jin. — Só me importa saber como vamos parar isso. Responda agora! Como você vai restaurar o Escudo Dourado?

— Diretor Xu — disse Le Lin, as palavras presas na garganta —, eu não faço ideia.

79

SUDESTE DE WASHINGTON, D.C., 18 DE ABRIL, 23h25

A sala fervia de atividade. Celulares soavam, computadores apitavam, alertas de texto tilintavam baixinho na escuridão. Garrett deixou os dedos percorrerem o teclado, abrindo diferentes janelas em sua meia dúzia de monitores, sondando cada vez mais fundo os recessos de dados do fluxo mundial de informação.

O tráfego de internet estava começando a oscilar de súbito no Extremo Oriente. Aquilo significava que os usuários da China estavam descobrindo que de repente tinham acesso a um mundo inteiramente novo de conteúdos virtuais. A notícia logo se espalharia. O tráfego ia passar o dia inteiro aumentando, para atingir um pico na parte da tarde, quando, nos edifícios comerciais de Xangai e Tianjin, as pessoas se conectassem.

Os olhos de Garrett flutuavam sobre as pequenas telas de televisão à sua esquerda. Repórteres da CNN e da Fox, de pé com o microfone na mão, em frente à Casa Branca, estavam proferindo monólogos curtos sobre o incidente com o avião na Coreia do Norte. Era tarde da noite; a locação estava escura. A BBC também estava começando a cobrir o evento com máxima urgência, os apresentadores em close, já tecendo enredos possíveis sobre o destino dos passageiros norte-americanos: prisão, cativeiro informal, moeda de barganha? Os chineses iam se envolver? Alguém conseguiria demover o governo norte-coreano?

Garrett pesquisou as agências de notícias em busca de novidades sobre Pequim. Nada ainda sobre a invasão do Escudo Dourado; por outro lado, isso já era esperado. O Partido faria o possível para encobrir o problema. Não importava, porque Garrett já tinha vazado a notícia para o *New York Times* e o *Washington Post*. Eles iam cair em cima. A história começaria a explodir em alguns minutos.

Garrett se deixou engolir pelos dados. Tela após tela, janela dentro de janela. Havia mapas e gráficos e números; havia pessoas na TV e as vozes dessas pessoas. Ele deixou a mente vagar sobre as informações, deixou os olhos distinguirem os dados discrepantes dos números, deixou seus ouvidos sintonizarem as palavras-chave· *diplomacia, China, pressão*. Sentou-se de volta na cadeira, com os dedos trabalhando no teclado, os olhos vagando para todos os lados, esquerda e direita, alto e baixo, enquanto seu corpo afundava na almofada macia do assento de couro.

Os padrões surgirão. A direção deles se tornará clara. E Garrett os cutucaria. Aqui. Ali. Em cima. Embaixo. Ele ergueu a mão por cima de um monitor e apontou para Bingo no canto da sala.

Bingo meneou a cabeça, sabendo exatamente o que Garrett queria dizer: hora do próximo ataque.

80

RUA 4, NORDESTE, WASHINGTON, D.C., 18 DE ABRIL, 23h54

Mitty Rodriguez sabia que não era a mulher mais gostosa do pedaço. Sim, estava alguns quilos acima do peso; e, não, não cortava os cabelos num bom profissional havia mais de um ano, mas pelo menos tomava banho regularmente. Esses caras, os editores de vídeo, fediam como moradores de rua. Todos os três. O quarto do Motel 6 onde estavam reunidos? Depois da visita deles, a gerência precisaria chamar um serviço de lavagem de carpetes.

Garrett havia pedido à amiga que os mandasse vir de avião de Nova York a Washington, no último voo do dia, saindo do LaGuardia. Ele os chamava de Moe, Larry e Curly, e falou que certa vez tinha trabalhado com eles, nos tempos em que apostava em Los Angeles. Mitty os colocou no voo das dez e meia e lhes disse que tomassem um táxi para o hotel, localizado na região sudeste de Washington. Todos os três estavam na casa dos 20 anos. Um era careca, outro usava cabelos *jewfro* e o terceiro só parecia um pouco imbecil. Mas Mitty tinha que admitir que eles, por mais fedorentos que fossem, sabiam editar. E compilar. E trabalhar com Photoshop.

Mitty tomava seu Mountain Dew enquanto Moe — o careca — tagarelava sobre o vídeo. Tinha o sotaque do Brooklyn e usava um boné dos Yankees virado para trás, como se fosse um membro de gangue fodão, coisa que evidentemente que não era.

— Olhem esse monte de caras no canto superior direito do quadro — assinalou enquanto apontava para o notebook de 17 polegadas que havia aberto sobre a cama do hotel.

O frame do vídeo era de uma via urbana, filmada do alto, de uma varanda no segundo ou no terceiro andar. Era difícil dizer com exatidão; a câmera ficou tremendo até a imagem congelar, e a lente era uma grande angular. No canto superior direito da tela, havia uma massa de gente, talvez umas vinte e poucas pessoas, todas com os braços levantados, como se prestes a atirar alguma coisa. Algumas estavam gritando. Muitas tinham lenços enrolados no rosto. Aqueles cujas feições se podia distinguir eram sem dúvida asiáticos, isso ela tinha certeza.

— Estou vendo — disse Mitty.

— Esses filhos da puta são coreanos — disse Moe, orgulhoso. — Tirei de uma sequência de notícias que roubei do meu trabalho no Channel Five News. Direto dos arquivos. Algum protesto coreano sobre uma merda qualquer. Eu não sei. Parece que eles estão sempre protestando por lá. Tá ligada?

— Mais ou menos.

— E esses fanfarrões aqui — dessa vez foi Curly quem apontou; seu sotaque era um pouco menos carregado — são daquela parada maluca que rolou lá no Egito. A Primavera Árabe, tá sabendo? Esses caras são muçulmanos, o que é foda, né?

— Acho que sim — admitiu Mitty, semicerrando os olhos para tentar discernir se os manifestantes no vídeo dos protestos árabes eram chineses. Estavam no fundo do quadro, mal reconhecíveis como pessoas, e menos ainda como árabes. Não, não era possível. Só pareciam manifestantes furiosos.

— E a rua? É na China?

— Com certeza, uma rua cem por cento chinesa ou seu dinheiro de volta — confirmou Moe, alegre, sorrindo. — Peguei no YouTube. Um vídeo sobre motoristas chineses dirigindo feito loucos.

— Passe o vídeo para eu ver. Desde o começo.

— É pra já, patroa — disse Moe, reiniciando o curto vídeo em seu programa de edição no computador.

Na tela, uma falange de policiais da tropa de choque, vestidos de preto, se lançava ao ataque numa rua. Usavam capacetes de metal preto com visor de plástico rígido, e carregavam cassetetes do tamanho de tacos de beisebol, que balançavam, ameaçadores, com o braço estendido.

397

— São policiais chineses?

— De uma rebelião no Tibete. Foram filmados por um monge. Eu só dobrei o número e mudei um pouco o movimento do corpo deles, para parecerem diferentes.

De repente, a polícia foi atacada com uma chuva de pedras e garrafas. Os policiais levantaram os escudos e os braços acima da cabeça. Alguns deles caíram de joelhos. Mas, antes que se pudesse ver o que tinha acontecido com os guardas feridos, o movimento oscilante da câmera mostrou uma panorâmica da rua, focalizando os manifestantes. Agora, não mais frame a frame, em animação stop-motion, mas na sequência ao vivo e contínua, o exército de manifestantes parecia grande e enfurecido. Eles cantavam, e uivavam, e lançavam tijolos e paralelepípedos nos policiais.

— E isso é de um montão de manifestações diferentes? — perguntou Mitty.

— Velocidade máxima, meu bem, e renderização de alta resolução. Consigo fazer um cara sóbrio parecer muito doido. Sabe em quanto tempo fiz isso, depois que você telefonou? Quatro horas. *Quatro horas, caralho.*

Mitty encarou Moe.

— Se ficar reclamando muito — ameaçou ela, baixando o tom de voz —, eu enfio o dedo no seu cu e rasgo.

Por um momento, o rosto de Moe ficou desanimado.

— Desculpa — disse ele, murcho. — É só um jeito de falar.

Na tela, os manifestantes avançavam, rompendo as fileiras de policiais. Alguns integrantes da tropa de choque foram pisoteados, desaparecendo do enquadramento; outros fugiram diante do número superior de manifestantes. Então, o vídeo parou. Mitty ergueu o olhar para Moe.

— O que houve?

Ele deu de ombros.

— Achei que curto é melhor que longo. Deixa o público querendo mais.

— Tudo bem — concordou Mitty. — Você tem outros?

Moe lançou um olhar conspiratório para Curly, que digitou no teclado do próprio notebook. Em seu monitor, uma dúzia de pequenos mosaicos saltaram, todos agrupados. Cada um parecia mostrar um ângulo congelado diferente, de uma rua diferente, com policiais e manifestantes diferentes. Um monte de manifestantes.

— Consegui pegar um milhão de chineses furiosos — avisou Curly, animado. — Todos eles guardados no meu computador. Esperando algum filho da puta jogá-los na internet. Confere?

Moe e Curly explodiram numa risada cacarejante, enquanto Larry ficou ali sentado, com o olhar perdido no espaço.

Moe lançou a Mitty um sorriso de expectativa.

— Certo? Estou certo?

Mitty fez uma careta. Detestava aqueles imbecis, mas eles deram conta do trabalho.

— Você está completamente certo. Vamos embora, eu preciso voltar ao escritório antes que a diversão comece.

81

NOVA YORK, 19 DE ABRIL, 3h26

Cherise Ochs Verlander desligou o telefone no exato instante em que as outras três linhas se acenderam. Tinha sido assim durante as últimas quatro horas. Para ela, que estava sentada no meio da agora efervescente redação do *New York Times*, parecia que, nesse momento, havia quatro reportagens de primeira página distintas, todas acontecendo exatamente ao mesmo tempo. Aquilo era loucura. E tudo isso estava acontecendo às três e meia da madrugada.

Ela nunca tinha visto uma coisa assim: um jato comercial norte-americano havia feito um pouso de emergência na Coreia do Norte. Meia hora depois vazara a informação de que a muralha de censura da internet chinesa fora hackeada. Dez minutos depois, boatos de uma fonte militar indicavam que navios norte-americanos e chineses estavam em confronto direto no mar da China meridional. Pelo visto, as duas marinhas estavam em alerta máximo de combate. No meio de todas essas manchetes chegaram informes — de uma fonte do FBI — de que havia algum tipo de operação pirata em andamento na capital do país, e que o Departamento de Segurança Interna concentrava todas as forças para encontrar sua origem e destruí-la. De que tipo de operação pirata se tratava, ninguém tinha certeza.

Num dia normal, todas essas histórias teriam sido matéria de primeira página, impressas na metade superior da folha. Hoje, pensou Cherise, talvez fosse preciso imprimir meia dúzia de primeiras páginas em separado.

Ela atendeu à primeira linha.

— Cherise Verlander.

— Olá, Cherise. Art Saunders, Departamento de Estado.

— Sr. Saunders — disse ela, arregalando os olhos. Saunders era o subsecretário de Estado, um escalão abaixo da própria secretária de Estado. — O senhor acordou cedo.

— Muita coisa acontecendo. Você andou vendo o YouTube?

— Não acesso desde ontem, quando vi aquele gato cantando o hino nacional.

— Vou mandar o link. Uma coisa espantosa. Tudo ao vivo. De dez cidades diferentes, pela China inteira.

— Mas que coisa! — exclamou ela, um pouco surpresa. — Pode me dizer do que se trata?

— Uma confusão dos diabos — respondeu Saunders. — Dê uma olhada. Estou com pressa.

— Espere, preciso de um comentário sobre o avião da United que fez aquele pouso de emerg...

Mas Saunders já havia desligado. Cherise suspirou. *Mas que merda é essa?*

Ela conferiu suas mensagens. Já havia dez e-mails do subsecretário à sua espera. Isso devia ter sido planejado com antecedência. Clicou no link da primeira mensagem. Uma nova aba saltou e um vídeo do YouTube começou a carregar. As tags eram todas em mandarim. Ela ficou vendo, espantada.

Cherise não falava mandarim, mas conhecia uma rebelião quando via alguma. E estava olhando para dez.

82

CASA BRANCA, 19 DE ABRIL, 4h10

Q uando o presidente entrou na sala de guerra da Casa Branca, fazia exatos nove minutos que estava acordado. Tinha a barba por fazer e os cabelos sem lavar. Usava moletom, calça folgada e tênis sem meias. Tinha dormido apenas duas horas. Ele detestava parecer desmazelado, mas às vezes o trabalho exigia isso.

A equipe de segurança nacional inteira, inclusive Jane Rhys, sua assessora para esse assunto, já estava reunida na sala de guerra. Cross notou de pronto que Frye, o secretário da Defesa, também já estava lá, e não parecia feliz. Quando o presidente entrou apressado, todos os presentes se levantaram das cadeiras. Ele fez um aceno distraído no ar.

— Por favor, sentem-se. Está cedo demais. Digam-me o que vocês estão sabendo.

Um assistente lhe trouxe uma caneca de café preto sem açúcar. O presidente Cross viu Jane Rhys lançar um olhar rápido ao secretário Frye — ela não teve resposta — e depois se inclinar para a frente.

— Senhor presidente, conforme descrito no relatório de ontem à noite, aproximadamente às dez horas, horário local, um 777 da United Airlines fez um pouso de emergência no Aeroporto Internacional de Pyongyang. O capitão enviou um pedido de socorro. Declarou que tinha um incêndio no motor e pediu permissão para aterrissar. A permissão foi negada, o controlador de tráfego aéreo norte-coreano disse a ele que seguisse para Seul, mas, mesmo assim, o capitão aterrissou na capital da Coreia do Norte. Em segurança. O avião foi evacuado. Depois desse ponto, nossas informações se tornam imprecisas. Acreditamos que a tripulação e os passageiros foram detidos e estão sendo interrogados nesse momento.

— Os norte-coreanos podem fazer isso? Interrogar nossos passageiros de aviação comercial? — perguntou Cross.

— Infelizmente, eles podem fazer o que quiserem no próprio território. E parece que têm alguma razão para fazer isso. O pedido de socorro e a aterrissagem foram suspeitos. Por que o capitão escolheu Pyongyang é um mistério. Além disso, a lista de passageiros mostra certa quantidade de funcionários do governo e militares. Usando identidades falsas.

O presidente Cross tomou mais um gole de café e esfregou os olhos, cansado. Antes que pudesse fazer uma pergunta, sua assessora de segurança nacional prosseguiu:

— Cerca de vinte minutos depois, monitoramos uma interrupção generalizada das atividades de servidores chineses responsáveis pela muralha de censura à internet. Eles a chamam de Escudo Dourado. Desconfiamos de um poderoso vírus, mas não temos certeza. A interrupção foi sem precedentes em abrangência e velocidade.

— Esses dois fatos estão ligados? — perguntou o presidente.

A Sra. Rhys franziu o cenho e inclinou um pouco a cabeça.

— E tem mais — continuou ela. — Mais ou menos ao mesmo tempo começaram a aparecer vídeos no YouTube que parecem ter sido postados de cidades China afora, mostrando enormes manifestações. Jovens em confronto com a polícia. Guardas atirando gás lacrimogêneo. Pedras sendo lançadas. Carros incendiados.

— Meu Deus, elas são reais?

— Ligamos para alguns contatos nessas cidades, e, embora nenhum deles tenha visto tumultos, dizem que a população está se reunindo agora. Talvez a princípio tenham saído à rua por curiosidade, mas estão começando a protestar por iniciativa própria. Como se os vídeos dos protestos tivessem fomentado manifestações reais. Pelo visto, já não importa mais se os vídeos são autênticos ou não.

— Nós estamos por trás disso tudo? — perguntou Cross.

Jane Rhys mordeu o lábio, hesitante, depois olhou para o secretário da Defesa.

— Senhor presidente, o senhor se lembra do Projeto Ascendant — disse Frye.

— Com aquele garoto? Eu achei que ele tinha sido preso...

— Garrett Reilly. Ele foi preso, senhor presidente, mas fugiu.

— Fugiu? Por que não fui informado?

— Acreditávamos que ele seria pego. Depressa — respondeu Frye, constrangido.

— Mas não foi?

— Não, senhor, ele não foi.

O presidente Cross se recostou na cadeira. Sorriu, ajustando os óculos no nariz.

— E vocês acham que isso seja obra dele? Por trás de tudo? É um contra-ataque que visa à China? Ele está fazendo o que mandamos que fizesse? Ou seja, atingi-los sem disparar um tiro...

— Talvez ele esteja, senhor presidente, mas não podemos ter certeza — explicou Frye. — Se está fazendo isso, está agindo sem nenhuma autorização nossa. De fato, existe uma possibilidade muito grande de Reilly estar operando sob um conjunto de ordens inteiramente diverso. Que tenha um objetivo diferente daquele que o senhor traçou para ele. Que realmente esteja tentando alcançar outra coisa.

— O que seria essa outra coisa, Duke?

— A subversão das Forças Armadas dos Estados Unidos.

O presidente Cross ficou olhando por muito tempo para seu secretário da Defesa.

— De que forma algum dos acontecimentos levaria a isso?

— Ao nos manobrar para uma posição em que nossa atuação seja muito vantajosa para os chineses e não para nós. Ao colocar reféns norte-americanos em mãos norte-coreanas. Ao levar o Comitê Central do Partido Comunista a ficar em alerta máximo, à frente de nossos planos de batalha.

O presidente Cross bebericava seu café e examinava a expressão dos homens e das mulheres na sala de guerra. Ele era perito em

leitura facial, uma qualidade que o havia transformado num vendedor bem-sucedido por todos aqueles anos. O que ele viu entre seus
assessores foi hesitação. E confusão.

— Mas você não sabe? — perguntou o presidente. — Você não
tem certeza de nada disso?

O secretário Frye e Jane Rhys trocaram um rápido olhar.

— Reilly teve contato com um agente de um governo estrangeiro. Por isso ele foi detido, para começar. Suas lealdades são des-
conhecidas.

O presidente Cross se levantou de súbito.

— Muito bem, a Frota do Pacífico permanece em alerta máximo.
O mesmo vale para o Oitavo Exército na Coreia. A partir de agora,
quero ter atualizações a cada vinte minutos. E, pelo amor de Deus,
achem o garoto.

83

SUDESTE DE WASHINGTON, D.C., 19 DE ABRIL, 6h15

Garrett projetou os vídeos das manifestações numa parede branca da sala de operações no Murray's Meats and Cuts. A exibição durou quinze minutos em sequência ininterrupta, e todo mundo curtiu muito as imagens. Eles também monitoraram o número de visualizações de cada vídeo, e viram os dados atingirem alturas astronômicas. Mais de meio milhão de visualizações em menos de uma hora, subindo rapidamente; e ainda era madrugada na Costa Leste.

A despeito da eficácia dos vídeos, Mitty voltou do quarto do hotel se queixando muito dos criadores.

— Uns perfeitos idiotas — sentenciou.

— Mas eles fizeram um bom trabalho — contrapôs Garrett.

— Até os idiotas podem ter sorte — retrucou ela.

Dez minutos depois, Mitty gritava de sua estação de trabalho: os idiotas tinham colocado a rodada seguinte na internet. Garrett digitou a URL do YouTube. O vídeo começou a rodar. Estava granulado, como todos os outros. Uma enorme extensão de azul apareceu. O oceano. Agitado, espumante. A câmera balançava, mas sob as oscilações estava o movimento lento e metódico de subida e descida de uma embarcação no mar agitado. A câmera abriu para uma panorâmica. O vídeo estava sendo filmado do convés do navio. Uma embarcação imensa — sua proa se perdia de vista ao longe, a popa separada dela pela distância de um campo de futebol. Canos e guindastes cruzavam o convés. Era um petroleiro. Um petroleiro transatlântico.

Vozes gritavam em off; nervosas, quase em pânico, suas palavras ininteligíveis. Então alguém disse:

— Olha lá!

A câmera virou para a direita e de repente um gigantesco navio de guerra cinzento ficou visível na crista de uma onda. Era grande, mas evidentemente muito menor que o petroleiro. Estava se deslocando à direita, distante uns 600 metros, com seu canhão de proa visível sobre as vagas.

— Chinês? — indagou Garrett.

Bingo se aproximou mais da parede, com os olhos grudados na projeção do vídeo.

— Destróier do tipo 052, classe Luhu. Construído em 2009 no estaleiro Jiangnan, de Xangai — respondeu ele.

Garrett sorriu.

— Como você se lembra de tudo isso? Para mim parece só um navio.

Bingo baixou os olhos, momentaneamente magoado.

— Eu não faço piada com os seus padrões.

Garrett mostrou as mãos abertas com as palmas para cima, numa rápida demonstração de desculpas.

— Parece um navio muito bonito, Bingo.

No vídeo, podia-se ouvir alguém gritar:

— Qual bandeira? Qual bandeira?

A filmagem deu um zoom no destróier para mostrar a bandeira com uma estrela vermelha da República Popular da China, tremulando pouco acima da coberta de proa

Lefebvre sorriu

— Um belo toque para todos os que não são tão bem-informados quanto Bingo — comentou ele

E subitamente, na tela, o grande canhão frontal do destróier chinês abriu fogo, lançando chamas rubras. Um, dois, três, quatro disparos. Ouviu-se um grito, e a filmagem voltou o foco para o convés do petroleiro. Após um forte silvo, elevou-se uma bola de fogo, uma enorme explosão de vermelho e laranja A imagem ficou borrada,

407

a câmera girou e caiu no convés. Ouviram-se gritos de terror. A fumaça e as chamas encheram o quadro e depois tudo escureceu.

Garrett olhou ao redor: todos balançavam a cabeça em sinal de aprovação.

— OK, mas como conseguiram publicar o vídeo na internet? — perguntou Lefebvre.

— Carregaram via telefone por satélite — explicou Bingo.

Lefebvre ficou olhando para ele.

— Em vez de se salvarem?

— Todo mundo quer aparecer no YouTube — justificou Bingo.

— Não tenho certeza de que o público vá engolir isso — concluiu Lefebvre.

Garrett entrou na conversa.

— Não faz mal, o que conta é o efeito cumulativo. O choque com a situação. O que estamos procurando é o caos. — E se virou para seu pequeno exército cibernético. — Todo mundo no Twitter! Agora!

Depois, se voltou para o tenente do Corpo de Fuzileiros.

— Patmore!

— Sim, major?

— Pé na estrada.

84

NOROESTE DE WASHINGTON, D.C., 19 DE ABRIL, 9h07

Timmy Ellis estava sempre a fim de uma boa manifestação. Participara da Occupy Wall Street em Nova York, em Boston e em Washington. Tinha tentado comparecer às passeatas do porto de Oakland, mas não conseguira juntar dinheiro para uma passagem de avião, o que cortara totalmente o seu barato. Antes disso, acampara em Miami para lutar pela legalização do uso medicinal da maconha, fizera passeata em New Hampshire pelos direitos dos homossexuais, e se algemara a um alambrado em Tacoma, no estado de Washington, para acabar com a guerra no Iraque.

Dizer que Timmy Ellis acreditava no poder da multidão para alterar a direção do governo era subestimar os fatos. Aquilo era sua razão de viver. É claro que ele também gostava de uma boa festa. E cada uma dessas manifestações tinha sido uma boa festa — com exceção da de Tacoma, em que tivera o braço quebrado pelo cassetete de um policial. Ele qualificaria algumas delas como excelentes. No acampamento do Occupy Wall Street em Boston, por exemplo, tinha passado uma semana inteira chapado e havia trepado duas vezes, o que para ele era um recorde pessoal em termos de protestos. Aquela fora uma semana excepcionalmente boa.

Portanto, quando recebeu um aviso pelo Twitter — enviado para seu celular, como eram todas as suas atualizações de protestos, para poder reagir na mesma hora — falando da manifestação na embaixada chinesa, em questão de minutos ele subiu na bicicleta. Timmy não tinha certeza sobre qual seria o problema com os chineses, mas na verdade não importava, pois não tinha nada para fazer até o meio-dia, hora da consulta no dentista. Ele embrulhou um lanche e pegou um Red Bull e uma caixa de lenços umedecidos para neutralizar o spray de pimenta. Esses lenços tinham se tornado artigo indispensável no kit de sobrevivência de qualquer manifestante competente — o spray de pimenta era horrível e os lenços pareciam limpar a pele e o rosto muito mais depressa que água. Ou cerveja.

Ele levou vinte minutos para ir de bicicleta à embaixada na região noroeste de Washington e, quando chegou, às nove e meia da manhã, já havia no mínimo mil pessoas no local, e mais gente chegava a cada minuto. Estavam repetindo alguma coisa sobre o Tibete e os direitos humanos, e também o velho lema sobre como o povo unido jamais seria vencido. Então, Timmy acorrentou a bicicleta a um gradil a meia quadra dali e se juntou à multidão. Como avistou uns amigos perto do portão da embaixada, agitando bandeiras do arco-íris e tocando tambores, foi se enfiando pela aglomeração até chegar à frente. Foi lá que viu os seguranças chineses, vestidos de terno preto e parecendo muito insatisfeitos. Timmy Ellis gritou para eles "Paz, irmãos", mas não responderam. Alguns meteram a mão no paletó como se fossem sacar a arma.

Timmy não gostou do clima daquilo.

O prédio da embaixada era grande, branco e sem características especiais, com poucas janelas voltadas para a rua e muito concreto reforçado, como se, ao projetar o edifício, os arquitetos tivessem priorizado a segurança. Havia câmeras por toda parte, mas Timmy não ligava: fora filmado em tantas manifestações que imaginava que o arquivo do FBI a seu respeito tinha mais de trinta centímetros de grossura. Problema deles, pensou. Já estou ferrado, não faz diferença.

A turba atrás de Timmy começou a fazer pressão, empurrando os manifestantes da linha de frente, inclusive ele, para mais perto da barreira, o que lhe deu motivo de preocupação: entendia o suficiente sobre multidões para saber que as coisas podiam se descontrolar rapidamente, e que era preciso estar muito consciente da própria estratégia de fuga. O problema era que agora ele estava imprensado entre a massa de manifestantes às suas costas e o alambrado à sua frente. Além disso, para além do alambrado surgiam mais guardas chineses com expressão zangada. Cerca de 25 deles, conforme Timmy conseguia contar. Estavam gritando entre si em chinês, e alguns pareciam mais nervosos que irritados.

Essa era mais uma péssima notícia. Um manifestante experiente queria policiais experientes no lado oposto. Isso contribuía para um ambiente muito mais pacífico.

Acima de tudo, pensou Timmy, aquilo estava ficando menos festivo do que ele tinha esperado. Estava começando a parecer perigoso. Ele resolveu dar meia-volta e pegar sua bicicleta para ir ao dentista. Mas, naquele exato momento, viu uma pessoa que não parecia um típico manifestante. Era da idade certa, 20 e poucos anos, mas os cabelos tinham corte militar, e o rapaz não estava gritando nem dançando nem tocando tambor. Estava observando os guardas chineses e segurando um objeto na mão direita, que pendia frouxamente ao lado do quadril. Timmy pensou que ele talvez fosse um turista pego no meio da multidão. Mas isso também não parecia ser verdade, porque estava se movendo devagar, mas deliberadamente, para a frente do portão da embaixada.

O rapaz ergueu o objeto que estava segurando na mão direita até a altura do peito e acendeu o isqueiro com a mão esquerda; agora Timmy sabia muito bem o que o sujeito de ar sisudo segurava. Era um morteiro. Timmy havia usado muitos quando era criança. Fogos de artifício. Barulhentos, muito barulhentos.

Ai, merda, pensou Timmy, quando essa coisa explodir, os guardas chineses vão ficar alucinados. Ele se virou depressa, baixou a cabeça e começou a se afastar da frente da multidão. Ouviu alguém gritar — não foi um grito de protesto, mas de surpresa —, depois ouviu mais berros, brados de pânico, e tentou forçar a passagem em direção à retaguarda, mas nada conseguiu. A massa de gente era densa demais.

Então se ouviu a explosão. Forte, ruidosa e diferente, um estouro que ficou reverberando nos ouvidos dele. Depois se ouviram gritos. *E tiros.*

A multidão se lançou numa onda para longe da embaixada, como um só organismo vivo, varrendo Timmy com sua força. Ele foi prudente de não lutar contra ela, e se deixou carregar para longe do edifício; em segundos estava livre. Manifestantes se espalhavam em diversas direções, a maioria correndo atabalhoadamente pela International Place.

Timmy cambaleou, lutando para recuperar o equilíbrio, quando houve mais um estouro e alguém o sacudiu com força pelo ombro. Timmy caiu. Um manifestante pisou em uma de suas mãos, outro em um dos tornozelos, mas não foi isso o que mais doeu: seu ombro de repente latejava no ponto em que havia sido empurrado. Ele esticou o braço para tocar a fonte de dor e viu sua mão coberta de sangue.

Um filho da puta me deu um tiro, pensou Timmy, enquanto a praça em frente à embaixada se esvaziava rapidamente, como um relâmpago.

85

SUDESTE DE WASHINGTON, D.C., 19 DE ABRIL, 10h15

O fluxo de informações se espalhava: o uso da internet na Ásia estava em ascensão vertiginosa; o tráfego de telefonia nos cabos transoceânicos havia dobrado nas duas últimas horas; os índices do mercado de ações dos Estados Unidos, agora, nas horas que antecediam o almoço, estavam se tornando voláteis, subindo e depois revertendo; o preço das commodities, sempre um mensageiro de crises, subia; os termos mais pesquisados no Google durante a última meia hora eram "avião comercial", "reféns", "manifestações de rua", "censura na internet" e "China".

"Tiroteio na embaixada" também estava começando a aparecer.

Garrett percorreu seus monitores com o olhar. Números e palavras rolavam numa sinfonia ininterrupta de informação: o VIX estava em alta; o Dow Jones, em baixa; os pontos de conexão da Verizon, saturados; as pesquisas no Google, aumentando; os preços do Brent Crude, oscilando; as linhas de backbone da Sprint, sobrecarregadas; o dólar nas transações após o encerramento das negociações, em queda, dissociando-se do iuane; e o euro começava a seguir a tendência do dólar.

Para Garrett, estava tudo bem. A ele não importava mesmo para onde esses fluxos de dados levariam: para cima, para baixo, a seu ver dava tudo na mesma. O que ele queria era movimento. O que queria era o caos.

E estava conseguindo.

86

QINGPU, OESTE DE XANGAI, 19 DE ABRIL, 23h57

C eleste Chen não conseguia dormir. Tentou durante horas, mas sua cabeça zumbia, com os mesmos pensamentos se debatendo em sua mente: estava livre para ir embora a qualquer momento. Mas deveria? Ou queria? Não tinha certeza. Tudo estava confuso.

Ela atravessou o escuro e apertado quarto e abriu a cortina amarelada da janela. Do apartamento que servia de esconderijo, no 11º andar, ela contemplou a noite dos bairros residenciais de Xangai lá embaixo. Edifícios muito altos, uma fileira após a outra, desapareciam na escuridão. Poucos carros passavam pelas ruas, vazias na maioria. Faltavam três minutos para a meia-noite.

Celeste supôs que estava a oeste do centro de Xangai. Afora isso, estava perdida. Compatriotas de Hu Mei tinham-na levado de carro de Baoding até ali, escondida na parte traseira de um furgão sem janelas, e não lhe disseram quase nada. A viagem tinha sido longa e tediosa, e agora ela lamentava não ter dormido.

Muito havia acontecido desde seu encontro com Hu Mei, 24 horas atrás. As duas se deram muito bem, como irmãs após uma longa separação. Aquilo surpreendeu Celeste. Tinham muito pouco em comum — uma camponesa do norte da China e uma garota da periferia de Palo Alto —, mas ficaram amigas na hora. Conversaram por duas horas naquele pequeno restaurante em Baoding, fazendo perguntas sobre os antecedentes uma da outra: ter sido criada na China, frequentar a escola nos Estados Unidos; o que ela comia de manhã, ao que eles assistiam na televisão, o que tinha acontecido com o marido de Hu Mei, por que Celeste não era casada.

Celeste falou sobre o desejo de Garrett de ajudar a causa, e Hu Mei prometeu levar aquilo em consideração. Antes que Mei pudesse se comprometer, Celeste teria que provar que os norte-americanos eram sérios, e ela, Celeste, confiável. O Tigre precisava saber se ela não era uma agente do Partido empenhada em traí-los. A mulher entendia. Haveria um teste em breve. Provavelmente nas próximas horas. Era bastante razoável, mas, mesmo assim, se sentia aterrorizada.

Celeste percebeu que os acontecimentos a pegaram de surpresa. Estava se encaminhando, inexoravelmente, a um destino que não tinha planejado, nem sequer imaginado. Cada minuto a conduzia um pouco adiante na estrada, mergulhando-a no caos e no perigo verdadeiro, até mesmo fatal. E, no entanto...

No entanto, ela continuava a caminhar. Algo em Hu Mei, na rebelião, ou talvez na própria China, a energia e a vastidão do lugar, a estava atraindo cada vez mais para dentro daquele jogo.

Celeste baixou as cortinas, envolvendo o quarto na penumbra, e ficou pensando em sua vida nos Estados Unidos. Tinha sido uma vida boa, estável, de classe média e tranquila, mas também estava faltando algo. O que não existia em sua vida era um objetivo. Uma razão. *Uma causa.* Nesses últimos dias, Celeste havia percebido que passara a vida inteira procurando uma causa, cuja ausência explicava seu ceticismo e sua máscara de desapego, e talvez agora a tivesse encontrado. Reforma. China. Hu Mei. A rebelião. Será que esses fatores podiam dar um significado à existência de Celeste?

Bem, não tinha certeza, embora parecesse possível. Em sua consciência brotou o pensamento de que, se fosse o caso, se a rebelião fosse se tornar um princípio definidor de sua vida, então ela podia de repente se considerar... feliz.

Com essa última ideia, deitou-se no beliche no canto do quarto, puxou um cobertor até os ombros e esperou pela madrugada. E pelo teste que inevitavelmente viria.

87

CASA BRANCA, 19 DE ABRIL, 11h14

TRANSCRIÇÃO DA ASSOCIATED PRESS DA ENTREVISTA COLETIVA À IMPRENSA NA CASA BRANCA, APROVADA PARA DIVULGAÇÃO.

LINDSAY TATE, ASSESSORA DE IMPRENSA DA CASA BRANCA: Obrigada a todos pela presença. Sei que não houve um aviso, mas a Casa Branca não controla o ritmo dos acontecimentos, e eles andaram se desdobrando muito depressa; logo, quisemos nos antecipar. Para começar, deixem-me dizer que a situação na Coreia do Norte ainda está instável. O que sabemos nesse momento é que o 777 da United aterrissou em segurança no Aeroporto Internacional de Sunan, e que a última notícia, e isso não partiu do governo norte-coreano, vejam bem, eles não disseram nada publicamente, é que toda a tripulação e os passageiros estão em segurança e descansando num prédio do governo no centro de Pyongyang. Recebemos essa informação de um funcionário da Cruz Vermelha presente na capital. Não acreditamos que eles estejam sendo mantidos prisioneiros, mas também, a essa altura, não sabemos se foram autorizados a deixar o prédio. A Casa Branca e o Departamento de Estado fizeram múltiplas tentativas de contato com o governo norte-coreano, mas até agora essas tentativas foram recebidas com silêncio. É claro, vocês todos sabem que os Estados Unidos e a Coreia do Norte não têm vínculos diplomáticos formais, portanto, recorremos aos nossos contatos no governo chinês para facilitar o diálogo com Pyongyang. O Ministério das Relações Exteriores da China declarou que iria trabalhar nisso, mas que havia alguns problemas que tornavam difícil o contato imediato com a Coreia do Norte.

ALFRED BONNER, NEW YORK TIMES: Lindsay, o Ministério das Relações Exteriores da China revelou quais eram esses problemas? Que estavam dificultando o contato com os norte-coreanos?

LINDSAY TATE: Não, Alfred, eles não revelaram.

BONNER: Você tem informações que possam esclarecer isso? Recebemos informes de que havia distúrbios em cidades do norte da China. Rebeliões e protestos.

LINDSAY TATE: Vi uns vídeos no YouTube, que vocês com certeza também viram. Não podemos, até agora, verificar se eram autênticos. No entanto, estamos levando a sério essas informações.

BONNER: Se eles forem autênticos, o que isso diz sobre a estabilidade do atual governo chinês?

LINDSAY TATE: Isso está fora da minha área de especialização, Alfred.

ANGELA HIRSHBAUM, LOS ANGELES TIMES: Você ouviu algo sobre a muralha de censura chinesa? O Escudo Dourado? Minhas fontes estão dizendo que ela caiu. Que qualquer um na China pode ver esses vídeos do YouTube ou qualquer site bloqueado anteriormente.

LINDSAY TATE: Não tenho qualquer informação específica a esse respeito, Angela. É evidente que é uma questão muito técnica. Você vai precisar buscar um comentário em outra parte.

HIRSHBAUM: E que tal o (ININTELIGÍVEL) protesto na embaixada chinesa hoje de manhã? Uma manifestação que fugiu ao controle. Os primeiros informes dizem que duas pessoas foram feridas. Por guardas chineses.

LINDSAY TATE: O que sei é o que vocês sabem. A polícia local está presente e cuidando da investigação. Mas não sabemos a gravidade dos ferimentos sofridos por esses manifestantes, ou por que o protesto foi organizado. Tudo que o presidente pode dizer sobre esse incidente é que ele está rezando pela saúde dos feridos e que apoia o direito de todos os povos livres de se reunirem de modo pacífico em público, que é o

417

que acreditamos que esses manifestantes estavam fazendo. Se alguém ficou gravemente ferido, vamos responsabilizar o governo chinês.

HIRSHBAUM: Ouvimos relatos de que ambulâncias foram chamadas à embaixada antes mesmo do início do tiroteio. É um pouco estranho, não é? Faz a gente pensar que alguém planejou a coisa toda. Como se não quisessem ver ninguém gravemente ferido.

LINDSAY TATE: Você vai ter que tirar suas próprias conclusões a esse respeito, Angela. A Casa Branca não vai ficar especulando.

MIKE HAN, KOREA TIMES: Lindsay! Lindsay! Meu jornal está recebendo informações de que navios de guerra norte-americanos estão em alerta máximo no mar da China meridional. E que estão sendo seguidos por navios chineses. Estamos à beira de uma guerra com a China?

LINDSAY TATE: Obviamente, há muitos boatos circulando por aí. Para começar, devo dizer, sem sombra de dúvida, que o presidente dos Estados Unidos não está buscando uma relação hostil com a China. Os chineses são nossos aliados e principais parceiros comerciais. E nós temos comunicações muito abertas com a liderança chinesa. Em segundo lugar, o presidente acredita com veemência no poder da diplomacia para resolver todo e qualquer problema que surja entre nações.

HELEN JOHNSON, FOX NEWS: Você não respondeu à pergunta. Nós estamos em guerra com a China?

LINDSAY TATE: Acho que, se houvesse uma guerra entre duas nações, todos nós saberíamos; você não?

JOHNSON: Não estaríamos perguntando se soubéssemos, estaríamos?

LINDSAY TATE: Helen, é um pouco cedo para isso, não acha?

BONNER: Lindsay! Correm boatos de que uma parte do que vem acontecendo pode ser atribuída a um grupo que esteve atuando no Pentágono, mas depois entrou na clandestinidade. Muitas ligações à imprensa se originaram de fontes anônimas aqui da capital. Há boatos de vínculos com grupos de hackers. Uma coisa chamada Projeto Ascending.

LINDSAY TATE: Isso é ridículo, Al. Por que o Pentágono teria alguma coisa a ver com ocorrências relacionadas a não militares?

BONNER: Guerra cibernética? Guerra psicológica? Ouvimos dizer até que existe uma única fonte para tudo isso. Uma pessoa no centro dos acontecimentos.

LINDSAY TATE: Você tem o nome dessa pessoa?

BONNER: Não, não tenho.

LINDSAY TATE: Se me trouxer um nome, vou investigar. Caso contrário, tudo não passa de especulação sem sentido, Al. Não acredite nisso. Nenhuma pessoa isolada, anônima, tem o poder de mudar assim o curso dos acontecimentos mundiais. Ninguém tem. É simplesmente impossível.

BONNER: Lindsay...

LINDSAY TATE: Obrigada a todos pela presença. Voltarei em algumas horas se houver alguma atualização. Muito obrigada.

FIM DA TRANSCRIÇÃO DA ENTREVISTA COLETIVA.

88

SUDESTE DE WASHINGTON, D.C., 19 DE ABRIL, 14h15

O agente Stoddard olhava fixamente para os círculos concêntricos amarelos e oscilantes em seu programa de rastreamento na tela do notebook. Eles pulsavam, originando-se em pontos num mapa quadriculado da região sudeste de Washington. Cada círculo — havia quase uma centena deles — era um nódulo de tráfego de internet, endereços de IP distribuídos sobre uma área residencial. Cada nova pulsação verde era um aumento percentual no fluxo de dados para aquele nódulo. Só os grandes usuários de informação se registrariam no programa. E um desses nódulos, ele tinha certeza, era Garrett Reilly.

Mas qual deles?

O agente Stoddard tocou no corte sensível que estava suturado ao longo de sua orelha esquerda. A dor ainda estava ali, pulsando no mesmo ritmo dos círculos de seu programa de computador e do tinido em seus ouvidos. Desde que Reilly o golpeara com violência, na lateral da cabeça, usando uma cadeira, Stoddard havia começado a ouvir um apito agudo e estridente. O médico da emergência disse que era uma forma de estresse pós-traumático, uma lesão no cérebro tanto quanto uma lesão no corpo. Qualquer que fosse o motivo, a sequela deixou o agente tão furioso que ele jurou fazer Reilly pagar pela agressão.

A van Dodge Econoline se deslocava devagar pelas vias secundárias do sudeste da capital. O agente Cannel estava ao volante e encostava mais ou menos a cada 100 metros para fazer uma nova leitura de uso da internet. Stoddard conferia o computador, deixava o programa rodar e esperava para ver se obtinha um pico detectável na pulsação. Até o momento, o máximo que conseguira fora restringir a área para um raio de vinte quarteirões. Mas mesmo isso abrangia cerca de mil residências, um número demasiadamente alto para permitir a invasão de todas elas nas próximas horas, mesmo contando com uma dúzia de outras equipes do Departamento de Segurança Interna vasculhando a cidade ao mesmo tempo que Stoddard e Cannel.

Não, eles teriam um grande sucesso, uma pulsação que deixasse muito claro o fato de estar havendo atividade de hackers. Então, sairiam derrubando portas a chutes. Depois lidariam com Reilly... E Stoddard poderia resgatar sua carreira profissional muito ameaçada.

— Tente o detector de celular — berrou Cannel da frente do furgão.

Stoddard ligou um segundo computador. Eles tinham cinco no fundo da van, além de dispositivos de escuta, microfones, telescópios e binóculos, para não mencionar a grande quantidade de armas de fogo, aríetes, bombas de efeito moral e um fuzil de precisão. Stoddard inicializou o aplicativo do aparelho. Mesmo sem a precisão nem a potência dos programas que tinham na sede do Departamento de Segurança Interna, o recurso lhes permitiria saber em que momento uma massa de tráfego de telefonia sem fio estava sendo gerenciada por uma torre de celular específica, e usava os sinais coincidentes das antenas vizinhas para restringir a busca. Também havia um dispositivo para identificar telefonemas originados de outros países. Até agora, isso tinha se mostrado muito proveitoso; e parecia que no sudeste da capital todo mundo estava falando com alguém em El Salvador, no México ou na Etiópia. Stoddard queria outro lugar, muito diferente daqueles.

A NSA sabia que Reilly tinha mandado um analista à China. Havia a expectativa de que essa pessoa entrasse em contato com ele. Em breve. E, quando ela o fizesse — a agência sabia que se tratava de uma mulher —, isso sim seria muito útil.

De fato, talvez fosse tudo de que precisavam.

421

89

SUDESTE DE WASHINGTON, D.C., 19 DE ABRIL, 16h56

Alguém bateu à porta do banheiro.

— Sim? — disse Garrett, tentando evitar mostrar na voz a fraqueza que sentia.

— Oi, Garrett, é a Mitty. Tudo bem aí? Você está cagando, tipo, uma bola de boliche ou coisa assim?

Garrett deslizou os pés para baixo do corpo e se endireitou. A cabeça rodava; ficara ali de cabeça baixa por uns 15 minutos. Havia entrado no banheiro tropeçando quando as manchas negras cobriram sua visão por completo, deixando-o cego.

— Sim, estou bem — respondeu ele, agarrando a beirada da pia e se levantando do chão.

Ficou piscando enquanto se olhava no espelho: sua visão começava a voltar aos poucos. Pelo que podia ver, estava branco como papel, com as bochechas afundadas, os cabelos empastados na testa e com vômito ressecado em torno dos lábios. Seu mundo inteiro fedia a vômito — os dedos, a camisa, o queixo, os lábios. O cheiro, acre e horrível, pairava no ar cada vez que ele respirava. E o banheiro do Murray's já não cheirava tão bem, para começo de conversa. Nenhum integrante da equipe tinha se preocupado demais com a higiene nos últimos tempos. Garrett desejou que tivessem pelo menos passado um pano no chão.

A dor de cabeça tinha se tornado muito aguda, como se ele tivesse uma furadeira enfiada sob o crânio, e criava raízes em seu cérebro; seu corpo parecia estar tentando expeli-la por meio do vômito. Mas vomitar quase não tinha tido efeito. Agora, sua garganta queimava, as narinas estavam cheias do fedor e a cabeça ainda dava a sensação de que ia explodir. Ele jogou água fria no rosto e tentou afastar a exaustão com uma toalha velha, mas não adiantou. Seu corpo estava entrando em colapso. Garrett estava se desintegrando.

Ele abriu a porta e recebeu um olhar de surpresa de Mitty. Ela sentiu o ar que saía do banheiro.

— Puta que pariu, você cagou muito?

Ele fez que sim e completou:

— E guardei um pouco para você.

— Você ainda consegue ficar falando merda; então deve estar se sentindo bem — concluiu ela.

Garrett foi caminhando devagar pelo corredor em direção à sala de operações. Corria o dedo pela parede casualmente, como se quisesse apenas tocá-la, mas, na verdade, tinha medo de cair.

Mitty colocou a mão de modo carinhoso no ombro dele.

— Estou segurando você, chefinho — avisou ela.

Em geral, ele teria afastado a mão dela, mas, naquele momento, deixou que o ajudasse. Estava contente de tê-la a seu lado. Mais que contente: estava agradecido. Ninguém ergueu os olhos quando ele entrou na sala dos computadores. Garrett tomou seu lugar na principal bancada de monitores. As telas ao redor estavam brilhando de atividade. Ele tentou fazer uma leitura dinâmica da informação, mas não conseguiu: seus olhos doíam.

— O que os noticiários estão dizendo? — perguntou ele baixinho a ela. — Não estou conseguindo enxergar direito.

Foi Bingo quem respondeu.

— Mais ou menos o que a gente esperava. A Coreia do Norte na liderança, a muralha de censura na China vem em seguida; depois, protesto na embaixada e tumultos de rua por lá. Mas eles estão ocupados, não conseguem dar conta do fluxo de notícias.

— Ótimo — disse Garrett, abrindo sua conta de corretagem on-line. — Vamos deixá-los ainda mais ocupados.

90

CENTRO DE PROCESSAMENTO DE TRANSAÇÕES DE ALTA
FREQUÊNCIA, NOVA YORK, 19 DE ABRIL, 18h01

Há duzentos, cem ou mesmo cinquenta anos, era normal as ações de uma empresa serem negociadas na bolsa de valores local, quase sempre de modo manual, ou por operadores que trabalhavam um expediente regular e vendiam blocos de ações uns aos outros, para clientes que os haviam instruído a fazê-lo pessoalmente ou, em época mais recente, por telefone. O volume de ações negociadas era constante, vagaroso e, comparado aos números atuais, minúsculo. Os grandes investidores podiam movimentar o mercado com um capital relativamente pequeno, e às vezes conseguiam até monopolizá-lo.

As situações de pânico ainda acometiam os mercados — corridas, bolhas e quedas da bolsa são uma característica do capitalismo desde que os seres humanos começaram a trocar produtos por dinheiro —, mas levavam mais tempo para se formar, atuar e, com frequência, se recuperar. A famosa bolha da tulipa da década de 1630, quando os preços da tulipa holandesa subiram cem vezes seu valor normal de mercado, provocou a deflação generalizada na Holanda por mais de uma década. A bolha da Companhia dos Mares do Sul estourou na década de 1720, arruinando a vida de milhares de especuladores britânicos. A Grande Depressão influenciou a economia norte-americana por mais de dez anos, e durou até o começo da Segunda Guerra Mundial.

Hoje em dia, com o crescimento das comunicações internacionais instantâneas e o surgimento de enormes fatias de capital de fluxo irrestrito, o mercado acionário é mundial e imediato. Além de ser uma proposta de 24 horas por dia. Chamá-lo de "mercado de ações" é insuficiente: existe um mercado global de ações, mas também de títulos, de seguros, de dívidas, de commodities e de praticamente qualquer outra coisa a que alguém, em algum lugar, possa atribuir um preço e depois vender para outra pessoa. Moedas de todos os tipos, de cada país, se movimentam ao redor do planeta, em constante busca por retornos mais altos. Se dois por cento de lucro nos Títulos do Tesouro dos Estados Unidos não forem satisfatórios, o dinheiro logo atravessa o oceano para a dívida empresarial alemã a três por cento. Se esse percentual for considerado pouco consistente, então a mesma quantia sai da Europa e vai desaguar no mercado de commodities africanas a cinco por cento; se a África entrar em convulsão por causa da corrupção ou de alguma revolução, o dinheiro rola de volta para a segurança relativa dos Títulos do Tesouro norte-americano. Tudo isso num piscar de olhos.

Um operador moderno pode fazer milhares de transações, todas em menos tempo do que um operador da Bolsa de Nova York em 1929 levava para gritar "Vendo!" ou "Compro!" ou "Estou quebrado!".

Nem todas as transações do mercado mundial são visíveis para os que o acompanham. Grandes lotes de negociações comerciais são intermediados e consumados nas chamadas *black pools*, acordos e vendas obscuros, não registrados, conduzidos por terceiros e por operadores anônimos. O mercado de dívida — títulos do governo e de empresas — é sombrio, sem nenhuma organização para garantir que os preços sejam de conhecimento geral dos participantes. É uma área que exige atenção constante dos compradores, uma economia instantânea na qual se pode ganhar ou perder fortunas num piscar de olhos, sem que ninguém se dê conta. Pelo menos não de imediato.

Mas a notícia acaba vazando. Não é possível ganhar ou perder quantias vultosas sem que alguns observadores atentos tomem nota, seja para morrer de inveja, seja para tripudiar sem a menor piedade. Aí reside a outra diferença entre o mercado atual e aquele de um século atrás. O fluxo de informações pode viajar quase tão depressa quanto o próprio dinheiro. Notícias de uma ação em queda, um produto defeituoso, um teto de dívida ou uma falência pendente circulam pelo mundo com a rapidez de um relâmpago. Com frequência, os boatos atravessam as fronteiras mais ligeiro que os dados reais: o preço de uma ação pode subir e baixar apoiado em julgamentos apressados. Essas sentenças nem sempre se baseiam em fatos. E o resultado pode ser devastador.

Era exatamente com isso que Garrett estava contando.

Começaram pelos boatos às onze da noite, horário da Costa Leste, no dia anterior. Eram informações que pareciam genuínas, referentes à solvência de um punhado de empresas chinesas, todas negociadas nas bolsas norte-americanas. Os boatos surgiram na forma de postagens em blogs sobre finanças e quadros de avisos de transações da bolsa; de repente, começaram a pipocar pela internet relatórios de analistas, que pareciam ser oficiais, emitidos pelas agências Moody's e Standard & Poor's. Mas, como as duas empresas estavam fechadas durante a noite, não havia ninguém disponível para autenticar os documentos, que muitos investidores resolveram levar a sério.

Depois, uma corretora de Lower Manhattan — e suspeitou-se de que fosse a Jenkins & Altshuler — vendeu um grande lote de ativos chineses, e fizeram isso em blocos de venda não muito discretos: 30 milhões de dólares da Star Hong Kong Holdings; 25 milhões de dólares da Han Le Manufacturing; 50 milhões da Ace Software. Houve gente que notou. Gente em todos os pontos do planeta.

A uma da madrugada os boatos estavam ricocheteando, ficando mais extravagantes cada vez que eram narrados; na verdade, as empresas chinesas eram entidades contábeis fantasmas, sem fábricas nem produtos. As histórias passavam por transformações: as empresas tinham produtos, mas estes eram perigosos, defeituosos e estavam sob investigação do governo dos Estados Unidos. Um novo arquivo em formato PDF surgiu às duas da manhã, desta vez trazendo o selo do escritório do procurador-geral do distrito sul de Nova York, que confirmava o boato: aquelas companhias chinesas estavam de fato sendo objeto de investigação, e o procurador-geral estava pressionando para que fossem removidas por completo da lista da Bolsa de Valores de Nova York.

A gota d'água veio às quatro e meia da manhã, quando o informe *Value Trade*, de Alvin Montague, enviou um alarme em seu primeiro *tweet* do dia: "Vendam tudo o que é chinês." O *Value Trade* tinha mais de 2 milhões de seguidores; quando Alvin Montague mandava vender, todo mundo vendia. E todos venderam. Houve uma desova de ações de empresas chinesas registradas nas bolsas norte-americanas e europeias.

O problema é que Alvin Montague nunca escreveu aquelas palavras.

Sua conta havia sido invadida por hackers. Assim como invadiram a conta da procuradoria-geral de Lower Manhattan. E também a da Moody's. Quem as invadiu, ninguém sabia dizer. E também não importava: o dano estava feito; as ações das empresas começaram a despencar. Primeiro, nas operações pós-expediente nos Estados Unidos e na Europa, depois nas transações em tempo real das bolsas asiáticas. Esses boatos, aliados à crescente crise internacional que envolvia um avião comercial americano na Coreia do Norte, e a especulação cada vez maior de que o governo chinês tinha perdido o controle do país, deu início a uma corrida para a Bolsa de Valores de Xangai. Por volta das dez da manhã, horário de Pequim, todos os repórteres de transmissão ao vivo da CNBC haviam se reunido nos estúdios da emissora em Nova Jersey para narrar o curso desses acontecimentos extraordinários. Os jornalistas tagarelavam e gritavam sobre o pânico. Também exibiam repetidas vezes os vídeos do YouTube que mostravam manifestantes chineses atirando pedras nos policiais em 12 cidades diferentes. Para quem observava — ou negociava ações —, ficou claro que a grande onda global do capital tinha se tornado um maremoto, e corria para longe da China, procurando aportar em algum outro lugar. Qualquer outro lugar.

Quando os apresentadores da CNBC fizeram uma pausa para recobrar coletivamente o fôlego, o valor da Bolsa de Valores de Xangai tinha caído 17 por cento. Ao meio-dia, a queda era de 27 por cento.

Às três da tarde o governo chinês puxou o fio da tomada e fechou a bolsa de valores. Mas o mercado global não dorme. Nem faz pausas. Na hora do fechamento de Wall Street, quando o sino tocou, os ativos chineses, em todos as regiões do mundo e numa profusão de bolsas de valores, tinham saído chamuscados. O dia de negociações fora desastroso.

E tudo foi construído em cima de mentiras.

91

SUDESTE DE WASHINGTON, D.C., 19 DE ABRIL, 20h02

G arrett ficou observando com indisfarçável satisfação a corrida aos mercados chineses. Não que gostasse de ver os outros sofrerem, embora isso não o incomodasse muito, contudo, adorava o conceito de um trote em nível mundial, e adorava que o trote fosse obra *sua*. Em todo canto do planeta, os poderes constituídos tinham sido alvo de uma armação, e tudo aquilo saíra de seu cérebro tortuoso. Eram dele o planejamento, os dribles, os embustes, as mentiras e as provas forjadas. Conforme expressou Mitty Rodriguez enquanto observava os dispositivos de segurança serem acionados e retirarem a Bolsa de Xangai do ar:

— Garrett Reilly é *uma lenda*!

O comentário fez a cabeça dele doer um pouco menos, mas só um pouco.

Garrett nem lamentava o fato de estar deixando passar a oportunidade de ganhar dinheiro, o que em geral lhe teria trazido um desgosto infinito. Poderia ter especulado com as ações de cada uma dessas empresas chinesas que ele havia levado ao fracasso. Mas, lembrou, lucrar com uma queda da bolsa criada por ele com mentiras e dados forjados era fraudar o sistema financeiro e, por causa disso, poderia ir parar na cadeia por muito tempo. Ele não era bobo de fazer isso.

Garrett deixou seus olhos passearem sobre a cascata de números em queda no índice francês CAC 40, no índice alemão DAX, no Hang Seng em Hong Kong e no JSE em Johannesburgo. O medo estava lançado em escala global. Pânico sobre as empresas chinesas, pânico sobre a guerra e pânico sobre a própria China. Parte dele era real, parte imaginário, mas isso pouco importava. O que contava era a confusão. O choque. Se você mantiver as pessoas na incerteza, se forçá-las a ficar tentando adivinhar, elas não terão muita chance de atacá-lo. Mais cedo ou mais tarde, terão que se colocar na defensiva.

As agências de notícias do mundo inteiro estavam num frenesi. Algumas ainda anunciavam em destaque o pouso do avião na Coreia do Norte; outras, as manifestações urbanas na China; algumas, a queda do Escudo Dourado. Mas, nas últimas horas, a desova de ações no mercado foi tomando aos poucos a posição principal. Especialistas estavam no ar analisando os motivos do acontecimento e se eles representavam um estrago para os alicerces da China ou apenas um momentâneo espasmo de pânico.

Por outro lado, Garrett não se importava com a versão que eles apresentariam. A tarefa estava sendo cumprida.

92

NOVA YORK, 19 DE ABRIL, 21h12

Avery Bernstein ficou assistindo à liquidação das ações de empresas chinesas com um misto de horror e admiração: horror de que o dinheiro supostamente "inteligente" dos mercados pudesse ser desviado com tamanha facilidade, e admiração porque sabia que Garrett Reilly havia planejado e executado aquilo com sucesso. Talvez o gênio do rapaz estivesse sendo colocado a serviço de uma boa causa. Mas qual causa Avery não tinha muita certeza.

Porém, sabia que Garrett havia orquestrado tudo: era um maestro regendo uma sinfonia, movendo para cá e para lá fragmentos de informação digital, unindo tudo para formar uma estranha e quase mágica peça musical. Música de hacker. Aquela música parecia estar causando um efeito devastador sobre povos e países. Mas com que finalidade?

Avery reproduziu na memória a conversa que tivera com Garrett ao telefone dois dias antes. O rapaz prometera que, se Avery concordasse em participar, qualquer prejuízo sofrido pela Jenkins & Altshuler seria ressarcido pelo Departamento do Tesouro dos Estados Unidos. Aquilo parecia uma promessa mirabolante, mas Avery intuía que Garrett agora estava jogando num mundo que seu ex-chefe mal reconhecia. Tal pensamento o levou a outro, que pelos dois últimos dias estivera rodando em sua cabeça: até que ponto seria seguro jogar *naquele mundo*?

Garrett podia ter prometido o pleno apoio do governo federal, mas teria condições de cumprir a promessa? E, ainda mais importante, haveria por aí forças que talvez não estivessem muito contentes com as brincadeiras de seu pupilo, como aquele tal de

431

Metternich? Se descobrissem que Avery ajudara Garrett, viriam dar uma dura nele?

Aquilo o deixou paranoico. A tal ponto que três dias antes havia mandado uma empresa de segurança eletrônica vasculhar seu escritório em busca de dispositivos de escuta. Depois substituiu, a um custo elevado, todos os velhos servidores da empresa por máquinas novas em folha, e mandou enchê-las de programas de segurança. Trocou as fechaduras de casa e, mesmo detestando cães, até cogitou de arranjar um.

Tudo bem, provavelmente a ideia do cachorro foi um pouco exagerada.

Avery desligou o computador e a televisão do escritório, deu boa-noite à sua secretária, Liz, e acenou para alguns funcionários que ainda estavam por ali. Na verdade, aquele tinha sido um dia proveitoso para a Jenkins & Altshuler: ele se antecipara aos acontecimentos, vendendo cedo as ações de empresas chinesas, evitando assim as perdas causadas pelo pânico. Mas, quando a poeira baixasse, a Comissão de Valores Mobiliários viria bater à sua porta querendo saber como e quando ele havia descoberto o que aconteceria. Àquela altura, os advogados seriam convocados e a merda seria jogada no ventilador. Ele esperava que, na ocasião, Garrett cumprisse sua palavra, pois seria necessário mais que dinheiro para limpar a reputação de Avery e de sua empresa.

Entrou no elevador para descer e depois deu boa-noite ao porteiro do edifício no número 315 da John Street; em seguida, saiu pela porta principal e olhou para os dois lados da rua. As calçadas estavam quase vazias, e uma escuridão densa cobria Lower Manhattan. Até o apartamento dele, em West Village, era uma caminhada de quarenta quarteirões, trajeto que tinha o hábito de percorrer toda manhã e toda noite, em parte para garantir que faria algum exercício, mas também porque a beleza de morar em Nova York consistia em caminhar pelas ruas. Mas, desde o problema todo com Metternich e a viagem a Washington, caminhar ao ar livre parecia algo menos inspirador. Agora, era apavorante. Avery havia começado a usar serviços de limusine executiva, na ida e na volta. Dava uma corridinha da porta de seu prédio até o carro, e depois fazia o mesmo até o saguão do edifício onde sua empresa funcionava.

Lamentava tudo o que se referia a seu envolvimento com Metternich. No mesmo dia em que chamou uma empresa de segurança para dar uma varredura no escritório, Avery contratou um detetive particular para achar a pista do misterioso Metternich. O detetive conseguiu encontrar um resultado: ele tinha 78 anos e vivia na periferia de Munique, e nada mais. O homem que se aproximara de Avery numa esquina de Lower Manhattan era um fantasma.

Enquanto esperava na calçada, batia o pé, impaciente. Tinha ligado um pouco tarde para o serviço de limusine, e seria obrigado a esperar que o carro aparecesse. A noite estava quente, e as ruas pareciam menos intimidantes que nos últimos dias. Avery não tinha certeza do porquê, mas, por um momento, sua paranoia diminuiu; o que Garrett estivesse fazendo era problema do próprio Garrett. Nesse drama, Avery era um ator coadjuvante. Todas as jogadas lucrativas estavam acontecendo muito acima de sua faixa salarial.

Aquele pensamento o encheu de confiança e ele resolveu dispensar o serviço de limusine. Telefonou para a companhia pelo celular, cancelou a corrida e começou a caminhar para oeste pela John Street. O sol havia mergulhado abaixo do horizonte, e Avery respirou fundo o ar da primavera. Era bom estar vivo. Parou no sinal, depois virou para o norte e cruzou a rua para a Broadway.

Ouvindo um motor acelerar, pensou por um momento que devia ser um motorista de táxi correndo para pegar um passageiro, mas então uma mulher gritou atrás dele. Avery não entendeu o que ela estava dizendo, mas, quando se virou e viu um carro vindo em sua direção pela John Street, ele compreendeu: "Cuidado!"

O carro acelerava na direção dele.

O último pensamento que teve, quando a frente do Chrysler o atingiu em alta velocidade, foi de que esperava que ele não tivesse pegado Garrett também.

Esperava que o rapaz ficasse bem.

E, naquele instante, a escuridão dominou Avery Bernstein.

93

XANGAI, 20 DE ABRIL, 10h

Parada nos fundos da estação ferroviária lotada nos arredores de Xangai, Celeste notou que o engenheiro estava começando a se arrepender. O nome dele era Li Chan. Era um homem baixo, com uma discreta calvície, olhos tristes e mãos nervosas. Era primo de Hu Mei — ela parecia ter milhares de primos espalhados pelo país — e, no começo, tinha se mostrado ansioso para lhe passar informações. Mas não agora.

— Como vou saber se você não é policial? — perguntou ele em mandarim.

— Se eu fosse policial, já teria mandado prender você.

Li Chan concordou. Aquilo lhe pareceu lógico. Ao redor deles, viajantes se apressavam em mudar de uma plataforma para outra, ou em sair porta afora para pegar os ônibus que esperavam e que os levariam voando para o centro de Xangai. Por toda parte havia barulho; milhares de vozes, conversas, anúncios sobre chegadas e partidas de trens, o ruído dos motores e o guincho de metal contra metal das rodas nos trilhos. Os dois estavam parados nos fundos da estação cavernosa, ignorados pelos passageiros e trabalhadores, dois habitantes locais no meio de uma intensa discussão.

— Eles vão me matar se descobrirem — comentou o engenheiro esfregando as mãos. Celeste pensou que ele parecia estar tentando fazer fogo com os dedos.

— Eles não vão descobrir — retrucou ela depressa, em voz baixa. — Somos muito cuidadosos.

Ela sabia que o tempo estava se acabando. Tinha passado horas monitorando a internet, e, no começo do dia, ficou espantada ao conseguir acesso a qualquer conteúdo, sem censura; depois, ficou alarmada com as notícias de caos e tensão política passando em disparada pelos portais e blogs de notícias. Garrett estava fazendo desabar sua tempestade de caos, e eles precisavam de Li Chan. Precisavam dele naquele instante.

Esta era a prova pela qual Celeste sabia que teria que passar.

— Mestre Li — disse ela, tentando conseguir que o homem mais velho a olhasse nos olhos. — Esse é um momento de imensa importância. O senhor tem um papel a desempenhar na história. Não se importa com isso?

— O que você sabe de história? — opôs-se Li Chan. — Você é americana. Os americanos não têm história. Cem anos. Duzentos anos. Nada.

Fez com a mão um gesto num movimento amplo, abrangente.

— O povo chinês conhece história. Milhares de anos. Seja o que for que vocês, americanos, estejam planejando, não significa nada. Para mim, chega. Vou embora.

Li Chan começou a se afastar de Celeste, com o medo claramente o dominando, mas ela saltou para interromper seu movimento.

— Não, o senhor está enganado. Significa algo muito importante. E não só para os americanos. Para o povo chinês. O que Hu Mei está fazendo não faz diferença? Ela não entende a história?

Celeste ouvia o tom de sua voz subindo, a tensão que forçava suas cordas vocais. Sabia que precisava se acalmar.

— Você não pode me forçar! — protestou Li Chan. — Posso entregá-la à polícia agora mesmo. Sabia disso? Você é uma conspiradora. Uma inimiga do Estado. Eles vão levá-la para a cadeia. Vão interrogá-la. Vão bater em você. Depois vão colocá-la contra a parede e a fuzilar. Posso ir até aquele soldado ali e entregar você. Eu posso!

Li Chan apontou para um jovem soldado de uniforme verde que estava parado enrolando seu cigarro e observando preguiçosamente os passageiros. Não parecia perigoso, mas Celeste sabia que ele poderia pedir apoio em alguns segundos. Então, tudo o que o engenheiro previra que fariam com ela aconteceria com certeza. Porque já não era mais uma estudante norte-americana fazendo pesquisas sobre um movimento social na China central. Ela era uma integrante daquele movimento. Era uma revolucionária em formação. Fechou os olhos e respirou fundo. Se havia algo que aprendera ao observar Hu Mei durante o breve convívio das duas, era o poder da humildade. Aquilo era um teste no qual ela precisava ser aprovada.

Celeste baixou a cabeça, saiu da frente de Li Chan e deixou o caminho aberto para que ele se dirigisse ao soldado, que agora fumava seu cigarro.

— Sim, você está certo — disse ela. — Deve fazer o que achar melhor. Eu estava errada ao tentar impedi-lo. Tenho sido arrogante e insensata. Tão americana. Por favor, me desculpe.

Celeste se curvou mais, os olhos dirigidos apenas para o chão. Não conseguia ver se o engenheiro estava parado à sua frente ou se ele tinha saído para falar com o soldado, mas não se importou. A humildade é um sentimento que não pode ser fingido, e a aceitação do próprio destino tinha que ser autêntica e de fato compreendida.

E ela se alegrou com isso. Aceitaria o que viesse. Respirou uma última vez para se acalmar, depois ergueu os olhos. Para sua surpresa, Li Chan ainda estava parado ali, só que agora tinha um pedaço de papel na mão.

— Tome — disse o homem, empurrando o papel entre os dedos dela. — Conseguiu.

Virou-se e foi caminhando depressa para o meio da multidão. Celeste o viu se afastar e olhou para o papel: nele estava escrito um nome de usuário e uma senha.

Ela deu um sorriso, não de alívio nem de vitória, mas de realização.

94

SUDESTE DE WASHINGTON, D.C., 19 DE ABRIL, 22h15

G arrett leu três vezes a mensagem de texto em seu telefone, depois a escreveu em pinyin — transliteração do mandarim — num bloco de rascunho. Desligou o telefone e removeu a bateria. A equipe se reuniu em torno dele.

— Você sabe o que isso quer dizer? — perguntou Lefebvre.

— Não importa, desde que nos permita entrar — respondeu Garrett, girando a cadeira para encarar o monitor.

— Mas o painel de controle da interface de usuário também não vai estar em chinês? — perguntou Bingo.

— É de uma companhia finlandesa. Eles fazem todos os programas de controladores principais de torres de celular. Vai estar em inglês — afirmou Garrett. E, depois de um segundo, acrescentou: — Espero.

Digitou uma URL em seu navegador. Foi carregada uma tela escura que pedia o nome do usuário e a senha. Garrett digitou com o maior cuidado o texto em mandarim transliterado que tinha copiado do celular e apertou Enter.

A equipe esperou, todos prendendo a respiração. Uma página começou a carregar. O texto dizia: Bem-vindo, Li Chan, administrador de telefonia móvel da China para a região tibetana.

Garrett deu um sorriso largo.

— Entramos.

95

SUDESTE DE WASHINGTON, D.C., 19 DE ABRIL, 22h16

— Temos um resultado — anunciou o agente Stoddard enquanto olhava no programa de computador as distâncias entre as torres locais de telefonia celular. — Uma mensagem de texto. Com certeza veio da China. Para um número local.

— Pode me dar mais detalhes? — perguntou o agente Cannel, sentado no banco do motorista.

— Estou providenciando.

Stoddard observou o mapa se deslocar um pouco para o leste, depois para o norte, ao mesmo tempo que tentava localizar o celular que recebeu a mensagem. Sabia que o programa estava calculando a distância entre as antenas de telefonia, e depois tentando estimar a posição do aparelho, neste caso um celular com o código de área local.

— Você consegue ler a mensagem?

— Está criptografada, levaria horas. — O agente Stoddard resmungou sua decepção para o programa, murmurando entre os dentes: "Vamos, vamos, vamos." O mapa se deteve e um grande ponto vermelho ficou acendendo e apagando. — Parece que é na esquina da Décima Sexta com a C.

O agente Cannel deu partida no furgão e saiu a toda velocidade da pequena via secundária. A esquina da Décima Sexta com a C ficava a cinco minutos.

— Mais algum detalhe? — perguntou ele.

O ponto vermelho piscou mais uma vez e depois sumiu.

— O telefone foi desligado — avisou Stoddard. — É provável que a bateria tenha acabado. Mas pareciam dois edifícios, talvez três. Podemos invadir dois edifícios ao mesmo tempo. Três pode ser um pouco demais.

Cannel dirigia a van pela Massachusetts Avenue. A noite havia baixado sobre a capital, as ruas estavam inundadas pela luz laranja das lâmpadas halógenas.

Stoddard conferiu a trava de segurança de sua pistola Heckler & Koch 9mm. Cannel virou à direita para a Décima Sexta e reduziu a marcha quando a C Street apareceu à frente. Havia casas pequenas de dois andares por toda a quadra, a maioria necessitada de reparos e de nova pintura. Na esquina, ficava uma loja abandonada e um depósito; acima das janelas bloqueadas com tábuas, uma placa desbotada.

— Murray's Meats and Cuts — leu Cannel, devagar, semicerrando os olhos na escuridão. — O lugar pode ser esse, não pode?

Stoddard engatinhou para a frente, dentro do furgão, e espiou pelo para-brisa. Ficou observando a placa, a porta dianteira bloqueada, o depósito que se estendia por trás do edifício e dava de frente para o beco.

— Peça reforços — instruiu. — E vamos lá descobrir.

96

PEQUIM, 20 DE ABRIL, 11h17

O presidente da Comissão Militar Central entrelaçou os dedos.
— Meu departamento considera que a guerra contra os Estados Unidos agora se tornou inevitável. Os acontecimentos das últimas 24 horas deixaram isso óbvio.

Os outros seis integrantes do Comitê Permanente do Politburo Central do Partido Comunista da China reagiram à declaração com visível agitação. Eram as sete pessoas mais poderosas da China. Todas do sexo masculino, com mais de 50 anos, cautelosas e conservadoras, e, naquele momento, muito insatisfeitas. O secretário-geral — *o homem mais poderoso da China* — tirou os óculos e os limpou com um lenço posto sobre a mesa para esse exato propósito. Depois, tornou a colocá-los de maneira delicada sobre a ponte do nariz.

— Os senhores propõem que ataquemos primeiro? — perguntou.

— Se quisermos ganhar a guerra, sim, atacar primeiro seria mais vantajoso — respondeu o comissário militar. — Se esperarmos nossos inimigos darem o primeiro golpe, então ofereceremos a eles permissão para escolher o lugar e a hora do ataque. Mas, se atacarmos primeiro, serão obrigados a lutar segundo nossos termos, e isso nos favorece.

Sua voz soava alta e clara no silêncio mortal do tedioso salão de conferências nas entranhas de um edifício governamental perto do Grande Palácio do Povo na Praça da Paz Celestial. O vice-secretário do Partido Comunista bebericava sua água, enquanto o subdiretor da Comissão Central de Orientação para a Construção da Civilização Espiritual balançava a cabeça, decepcionado.

— Isso é o contrário do que tínhamos planejado, não é? — questionou o subdiretor. Deu uma rápida olhada no lado oposto da mesa, onde Xu Jin, o diretor de Segurança do Estado, se sentava, silencioso e envergonhado. Os olhos de todos os presentes se voltaram para ele. — Não eram eles que deveriam nos atacar?

Para o diretor Xu, aquelas 24 horas foram desastrosas. Primeiro a invasão do Escudo Dourado, depois os vídeos, forjados, de tumultos em dez cidades chinesas, e, por fim, a devastação dos negócios nacionais nos mercados mundiais de ações. Todos os integrantes do Comitê Permanente culpavam o diretor por essas calamidades, fato que, para ele, estava muito claro. Tinha sido o primeiro a propor os ataques simulados à infraestrutura norte-americana. Ele estabeleceu um cronograma, a gravidade dos ataques e até os métodos. E eles tinham funcionado com perfeição. Levaram os norte-americanos à beira da guerra, que era exatamente o que o Politburo desejava. Deixem que eles atirem primeiro, preconizava Xu Jin, e nós seremos a vítima ofendida. A rebelião do Tigre será esquecida e voltaremos à estabilidade.

Fora o momento de fama para o diretor Xu Jin. Ele era brilhante, um planejador visionário. Comentou-se que *ele* seria o presidente do Partido dentro de quatro anos.

E então essas últimas 24 horas se passaram. Os norte-americanos revidaram com seu próprio conceito de astúcia. Ele não sabia dizer como aquilo tinha apanhado o pessoal dele desprevenido. Todas essas coisas da tecnologia ultrapassavam sua compreensão. Só sabia que o inimigo fora rápido e eficiente, e que o tempo dele no Politburo podia estar chegando a um desastroso final. Xu Jin estava a ponto de ser despojado de tudo e enviado à Mongólia, para viver lá num prédio miserável. A vergonha de semelhante situação o fez transpirar pelo colarinho duro de sua camisa branca.

E, no entanto, pensou ele, nem tudo estava perdido. Ainda podia lutar para retornar às boas graças do comitê. Apenas precisava achar outra pessoa que pudesse estar mais equivocada.

— Camarada secretário-geral — disse, esforçando-se para manter a voz calma. — Nós, do Ministério de Segurança do Estado, acreditamos que isso seria uma proposta precipitada. Acreditamos que o presidente da Comissão Militar esteja agindo rápido demais. A situação, a nosso ver, está controlada agora.

— Diretor Xu — interveio o secretário-geral —, como chegou a tal opinião?

— Nossas equipes estão a minutos de restaurar o Escudo Dourado — afirmou Xu Jin, blefando (mas era só o que ele tinha).

— Os mercados de ações vão se recuperar quando produzirmos informação precisa, que já temos de prontidão. E nossas equipes de segurança inundaram as cidades em que ocorreram os tumultos, reais ou imaginados. Nelas, ninguém está autorizado a sair à rua. Em momento algum. Conseguimos estabilidade. Uma sociedade harmoniosa.

— E o senhor está seguro dessas opiniões, diretor Xu? Diria que já passamos pelo pior?

— Nós, do Ministério de Segurança do Estado, reconhecemos que os norte-americanos nos infligiram alguns danos, mas nada mais irá nos abalar.

Xu Jin fixou um breve olhar em cada um dos outros integrantes do Comitê Permanente. Estava conseguindo convencê-los, podia sentir.

— Eles não têm uma estratégia de longo prazo. Esses ataques são aleatórios. Casuais e não programados. Os norte-americanos não entendem o contexto geral. Não estão cientes do Tigre, da rebelião e de nossos esforços para combatê-la. Na mídia deles, que monitoramos, não há notícia sobre isso, nenhuma palavra sobre o assunto nas conversas com os diplomatas. Se mantivermos nosso curso firme, vamos conseguir o que queremos. Eles são indisciplinados e preguiçosos. Como crianças. Em breve, atacarão com força real, mas de maneira estúpida, e nós teremos aquilo de que precisamos.

Pigarreou e lançou um olhar breve e superior ao presidente da Comissão Militar Central.

— O plano original ainda é válido. E vai ser bem-sucedido.

A porta principal da sala de reunião do Politburo se abriu, e um jovem magro de terno escuro entrou, apressado. Caminhou para onde o secretário-geral estava sentado, fez uma reverência e lhe entregou uma folha de papel. O secretário-geral leu a mensagem e devolveu o papel ao rapaz, que saiu da sala.

A ansiedade corria pelas veias do diretor Xu Jin.

— Fui informado — começou o secretário-geral, encarando o diretor de Segurança do Estado — de que perdemos todas as comunicações com a província autônoma do Tibete. Todo o serviço de celular e o tráfego da internet estão interrompidos. Já não conseguimos nos comunicar com nossa guarnição local. Devemos esperar os protestos começarem em seguida.

Ele voltou um olhar devastador para o presidente da Comissão Militar.

— Presidente, prossiga em seus preparativos para o primeiro ataque.

O coração do diretor Xu afundou. Ora, então era isto: a guerra e o descrédito para ele. Sua única esperança era de que houvesse restaurantes decentes na Mongólia.

97

USS *DECATUR*, MAR DA CHINA MERIDIONAL, 20 DE ABRIL, 12h03

O subtenente Hallowell observava, exausto, a tela do radar. A fosforescência verde pulsava na escuridão da sala, nas profundezas das entranhas do USS *Decatur*. O murmúrio suave dos outros operadores e o sussurro dos oficiais controladores de tiro em seus microfones eram uma presença no ar. Ele fechava e abria as mãos para ativar a circulação e evitar que suas pálpebras se fechassem. Faltava uma hora para completar seu plantão de doze, e ele havia passado cada segundo das onze horas precedentes rastreando as fragatas chinesas que navegavam em paralelo ao 11º Grupo de Ataque de Porta-Aviões dos Estados Unidos.

Os chineses tinham sido coerentes: entravam na mira dos mais velozes mísseis dos norte-americanos e logo depois saíam do alcance deles. Era um jogo de gato e rato a longa distância, e os dois lados sabiam jogar à perfeição. O ritmo era monótono, e as repetidas sequências de entradas e saídas estavam deixando o subtenente Hallowell sonolento.

Quarenta minutos antes, quatro navios de guerra chineses tinham virado de repente a estibordo, seguindo na direção dos norte-americanos. Era a 15ª aproximação nos dois últimos dias. Hallowell conhecia de cor a rotina. Os chineses cruzavam a zona de exclusão de mísseis de 124 quilômetros, avançavam em linha reta para a frota norte-americana e então, 10 quilômetros dentro da zona, viravam a bombordo e navegavam para fora do alcance. Era sempre igual.

Hallowell observou os navios chineses alcançarem o ponto de 114 quilômetros. Esperou que eles mudassem de rumo e recomeçassem o processo.

— Três, dois, um, OK. Mandem ver, rapaziada — resmungou em voz baixa.

Observou a tela com paciência. Mas os chineses não mudaram de rumo. Hallowell conferiu o computador de localização. Será que havia um erro? Os chineses estavam mais longe do que ele tinha pensado? Não, o computador estava certo.

Os chineses estavam dentro do alcance e avançando.

Hallowell prendeu a respiração. Daria a eles mais sessenta segundos. Ficou observando os quatro pontos verdes luminosos em sua tela continuarem a se aproximar dos americanos. Para cima do *Decatur*. *Para cima dele*.

E então outro oficial operador de radar gritou de seu monitor:

— Inimigos levantando voo da base aérea de Shadi, em Guangzhou. Caças, direção 220 graus, nosso vetor!

Hallowell sentiu o estômago revirar. Apertou o botão vermelho de comunicação junto a seu cotovelo, e o oficial atendeu de pronto.

— Tenente, temos um problema — anunciou.

98

CASA BRANCA, 20 DE ABRIL, 1h04

Fazia apenas seis horas que Alexis Truffant estava de volta ao trabalho, após sua temporada no Murray's, quando vieram buscá-la. Dois agentes do serviço secreto, enormes e carrancudos, retiraram-na de sua sala na DIA, revistando-a e confiscando seu celular, para depois a levarem a um velho edifício de tijolos vermelhos no complexo de Segurança Interna, na Nebraska Avenue, onde a puseram numa sala de interrogatório no subsolo. Desde o momento em que apareceram, ficou evidente que não restava escolha a ela senão acompanhá-los. Alexis não se deu ao trabalho de fazer perguntas aos agentes — sabia que não dariam respostas. Depois de um tempo que ela avaliou em quatro horas — estava sem relógio nem celular —, outra dupla de agentes a levou da sala no subsolo para um utilitário que os esperava, e foram direto à Casa Branca.

A noite havia caído. A cidade estava deserta e escura. Alexis sentiu uma profunda e desesperadora solidão. Durante todo o percurso, ninguém disse uma palavra, mas ela conseguiu avistar de relance um relógio digital na fachada de um banco. Era quase uma da madrugada.

Na Casa Branca, foi levada para uma sala sem janelas que ficava embaixo do Salão Oval e passou pela revista corporal feita por uma agente do serviço secreto. Esperou mais vinte minutos ali, depois foi levada para cima, até o Salão Oval, pelos mesmos agentes.

Três pessoas estavam presentes: o presidente se postara atrás da mesa, mãos embaixo do queixo, e olhava a escuridão pela janela; a assessora de Segurança Nacional, Jane Rhys, tomava café sentada no sofá, enquanto o secretário da Defesa Frye estava parado num canto, de braços cruzados. Era o único a encarar Alexis, que pensou que ele poderia começar a gritar com ela a qualquer momento. Todos os três pareciam tensos e exaustos.

— Onde está Garrett Reilly? — perguntou o secretário.

Alexis começou a responder, depois se conteve, voltando-se para o presidente.

— Senhor presidente, sei onde Garrett Reilly está, e é claro que vou dizer ao senhor, mas...

O secretário a interrompeu:

— Você é oficial do Exército dos Estados Unidos, capitã Truffant, e está parada diante de seu comandante supremo. Ele lhe fez uma pergunta direta e você é instruída a respondê-la de imediato.

O presidente se virou para encarar Alexis. Fez um sinal de assentimento para ela, como se desse permissão.

— Onde está o rapaz?

Alexis hesitou. Este era o momento que ela sabia que viria, e o momento que mais temia. Reuniu toda a sua reserva de coragem.

— Senhor presidente, não atire nos chineses primeiro.

— O presidente não a chamou aqui para que desse conselhos, capitã — retrucou o secretário Frye. — Ele a trouxe aqui hoje para descobrir o paradeiro de um homem que está prejudicando operações americanas vitais na Ásia e colocando milhões de vidas em risco. Ele é uma ameaça à segurança nacional, e, se você está se recusando a revelar seu paradeiro, então também é uma ameaça

Alexis franziu o cenho e prosseguiu:

— Senhor presidente, é minha opinião que o senhor precisa se abster de uma ação militar contra os chineses. Reilly os submeteu a um enorme estresse. Acreditamos que isso irá forçá-los a dissuadir os soldados deles de atacarem.

— O que Reilly está fazendo é tirar partido do caos que ele mesmo criou — cortou o secretário Frye. — É provável que nesse exato momento ele esteja especulando no mercado, ganhando milhões. Capitã Truffant, você sabe ou não onde Reilly está? Porque, se souber e não revelar seu paradeiro, serei obrigado a detê-la e depois mandá-la à corte marcial.

— Ele está pensando sobre a guerra e os chineses de uma forma diferente. De uma forma que ninguém pode prever. Nem nós, nem eles. Não foi para isso que o contratamos?

O rosto de Frye empalideceu com uma fúria glacial.

— Você está cruzando um limite, capitã. Um limite do qual não poderá retornar.

Ele abriu a porta do Salão Oval e gritou para a secretária do presidente:

— Natalie, peça aos agentes Norris e Silliker que venham aqui, por favor. Agora mesmo.

Ele segurou a porta aberta e olhou para Alexis.

— Última chance, capitã. Onde está Reilly?

Antes que ela conseguisse pronunciar uma palavra, os dois agentes de terno preto entraram apressadamente na sala. Frye apontou para Alexis.

— Prendam-na.

Alexis estendeu as mãos à sua frente, sem oferecer resistência, mas deu uma última olhada para o presidente.

— Senhor presidente, confie no Projeto Ascendant — pediu ela. — Ele vai funcionar. Confie em Reilly. Os chineses serão forçados a recuar.

Um agente colocou a mão no ombro de Alexis, enquanto o outro agarrou seu pulso e o torceu. Eles tinham começado a conduzi-la para fora, quando Jane Rhys deu um pulo do sofá. Ela não tinha falado nada durante o tempo em que Alexis esteve no salão.

— Por que, capitã? Por que acredita que os chineses vão recuar? — perguntou ela.

Os agentes do serviço secreto interromperam sua marcha em direção à porta. Alexis girou o pescoço para encarar a assessora, apesar de um dos agentes ter enfiado os dedos com força embaixo de sua escápula.

— Acredito que os acontecimentos vão explodir na China. O país está à beira de uma virada. Acredito que é isso que Garrett, o Sr. Reilly, está almejando.

Ela virou a cabeça alguns centímetros a mais, para poder ver o presidente.

— Esse é o objetivo dessa guerra, não é? Uma guerra oculta. Exatamente como ordenou, senhor presidente. Para explodir o sistema deles de dentro para fora.

Os agentes do serviço secreto a arrastaram em direção à porta. Dessa vez, Alexis fincou de leve os calcanhares para ter um último momento no salão. Fez uma careta de dor e disse:

— Isso não é melhor que matar as pessoas?

99

SUDESTE DE WASHINGTON, D.C., 20 DE ABRIL, 1h32

G arrett pegou um celular novo e colocou uma bateria nele. O aparelho estivera ocioso, sobre a mesa, ao lado de sua bancada de monitores, durante 24 horas. Sem uso. Intocado. Mas agora havia chegado o momento.

Jimmy Lefebvre o observava.

— O que você acha?

Garrett fez que sim com um movimento quase imperceptível de cabeça.

— Eles vão saber — acrescentou Lefebvre, com a voz tensa. — Ligação de celular para a China. Vão rastreá-la diretamente para cá.

— Estou surpreso por ainda não terem rastreado — comentou Garrett, a voz um pouco acima de um sussurro.

Os monitores à sua frente estavam fervendo de atividade, em forte contraste com a tranquilidade da sala escura. Garrett lançou um último olhar à parede dos fundos. Os televisores crepitavam de vozes e vídeos. Notícias. Opiniões. Medo. Ganância. Uma coleção de emoções humanas, todas expostas, desnudadas para o mundo. A humanidade em sua condição mais vulnerável. Perto de alcançar um ponto de virada.

Aquilo o deixou nauseado, aquele sentido de manipulação, de má-fé empurrada sobre o mundo inocente e desavisado. Bem, alguns deles eram inocentes, pensou Garrett. Muitos, não. Ele era, sem dúvida, um dos menos inocentes, e talvez agora fizesse parte dos imorais de verdade. Mas não importava. Iria fazê-lo de qualquer forma.

Garrett digitou o número. No salão inteiro, cabeças se viraram. Celeste Chen atendeu no quarto toque.

— Garrett?

— É a sua vez — declarou ele. E desligou.

Removeu a bateria do celular, respirou fundo e ficou à escuta. Houve um barulho. Alguma coisa indistinta. O ruído foi ficando mais alto, vindo em direção a eles, e então...

As tábuas de compensado que cobriam as vitrines da frente do Murray's explodiram. Ripas de madeira voaram para todo lado, despedaçando-se, fachos de lanternas se derramavam na escuridão, seguidos de latas de gás lacrimogêneo. Ouviram-se gritos enquanto uma porta era arrebentada do outro lado da sala.

Mitty correu, assim como Bingo. Garrett não conseguiu ver mais ninguém no repentino lampejo. Mas não se importou, sabia o que estava vindo. Eles finalmente tinham chegado ali, não havia nada que pudesse fazer a respeito. Não havia para onde correr, e ele estava cansado e doente demais para continuar lutando.

Levantou os braços em sinal de rendição

100

XANGAI, 21 DE ABRIL, 13h35

Qualquer tipo de empreendedorismo pode ser encontrado em Xangai, a qualquer hora do dia, em qualquer nível de custo ou de qualidade. É o mais novo do mundo novo, alimentado por uma fome de riqueza que não encontra paralelo em nenhum país, inclusive nos Estados Unidos. Ninguém trabalha com mais empenho que os chineses, e ninguém trabalha por mais tempo ou com mais persistência que os chineses de Xangai. Desde o majestoso calçadão colonial do Bund às impressionantes torres de Pudong inspiradas em histórias em quadrinhos; das ruas apinhadas do velho mercado de Chenghuangmiao às multidões do setor comercial de Nanjing Road, Xangai é um turbilhão de atividade. É uma cidade que não para, moderna, competitiva, orgulhosa, implacável, brutal.

Tão parecida com uma grande cidade norte-americana, pensou Celeste Chen, enquanto viajava no ônibus da Linha Um, indo da Estação Ferroviária Oeste de Xangai para o centro da cidade. Só que mais aglomerada. Mais próspera. Temos tanto a aprender com os chineses, pensou ela. É uma civilização muito mais antiga, no entanto, de certo modo, também mais nova. Estranha incoerência.

Celeste se sentia parte da contradição que eram Xangai e a China; meio ocidental, meio oriental, nova e antiga ao mesmo tempo, ambiciosa, porém serena. Não inteiramente de um lugar nem de outro, e sim dos dois. Sua lealdade — e até sua nacionalidade — foram viradas de cabeça para baixo.

Hu Mei usou o cotovelo para cutucar com delicadeza o braço de Celeste.

— Essa é a nossa parada — avisou ela baixinho com um sorriso.

— Desculpe — respondeu Celeste, com um nó no estômago —, eu estava sonhando acordada.

— Sonhar acordada: um dos meus momentos favoritos do dia. Seus devaneios a deixaram pronta?

— Acho que sim.

— Ótimo. Se você acha isso, então é porque está.

Hu Mei se levantou do banco e foi abrindo caminho, passando para a dianteira do ônibus cheio. Celeste a seguia de perto, imaginando quantas das pessoas por quem passava seriam seguidoras do Tigre. Ela não sabia. Mas em breve descobriria. Logo, o fluxo irregular de gente que entrava e saía da cidade se transformaria numa coisa viva, organizada segundo um novo princípio. Daqui a pouco, o caos se tornaria estruturado. O futuro estava prestes a se transformar no presente.

Celeste desceu do ônibus para a tarde quente de Xangai. Ao seu redor estavam milhares de outros viajantes, passageiros, trabalhadores e turistas. Hu Mei apanhou o celular que levava no bolso e digitou uma mensagem de texto. Ela piscou para Celeste — um gesto faceiro, brincalhão e confiante — e apertou o botão de enviar.

Então, algo surpreendente aconteceu: Celeste ficou observando cerca de metade das pessoas à sua vista pegar seus celulares e conferir as mensagens de texto. Meu Deus, pensou Celeste, o Tigre tem centenas de seguidores aqui mesmo, nesta rua. Provavelmente milhares, ao alcance do som de sua voz. Talvez milhões na grande Xangai. Mais? Dez milhões? Vinte?

Então lembrou o que Garrett havia lhe dito ainda no Pentágono, enquanto tentava convencê-la a ir para a China: ela, Celeste, ajudaria a transformar o mundo.

Que filho da puta, pensou. *Ele estava certo mais uma vez.* E com isso, Celeste Chen entendeu o caminho que sua vida estava tomando. Ela estava a ponto de se transformar numa verdadeira e devotada seguidora do Tigre.

101

SUDESTE DE WASHINGTON, D.C., 20 DE ABRIL, 1h40

Foi uma loucura. A escuridão cortada pela luz, o gás que cegava e sufocava, e figuras vestidas de preto entrando aos montes pelo corredor, gritando ao invadirem:

— No chão! Agentes federais! Todo mundo no chão!

Garrett tentou se abaixar sob os fachos de luz amarela das lanternas que entrecortavam o recinto. De relance, viu Sarah Finley, a representante da CIA, e Mitty mergulhando para o chão com as mãos sobre a cabeça. Ele sabia que não podia escapar e, por isso, nem estava tentando, mas não faria mal manter a distância, por mais alguns minutos, aqueles que atacaram o centro de operações. Precisava de todo o tempo que conseguisse ganhar. Garrett foi se esgueirando na direção do frigorífico do fundo.

Alguém o agarrou pelo antebraço. Era Lefebvre.

— Venha comigo. Use a saída lateral!

— Eles estarão à espera — retrucou Garrett.

— Garrett Reilly! — gritou alguém. — Onde está Garrett Reilly?

O gás lacrimogêneo se infiltrou no nariz e na boca de Garrett, queimando-os com um gosto acre e abrasivo. Lefebvre puxou seu braço com força.

— Eles querem você morto!

— *Reilly*!

Garrett e Lefebvre se dirigiram cambaleando à porta lateral. O rapaz teve que apertar os olhos até quase fechá-los por causa do gás e da torrente de luz dos postes da rua, que agora entrava pelas janelas quebradas da frente.

— *Garrett Reilly*!

Os dois pararam de repente quando a porta lateral foi arrebentada e um agente federal se postou no portal, como uma criatura de filme de terror, o rosto coberto por uma máscara de gás, seu fuzil semiautomático indo de um lado para outro à procura de uma presa. Lefebvre deu a volta e tentou arrastar Garrett consigo. Eles se esquivaram do homem da SWAT e voltaram para o centro da invasão policial.

Garrett diminuiu o passo. Sabia que não havia para onde fugir. Estava ferrado, tinha consciência disso. Livrando o braço da mão do tenente, num solavanco, ergueu as mãos e gritou:

— Aqui! Garrett Reilly! Estou bem aqui!

Fachos de luz das lanternas foram apontados na direção de sua voz e o banharam em luz amarela. Ele semicerrou os olhos, por causa do gás e da iluminação. Através da fumaça, viu mais seis soldados de choque circundando o cômodo, com as botas plantadas nas costas dos integrantes de sua equipe, e com os rifles engatilhados e prontos, pendendo em seus ombros. Um homem vestido de terno e colete à prova de balas levantou um revólver e o apontou para Garrett.

— Reilly? — disse o homem.

Garrett o reconheceu, mesmo na escuridão. Identificou sua voz e seu porte. O agente Paul Stoddard, do Departamento de Segurança Interna. Seu torturador.

— *Reilly?* — berrou Stoddard.

— Você sabe que sou eu, seu babaca — respondeu Garrett.

Stoddard apontou a arma para o peito de Garrett, que se preparou para o impacto da bala que com certeza daria cabo de sua vida. Não havia tempo para correr ou pular. Ou até para se mover. Era isso aí. O fim.

Stoddard puxou o gatilho. Houve um clarão e o estampido ensurdecedor de uma pistola, no mesmo momento em que um borrão passou depressa na frente de Garrett e alguém gritou:

— Não!

Algo atingiu o corpo de Garrett, empurrando-o com força para trás, e ele caiu no chão, com um grande peso aterrissando por cima.

O rapaz se virou ao cair, tentando amortecer a queda. O peso ficou sobre seu corpo, enquanto ele tentava se sentar. Olhou para baixo.

Jimmy Lefebvre estava em seus braços, o sangue jorrando do peito.

— Porra! — praguejou o tenente, dando um gemido. — O filho da puta me acertou!

Todos no recinto começaram a berrar de novo, e Garrett viu alguns dos membros de sua equipe se levantarem do chão gritando "Jimmy!" e "Puta que pariu!".

— Acho que estou morrendo — disse Lefebvre gorgolejando, olhando para Garrett.

— Ambulância! Chamem uma ambulância! — gritou Garrett.

— Não, você não entendeu. Estou morrendo.

— Jimmy... não, você não está.

Mas Garrett viu que estava. Seus olhos piscaram e perderam o foco. A respiração trepidava de forma ruidosa. Garrett podia sentir a vida se esvaindo do corpo dele. E, de repente, soube que Jimmy estava morto.

Jimmy Lefebvre estava morto.

Garrett ficou com a boca seca. Nunca na vida tinha segurado alguém morrendo. Ele queria trazer Jimmy de volta à vida; sentia que aquilo devia ser possível, no entanto... sabia que não era. Fez um esforço para respirar.

— Você é o próximo — disse uma voz ríspida.

Garrett olhou para cima, atônito.

O agente Stoddard pairava acima dele, com a pistola apontada para sua cabeça, a um metro e meio de distância.

O rapaz sacudiu a cabeça, com a energia se esvaindo, os olhos lacrimejantes do gás e do choque.

— Quer atirar em mim? Então atira. Mas você está sendo filmado. Cada segundo disso tudo está sendo exibido num site.

O agente Stoddard piscou, surpreso. Virou a cabeça, olhando de uma parede para outra, de um canto para outro. A arma tremeu em sua mão.

— Webcams — revelou Garrett. — Em cada cômodo. Em cada canto. Então pode atirar, agente Stoddard, pode me dar um tiro. Pode puxar o maldito gatilho. Mas atira agora mesmo, porque o mundo todo está assistindo.

Stoddard rangeu os dentes. Cada olhar ali dentro estava posto sobre ele. Suas mãos começaram a tremer. E então uma voz rompeu o silêncio.

— Garrett! — Mitty se desvencilhou do soldado que a subjugava. — A webcam de Xangai!

Ela apontou para o monitor pendurado na parede do fundo. Através da fumaça, num vídeo granulado em stop-motion, a grande massa de pessoas estava visível, marchando, em compasso, por Nanjing Road, no centro de Xangai. A imagem transmitida era cheia de manchas, mas havia claramente milhares de pessoas — ou até dezenas de milhares — andando juntas, os braços balançando em conjunto, as bocas abertas, gritando alguma coisa, talvez cantando, enchendo a via e se perdendo na distância. E elas continuavam a surgir. Mais gente se reunia à marcha, chegando pelas ruas laterais, descendo de ônibus, saindo de edifícios comerciais. Dava a impressão de haver um estoque ilimitado de gente. Uma multidão infinita. E talvez houvesse.

Garrett segurava Lefebvre nos braços, com força, murmurando, tanto para o cadáver do tenente como para todos os demais:

— Está acontecendo, e fomos nós que fizemos.

102

PEQUIM, 21 DE ABRIL, 14h15

A meio mundo de distância, o secretário-geral do Partido Comunista da China assistia, pelas atualizações do circuito fechado de vigilância de uma apertada sala de observação técnica, às mesmas multidões, com a mesma expressão atônita de Garrett.

— Quantas pessoas? — perguntou.

— Ainda não é possível ter certeza, senhor secretário — respondeu o programador do computador, mudando a imagem no monitor de uma rua de Xangai para outra. Em cada imagem, de cada ângulo, a multidão só fazia crescer. Parecia inacreditavelmente grande, como se a China rural inteira houvesse se despejado dentro de uma cidade, por um dia. — Parece que ainda não acabaram de chegar.

— Milhões — disse o secretário-geral.

— Para onde estão indo? — perguntou o presidente da Comissão Militar Central. — Pelo menos nós sabemos isso?

O rosto do secretário-geral passou de tenso a relaxado, como se atingido por uma revelação divina. A sombra de um sorriso se espalhou por seus lábios.

— Eles estão indo para onde estão indo.

O secretário-geral limpou as lentes dos óculos, seu velho hábito, depois os colocou de novo sobre a ponte do nariz e se voltou para o presidente da Comissão Militar Central.

— Chame nossas tropas de volta. Precisamos de todos os patriotas disponíveis nas ruas.

— Mas, e os americanos?

— Não podemos combater os americanos e nosso próprio povo ao mesmo tempo. Fomos derrotados, agora devemos bater em retirada.

103

USS *DECATUR*, MAR DA CHINA MERIDIONAL,
21 DE ABRIL, 14h42

O subtenente James Hallowell apertou os braços de sua cadeira giratória até os nós dos dedos ficarem brancos. Seu corpo inteiro ficou tenso na expectativa do lançamento dos primeiros mísseis chineses. As fragatas da Marinha do Povo estavam quarenta quilômetros a oeste do *Decatur*. Um míssil antinavio disparado àquela distância destruiria em dez segundos o destróier americano. Os operadores de radar chamavam aquela região de Zona da Piscada. Quem piscar morre.

Os olhos do subtenente acompanharam os pontos verdes definidos pelos navios de guerra chineses, e também os traços rápidos deixados pelos caças Shenyang J-15, que estavam desenhando círculos longos e espiralados um pouco além das fragatas. Era uma saudação completa do poder aéreo e naval da China, que parecia a um fio de cabelo de distância de puxar o gatilho.

O oficial da sala de radar esticou o pescoço por cima do ombro de Hallowell, olhando para o monitor do subtenente.

O que os chineses estavam esperando?, pensou. Que a gente atire primeiro?

Ele sabia que os norte-americanos poderiam fazer exatamente isso. Tinham dois esquadrões de Hornets F-18 seguindo os caças chineses. Todos os mísseis antinavio a bordo do *Decatur* tinham os chineses na mira. Os oficiais do controle de tiro, sentados um de cada lado de Hallowell, estavam com os dedos pairando acima de seus botões de lançamento.

Ao primeiro sinal de um ataque chinês, eles partiriam para o contra-ataque. E depois seria cada navio e avião por sua conta e risco. Seria um banho de sangue.

O coração do subtenente batia forte, distorcendo o apito agudo do sinal de radar em seus fones. Na escola de navegação e radar, ele havia sido treinado para se distanciar da própria ansiedade, mas não era fácil. O medo pulsava em suas veias.

— Trinta e cinco quilômetros — disse ele em voz alta, mesmo sabendo que todos os outros operadores naquela sala tinham os chineses na tela naquele momento. Todos estavam observando. Todos estavam ouvindo. — Impacto de míssil em 25 segundos.

Hallowell pensou ter ouvido todos respirarem fundo, mas depois entendeu que era sua própria respiração. Uma voz crepitou através do interfone de bordo. Era o capitão.

— Lançamento de mísseis na contagem. Cinco...

Hallowell semicerrou os olhos, como à espera de um soco, contraindo a musculatura do corpo inteiro.

— Quatro, três...

E foi então que viu um levíssimo traço de correção de curso na fragata capitânia dos chineses. Eles estariam se afastando?

— Dois...

A linha de ondas do radar varreu mais um círculo em torno do monitor de Hallowell. Sim, com certeza o navio-almirante estava mudando de rumo.

Hallowell gritou:

— Eles estão saindo fora! Alvo inimigo mudando de curso!

— Um. Preparar... Fogo!

O oficial da sala de radar berrou:

— Suspender fogo! Repito. *Não atirar!*

Ele baixou a cabeça para olhar para a tela de Hallowell. Os dois operadores do controle de tiro, em ambos os lados, se inclinaram também para observar. As quatro fragatas chinesas estavam agora alterando o curso, rumando para o norte, passando ao largo da frota norte-americana. O navio-almirante estava até se afastando ainda mais, seguindo de volta para oeste, na direção da China continental.

— Ele está voltando para o continente — comentou em voz baixa o subtenente. E depois, mais alto: — Eles estão voltando para o continente!

Todos na sala de radar deixaram escapar um grito espontâneo de alegria; o capitão esbravejava no interfone:

— Tenente, onde estão os mísseis?

O oficial da sala de radar agarrou o interfone enquanto Hallowell e os colegas operadores de radar trocavam cumprimentos. O subtenente soltou uma risada. Não haveria guerra. Ao menos, não por ora. Não ali. E não agora. Ele poderia voltar para Dallas.

EPÍLOGO

ALEXANDRIA, VIRGÍNIA, 23 DE ABRIL, 15h39

G arrett ouvia os passos. Fazia dois dias que os escutava. Na maioria, vinham dos guardas, com bandejas de comida, um despreocupado arrastar de pés. Logo vinha o vigilante ocasional, hesitante, atento, passos que se aproximavam, se detinham, recomeçavam. Uma vez, um médico entrou para verificar a pressão dele e examinar os olhos: seus passos tinham sido os de alguém que se perdeu, seguiu adiante da cela e voltou. Depois, de novo, os guardas, com outras bandejas de comida. A gororoba que fazia às vezes de refeição no Centro Federal de Detenção da Virgínia era horrível, mas ele não se importava.

Não conseguia tirar da cabeça o rosto moribundo de Jimmy Lefebvre. O sangue que ensopara suas mãos. Aquele último suspiro estrangulado.

O homem tinha morrido salvando a vida de Garrett, colocando-se intencionalmente na trajetória da bala disparada por Stoddard. Se não fosse por Lefebvre, ele estaria morto agora. Era um pensamento estarrecedor, que o perseguia; era a troca de uma vida por outra, troca que jamais poderia ser desfeita.

O pesar e a confusão o inundavam.

Por que Lefebvre havia feito aquilo? Na fração de segundo em que tomara a decisão, o que estaria pensando? Garrett só podia especular, coisa que vinha fazendo o tempo todo nas últimas 48 horas. Será que Lefebvre tinha desejado com tanto ardor e por tanto tempo participar de combates que saltara ante a oportunidade de se sacrificar? Teria sido por mero instinto, pelo desejo de salvar vidas? Ou teria decidido que o mundo precisava mais de Garrett vivo que de Jimmy Lefebvre?

Esse último pensamento o aterrorizava; se fosse verdade, era uma responsabilidade que não conseguiria suportar — não se quisesse manter a sanidade mental.

O problema é que ele não tinha muito mais em que pensar. Tinham-lhe isolado de todos os noticiários desde o momento da detenção; o fluxo de dados em que estivera imerso durante os últimos dias desaparecera total e completamente. Havia passado da condição de senhor do universo à de encarcerado. Até onde sabia, para além dos muros do centro de detenção, a Terceira Guerra Mundial estava se alastrando.

No entanto, Garrett achava que não.

Talvez fosse o comportamento dos guardas, seus passos relaxados, o olhar de desapego enquanto examinavam a cela dele em busca de sinais de perturbação ou de impulso suicida. Não pareciam preocupados com o apocalipse num futuro próximo. Ou talvez ele estivesse apenas projetando suas esperanças na última informação que tinha recebido: um milhão de pessoas inundando Xangai, infundindo terror no Partido Comunista da China.

Mas talvez estivesse enganado. Talvez o mundo *estivesse* pegando fogo.

Agora, os passos que ouviu foram diferentes. Passos rápidos, curtos, diretos. Pararam diante da porta com um objetivo. Garrett levantou os olhos de seu beliche. A porta se abriu.

O agente Cannel, do Departamento de Segurança Interna, estava parado ali, o rosto anguloso e contraído, os lábios um pouco caídos nos cantos, como se ele sentisse um gosto amargo na boca. Trazia nos braços uma prancheta digital. Atrás dele estavam dois dos guardas do centro de detenção em uniforme completo.

— Reilly, Garrett? — perguntou o agente Cannel.

— Você está brincando, não é? — disse Garrett, rindo seco.

— Reilly, Garrett? — perguntou Cannel de novo, no mesmo tom de voz: monótono, sem vida, tentando controlar todas as emoções.

— Sim, sou eu — disse Garrett, já cansado da brincadeira. — Reilly, Garrett.

— Você está sendo liberado da prisão federal. Todas as queixas contra você foram retiradas, por ordem do escritório do procurador--geral dos Estados Unidos, distrito de Colúmbia. Você pode recolher seus pertences com o supervisor de plantão no andar principal. Você receberá 22 dólares para o transporte, para ir dessa instalação a sua casa ou local temporário de residência.

Garrett soltou um resmungo de surpresa. O agente Cannel empurrou a prancheta digital na direção do detento.

— Ao assinar aqui, e aqui, você estará autorizado a recolher todos os itens pessoais recolhidos no início de sua detenção. Ao assinar aqui, você libera o governo de toda e qualquer compensação pelo seu tempo passado neste Centro de Detenção. Leia e assine.

Garrett examinou a prancheta, olhando por alto os parágrafos apertados do juridiquês e depois assinou nos três lugares indicados. Cannel pegou de volta a prancheta e saiu da cela. Ficou esperando no corredor.

Garrett se recompôs com toda a calma, com a mente a mil para entender o que estava acontecendo. Então compreendeu. Ele saiu caminhando pelo corredor enquanto o agente Cannel seguia à sua frente, mostrando o caminho. Os guardas do centro de detenção vinham atrás dos dois.

— Obrigaram você a fazer isso, não foi? — perguntou Garrett para as costas de Cannel. — Eles o obrigaram a me libertar pessoalmente. Como punição. Para humilhá-lo. E isso deixa você puto de raiva.

O rapaz viu os ombros do agente se contraírem sob o terno.

— Mas você saiu numa boa, não é? — continuou Garrett enquanto eles passavam pelas portas eletrônicas. — Seu parceiro, Stoddard, está fodido. Está trancado num presídio federal, igualzinho a esse. Encarando um processo por homicídio.

Garrett sorriu, mas sabia que ninguém estava olhando.

— Imagino se ele não está sendo estuprado agorinha mesmo.

Cannel parou de repente e se virou para encarar Garrett. Aproximou o rosto do dele, e o rapaz sentiu o cheiro de cigarro em seu hálito.

— Isso ainda não acabou, seu babaca. Nem de longe. Basta você pisar na bola uma vez e eu mato a merda da sua família inteira.

Garrett esperou que toda a raiva de Cannel fosse expelida e disse:

— Na verdade, para mim está acabado. Total e completamente acabado.

Disse as palavras sem amargura. Era um simples fato. Estava quite com o governo, com segredos e com o Projeto Ascendant. De uma vez por todas.

Cannel se virou de novo e seguiu com passos pesados pelo corredor, já sem interesse em manter uma fachada de discrição burocrática. Garrett recebeu seus pertences e os 22 dólares em espécie do supervisor de plantão no andar principal, depois saiu do Centro de Detenção de Adultos William G. Truesdale para uma ensolarada tarde em Alexandria. Deixou-se envolver pelo calor do sol da Virgínia; a rodovia interestadual passava zumbindo acima dele, cheia de carros. Cruzou a rua e foi ler as manchetes em letras garrafais do *Washington Post* numa máquina automática de venda de jornais:

Gigantescos protestos continuam por toda a China
Manifestantes em choque com polícia em Pequim
Maioria das cidades litorâneas sob toque de recolher

A matéria estava escondida embaixo da dobra do jornal, mas ele não tinha moedas para comprá-lo. A máquina de venda não aceitava notas. Mas não importava; aliás, não havia nada que ele pudesse fazer a respeito. Estava oficialmente impotente, era um homem sem sequer uma conexão de internet. E exausto. De tudo. Precisava de descanso. Precisava de sua própria cama em Nova York.

Começou a caminhar rumo ao norte, para achar um ônibus que o levasse até lá.

A primeira semana depois de sua volta passou em meio a uma neblina. A maior parte do tempo, Garrett dormia: em sua própria cama, dentro de cinemas, às vezes no parque, ao sol, num banco, sozinho. Sua exaustão alcançava os ossos, mas, naquele período, ele se recuperou bastante. As dores de cabeça ainda vinham todos os dias, mas sua gravidade foi diminuindo, como também a duração. O neurologista do Hospital Roosevelt disse que elas talvez nunca desaparecessem por completo, mas a tendência a diminuir era animadora. Também disse a Garrett que mudasse tudo que estivera fazendo desde que fraturara o crânio.

— Porque, seja lá o que for, vai acabar matando você.

O rapaz agradeceu o conselho, que prometeu se esforçar para seguir.

De vez em quando, conferia o e-mail, mas não abria nenhum site de notícias; ficou longe de jornais e da televisão. Sabia que os protestos continuavam acontecendo na China, porque todo mundo, em toda parte, comentava o assunto: no metrô, nas lojas, nos restaurantes. Eram notícias que não se podia evitar.

Tentou não pensar sobre isso. Esperava notícias de Celeste Chen, que nunca chegaram. Tentou ligar para ela, mas o número já não estava funcionando, e seus e-mails retornaram. Uma das notícias que viu foi de que o governo tinha recuperado o controle do Escudo Dourado, e que agora estava reprimindo a população com força total, isolando todos os e-mails que entravam e saíam. Todas as redes sociais do país foram banidas. Garrett se perguntava se algum dia tornaria a ver Celeste Chen. Sua esperança era de que ela não tivesse sido mandada para a prisão. Ou pior. Ficava acordado de noite, preocupado com ela.

No fim de semana, ligou para a Jenkins & Altshuler para pedir a Avery seu antigo emprego de volta, mas foi transferido para uma psicóloga de plantão. Uma mulher de voz soturna sondou, cautelosa, qual era a relação de Garrett com Avery, e então lhe informou, com bem-treinada compaixão, que Avery estava morto. Tinha morrido duas semanas antes num trágico acidente de automóvel.

Garrett quase caiu da cadeira.

— O que aconteceu com ele?

— Foi atropelado por um carro. Quando estava voltando do trabalho para casa.

Garrett ficou zonzo.

— Eles pegaram quem fez isso?

— Ainda não. A polícia tem algumas pistas. Dizem que é uma investigação em andamento.

Garrett agradeceu a ela e desligou. Passou o resto do dia olhando para a parede à sua frente, sem acreditar. Quando se levantou na manhã seguinte, pesquisou na internet em busca de obituários e encontrou algumas dezenas. Havia um muito extenso no *New York Times*, chamando Avery de um estimado professor de matemática de Yale, empreendedor financeiro e assessor presidencial. Chamavam sua morte de uma tragédia não resolvida. O *Daily News* publicou uma matéria policial macabra, cheia de detalhes dos últimos momentos de Avery, a corrida para o hospital, a caçada frenética ao atropelador. E, dias depois, uma nota dizendo que o crime continuava sem solução.

E depois, mais nada.

Era como se Avery nunca tivesse existido. Ninguém parecia se importar. Garrett telefonou em cinco ocasiões para a 6ª Delegacia de Polícia. A cada ligação, o oficial de plantão o transferia para o detetive encarregado do caso, e ele sempre era posto em contato com uma caixa postal. Garrett deixou mensagens, que o detetive nunca retornou. O rapaz chegou a ir ao local do acidente, a um quarteirão de distância dos escritórios da Jenkins & Altshuler, mas não havia homenagens na rua nem flores junto ao meio-fio; nada que lembrasse Avery ou o que tinha acontecido com ele.

Enquanto Garrett estava no local, um pensamento lancinante lhe ocorreu, em meio a sua aflição: quem cuidaria dele agora que Avery tinha morrido?

Ninguém. Estava sozinho.

Quinze minutos depois, ele se surpreendeu parado no saguão da Jenkins & Altshuler. Nem percebeu que havia andado até lá. Resolveu visitar os escritórios e, no momento em que apareceu no 22º andar, foi cercado por seus antigos colegas. Eles perguntaram onde havia estado, como estava se sentindo, o que iria fazer. Garrett evitou a maioria das perguntas e ninguém parecia ter a menor ideia do que ele estivera fazendo durante os dois últimos meses. Todos expressaram seu pesar em relação a Avery; sabiam que ele e Garrett eram muito próximos.

Então uma gerente desceu do 23º andar e ofereceu a Garrett seu antigo emprego. A gerente — chamada Thomason — disse que eles precisavam de seus talentos de analista quantitativo na mesa de operações de títulos. Desde a saída dele, a empresa tinha passado por uma temporada de perdas; poderia começar no dia seguinte.

Na outra manhã, Garrett chegou cedo, mas já na primeira hora de sua volta à empresa sentiu que ela não estava mais no centro efervescente de seu universo. Era apenas um lugar onde ganhar dinheiro. A falta de objetivo era palpável, como se estivesse vendo com clareza pela primeira vez a sala de operações de mercado: um punhado de rapazes mimados, gritando em seus telefones. O dia o deixou inquieto e agitado, e, após o fechamento das bolsas, foi fazer uma caminhada ao longo do rio, esmagando latas vazias sob os pés e depois chutando-as para dentro da escuridão. O sol havia morrido pouco antes, e o Hudson parecia espesso e vagaroso no ar noturno. Garrett se sentiu vazio.

Ligou para Mitty, e, mais tarde naquela noite, os dois se reuniram para tomar uma cerveja nos fundos do McSorley's. Juntos, relembraram todos os acontecimentos; ela fora detida por um curto período, e depois, como Garrett, liberada sem mais comentários; tinha tentado conseguir notícias do funeral de Jimmy Lefebvre, mas não havia menção em parte alguma. Ela contou fofocas sobre Bingo e Patmore: eles também pararam na cadeia e depois foram soltos. Patmore desapareceu de novo no Corpo de Fuzileiros.

— E Bingo, nós conversamos uma vez, mas ele nunca me telefonou de volta — resmungou Mitty entre goles de Jack Daniels. — Depois do que aconteceu. Que safado!

Garrett lançou à amiga um olhar de curiosidade.

— *Depois do que aconteceu*? O que aconteceu?

Mitty fez um ruído de desdém, alguma coisa entre um muxoxo e uma cuspida.

— Ah, nada de especial. Eu odeio Bingo.

Garrett achou que tinha visto genuína mágoa nos olhos dela, portanto, deixou o assunto de lado. Mais tarde, Mitty tentou provocar o amigo para entrar numa briga com um operador de derivativos bêbado, mas, como Garrett não se interessou — estava levando a sério a advertência do médico —, Mitty o chamou de mulherzinha.

Ele não se importou. Aliás, aquilo até o alegrou.

Naquela noite, não conseguiu dormir. Estava obcecado com Avery e com o modo como tinha morrido — seus momentos finais, se ele tinha previsto, se teria sido um assassinato. Parecia conveniente demais ter sido um acidente, ainda mais depois do atentado a bomba no mês anterior, a uma quadra de distância. Quanto mais tempo ele passava acordado e quanto mais pensava nisso, mais se convencia de que o misterioso Hans Metternich estava envolvido com as duas ocorrências. Garrett não sabia nada sobre ele, e a única pessoa que soubera estava morta. Ele digitou um e-mail para warbyothermeans. *Onde você está? O que aconteceu com Avery?* Criptografou a mensagem e a enviou, ficando acordado por mais duas horas, aguardando uma resposta, sem que esta viesse.

Na manhã seguinte, caminhando para o trabalho, achou que tinha visto de relance alguém o seguindo: um homem de meia-idade, envolto num casaco azul da Marinha, meia quadra atrás dele. Quando Garrett se virou para encará-lo, o homem recuou e saiu por uma rua lateral. O rapaz correu atrás dele, mas, quando chegou à rua, o homem havia desaparecido. Sentiu de maneira instintiva que era Metternich, a sequência de fatos fazia sentido, mas não podia provar. Nunca tinha visto o rosto do homem.

Quando voltou para casa naquela noite, depois do trabalho, encontrou um pacote em cima da mesa da cozinha. Estava dentro de uma sacola de supermercado de papel. Na frente, haviam escrito "PARA GARRETT" com marcador preto.

O sangue dele ficou gelado. Sua porta estivera trancada e ninguém mais tinha a chave do apartamento, nem mesmo o zelador do prédio. Garrett circundou a sacola sem tocá-la, depois conferiu as janelas, que também estavam trancadas, e os outros cômodos e armários, que estavam vazios. Bateu à porta dos vizinhos, mas ninguém tinha visto nem ouvido nada. Voltou à cozinha com o coração batendo forte e se forçou a abrir o pacote.

Dentro, havia um livro: *Da guerra*, de Carl von Clausewitz. Enfiado entre as páginas, um cartão de pêsames de uma farmácia, trazendo na frente um par de ursos abraçados, de olhos tristonhos, e dentro as palavras impressas "Sinceras condolências". O cartão havia sido colocado na primeira página do livro um, capítulo III, intitulado "Do gênio militar".

Garrett leu as duas primeiras sentenças:

Na vida, TODA vocação especial, para ser coroada de sucesso, exige dotes específicos do intelecto e do espírito. Se eles forem de alta qualidade e se manifestarem por meio de realizações extraordinárias, a mente aos quais pertencem é denominada de GÊNIO.

Ele arrancou as páginas do capítulo do livro, rasgou o cartão em pedaços e jogou tudo no lixo. Ficou andando de um lado para o outro no apartamento, enfurecido. Encaixou um taco de beisebol na moldura da janela que dava para a escada de incêndio, travando-a, e escorou a porta do apartamento com uma cadeira. Trancou-se no banheiro e tentou acalmar a respiração. Sua cabeça latejava. Pensou em chamar a polícia, mas sabia que isso não levaria a nada. O que ele diria? Que alguém tinha lhe dado um livro que o deixara apavorado? Naquele momento, Garrett viu com clareza que estava encurralado. Estava preso na armadilha de sua nova vida, quer quisesse ou não. Frustrado, deu socos na parede de azulejos. Jurou que algum dia, quando recuperasse as forças, iria achar a pista de Metternich. Pouco lhe importava se o outro era ou não perigoso ou bem-informado, ou que parecesse capaz de invadir o apartamento dele à vontade. Se Garrett confirmasse que Metternich tinha sido o responsável pela morte de Avery, ele o mataria. Sem hesitação.

Três semanas e um dia depois de ter sido solto da prisão federal, Garrett estava de novo no restaurante grego da esquina da rua 10 com a Avenue C, tomando café à uma da manhã, beliscando um prato de ovos mexidos, quando Alexis Truffant entrou no local vestida com seu uniforme de campanha do Exército e se sentou diante dele em sua mesa. Os cabelos dela estavam presos para trás, num rabo de cavalo; ela usava maquiagem leve e batom vermelho-claro. Garrett sentiu um discreto perfume.

Ficou surpreso com o fato de que, para ela, parecia natural simplesmente surgir na vida dele sem aviso e se sentar à sua mesa. Não podia ter sido mais normal.

— Olá, Garrett — saudou a capitã.

— Quanto tempo, hein?

— Como está sua cabeça?

Uma garçonete serviu um café à moça.

— Melhor. Não está perfeita.

— Sinto muito por Avery Bernstein.

Garrett assentiu.

— É, obrigado.

— Ele foi atropelado por um carro?

Garrett estudou o rosto dela.

— O motorista o atropelou e fugiu. É o que dizem. Mas você não acredita nisso, não é?

Alexis olhou ao redor; o lugar estava quase vazio.

— Eu não sei. Talvez eu acredite, sim.

Ficaram sentados em silêncio por um momento.

— Eles também me prenderam — informou ela.

— Por quê?

— Porque eu não queria levá-los até você.

Garrett pensou na questão.

— Então devo lhe agradecer.

— Não, não deve — respondeu ela, balançando a cabeça.

— Eles soltaram você.

— Depois que as queixas contra você foram retiradas, não fazia muito sentido me deixarem na cadeia.

Garrett observou as insígnias dela.

— E então promoveram você a coronel?

Ela fez que sim.

— Tenente-coronel. Agora, na DIA, todos estão de prontidão. Há previsão de uma guerra civil na China. Então tudo foi perdoado. — Ela pareceu pensar nisso por um momento e acrescentou: — Ou então fizeram isso para me manter calada.

— A meu respeito?

— A respeito de tudo.

Garrett afastou de si o prato de ovos mexidos, depois fitou os olhos dela, seus cabelos e sua boca; recordou a sensação dos lábios dela contra os seus.

— O que está fazendo aqui, Alexis?

Ela puxou de dentro da jaqueta um envelope, que colocou sobre a mesa e empurrou para ele.

— Seu salário. De um mês de trabalho. Mais a primeira parcela do pagamento por invalidez. Da fratura do crânio. Foi reclassificada como acidente de trabalho.

Garrett abriu o envelope. Dentro havia dois cheques, ambos em seu nome. Um no valor de 4.840,35 dólares. Os impostos já tinham sido descontados. O outro cheque era de 370 dólares. Emitido pela Administração de Seguro Social.

Garrett sorriu.

— Ah, vou poder me aposentar.

— Ninguém nunca disse que servir ao seu país seria lucrativo.

— Foi isso que fiz? Servir ao meu país?

Alexis se empertigou, sentando-se um pouco mais ereta na cadeira. Fez um leve aceno de cabeça.

— Sim, foi exatamente o que fez. E o fez de maneira honrosa. Com louvor. Você devia se orgulhar.

Garrett não sabia o que dizer. Com certeza não se orgulhava. Dobrou os cheques e os guardou no bolso.

— Então é isso? Você veio aqui me dar dinheiro?

— Está gostando de ter voltado ao trabalho, Garrett?

— Estou me acostumando de novo.

— Mas, à uma da madrugada, você está aqui acordado, tomando café no restaurante.

Garrett deu de ombros.

472

— Estou com problema de insônia.

Alexis se inclinou para a frente, cotovelos pousados no tampo da mesa.

— Tem gente que sabe o que você fez. Gente importante. Eles ficaram impressionados. Na verdade, maravilhados. E vão querer que faça isso de novo.

Desta vez, Garrett deu uma sonora gargalhada.

— Pois eles podem ir se foder.

— A reação típica de Garrett Reilly.

— Ora, algumas coisas não mudam nunca.

— Acho que você mudou. E muito. Imagino que não consiga mais se enquadrar na sua vida antiga. Fazer o dinheiro circular. Dar ordens de compra e venda. Tudo isso não é efêmero em comparação? Com salvar o mundo?

Garrett não disse nada. Ficou brincando com o garfo, empurrando-o para a frente e para trás sobre o forro de papel da mesa.

— O Projeto Ascendant ainda existe. Está inativo, mas à sua espera.

O rapaz ficou tenso. Sentia a velha raiva emergir de dentro dele, a raiva que com tanta frequência o consumia.

— Eles me prenderam duas vezes. Fui torturado e posto no isolamento. Mataram a tiros um integrante da nossa equipe. *Nossa equipe*, tenente-coronel Truffant. E sabe-se lá o que fizeram com Avery.

Alexis baixou a voz e disse:

— Era uma guerra, Garrett. Na guerra, as pessoas morrem.

— Não se espera que você mate as pessoas do seu próprio lado.

— Os culpados serão punidos.

Garrett franziu a testa. Balançou a cabeça com veemência, num gesto firme de negação.

— Não os culpados do nível mais alto. Esses, não. Eles nunca são punidos.

— Você tem razão — admitiu ela. — A vida não é justa.

Virou as palmas das mãos para cima como se dissesse: "O que podemos fazer?" Garrett sentiu a raiva amainar. Percebeu que precisava contar a Alexis aquelas coisas; aquelas que o estavam envenenando; era a única pessoa com quem podia encontrar alívio.

— Sei que talvez não queira ouvir isso, mas você enxergou a guerra antes de qualquer outra pessoa. Você a estudou e depois combateu nela. E fez com que ela terminasse. Contra todas as probabilidades. Salvou vidas. Muitas e muitas vidas. O que você fez foi surpreendente. — Alexis fixou os olhos nos dele. — O presidente quer você de volta. Pediu pessoalmente que voltasse.

Garrett desviou o olhar, digerindo as palavras dela. Então, puxou a carteira e deixou sobre a mesa uma nota de 20 dólares.

— Eu penso em você o tempo todo — declarou ele, acariciando o couro desgastado da carteira. — Eu penso em nós.

— E...?

Garrett sorriu para ela. Aquele sorriso o fez se sentir aberto e vulnerável, aceitando sua verdadeira natureza, como se o próprio ato de sorrir tivesse expandido o coração dele e lhe permitido revelar o que tinha passado algum tempo querendo dizer.

— *E*?! — repetiu ele, sorrindo tolamente para Alexis. — E eu ainda te amo.

O silêncio caiu sobre a mesa. Garrett pensou ter visto a moça corar um pouco. Ela abriu a boca para responder, mas as palavras não saíram. Depois de algum tempo, o rapaz se afastou da mesa e ficou de pé.

— Tudo bem, você não precisa dizer nada — disse. Colocou seu moletom sobre os ombros. — Foi legal ver você, Alexis. Muito legal mesmo.

E se dirigiu à saída.

Estava a meio caminho quando ela o chamou em voz alta.

— Eles vão chamar você. No meio da noite, quando a próxima crise surgir. E ela já está chegando. Pense na sua resposta, Garrett. Espero que faça a escolha certa.

O rapaz inclinou a cabeça de lado e, depois de fazer um gesto cansado de assentimento, saiu andando pela noite quente de Nova York.

AGRADECIMENTOS

E u não poderia ter escrito este livro sem a grande ajuda das pessoas a seguir. Meus agradecimentos a Danny Goodwin, por seu conhecimento de ações, de *flash crashes* e de *dark pools* de dinheiro; a Nathan Wright, pela ajuda com o jargão e as atitudes militares; a Carrie Pederson, por seu notável conhecimento de assuntos referentes à China; a Stanley Florek, por explicar a criptografia de mensagens; a E. J. Gong, por expor a formação de sociedades anônimas e a especulação imobiliária; a Peter Loop, por desmitificar os centros de processamento de dados; a John Krause, pelas atualizações sobre segurança na internet e redes de energia; a Ting Wang e Matthew Van Osdol, por cuidarem de que o mandarim estivesse adequado; a Marsi Doran, por desvendar os detalhes do mercado acionário; e a Jack Timmons, por sua genialidade e seu entusiasmo na programação de computadores.

Também inestimável no processo foram Markus Hoffmann, da Regal Literary, em Nova York, e a minha equipe em Los Angeles — Matt Leipzig e Jordan Bayer, da Original Artists, Dan Brecher, da Rothman Brecher, e minha agente, Ragna Nervik.

No lado editorial, um agradecimento especial para Emily Graff e o criterioso Rowland White, da Penguin UK. E, finalmente, minha sincera gratidão à minha editora na Simon & Schuster, a incomparável Marysue Rucci.

Este livro foi composto com a tipologia
Palatino, em corpo 11/15,1, impresso em
papel off-white pelo Sistema Cameron da
Divisão Gráfica da Distribuidora Record.